Susanne Ayoub

Mandragora

Roman eines Verbrechens

Susanne Ayoub

Mandragora

Roman eines Verbrechens

braumüller
literaturverlag

Bibliografische Information der Deutschen Nationalbibliothek:
Die Deutsche Nationalbibliothek verzeichnet diese Publikation in der Deutschen Nationalbibliografie; detaillierte bibliografische Daten sind im Internet über http://dnb.d-nb.de abrufbar.

Printed in Austria

1. Auflage 2010

in der Braumüller GmbH, Servitengasse 5, A-1090 Wien
http://www.braumueller.at

Coverbild: G.O.W. Apperley, *Enigma* (1938)
Druck: Ferdinand Berger & Söhne Gesellschaft m.b.H., A-3580 Horn
ISBN 978-3-99200-013-5

„Sie ist flammend rot und wirft des Abends rote Strahlen aus. Dem Nahenden entzieht sie sich und hält nur still, wenn sie mit Blut begossen wird. Bei ihrer Berührung ist der Tod gewiss. Man gibt sich soviel Mühe um sie, weil sie die Dämonen, welche in die Lebenden hineinfahren, vertreiben kann.
Diese wunderbare Wurzel heißt Mandragora."

Tacuinum Sanitatis, 1474
Biblioteca Casanatense, Rom

Prolog

Die Frau kam aus ihrem Haus oben auf der Höhe. Die Sonne schien strahlend. Es war ein schöner Tag. Aufmerksam sah sie sich um. Die Hühner schliefen im Schatten des Hausdachs. Die Kühe standen ruhig auf der Weide. Auf den Feldern grünte der Futterklee. Friedlich lag das Land unter ihr. Sommerlind wehte der Wind. Dennoch fröstelte sie.

„Ist da jemand?"

Sie horchte, aber nichts war zu hören als der Kuckuck im Wald, der unermüdlich seinen Ruf wiederholte. Sie ging zum Holzplatz, wo die Axt lag. Sie hob sie auf. Ohne Mühe schlug sie zu. Sie traf das große Holzscheit, einmal, zweimal. Die Schneide des Eisens blendete sie. Sie ließ das Werkzeug sinken und schaute in die Landschaft, unruhig, ohne zu wissen, worüber. Wieder sauste die Hacke herab. Sauber geteilt sprangen die Holzspäne über den Boden.

Auf dem steilen, geschotterten Weg, tief unter ihr, bewegte sich etwas. Sie kniff ihre Augen im hellen Sonnenlicht zusammen. Jemand stieg die Anhöhe zu ihr herauf.

Es war eine Frau.

Sie legte die Axt weg, abwartend. Die Kate stand dicht an der Waldgrenze, weit außerhalb des Dorfs. Der Weg konnte nirgendwo anders hinführen, dennoch ging sie ihrer Besucherin nicht entgegen. Auf einmal rief die Frau von unten nach ihr, rief sie beim Namen. Sie erstarrte, als sie die Stimme vernahm. Und dann wieder, unüberhörbar in der Stille. Selbst der Kuckuck schwieg nun. Da verließ sie ihren Platz am Hackstock. Noch war die Entfernung zu groß, sie konnte die Gesichtszüge der Besucherin nicht ausnehmen. Aber die Stimme.

Sie lief ins Haus, durch die engen Kammern, sie kletterte die Holzleiter zum Dachboden hinauf und spähte durch die Bodenluke hinaus. Mit einem Mal war das Sonnenlicht von einer Wolke verdüstert. Ein Schatten fiel über das Land. Die Frau hielt es nicht in der Kate. Ohne den Blick zu heben, beeilte sie sich über den Hof, in den Holzschuppen daneben, und warf die Tür hinter sich zu. Heftig riss sie am widerwilligen Eisenriegel. Sie hörte ihren Atem, ihr stoßweises Schluchzen. Jetzt kam es über sie. Man ließ sich nicht ungestraft mit ihnen ein. Da half kein Versteck. Kein Schloss hielt sie ab.

„Marianne!"

So nahe schon. Vor Entsetzen schlug sie das Kreuz. Durch das staubige Fensterchen sah sie die Besucherin vorübergehen. Die Türklinke wurde hinuntergedrückt. Das rostige Eisen quietschte. Ein Finger tappte leicht an die Fensterscheibe, kratzte am Glas.

„Wo bist du? Hörst du mich nicht?"

Sie sank an der Wand herab. Kein Ausweg. Wohin sollte sie fliehen? Ihnen entkam sie doch nicht. Sie hatte nie vergessen, dass ihr nur eine Frist gegeben war, geborgte Zeit, die jetzt zu Ende ging.

Die Tür bewegte sich. Ein Gebet. Es gab keine Worte in ihrem Kopf. Der rostige Türriegel knirschte und ergab sich. Eine fleischlose Hand griff durch den Spalt, zwängte sich hindurch, unerbittlich, obgleich die Haut von den Holzsplittern der Tür zerkratzt und aufgerissen wurde. Bis sie den eisernen Griff fassen konnte, den Riegel zurückschob. Die Tür sprang auf.

Die Besucherin stand vor ihr. Wie aus Fleisch und Blut. Aber das war sie nicht. Tot und begraben an einem fernen Ort. Aus dem Jenseits zu ihr zurückgekehrt. Ihre Stimme eine Täuschung der Sinne.

„Marianne! Weißt du nicht, wer ich bin?"

Sie trat in den Schuppen. Schritt für Schritt kam sie näher. Sie streckte die Hand nach ihr aus.

„Endlich habe ich dich gefunden", flüsterte die Stimme, und der Totenkopf weinte zwei Tränen.

1. Teil

1. Kapitel

Es gibt Dinge, die sind unaussprechlich, die kann man erst viel später ansehen, wenn sie durch die Zeit gegangen sind und ihr Schrecken verblasst ist. Pola Wolf hat Schlimmes getan, sogar vor dem Schlimmsten, Mord, schreckte sie nicht zurück. Die Strafe, die sie bekam, war dennoch härter, als sie es verdiente. Ich habe versprochen zu schweigen. Doch wenn Pola die Vergangenheit begraben wollte, warum hat sie ihre Geschichte aufgezeichnet? Ich kann mein Versprechen nicht länger halten. Ich schreibe Dir, weil wir uns nicht mehr sehen werden.

Pola ging stadtauswärts die Mariahilfer Straße hinauf. Nur langsam kam sie vorwärts. In der Ferne sah sie die Trümmersilhouette des Westbahnhofs hinter der Gürtelstraße. Sie konnte weitergehen oder bleiben. Sie konnte umkehren. Sich abwenden und ein neues Leben anfangen, das was noch davon übrig war. Zum ersten Mal war sie frei. Zu tun, zu lassen. Ein gewundenes Gässchen bog seitlich von der großen Straße ab, die Bürgerspitalgasse. Auf Nummer 16 war sie einmal zu Hause gewesen. An der Stelle gab es nur ein tiefes Loch im Boden, einen Bombenkrater.

Pola erkannte die hölzerne Tür eines Kellerabteils, die der Luftdruck der Bombe aus den Angeln gerissen hatte. „Franz Ohler" stand auf einem Schild, mit Tintenblei in Kurrentschrift. Herr Ohler aus dem Mezzanin, ein alter Mann, Kriegsinvalide und mittellos. Für ein paar Groschen jede Woche hatte er ihnen das Holz zum Heizen in die Wohnung gebracht, ihnen und anderen Familien im Haus. Ob sie im Keller vor den Bomben Schutz gesucht hatten? Oder im Schlaf überrascht worden waren? Wer von den Bewohnern des Hauses lebte noch?

Pola hatte die Nachricht vom Tod ihrer Mutter zugestellt bekommen, zusammen mit der Bescheinigung, dass es keinen Nachlass gab. Nun verstand sie. Nadija Wolfs Eigentum war wie sie selbst der Bombe zum Opfer gefallen. Pola besaß nicht einmal ein Foto von ihr. Nur die Erinnerung an eine schöne, gelangweilte Dame, die auf dem Sofa lag und die Kurbel des Plattenspielers mit ihrer geschickten großen Zehe drehte, bis er spielte:

„Gefangen, gefangen, in goldenen Ketten, Ketten der Liebe halten mein Herz."

Aus dem Augenwinkel sah sie ein Mädchen mit einem hohen Buckelkorb auf dem Rücken die Bürgerspitalgasse entlanggehen. Langsam schleppte sie sich mit ihrer Last näher.

„Lieschen!", rief Pola ihr zu. „Kennst du mich noch?"

Mit verkrampft hochgezogenen Schultern wartete sie, aber das Mädchen warf nur einen Blick herüber. Kurz hielt sie inne und strebte dann weiter auf Nummer 21 zu, ein niedriges Gebäude mit abgebröckeltem Verputz, das im Gegensatz zu den schöneren Häusern der Nachbarschaft den Krieg unbeschadet überstanden hatte.

Pola sah ihr zu, wie sie ins Haus trat, den Korb ablud, die Tür hinter sich schloss. Elisabeth Sedlacek. Zwei Jahre lang hatte Pola sie unterrichtet, „Edel sei der Mensch, hilfreich und gut" in ihr Stammbuch geschrieben, ihr ein Buch über

Österreichs Fürstengeschlechter geschenkt. Sogar nach Hause hatte sie ihre Schülerin eingeladen. Lieschen, ihren Liebling, die Hübscheste, die Sanfteste. Nach Pfirsichen hatte ihr Atem gerochen.

Wenn das Mädchen sie nicht erkannte, hieß das, Pola Wolf war nicht nur frei, sie besaß auch keine Geschichte mehr. Oder das Gegenteil war der Fall, Lieschen wollte sie nicht mehr kennen.

Ich habe immer an sie gedacht. Sie war der wichtigste Mensch in meinem Leben. Ich habe sie geliebt, mehr als meine eigene Mutter. Aber dann, als wir uns dort vor dem Haus begegneten, erkannte ich sie nicht. Meine Gedanken waren vorausgeeilt, nach oben, in die Wohnung, wo die Kinder schon viel zu lange auf mich warteten. Ob wir noch genug Wasser hatten, fragte ich mich gerade, und sie sagte etwas, so leise, dass ich es nicht verstand, und dann war der Augenblick schon wieder vorbei, vertan. Pola war so verändert, niemand hätte sie damals erkennen können. Dennoch habe ich nie aufgehört zu grübeln, wie anders es vielleicht gekommen wäre, hätte ich meinen Kopf an jenem Morgen bei der Sache gehabt.

Wien lag noch in Agonie nach dem Monate dauernden Kampf um die Eroberung der Stadt. Die Wasserleitungen und die Gasrohre waren geborsten. Das Wasser trugen die Menschen in Eimern und Krügen über weite Strecken in ihre Häuser, der Strom wurde nur stundenweise eingeschaltet.

Ganze Straßenzüge des Bezirks Mariahilf waren nur mehr Ruinen. Sie ließen den Blick auf den Gürtel frei, ein breites Straßenband, das die Innenbezirke von der Vorstadt abgrenzte. Die Trasse der Stadtbahn, die hier hoch über dem Straßenniveau geführt wurde, war wie durch ein Wunder nicht heruntergestürzt.

Auf der Mariahilfer Straße begegnete Pola einer Frau, die einen Leiterwagen, hochbeladen mit Kisten und Möbelstücken, zog. Während sie sich fragte, wohin die Frau mit ihrem Hab und Gut wohl unterwegs war, sah sie eine Tramway die Straße herauffahren. Kein einziger Fahrgast saß darin. Der Zug passierte ohne anzuhalten die Station, querte den Gürtel mit einem melancholischen Klingeln und entschwand wieder.

Die hässliche Backsteinkirche Mariae Not stand unversehrt, dahinter erkannte Pola das steile Blechdach der Bürgerschule. Auch sie hatte den Krieg überdauert. Unwillkürlich empfand sie Erleichterung. Sie ging trotzdem nicht hin. Später vielleicht. Stattdessen schlug sie den Weg Richtung Alsergrund ein.

Kaum zwei Monate waren seit Kriegsende vergangen. Der Schock stand den Menschen noch immer ins Gesicht geschrieben. Die Schuttberge wurden von den Straßen geräumt, einsturzgefährdete Häuser gesprengt, andere notdürftig in Stand gesetzt. Überall waren Reparaturen im Gang, damit die Tausenden Ausgebombten und die Heimkehrer ohne Obdach im nächsten Winter nicht mehr auf der Straße stehen würden.

Pola bewegte sich langsam. Die Schwüle des Frühsommertags drückte schwer auf ihre Schultern. Sie hatte Schuhe aus harten, ockerfarbenem Leder an, zu warm und unbequem, ebenso wie ihre Kleider, ein Wollkostüm mit Mottenlöchern, die auf dem dunklen Stoff glücklicherweise nicht leicht auszunehmen waren. Ihre Heimkehreruniform nannte sie das grau und schwarz gemusterte Kleidungsstück aus einer vergangenen Modeära. Vor dem Krieg waren Glencheck-Muster und Herrenschnitt der letzte Schrei gewesen. Mutters Hausschneiderin hatte die Hände über dem Kopf zusammengeschlagen, als Pola sich so ein Modell im *Journal de Paris* aussuchte.

Das Kostüm, das sie nun trug, war nicht ihr eigenes, ein Zufallsgriff in die Kleiderkiste der Wohlfahrt hatte es in ihren Besitz gebracht. Nach diesen Jahren gab es keinen persönlichen Gegenstand aus ihrer Vergangenheit mehr.

So oft war sie diesen Weg zu Fuß gegangen. Jetzt konnte sie die Strecke kaum bewältigen. Endlich erreichte sie die Alserbachstraße. Nicht weit von hier in der Spittelau hatte es einmal ein Pestspital gegeben, in späterer Zeit das Armenhaus „Zum blauen Herrgott“ und die Bürgerversorgungsanstalt, und der Narrenturm stand bis auf den heutigen Tag. Schubert war hier zur Welt gekommen, im „Roten Krebsenhaus“, auch er ein armer Schlucker. „Zur eisernen Kette“ hieß das Gebäude, in dem einst ein Schlossermeister seine Tochter einsperrte. Nur wem es gelang, das Schloss zu öffnen, sollte das Mädchen zum Lohn bekommen. Aber es kam anders, der Freier wurde vom eifersüchtigen Nebenbuhler in der Donau ertränkt.

Was für ein merkwürdiger Stadtspaziergang, hatte Pola an dieser Stelle zu Alexander gesagt, als ob es vom Alsergrund nicht auch schöne Geschichten zu erzählen gäbe. Da führte er sie in die Liechtensteinstraße, wo in früherer Zeit der Alsbach geflossen war und zeigte ihr das „Fliegende Haus".

Mit gesenktem Kopf ging Pola durch die Porzellangasse. Der große Platz vor dem Franz-Josephs-Bahnhof war von einem riesigen Bombenkrater aufgerissen. An seinen Rändern klebten alte Häuserzeilen mit anmutigen Erkerbalkonen und kunstvoll geschmiedeten Eingangstoren. Bis auf die zerbrochenen Fensterscheiben sahen sie aus wie früher. An der Ecke war das Café Brioni, wo sie so oft auf Alexander gewartet hatte, hinter eine Zeitung geduckt, mit klopfendem Herzen. Sie konnte sich ihm nicht entziehen, und er wusste es, aber dennoch, ganz sicher war er ihrer nicht. In dem einen kurzen Augenblick, wenn sie die Zeitung sinken ließ und er sie ansah, ernst wurde, so ernst, kam seine Unsicherheit zum Vorschein. Die Angst der Liebenden, sagte sie zu ihm, aber eigentlich war es eine Frage, und sie wusste die Antwort nicht. Er lachte dazu, lachte und beugte sich über ihre Hand, während er heimlich ihre Schenkel liebkoste.

Auch die großen Fensterscheiben des Brioni waren großteils in Scherben und mit Pappkarton verklebt. Pola legte die Hand auf den heißen, sonnenbeschienenen Messinggriff der Eingangstür. Zu ihrer Überraschung gab sie nach. Das Kaffeehaus war geöffnet. Sie blieb draußen. Geldausgaben konnte sie sich nicht leisten. Wenn sie es vemeiden konnte, setzte sie sich keinen fremden Blicken aus. Viele waren vom Krieg gezeichnet, doch das tröstete sie nicht. Zwischen ihr und den anderen gab es keine Gemeinsamkeit. Das war nicht anders als früher. Damals hatte sie auf die kleine Welt der Bürger heruntergesehen. Sie war etwas

Besonderes gewesen. Sie war immer noch besonders. Ein Monster, eine Ausgestoßene.

Ich lernte sie kennen, lange bevor sie meine Lehrerin wurde. Eine Kutsche hielt vor dem Haus Nummer 16, wo neue Mieter einzogen, mit Schachteln und Säcken vollbeladen. Herr Ohler kam herbei und half dem Kutscher beim Herunterheben einer riesigen Kiste. Es war ein Schiffskoffer, wie ich später erfuhr, und er gehörte Polas Mutter, obwohl sie nie eine Seereise gemacht hatte. Der Mann fluchte, weil der Koffer schwer war, so ordinär, wie es in Wien nur die Kutscher verstehen. Plötzlich aber hielt er inne. Er schaute das Mädchen an, das aus dem Haus getreten war und ihm eine Hand mit dem Trinkgeld hinstreckte. Sie senkte den Blick, weil er sie so unverhohlen anstarrte. Wortlos, der Fluch war ihm im Hals steckengeblieben.

Als ob eine Märchengestalt aus meinem Bilderbuch gestiegen wäre und nun leibhaftig in der schäbigen Bürgerspitalgasse stünde, mit weißer Haut und schwarzem Haar und roten Lippen. Eine Prinzessin.

Lange wartete Pola vor dem Haus in der Althanstraße, unentschlossen, ob sie eintreten sollte. Wünschte sie sich, einen von ihnen wiederzusehen? Sie konnten übersiedelt sein, oder tot. Darum war sie doch hierhergekommen, den weiten Weg vom Mariahilfer Gürtel auf ihren schmerzenden Füßen, um das zu erfahren. Sie gab sich einen Ruck.

Der Hausflur war kühl. Jemand hatte die bunten Majolikareliefs in der Wandtäfelung zerbrochen, das Bild des

Schäfers und seiner Liebsten. „Da kam eine junge Schäferin, mit leichtem Schritt und munterm Sinn …“

Der Schweiß perlte wie Tränen über ihr Gesicht. Sie musste sich die Augen wischen, damit sie die Namen auf der Tafel entziffern konnte. Gotische Messinglettern, Direktor Panigl. Das Schild war noch hier.

Aus der Hausmeisterloge kam ein Geräusch. Der Spion, das Guckloch an seiner Tür, klapperte, wenn man ihn beiseiteschob. Der Hausmeister lag auf der Lauer, wie eh und je.

Pola wollte weitergehen, da überfiel sie mit einem Mal die Schwäche. Sie suchte nach einem Halt. Noch ein unsicherer Schritt, dann musste sie sich an die Wand lehnen.

Der Hausmeister öffnete die Tür und spähte durch das Dämmerlicht des Flurs zu ihr. „Na, wie hammas?“, fragte er vorwurfsvoll, weil sie grußlos und ohne Erklärung in ihrer Stellung verharrte.

Sie kannte ihn gut. Er hatte in ihrem Prozess ausgesagt, nur Unsinn. Er war ein dummer Mensch und verstand nicht das Geringste von den Vorfällen, deren Augenzeuge er wurde. Es hatte gerade gereicht, Stimmung gegen sie zu machen. Darauf zielten alle Zeugen der Anklage ab. Hässliche Nachrede anstelle von Beweisen. Kein Rauch ohne Feuer.

„Bittschön, was ist gefällig?“, schnarrte der Hausmeister ungnädig, aber Pola hörte nicht hin. Die Kühle hatte sie ein wenig erfrischt, ihre Knie trugen sie wieder. Sie verließ das Haus. Mühsam sammelte sie Speichel in ihrem Mund und spuckte aus. Dreimal. Und ihre Fußspitze malte das Zeichen auf den Boden. Maleficat.

2. Kapitel

Unsere Schule in der Levkojengasse hatte einen Hintertrakt, ein einstöckiges Gebäude, älter als das Schulhaus, mit dem es durch den Hof verbunden war. Im Parterre lagen die Turnsäle, nach Geschlechtern getrennt, und dazwischen führte eine Treppe in den ersten Stock zum Naturgeschichtskabinett. Pola verbrachte die Pausen nicht mit den anderen Lehrern. Sie war Jahre jünger als die meisten und vermutlich auch deshalb schüchtern im Umgang mit ihnen, aber ich glaube, daran lag es nicht, sie zog vielmehr das Alleinsein vor. Im Naturgeschichtskammerl, wie es im Schuljargon hieß, hing der Staub von den Mineralien, die in hölzernen Schaukästen aufbewahrt wurden, und ein Gemisch verschiedener Gerüche von den chemischen Präparaten, nach Schwefelwasserstoff und Alkohollösung, nach Magnesium und Braunstein.

Wenn ich etwas für sie erledigte, durfte ich in ihr Zimmer kommen. Meist saß sie am Fenster und sah in die Ferne. Wenn sie sich nach mir umwandte, las ich in ihren Augen, dass auch ihre Gedanken fern waren und sie nur ungern dahin zurückkehrte, wo sie sich gerade befand. Eine eigene Aura umgab sie, etwas, das mir das Herz zusammenzog, auch wenn ich nicht wusste, warum.

Im Naturgeschichtskabinett hatte alles seinen Platz, unveränderlich, während draußen nichts gleich blieb. Die Blätter des Spitzahorns, der Himmel darüber, der Wind und die

Jahreszeiten. Sie spürte ihr Herz schlagen und hörte ihren Atemzügen zu, die ihre Brust hoben und senkten. Sie wusste, sie hatte nur eine kurze Frist, aber nicht, was danach kommen würde, etwas, das sie das Eigentliche nannte, das, wofür sie hier war.

Manchmal summte sie Verse vor sich hin: „Was machst du Mägdelein allhier, du seufzest so, was fehlet dir", aus einer Ballade, die sie als Schulmädchen einmal auswendig gelernt hatte, mit tonloser Stimme, bis die Uhr sie in die Wirklichkeit zurückholte.

An der Mädchengarderobe vorbei führte die Stiege ins Obergeschoß. Wenn jemand heraufkam, wusste Pola, dass der Besuch ihr galt. Über ihrem Zimmer gab es nur mehr den Dachboden, den sie niemals betrat. Schmutz und Ungeziefer verabscheute sie. Schon der Gestank aus den Turnsälen war ekelhaft genug. Und doch blieb sie jedes Mal, wenn sie durch den Windfang in den halbdunklen Flur trat, vor der Knabengarderobe stehen. Einmal hatte sich die Tür geöffnet und sie konnte einen Blick hineintun. Auf einen Mann, der da drinnen auf sie wartete. Ein Fremder, gesichtslos.

„Der Ritter mit dem schwarzen Pferd hat dich zumalen lieb und wert. Nimm dich vor ihm in Acht, manch Jungfrau hat er zu Fall gebracht."

Sie fühlte eine Hand auf ihrer Brust. Drängend. Und seinen Atem. Er schob sich an sie heran. Er presste seinen Körper an ihren, und sie floh nicht, sie hielt still. Ohne ein Wort. Dann läutete die Pausenglocke. Er verschwand, als hätte es ihn nie gegeben. Aber es war kein Traum.

Die ersten Minuten sah sie dem hochgewachsenen Mann nur auf den Mund. Sie fasste kein Wort seiner Rede auf, so verblüfft war sie über sein Erscheinen. Ein einziges Mal waren sie einander gegenübergesessen, bei dem Vorstellungsgespräch in seiner Kanzlei. Direktor Panigl hatte Pola zu ihrem erfolgreichen Studienabschluss gratuliert und sie für den Unterricht in Deutsch und Naturgeschichte eingestellt. Mit zweiundzwanzig war Pola Wolf die jüngste Bürgerschullehrerin des Landes gewesen. „Ein besonderes Talent" stand in ihrem Abschlusszeugnis. Nadija war stolz auf ihre Tochter. Nur die Berufswahl stimmte sie unglücklich. „Lehrerin, mein Schatz, warum das? Du hättest doch ganz andere Aussichten!"

Direktor Panigl grüßte, wenn er ihr auf den Schulgängen begegnete. Nach der Schulmesse, zu Weihnachten und wenn die Ferien anfingen, schüttelte er ihr wie allen Lehrern die Hand. In den eineinhalb Jahren, die sie an der Schule unterrichtete, hatte es nicht ein einziges persönliches Gespräch zwischen ihnen gegeben. Mehr noch als die Tatsache, dass er sie hier oben in ihrem Refugium besuchte, wunderte sie der Grund, den er ihr nannte.

„Es handelt sich um Alexander, meinen Sohn. Ich suche eine Nachhilfelehrerin für ihn. Tatsächlich ist er nicht unser leibliches Kind, sondern ein Waisenkind, das wir in Pflege genommen haben. Und weil er wie Sie ursprünglich aus Serbien stammt …"

Die Pausenglocke läutete die letzte Stunde ein. Pola stand auf.

„Ich muss aber jetzt …"

„Ich habe eine Vertretung in Ihre vierte Klasse geschickt", sagte Herr Panigl.

Sein langer, schmaler Kopf war von einer Wolke hellen, gelockten Haars umgeben, dünn wie Kinderhaar, durch das seine Haut rosarot schimmerte. Seine regelmäßigen Gesichtszüge hatten etwas Indianisches, zwei strenge Falten, die fast senkrecht die Wangen durchkreuzten, der Mund mit breiten, geraden Lippen, längliche blaue Augen. Sein Blick maß Pola. Ein wenig zu lang ruhte er auf ihrem Busen, auf ihren Hüften, bevor er wieder in ihr Gesicht zurückkehrte. Sie brachte nicht ein Wort hervor. Erst als er sich ebenfalls erhob und ihr seine Rechte entgegenstreckte, wie um einen Vertrag zu besiegeln, antwortete sie ihm.

„Ich beherrsche das Serbische leider kaum."

Er hob kurz seine blassen, nahezu unsichtbaren Augenbrauen. „Ach so, das wusste ich nicht." Er rieb sich die Schläfe, eine Geste, die sie schon früher an ihm bemerkt hatte, als ob an dieser Stelle ein gewohnter Schmerz säße.

„Na, eigentlich spielt es keine Rolle. Weil Alexander …" Er lachte, es klang ein wenig verlegen. „Ehrlich gesagt, es geht vor allem darum, dass eine vertrauenswürdige Person sich mit ihm beschäftigt. Er ist in einem schwierigen Alter, doch – "

Nun schien er sich wieder gefasst zu haben und schaute Pola wie vorher direkt an.

„ – ein intelligenter Bursche. Ich bin sicher, dass Sie mit ihm fertig werden. Ich setze große Stücke auf Sie, Fräulein Wolf. Bisher habe ich das nicht zum Ausdruck gebracht. Nun, jetzt hole ich es nach. Sie machen Ihre Arbeit ausgezeichnet."

„Danke."

Pola ahnte, dass sein Lob sie verpflichten, ihr Nein zu diesem Nachhilfeschüler unmöglich machen wollte. Bei dem Gedanken befiel sie Unbehagen. Was, wenn sie, wie seine

Eltern, nicht mit Alexander fertig wurde? Was, wenn … Wieder spürte sie den Blick des Mannes. Er verwirrte sie. Jetzt kam er noch einen Schritt näher. Sie spürte den Strom, der von ihm zu ihr floss, wie einen elektrischen Schlag, ohne dass er sie berührte.

„Keine Angst, liebes Fräulein." Er begann zu lächeln. „Ich verstehe Ihre Sorge sehr gut. Sie können jederzeit absagen, wenn Ihnen diese Aufgabe nicht zusagt. Ich werde es Ihnen nicht nachtragen. Aber um eines bitte ich Sie: Kommen Sie und sehen Sie ihn sich einmal an. Gut?"

„Wo soll das stattfinden, Herr Direktor?"

„Wir wohnen Althanstraße 9. Ganz ohne Umstände, nach Schulschluss oder im Laufe des Nachmittags, wie es Ihnen ausgeht. Sie treffen meine Frau und Alexander bestimmt zu Hause an."

Er nahm ihr Schweigen als Zustimmung und reichte ihr die Hand. Ihre Handflächen glitten ineinander. In Polas Haut begannen kleine Pulse zu klopfen, eine Hitze stieg ihren Arm hinauf, bis zum Hals, in die Wangen.

Dann war es schon vorbei, er nahm die Haltung an, die sie von ihm kannte, freundlich distanziert und ein wenig von oben herab. Er ging und sie starrte noch bis zum Ende der Stunde auf die Grünfläche unter ihrem Fenster und verstand nicht, was geschehen war.

Bis die Familie Panigl in ihr Leben trat, lebte Pola in sich versunken. Sie schrieb, ohne etwas aufzuschreiben, an Gedichten und Geschichten, dichtete sie in die Wolken, in den Wind, in den Regen. Hinter dem alten Linienwall machte sie lange Spaziergänge über die Felder, und je rauher das

Wetter war, desto stärker gab sie sich ihren poetischen Stimmungen hin. Mit zweiundzwanzig hatte sie schon viel von Liebe und ihrer geschlechtlichen Seite gelesen, aber noch nichts davon verspürt, nicht einmal eine romantische Verliebtheit. Sie vermisste keinen Mann. Wenn ihre Mutter nur eine Andeutung von Heirat machte, schüttelte sich Pola innerlich vor Ablehnung. Niemals wollte sie Kinder bekommen. Das Bild ihres Vaters Milo war ihr immer gegenwärtig. Ein schöner Mann mit schwarzem Haar, grünen Augen, einer schmalen und hochgewachsenen Gestalt. Doch hinter der Fassade seines guten Aussehens verbarg sich ein kranker Geist, von einem wilden Wahn besessen.

Da erschien nun dieser Panigl, ein fremder Mensch, verheiratet, ihr Vorgesetzter, und sie besaß von einem Tag zum anderen keine Vernunft mehr. Als ob er sie verzaubert hätte. Ja, das tat er. Er hat ihr den Kopf verdreht, wie leicht war das dahingesagt. „Mein armer Kopf ist mir verrückt, mein armer Sinn ist mir zerstückt", hieß es in Goethes *Faust*, eine Klage, die eine Freude meinte, den Liebestaumel. Aber so war es nicht mit Pola. Sie wurde tatsächlich eine andere.

Der erste Weg nach der Schule führte Pola nach Hause, in die kleine Untermiete in der Bürgerspitalgasse. Im größeren der zwei Zimmer verbrachte Nadija Wolf ihre Tage auf der Ottomane. Sie schlief lange, verträumte die Vormittage und trug oft noch ihr Negligé, wenn Pola zu Mittag von der Schule kam. Nadija war schlecht vorbereitet auf ein Leben in Mittellosigkeit. Weder hatte sie einen Beruf erlernt noch verfügte sie über häusliche Tugenden. Mädchen wie sie, aus angesehenen Familien, wurden nicht zur Nützlichkeit erzogen, sondern als Ziergegenstände.

„Du bist der einzige Luxus in unserem Haushalt“, sagte Pola manchmal zu ihr, halb ärgerlich, halb neckend. Die einzige selbstständige Entscheidung in Nadijas Leben war die Wahl ihres Ehemanns gewesen, gegen den Willen der Eltern. Milo Wolf, wie er sich nannte seit sie nach Wien übersiedelt waren, entstammte einem noch älteren, noch edleren Geschlecht als Nadijas Familie.

„Sechshundert Jahre serbischer Adel, das ist eine schwere Bürde, meiner Seel’“, pflegte Milo zu sagen, wobei er seinen buschigen, schwarzen Schnurrbart glattstrich.

Bei der Schlacht am Amselfeld hatte sein Urahn Stephan Serbien an die Türken verraten. Nadijas Vorfahren waren in dieser Schlacht gefallen, während Stephan von den türkischen Siegern das halbe Königreich zum Lohn bekam. Bis zum heutigen Tag, erzählte Milo seiner kleinen Tochter, lebte diese Untat im serbischen Heldenepos weiter und die Kinder lernten in der Schule die Verwünschung von Milos Ahnen im Unterricht:

„Nichts gedeihe ihm von seinen Händen, nicht der weiße Weizen auf dem Acker, nicht der Weinstock auf dem Hügel, nicht die Kinder im verfluchten Haus.“

Wenn Nadija das hörte, wurde sie zornig und unterbrach ihn: „Sprich nicht so abergläubisches Zeug, du erschreckst das Kind!“

Aber vielleicht war es mehr als ein Aberglauben, dachte Pola manchmal, während die Jahre voranschritten. Das Leben ihrer Eltern stand unter keinem guten Stern.

Einmal stellte ich Polas Mutter die Frage, warum sie nie mehr nach Hause zurückgefahren waren, nicht einmal auf Besuch zu ihrer eigenen Mutter. Mein Mann hat sich dort den Tod geholt, antwortete sie mir, den Keim zum Tode, wie sie sich ausdrückte. Als Pola der Prozess gemacht wurde, enthüllte sich, was das bedeutete. Aber damals begriff ich nicht, wovon die Rede war, und später, als ich alt genug war, diese Dinge zu verstehen, glaubte ich nicht daran, kein Wort davon. Selbst wenn Pola das Verbrechen, das man ihr zur Last legte, wirklich begangen hatte. Ihr Geist war weder krank noch böse.

Nadija und Milo feierten ihre Verlobung 1909 in Wien, der Stadt, die sie liebten, ebenso wie den Klang der deutschen Sprache, die sie schon als Kinder erlernt hatten. Wenige Tage nach ihrer Verlobung wurden der serbische König Alexander Obrenović und seine Ehefrau Draga, „die Hure auf dem Thron", in Belgrad ermordet, in ihrem Schlafzimmer mit Pistolenkugeln und Säbelstichen buchstäblich zu Tode gemetzelt. Die Offiziere, die sich gegen Alexander erhoben hatten, warfen die Leichen aus dem Fenster auf die Straße, dann machten sie den königstreuen Gefolgsleuten am Hof den Garaus.

Milos Familie war auf der Seite der Verschwörer gestanden, die Nadijas dagegen auf der Seite der Obrenović, mit denen sie weitschichtig verwandt waren. In der *Neuen Freien Presse* stand, die Serben seien eine Bande verschlagener primitiver Balkankrieger, die nur die Blutrache kannten. Auch als Schweinehirten, Hammeldiebe, Halsabschneider und „Slibowitzianer" wurden sie tituliert, und wenn Milo so einen Artikel las, zuckte er die Achseln und meinte bedauernd: „Leider stimmt das."

Das junge Paar beschloss, sich in Wien niederzulassen. Hier wollten sie heiraten, ihre Kinder großziehen und Deutsche werden. Es war kein glücklicher Zeitpunkt zum Übersiedeln. Wenn die Leute auf der Straße ihren Akzent hörten, wurden sie nicht selten beschimpft wie ihre Landsleute zu Hause: „Serbische Köter!" „Wegelagerer!" „Komidatschi!" Beim Fleischhauer, beim Bäcker, beim Greißler bekamen sie die schlechteste Ware hingeworfen, herausfordernd, nicht verstohlen, bis sie anderswo ihre Einkäufe machten, doch auch dahin folgte ihnen schnell der Ruf, solche vom Balkan zu sein: Feinde und Verräter, denen man die Pest an den Hals wünschte.

1914, nach dem tödlichen Attentat auf den österreichischen Thronfolger Erzherzog Franz Ferdinand in Sarajewo, bekam Milo eine dringende Depesche aus Belgrad. Die Familie forderte ihn auf, sich um die lange vernachlässigten Geschäfte zu kümmern. Nadija bestand darauf, Milo nach Hause zu begleiten. Sie erwartete nach einer Fehlgeburt wieder ein Kind, und als sie plötzlich über heftige Bauchschmerzen klagte, fürchtete Milo, dass sie es nach den Strapazen der Reise neuerlich verlieren würde. Der eilig herbeigerufene Arzt kannte Nadija, er hatte schon ihre Kinderkrankheiten behandelt.

„Ich verdanke meine Heilkunst vor allem dem Kräutergarten meiner Großmutter", erklärte er seiner Patientin.

Er gab ihr eine Mixtur zu trinken, ordnete Bettruhe an und blieb bei ihr, bis sich ihr Zustand nach einigen Stunden gebessert hatte.

„Wenn Sie Ihr Kind lebend zur Welt bringen wollen, dürfen Sie sich nicht von diesem Bett entfernen“, schärfte der Arzt ihr ein. „Gerade, um Toilette zu machen, oder ein paar Schritte im Zimmer herumzuspazieren. Von jedem weiteren Ausgang rate ich Ihnen ab. Auf keinen Fall aber würde die Leibesfrucht die beschwerliche Rückreise nach Wien überstehen!“

So blieben sie in Belgrad und warteten, während sich der Kriegsausbruch drohend abzeichnete, auf Polas Ankunft in der Welt. Der Kriegsrausch der Österreicher steigerte sich mit jedem Tag. Als Habsburg dem Königreich Serbien den Krieg erklärte, zogen die Massen mit Doppelliterflaschen Wein durch die Kärnter Straße, prosteten ihrem Kaiser in der Hofburg zu und sangen grölend: „Hurra! Hurra! Auf nach Belgerad!“ Die Zeitungen unterhielten die Leser mit Kriegsspeisekarten: „Montenegrinischer Hammelbraten mit ungarischen Säbelhieben garniert – gewichste Serben – Kosaken am Spieß – und als Spezialität: Bomben für Königsmörder!“ und auf den frisch gedruckten Kriegspostkarten erfreute sich ein Spruch besonderer Beliebtheit: „Jeder Schuß! Ein Ruß! Jeder Stoß! Ein Franzos'! Jeder Tritt! Ein Brit'! Haut's die Serben! All in d'Scherben! Aus d'Japaner! Mach ma Baner!“

Nichts von diesen Hetzreden hinderte Nadija und Milo mit ihrer neugeborenen Tochter wieder nach Österreich zurückzukehren. Die Politik hatte nichts damit zu tun, Wien war die einzige Stadt, in der sie leben wollten.

Ein letztes Mal reisten sie 1919, noch während in St. Germain die Friedensverhandlungen geführt wurden, nach Serbien, um Nadijas Großmutter und Milos Vater zu begraben. Es war Polas einziger Besuch in der Heimatstadt ihrer Eltern und sie besaß nur die Erinnerung an ein eiskaltes riesiges Haus mit einem Boden aus rotem und schwarzem Marmor, auf dem eine alte Frau, die Fürstin Natalia, in einem raschelnden, langen Kleid ihre Kreise zog, von einem Fenster zum nächsten, und bei jedem haltmachte, um hinauszublicken. Schnee lag auf der steinernen Brunnenfigur draußen im Garten, das Wasser war zu Eis gefroren und vom Himmel fielen Schneeflocken so groß wie Taschentücher. Die Sprache der alten Fürstin war schnell und heftig, helle, knallende Laute, die auf ihr Gegenüber einprasselten wie Pistolenschüsse. Nadija verwandelte sich bei diesen Gesprächen in eine Pola bis dahin unbekannte Person, eine Furie, gellend und rotglühend vor Wut.

Milo kam in ihrer Erinnerung nicht vor. Er durfte das Haus nicht betreten, der Verräter, an dessen Händen das Blut der Obrenović klebte, so das Verdikt von Nadijas Familie. Während das Habsburgerreich fiel und der Vertrag von St. Germain eine neue Weltordnung schuf, versuchte Milo, Ordnung in seinen Familienbesitz zu bringen. Es stand nicht gut darum bestellt. Ob es am Weltkrieg lag, an Misswirtschaft oder diebischen Angestellten, bekam Milo nicht heraus.

„Aber verdienen eh nur die Advokaten daran“, bemerkte er und brach seine halbherzigen Bemühungen wieder ab.

Bald nach dem Krieg kam die Todesnachricht von Nadijas Mutter. Nadija las sie trockenen Auges. Niemand war je so hart zu ihr gewesen wie die Fürstin Natalia. Einmal, mit sechs Jahren, hatte Nadija eine kleine Freundin in der Nachbarschaft besucht, ohne um Erlaubnis zu fragen.

„Die Fürstin hat mich geholt und mit dem Pantoffel auf den Kopf geschlagen, den ganzen Weg, bis wir wieder daheim waren. Das kam nicht nur einmal vor. Sie suchte sich immer ein Opfer, an dem sie ihre Wut auslassen konnte. Die Fürstin wird ohne mich begraben werden. Ich hoffe, dass sie im Jenseits das erwartet, was sie verdient."

Nadija und Milo hatten einander ein Versprechen gegeben. Sie redeten nie mehr ein Wort in ihrer Muttersprache, um echte Deutsche zu werden. Nach der Einbürgerung ließ Milo seinen adeligen serbischen Namen eindeutschen. Von der alten Heimat war nur mehr selten die Rede. Außer „da", „ne" und ein paar Begrüßungsfloskeln wie „dobro jutro" und „laku noć" kannte Pola nur einen serbischen Fluch, den sie von ihrem Vater aufgeschnappt hatte: „Da Bog da crkla!" Was so viel hieß wie "Gott soll dich verrecken lassen."

Einmal rief ihr Pola, um ihre Mutter zu ärgern, die Worte nach. Nadija tat so, als hätte sie nicht verstanden.

Doch sie las immer noch, wieder und wieder, die *Hasanaginica*, eine berühmte serbische Volksballade, die sie bei ihrem letzten Besuch in Belgrad mitgenommen hatte. Das Buch und die Musik füllten ihre Tage aus.

3. Kapitel

Ich war, so steht es in Polas Aufzeichnungen, ihre Lieblingsschülerin. Sie eine Adelige von Geburt und ich ein Armeleutekind. Meine Mutter arbeitete in der Fabrik, einen Vater kannte ich nicht. Erst mit zwanzig Jahren wurde mir klar, warum es mich und die drei anderen, meine kleinen Geschwister, überhaupt gab, denn meine Mutter hatte keinen Mann. Für arme Schlucker ist Anstand nicht eine Frage der Tugend, sondern des Verstands. Das ist die Lehre, die ich aus dem Beispiel meiner Mutter zog. Gefallenes Mädchen, sagte man in jenen Tagen zu Frauen wie ihr, solche, die sich hingaben ohne Ehering. Sie mochte wohl die Männer gern und die Freuden, die sie schenkten, ließen sie ihren Alltag vergessen. Das ist meine Vermutung, eine Erklärung aus ihrem eigenen Mund hörte ich nie. Sie war gut und fleißig und vielleicht auch ein wenig dumm. Wenn sie nach Hause kam von ihrer schweren Arbeit, den langen Stunden am Fließband, war sie immer so müde, dass sie schon über dem Essen beinahe einschlief. Sicher empfand sie Dankbarkeit, weil ich ihr viel von ihren Pflichten abnahm, aber auch das blieb unausgesprochen.

Seit ich auf die Welt gekommen war, wohnten wir in der Bürgerspitalgasse. Die Wohnung hatten wir von der Fürsorge zugewiesen bekommen, weil meine Mutter minderjährig und unverheiratet war, als sie mich gebar. Auch das zweite und das dritte Kind führten nicht zum Ehestand, das vierte schließlich, mein kleiner Bruder Franz, schien eine Wendung zu bringen. Vielleicht suchte mein Vater danach endgültig das Weite. Es ist aber auch möglich, dass es sich um verschiedene

Väter handelte. Die Bekanntschaften, die meine Mutter in der Fabrik pflegte, brachte sie nie mit nach Hause, so kann ich auch darüber, wie über vieles andere in ihrem Leben, nur Mutmaßungen anstellen. Ich fragte sie nie. Letztlich war es mir gleichgültig. So seltsam das klingt, denn sie war doch meine Mutter, der Mensch, der mir mein Leben schenkte. Pola Wolf dagegen fesselte meine Aufmerksamkeit, sowie ich meinen Blick auf sie richtete. Sie war eine außergewöhnliche Persönlichkeit und eine wunderbare Lehrerin. Nie habe ich von ihr ein verächtliches Wort über die zerlumpten oder beschränkten Kinder der Arbeiterviertel von Rudolfsheim-Fünfhaus, die sie unterrichtete, gehört. Im Herbst trug sie uns auf, Blätter von den Bäumen, die auf dem Kirchplatz wuchsen, in die Schule zu bringen, und im Frühling ging sie mit uns hinaus, um Blumen und Gräser zu sammeln. Wir beobachteten die Schmetterlinge und die Vögel auf dem Wienerberg und die jungen Kaulquappen in den Ziegelteichen. Sie lehrte uns ihre Namen und dass alles in der Natur seine eigene unverwechselbare Form hat, ob Stein, ob Blatt, ob Tier.

Nach dem Unterricht setzte sich Pola in die Stadtbahn und fuhr in den neunten Bezirk. Die Adresse in der Althanstraße fand sie auf Anhieb, aber vor dem Haus verließ sie der Mut. Sie ging ein Stück weiter, bis zum Café Brioni an der nächsten Straßenecke. Um diese frühe Nachmittagsstunde war das große Kaffeehaus gut besucht. Die Kellner kreisten ihre Tabletts über den Köpfen der Gäste. An den Billardtischen zeigten Männer in Hemdsärmeln mit Witz und Elan, was sie konnten, im Extrazimmer hielt ein

Rechtsanwalt seine Kanzleistunden ab. Durch die Fenster blickte man über den großen Platz vor dem Franz-Josephs-Bahnhof. Zweispännige Equipagen und motorisierte Droschken brachten Fahrgäste zu ihren Zügen, fliegende Händler boten Reiseproviant an, leichtgeschürzte Damen schlenderten vorüber und Herren, die Anschluss suchten, ihnen nach. Pola bestellte sich einen Kaffee und zwei Zigaretten und las dazu unaufmerksam einen Artikel über den 1934 ermordeten Zwergenkanzler, der immer noch beweint wurde und unvergessen bleiben würde. Eine Blumenverkäuferin ging mit getrockneten Biedermeiersträußchen von Tisch zu Tisch. Keiner kaufte ihr etwas ab. Bevor die zittrige Alte zu ihr kommen konnte, verließ Pola ihren Platz. Sie winkte dem Ober um zu zahlen. Wie sollte sie sich entscheiden? Zu Panigls gehen? Sie hatte immer noch Herzklopfen. Ihr Mund brannte vom Nikotin. Mit ihrer Schwäche und Verwirrung hadernd, ließ sie die Glastür vom Brioni hinter sich zuschwingen und begab sich ein zweites Mal zum Haus Althanstraße 9. Der Hausmeister polierte mit einem Tuch den makellos glänzenden Handlauf aus Messing. Sein mächtiger Bauch nahm die halbe Breite der Treppe ein.

„Zu wem wollen Sie?“ Er inspizierte sie mit unverblümter Neugierde. Er wich nicht zur Seite, Pola musste stehenbleiben.

„Direktor Panigl.“

„Der ist nicht da. Nur die Frau Gemahlin. Aber bitte, gehen's nur weiter, bitte sehr.“

Er schüttelte sein Staubtuch aus, bevor er ihr Platz machte.

Langsam stieg Pola die Stufen hinauf. Der rote Läufer verschluckte ihre Schritte. Sie bemühte sich, zu Atem zu kommen, um nicht echauffiert vor Frau Panigl zu erscheinen. Wäre der Hausmeister nicht auf seinem Beobachtungsposten geblieben, hätte sie kehrtgemacht. Dann stand sie vor der ebenholzschwarzen Wohnungstür mit dem geätzten Milchglasfenster und rückte ihre Kleidung zurecht, bevor sie die Klingel drückte.

Thekla Panigl öffnete selbst. Pola hatte sich eine andere Person vorgestellt, nicht so eine imposante Erscheinung mit üppigem Busen, Rouge Baiser-Lippen und einer Krone aus geflochtenem, kastanienbraunem Haar.

„Ich habe Sie schon erwartet." Ihre Stimme war tief wie die eines Mannes. In einer langen Spitze aus Alabaster hielt sie eine Zigarette und rauchte ungeniert im Gehen, während sie Pola in den angrenzenden Salon führte. Auf dem niedrigen runden Tisch zwischen den Fenstern wartete schon ein Tablett. Frau Panigl goss, ohne zu fragen, Tee und Likör ein.

„Bitte, greifen Sie zu." Sie schob Pola einen Teller mit Schokoladekeksen hin. „Die Kekse sind aus Brasil-Schokolade gemacht, eine wirkliche Spezialität. Unsere Köchin Bertha hat das Rezept sogar an die Zeitung verkauft."

Sie sah Pola mit großem Ernst an, beinahe ein wenig ängstlich, oder vorsichtig. Pola wusste nicht, was sie davon halten sollte. Sie schaute sich um. Das Zimmer war der Prunkraum der Beletage und an die vier Meter hoch. Das Nachmittagslicht fiel durch drei Fenster und eine Glastür im Erker, vor dem eine steinerne Balkonbrüstung verlief. Dunkelbraune, reich geschnitzte Möbel verbreiteten eine muffige Atmosphäre, die von den Samtportieren und einem mächtigen brokatbezogenen Diwan auf gedrechselten

Füßen noch unterstrichen wurde. Überrascht entdeckte Pola einen Zipfel rosa Stoffes, der zwischen den steifen Polstern hervorlugte, ein Stück Unterwäsche? Schnell wandte sie sich wieder ab. Eine Perserkatze mit buschigem schwarzem Pelz schritt majestätisch an ihr vorbei und verschwand lautlos.

„Mein Mann hat Ihnen ja schon erklärt, worum es sich handelt." Frau Panigl sprach gedehnt, als ob ihr das Thema peinlich wäre.

Pola nickte und biss in ein Schokoladekeks. Es schmeckte staubig, als wäre es zusammen mit den Putzlappen aufbewahrt worden. Mit einem Schluck Tee spülte sie den Bissen hinunter und verbrannte sich die Zunge.

„Unser Sohn Alexander …"

Der plädierende Unterton war unüberhörbar. Wieder streifte Pola der vorsichtige Blick. Was war los mit dem Buben, fragte sie sich.

„Wollen Sie noch ein Petit four?"

„Nein, danke."

„Ich weiß auch nicht, warum ich das Loblied dieser Köchin singe. Nur weil sie es mir jeden Tag einredet, wahrscheinlich. Scheußlich, wie Briketts, diese Bäckerei."

Pola traute ihren Ohren kaum. Scherzte die Hausfrau? Ihre Miene ließ sich nicht deuten.

Frau Panigl griff nach ihrem Glas, deutete ein Prost an und leerte es auf einen Zug. „Auch diesen Kirschlikör hat Bertha selbst angesetzt. Mit Slibowitz."

Sie seufzte und gab sich einen Ruck. „Mir fällt das nicht leicht, Fräulein, weil … Sie sind noch zu jung und wenn man nicht selbst Mutter ist …"

Damit fing sie an über ihren Sohn Alexander zu erzählen, welch hübsches, blondgelocktes Bübchen er gewesen sei, artig und klug, ein Sonnenschein, der sie vergessen ließ, was mit ihren leiblichen Kindern geschehen war. Alle drei hatte sie an die spanische Grippe verloren, und dann, wie ein Wunder, war dieser Knabe in ihr Leben gekommen. Doch jetzt, seit seiner Adoleszenz, alles wie vernichtet, der Bub verstockt und ungebärdig, da helfe weder Güte noch Strenge. Inzwischen seien zu den häuslichen Problemen auch schulische getreten, deshalb wolle man nun eine Außenstehende beauftragen, ihm Unterricht zu geben.

Pola nippte an ihrem Likör, der süß und stark zugleich schmeckte und ihr sogleich zu Kopf stieg. Skeptisch hörte sie der Direktorsgattin zu. Die Geschichte war alltäglich genug. Warum wurde eine Autorität wie Panigl nicht mit seinem Sohn fertig? Und wenn er tatsächlich so schwierig war, was sollte sie da ausrichten?

Nachdem sie ihre Erklärung beendet hatte, erhob sich Frau Panigl. Aus einer Lade des Bücherkastens kramte sie einen kleinen Gegenstand hervor und hielt ihn Pola entgegen.

Es war eine Puppe aus Holz, ohne Arme und Beine, in einem schwarzen Samtkleid, das Gesicht bunt bemalt. Das dunkelbraun gelockte Haar sah aus wie echt.

„Sie ist sehr alt, aus dem siebzehnten Jahrhundert, hat man mir gesagt. Sie stammt aus Ihrer Heimat, aus Serbien. Ursprünglich war es ein Paar, Mann und Frau. Sie wurden täglich in Rotwein gebadet und mit weißem Brot gefüttert. In der Nacht schliefen sie in einem Holzkasten, mit einem Spitzentuch zugedeckt. Wenn sie hungrig waren, heulten sie wie kleine Kinder."

Zögernd nahm Pola die Puppe in die Hand. Sie wagte nicht den Blick zu heben. Unmöglich konnte diese Geschichte ernst gemeint sein.

„Gefällt sie Ihnen?“ Frau Panigl wartete vor Pola wie eine Bittstellerin. „Ja? Ich möchte sie Ihnen schenken.“

„Danke.“ Überrascht betrachtete Pola die Puppe. Sie wusste nicht recht, was sie mit ihr anfangen sollte. Sie räusperte sich. „Ich würde nun gern Alexander kennenlernen.“

„Er ist nicht zu Hause“, erwiderte Frau Panigl in klagendem Ton. „Ich weiß auch nicht, wann er kommen wird. Er erlaubt mir nicht, seinen Stundenplan zu lesen. Ich darf nicht einmal Fragen stellen.“

Draußen im Vorzimmer waren Schritte zu hören, aber niemand kam herein. Frau Panigl sprach immer noch. Pola roch den Alkohol in ihrem Atem. Endlich konnte sie sich verabschieden.

„Wir werden Ihnen Bescheid geben, wann der Unterricht mit Alexander beginnen soll.“ sagte Frau Panigl. „Und grüßen Sie Ihre Frau Mutter bitte von uns.“

Dass Pola noch mit keinem Wort ihr Einverständnis geäußert hatte, überging sie oder es war ihr nicht aufgefallen. Aber Pola widersprach ihr nicht. Sie wollte sich den schlimmen Alexander erst einmal ansehen. Zum Absagen war immer noch Zeit.

Auf dem Weg hinunter entdeckte sie im Stiegenhaus ein in die Wand eingelassenes Bild, eine Schäferszene, auf Porzellan gemalt. Mitten in der Wiese, zwischen grasenden Lämmern, blumengeschmückt und Blumen pflückend, ruhte ein Liebespaar, ihr Lächeln entrückt unter einem wolkenlosen Himmel. Pola hörte, wie hinter ihr die Wohnungstür der Panigls geöffnet wurde und wieder ins Schloss fiel. Weil niemand die Stiege herunterkam, wandte sie sich um. Ein junger Mann stand beim Aufzug und schaute durch das schmiedeeiserne Gitter des Fahrkorbs auf sie herunter. Helles Haar schimmerte im Dämmerlicht des Flurs. Ein Blick, unverwandt, neugierig. War das Alexander? Er sagte kein Wort, obwohl er wissen musste, dass sie ihn bemerkt hatte. Sie maßen einander. Bis er zurücktrat und sich ihr entzog. Sie hörte leises Lachen, ein leichtfüßiger Schritt entfernte sich. Noch einmal ging die Tür, und es war still. Pola verließ das Haus, verlegen, wie bei einer Heimlichkeit ertappt.

Sie lief die Strecke bis zur Stadtbahn, ohne anzuhalten. Das Gefühl ließ sich nicht abschütteln. Das Bild des mutwilligen Engels verschmolz mit den Liebenden auf der Wiese, folgte ihr bis in ihre Träume.

Beide Familien waren seltsam, die Panigls ebenso wie die Wolfs, aber den zweiteren gehörte meine Zuneigung, die ersteren bereiteten mir Unbehagen. Nicht nur Panigl, mein strenger Herr Direktor, auch seine Frau, die manchmal an der Schulmesse teilnahm, obwohl sie sich nicht einmal den Anschein gab, als folgte sie dem Ablauf des Gottesdienstes. Sie sang und betete nicht mit und ließ sich nur widerwillig auf die Knie, wenn es die anderen taten.

Ich hatte damals nicht die geringste Vorstellung von den Vorgängen im Hause des Schuldirektors, und selbst wenn ich mehr gewusst hätte, wäre ich verständnislos geblieben und bin es in gewisser Hinsicht heute noch. Die Panigls waren mir aus Gründen, die ich nicht erklären konnte, unheimlich, und ich wünschte mir, Pola würde nicht hingehen. Der Wunsch ging leider nicht in Erfüllung.

Pola kochte für ihre Mutter, ging einkaufen und wusch die Wäsche. Die Besitzerin der Wohnung, Agatha Götzl, hielt sich die meiste Zeit des Jahres in Perchtoldsdorf auf, wo sie eine Villa besaß, deshalb konnten sie Küche und Badezimmer ungehindert benützen. Eigentlich hatten sie nur zwei Zimmer gemietet. Das größere war mit einem Marmorwaschtisch für die Toilette ausgestattet, ohne Kochgelegenheit, weil Kochen in den Untermietszimmern nicht vorgesehen war. Das zweite Zimmer, ein mit Kleiderschrank, Psyche und zwei mächtigen Ehebetten vollgeräumtes Kabinett, bewohnte Pola. Nur die Bilder an der Wand gehörten ihr, zwei farbige Illustrationen aus einem alten Kinderbuch, die ihr so gut gefallen hatten, dass sie die Drucke einrahmen ließ. Sie zeigten Familien in tierischen Gestalten, Mutter Maus mit dem kleinen Spitz im Arm, Vater Fuchs, seine Meerschaumpfeife rauchend, der Hase in kurzen Hosen, der Roller fuhr, der schwarze Kater als Briefträger.

Nach dem Tod ihres Mannes hatte Frau Götzl ihr ausrangiertes Schlafzimmermobiliar hier deponiert. Im zweiten Bett schlief niemand, denn Nadija zog die Ottomane im Wohnzimmer vor. Eine Tatsache, die vor Gericht als Indiz für Pola Wolfs schlechten Charakter Erwähnung fand. Die arme Mutter, hieß es, musste im Vorzimmer schlafen, weil die Tochter ein Zimmer für sich allein beanspruchte.

Nadija verachtete Hausfrauentugenden. Sie warnte Pola, dass Frauen, die sich nützlich machten, von den anderen nur ausgenützt würden.

„Nimm nur mich selbst als Beispiel. Würdest du nicht für alles sorgen, müssten wir uns Personal halten."

„Das ist absurd, Mama!"

„Sag, was hast du davon, Chérie? Du wirst noch sitzen bleiben, wenn du nichts als Arbeiten im Kopf hast. Ein Glück, dass du so eine Schönheit bist. Das einzige, was mir in meinem Leben gelungen ist."

Sie schnitt Grimassen, bis Pola lachen musste. Nadija hatte die vierzig schon weit überschritten, aber sie war ein Kind geblieben, originell und weltfremd. Nicht bereit, die kleinste Verantwortung zu übernehmen.

„Ich kann das leider nicht, mein Schatzerl", erklärte sie, wenn Pola sie aufforderte, einkaufen zu gehen oder wenigstens einmal das Zimmer aufzuräumen. „Du bist schuld, du hast mich viel zu sehr verwöhnt."

„Mama! Du bist vor mir auf die Welt gekommen. Du hast mich erzogen, nicht ich dich."

Aber Nadija sorgte sich nur darum, ob Pola auch einen Mann finden würde.

„Mit diesen ungepflegten Händen. Alles wäre ganz einfach, wenn du nicht diesen furchtbaren Ehrgeiz hättest. Höre auf deine Mutter."

Sie hatten kein Geld für eine Haushaltshilfe, hatten ja nicht einmal einen eigenen Haushalt, aber es half nichts, Nadija das vorzurechnen. Der Weltkrieg hatte Milos Vermögen vernichtet. Von ihrer eigenen Familie war Nadija wegen ihres Ehemanns enterbt worden, sie hatte auch nie ein Erbteil beansprucht. Jetzt war es zu spät.

„Ich stamme von Königen ab, aber heute kann ich nicht einmal die Kleider, die ich am Leib trage, bezahlen. Ohne meine Pola wäre ich verloren", räsonierte sie, wenn, selten genug, Frau Götzl oder ein anderer Besuch bei ihr erschien. Milo war ein geselliger Mann gewesen, nach seiner Erkrankung blieben die Freunde allmählich aus. Und Nadija war nicht der Mensch, neue Beziehungen zu knüpfen.

Pola liebte ihre unpraktische Mutter, auch wenn sie gegen ihre Marotten wütete. Nadijas Witz, ihre phantastischen Gedankengänge hatten etwas Unwiderstehliches. Von ihrem Gleichmut gegenüber allen Unbillen des Lebens hätte Pola sich ein wenig mehr gewünscht.

„Ohne deine Unterstützung bliebe mir nichts anderes übrig, als wieder zu heiraten", setzte Nadija fort. „Eine schauerliche Vorstellung nach dem, was ich mit deinem Vater durchgemacht habe."

Nur die Verlobungszeit lag im hellen Glanz ihrer Erinnerung. Auf sie folgten Abscheulichkeit, Demütigung. Pola fragte nie weiter. Sie ahnte, dass es ein Geheimnis war, das man besser nicht kannte.

Die Erzählung über den neuen Nachhilfeschüler hörte sich Nadija erwartungsvoll an. Über Polas Zweifel schnalzte sie nur abwehrend mit der Zunge. „Du musst unbedingt zusagen!"

„Von Frau Panigl soll ich Grüße bestellen", erinnerte sich Pola. „Kennst du sie denn?"

„Flüchtig. Milo war sehr von ihnen eingenommen." Nadija stockte.

„Du hast nie ein Wort davon erwähnt, Mama, warum?“

„Das liegt lange zurück.“ Nadija zupfte an dem haarigen hellbraunen Muttermal auf ihrer Wange, wie immer, wenn sie aufgeregt war. „Eine Bekanntschaft mit den Panigls kann dir nur nützen. Und mit diesem Buben wirst du leicht fertig.“

4. Kapitel

Die erste Begegnung mit Alexander. Eine Musik, die nur einmal in Polas Leben erklang, süß und warnend, bitter, schön und brennend. Unwiederbringlich. Sie hätte davonlaufen können, aber das tat sie nicht. Auch wenn sie es später bedauerte, wäre es anders gekommen, hätte sie dieses Gefühl niemals kennengelernt. Alexander war der junge Mann, der ihr im Treppenhaus nachgestarrt hatte, aber als Frau Panigl ihn vorstellte, gab er kein Zeichen des Erkennens von sich, und Pola machte es wie er. Dann waren sie allein im Zimmer. Alexander lümmelte mit schlenkernden Beinen auf dem Fensterbrett, pfiff tonlos und schaute in den Himmel hinaus. Er war auf Provokation aus. Das war leicht zu durchschauen und erschütterte sie nicht.

„Ich möchte mir Ihre Schulmappe ansehen." Pola nahm sich das oberste Heft vor und blätterte es durch. Alexanders Schrift war groß und gleichmäßig, leicht nach rechts geneigt und gut leserlich. Aber Eselsohren und Tintenkleckse verunzierten die Heftseiten.

„Selbst meine Volksschüler können besser Ordnung halten."

Während sie seine Bücher und Hefte Stück um Stück aus der Schulmappe hervorholte, verließ er seinen Platz und schlenderte durch das Zimmer. Im Deutschheft fand sie die letzte Hausübung, die er bekommen hatte, angegeben: „Interpretiere ein Gedicht von Friedrich Rückert."

„Haben Sie Ihre Aufgabe schon gemacht?"

Er gab keine Antwort. Stattdessen riss die Köchin Bertha die Tür zum Salon, wo die Unterrichtsstunde stattfand, auf. Sie klopfte nicht, sondern rief, ohne einzutreten, von draußen herein:

„Alexburli, möchtest du einen Kakao und ein Fleischbrot zur Jause?“

Alexander tat, als hörte er sie nicht. Er starrte seine Schultasche an.

„Und die Frau Lehrer vielleicht auch was Herzhaftes zum Beißen?“ Berthas Kopf erschien in der Tür. Nach einem beziehungsvollen Blick auf Polas Busen sagte sie: „Na, ausgehungert ist sie ja nicht gerade, gell?“

Bertha musste über sechzig sein, eine Vettel mit struppigem, gelbgrau geschecktem Haar und einem breiten, flachen Brustkorb. Über ihre Bemerkung lachte sie wie über einen guten Witz. Pola wunderte sich, dass vornehme Leute sich ein so ungeschlachtes Personal hielten. Eine wie diese Bertha wäre ihr nicht ins Haus gekommen. Sie war groß wie ein Mann, breitschultrig und vermutlich auch bärenstark. Neben ihr wirkte selbst die üppige Frau Panigl grazil.

„Lass uns schon in Ruhe!“, ergriff plötzlich Alexander das Wort.

Erleichtert sah Pola die Tür hinter Bertha zufallen.

„Sie ist eine widerliche Kröte.“

Pola widersprach nicht.

„Und wenn Sie ihr nicht Kontra geben, treibt sie es immer weiter so.“

„Zurück zur Literatur.“ Pola sah im Inhaltsverzeichnis von Alexanders Deutschbuch nach. „Die Dichter der Romantik – hier: Friedrich Rückert.“

Sie setzte sich an seine Seite. Das Buch legte sie so hin, dass sie gemeinsam daraus lesen konnten.

„Rückert hat eine Sammlung von Gedichten geschrieben, die ich besonders liebe, sie heißen die *Kindertotenlieder.* Einige davon sind auch hier in Ihrem Buch."

Alexander spielte mit den Fransen der Zierdecke. Er schien mit seinen Gedanken weit weg.

„Ich schlage vor, wir lesen ein Gedicht gemeinsam. Bitte, beginnen Sie."

„Ich höre lieber Ihnen zu", sagte Alexander. „Und bitte, sagen Sie nicht ‚Herr' zu mir und ‚Sie'. Ich bin doch ein Kind."

Pola ging nicht darauf ein, sondern fing an zu lesen:

„Oft denk' ich, sie sind nur ausgegangen!
bald werden sie wieder nach Hause gelangen!
Der Tag ist schön! O, sei nicht bang!
Sie machen nur einen weiten Gang!"

Sie musste schlucken, weil ihre Stimme rauh vor Rührung wurde.

„Und jetzt Sie, Alexander."

„Jawohl, sie sind nur ausgegangen und werden jetzt nach Hause gelangen! O, sei nicht bang, der Tag ist schön! Sie machen nur den Gang zu jenen Höh'n!"

Er leierte die Verse herunter, lieblos und gleichgültig, bis sie ihn unterbrach.

„Alexander, das ist schrecklich, ich kann Ihnen nicht zuhören."

„Ich habe es Ihnen ja gesagt." Ein mutwilliger Funke sprang in seine Augen. „Ich schwärme nicht, ich verabscheue Gefühlsopern."

Sie strich über die Buchseite. „Schade." Sie spürte, dass er sie ansah, aber sie erwiderte den Blick nicht. „Rückert hat diese Liedersammlung nach dem Tod seiner Kinder geschrieben. Vierhundertdreiundneunzig Gedichte. Fünf davon sind wirklich Lieder geworden, Gustav Mahler hat sie vertont. Sie sind sehr schön."

Sie suchte nach Worten, um ihm Mahlers Komposition zu beschreiben. Im Salon hatte sie ein Klavier gesehen. „Ich beherrsche das Instrument leider nicht gut genug. Sonst hätte ich ihnen das Lied vorgespielt." Die eigentümliche Miene ihres Nachhilfeschülers fiel ihr auf. „Ob Sie es nun glauben oder nicht, Sie würden Ihre Ablehnung sofort aufgeben."

Alexander hob leicht die Schultern. Hörte er noch zu?

„Gibt es in Ihrer Familie jemanden, der musiziert? Kann eine Ihrer Schwestern vielleicht Klavierspielen?"

„Ich habe keine Schwestern. Und keine Brüder." Ein schadenfroher Unterton lag in seiner Stimme. „Ich bin der Einzige. Naja, Sie wissen es ja schon: nicht der leibliche Sohn." Er zuckte wieder die Achseln. „Die Maskerade vor der Welt, könnte man sagen."

Sogleich rückte Pola von ihm ab. „Wir sind beim Unterricht. Ich soll Ihnen Literatur näherbringen, dazu bin ich bei Ihnen."

Alexander beugte sich über sein Buch. Er sprach nebenbei, als wäre die Rede von etwas ganz Nebensächlichem.

„Mein Vater will Jungfrauen. Meine Mutter tut alles, was er sich wünscht."

Er sah Pola von unten her an, seine hellen Augen schimmerten honiggelb. Die respektvolle Distanz, mit der sie ihm signalisiert hatte, dass sie ihn als Erwachsenen, nicht als Kind betrachtete, war mit einem Schlag dahin. Aufgebracht warf sie das Deutschbuch hin. Er beugte sich vor und stieß seinen Kopf gegen die Tischplatte, als wollte er sich selbst bestrafen. In seinem Nacken wuchs ein weißblonder Haarflaum. Es sah kindlich aus und lockte zum Darüberstreicheln.

„Du wirst dich sofort entschuldigen. Bei der Ehre deiner Mutter und deines Vaterhauses!"

Er richtete sich auf. Sein Blick war alles andere als um Entschuldigung heischend.

„Belieben zu scherzen! Sie haben keine Ahnung von diesen Menschen. Die Zigeunern ein Kind abkaufen. Für ein Nachtmahl, aber nicht eines im Sacher. Ein Paar Würstel und ein Seidel Bier. Das ist eine großartige Ehre, ja, wirklich!"

Er lachte mit weit geöffnetem Mund. Sein Gebiss war makellos. Kein Zahn stand aus der Reihe.

„Ich sehe, dass ich Ihnen nichts beibringen kann. Im Gegenteil scheine ich Sie zu Unverschämtheiten zu animieren." Pola schob die Bücher zusammen. Ihre Hände und Knie waren fahrig vor Nervosität. „So werden Sie keine Reifeprüfung bestehen, Herr Alexander."

Sie ergriff ihren kleinen, gehäkelten Pompadour. Mit ausgebreiteten Armen stellte er sich ihr in den Weg.

„Bleiben Sie!"

In ihrem Ärmel steckte ein Taschentuch, das sie aus Ratlosigkeit hervorzog und sich die Handflächen abwischte. Sie bemerkte, wie er sie anstarrte, so unverblümt wie vorher die primitive Köchin. Eine große Wutwelle stieg in ihr auf. Sie knüllte das Taschentuch in ihrer Hand zusammen. Am liebsten hätte sie ihn gezüchtigt. Doch er war kein Kind, kein Knabe mehr.

„Bitte!"

Er verspottete sie, aber er war auch aus der Fassung geraten, er hatte Angst, dass sie ging. Das stand ihm ins Gesicht geschrieben, Begehren, das sich hinter seiner Frechheit nicht verbergen konnte.

Sie stieß ihn aus dem Weg.

Vom ersten Augenblick an konnte ich Alexander Panigl nicht ausstehen. Als ob ich geahnt hätte, was kommen würde. Aber das wäre eine Lüge. Er war sehr schön, wie sie, und genau das Gegenteil ihrer Farben, sie dunkel, er hell. Blondes Haar. Grüne Augen, funkelnd wie die einer Katze. Er hatte etwas Katzenhaftes in seinen Bewegungen, schnell, geschmeidig, ein schönes Raubtier. Noch jung und verspielt, aber dennoch gefährlich. Nichts davon hätte ich damals denken, schon gar nicht in Worte fassen können. Ich war ein zehnjähriges Mädchen, das seine Lehrerin liebte. Pola war der wichtigste Mensch in meinem Leben. Und ich weiß, auch sie liebte mich, ein bisschen wenigstens. Bis er kam. Dann hatte sie nur mehr Augen für ihn. Natürlich war ich eifersüchtig. Mein Herz schmerzte, wenn ich ihr heimlich bis in die Althanstraße nachlief, in der Nähe vom Kaffeehaus auf sie wartete, ihre Rendezvous beobachtete. Sie bemerkte mich nie.

Pola stieg die Stufen zur Stadtbahn hinauf, Fuß vor Fuß, mit den Gedanken noch dort drüben, auf der anderen Gürtelseite. Weiße, makellos glänzende Stufen, ein züngelnder Schlangenkopf aus schwarzem Metall, darüber lächelnde Putten.

„Sie sind uns nur vorangegangen
und werden nicht wieder nach Hause verlangen!
Wir holen sie ein auf jenen Höh'n!
Im Sonnenschein!
Der Tag ist schön auf jenen Höh'n."

Beinahe hätte sie die kleine Gestalt übersehen, die noch langsamer unterwegs war, ihre Schritte noch zögernder, in Gedanken verloren.

„Entschuldigung", sagte Pola.

Das Mädchen trat beiseite, um ihr Platz zu machen. Helles Haar schaute unter ihrem Hut hervor. Das Gesicht blieb im Schatten.

Oben donnerte der Zug in die Station. Pola beeilte sich, ihn zu erreichen. Über der Stadt lag das Abendlicht. Es färbte die neu erbauten Häuserzeilen der Gürtelstraße rosarot. In der Ferne glänzten Türme und Kuppeln golden auf.

Pola war mit Liebesbeteuerungen zu Wien aufgewachsen. „Die Schönheit der Steine währt länger als jede andere." Dieser Satz ihres Vaters hatte ihr schon als Kind gefallen. Durch die Augen ihrer Eltern lernte sie die alte Stadt kennen, ihre Anlage, ihre Architektur, wie sie gewachsen war und sich verändert hatte, bis sie zur Metropole der Gegenwart wurde.

Von der Stadtbahn, die hoch über der Straße entlangfuhr, konnte man den Blick frei schweifen lassen. Links die Innenstadt mit dem historischen Stadtkern, rechts die rasch wachsenden Arbeitersiedlungen der Vorstädte. Seit der Jahrhundertwende hatte sich Wien gewaltig vergrößert. Hunderttausende Menschen auf der Suche nach Arbeit und Brot strömten aus allen Teilen der alten Donaumonarchie in die ehemalige Reichshauptstadt und sprengten in wenigen Jahren ihre Grenzen. An den Wochenenden setzte sich Pola manchmal in die Straßenbahn und fuhr nach Hernals oder Ottakring, weit hinaus, wo die Weingegend begann und dann der Wienerwald. Gewöhnlich machte sie ihre Spaziergänge allein, denn Nadija verließ den Bezirk Mariahilf nur, wenn sie einen triftigen Grund hatte. Gegen die freie Natur verspürte sie seit jeher Abneigung. Pola vermisste ihre Gesellschaft nicht. Die Wochentage waren ausgefüllt mit dem Unterricht, Kinderstimmen, die schwätzten, lachten, schrien, bis in ihren Schlaf hinein lärmten. Am Sonntag genoss sie das Schweigen.

Rüttelnd und quietschend passierten sie die Stadtbahnbrücke. Dann bremste der Zug und fuhr in die Station Josefstädter Straße ein. Die Glocke von St. Ulrich schlug gerade zur Abendmesse.

Erst jetzt bemerkte sie das Mädchen, das sie vorhin auf der Stiege angerempelt hatte. Sie kam durch den Waggon auf Pola zu und setzte sich auf den Platz gegenüber. Den Hut hatte sie abgelegt, das blonde Haar fiel ihr wirr auf die Schultern. Ihr Gesicht war verweint. Pola sah weg, um sie nicht in Verlegenheit zu bringen, aber das Mädchen schien niemanden wahrzunehmen. Sie drehte den Kopf zum Fenster.

„Zugestiegen?"

Der Kondukteur trat zu ihnen. Pola löste einen Fahrschein.

„Und das Fräulein?"

Das Mädchen rührte sich nicht.

„Fräulein! Zugestiegen?"

Laut und aufsässig tönte die Stimme des Schaffners durch den Waggon. Er stank nach Bier.

„Na, Gnädigste, samma schwerhörig?"

Pola dachte daran, den Sitzplatz zu wechseln, aber die zusammengesunkene, schmale Gestalt weckte ihr Mitgefühl.

„Ich bezahle." Ein zweites Mal zog sie ihre Börse.

„Warum nicht gleich?" Der Schaffner warf einen abschätzigen Blick auf das Mädchen. „Wenn's Ihnen nicht leid tut um Ihr Geld", fügte er hinzu, zwickte eine zweite Karte und ging schwankenden Schrittes davon.

„Da, bitte sehr."

Pola hielt der Kleinen den Fahrschein hin. Sie rührte sich nicht. Tränen flossen über ihre Wangen, hell und schnell. Nach einem kleinen Zögern zog Pola ihr Taschentuch hervor. Der Zug fuhr am Westbahnhof vorbei. Bei der nächsten Station musste sie aussteigen. Das Mädchen schüttelte den Kopf. Wortlos, nur mit einer winzigen Handbewegung wies sie das Tüchlein zurück und wischte sich mit dem Handrücken die Wangen ab.

„Dann … leben Sie wohl."

Pola legte das Billet, das sie gelöst hatte, auf den freien Platz hin, begab sich auf die Plattform und stellte sich beim Ausstieg an. Aus dem Augenwinkel sah sie, dass das Mädchen sich ebenfalls erhob. Alexander fiel ihr wieder ein, sein Benehmen, das sie empörte, aber auch rührte, wie sie sich eingestand, wenn sie auch nicht wusste, woran das lag.

Sie schlug den Heimweg ein, durch die langsam verblassenden Farben des Frühlingsabends. Ein kleiner Wind erhob sich, kühl und sanft. Er trug den Duft der Fliederbüsche, die in dem kleinen Park vor der Kirche blühten, lila und weiß und dunkelrot. Die Bürgerspitalgasse lag menschenleer wie um Mitternacht. Nur aus einem Fenster hoch über Polas Kopf kam eine angestrengte Frauenstimme, die Tonleitern übte, schriller werdend, je näher sie dem hohen C kam, Hermine Bacher von Haus Nummer 12, die Gesang studierte. Weshalb hatte sich Alexander so ungebührlich betragen? Die Form seiner Hände fiel ihr ein, so außergewöhnlich schmal und weiß. Sie versuchte, sich an seine Miene zu erinnern. Alexander sah älter aus als seine Jahre, hochgewachsen, breitschultrig, muskulös, ein Jüngling, der schon Mann war. Nein, wie kam sie dazu, so an ihn zu denken? Sie blieb stehen, unruhig, weil sie sich über die Sache klarwerden wollte, bevor sie zu Hause ankam und Nadija sie mit ihren Fragen überfiel.

Da war das Mädchen wieder. Sie lehnte an der Hausmauer, den Kopf zur Seite geworfen. Die Bemerkung des ordinären Schaffners kam Pola in den Sinn. Der Hut hing nachlässig von ihrer Hand. Ihre Tasche war auf den Boden gefallen.

„Sie sollten sich nicht so gehenlassen“, sagte Pola rügend und dann, weil das Mädchen nicht antwortete: „Du? Hörst du mir zu?“ Sie legte ihr die Hände auf die Schultern. Durch den dünnen Blusenstoff konnte sie die Knochen spüren. Am Hals war ein Streifen weißer nackter Haut, dort wo der Ausschnitt sich verschoben hatte. Das Mädchen zuckte unter Polas Berührung zusammen.

„Wie heißt du?“

Die Augen waren dunkel und glänzend wie Brombeeren. Ihre Lippen, vom Weinen verschwollen, machten einen schmachtenden Bogen. Plötzlich kam Bewegung in sie. Sie richtete sich auf.

„Die Marianne bin ich. Ria." Sie flüsterte. Ein kleiner Schluchzer folgte. Wie bei Kindern, wenn sie lang geweint hatten und sich nun endlich trösten ließen.

„Warum treibst du dich auf der Straße herum, statt nach Hause zu gehen?", fragte Pola streng. „Weißt du denn nicht, was sich in den Straßen der Großstadt in der Nacht alles zuträgt? Mädchen, die auf sich halten, lehnen nicht so herum."

Marianne hielt ihren Brombeerblick unverwandt auf sie gerichtet. „Wie heißt du?", fragte sie.

Du, sagte sie, obwohl Pola mindestens fünf, sechs Jahre älter war als das verheulte, schmächtige Ding. Pola musste nur einen Schritt wegtreten, aus dieser seltsamen Begegnung heraus, in die Unbefangenheit des Maienabends zurück. Da sagte das Mädchen plötzlich:

„Ich bin von daheim weggelaufen."

Marianne und Alexander, zwei Seiten einer Münze, mit der man nur Verdruss einkauft, zwei, die blendeten, die anderen und auch sich selbst, die vor dem wirklichen Leben zurückschraken.

Ich war nur ein Kind. Seit die Panigls Polas Leben beherrschten, war ich nicht mehr ihr Liebling, sondern eine unter vielen, die sie unterrichtete. Aber wer war Marianne, was hatte sie, das ich Pola nicht geben konnte?

Sie sprach anders als wir, in einem Dialekt, der derb und unbeholfen klang, denn sie stammte aus einem kleinen Dorf, irgendwo in Niederösterreich, von Kleinhäuslern, die kein Stück Vieh besaßen, nur ein paar Hühner und Kaninchen, und auf ihrem schmalen Grundstück Kartoffeln, Karotten und Kraut anbauten. Mariannes Mutter ging ins Dorfgasthaus aufräumen, der Vater arbeitete zur Erntezeit auf den Bauernhöfen der Umgebung mit, das übrige Jahr verdingte er sich da und dort als Tagelöhner. Es war eine Geschichte, die meiner eigenen ähnelte. Von engen Verhältnissen, von Kindern, die besser nicht geboren worden wären, von Mangel und der dumpfen Langeweile der Armut. Aber Pola war nicht gelangweilt. Noch so viele Jahre später erinnerte sie sich, was Marianne ihr damals auf dem Heimweg erzählt hatte und fand es wert, aufgeschrieben zu werden.

„Geschickte Hände hat der Vater. Aber er verträgt keinen Dienstherrn. Der ist ein unruhiger Geist. Das hab' ich von ihm."

Während Marianne erzählte, gab sie ihren Platz an der Mauer auf und setzte sich in Bewegung. Pola folgte ihr, gefesselt von der leisen, fast monotonen Stimme.

„Ich bin das jüngste Kind", sagte Marianne, „und die einzige, die noch ihren Verstand besitzt. Meine Geschwister haben alle die Gehirnhautentzündung gekriegt. Umso strenger waren die Eltern mit mir. Weil ich einmal was werden soll."

Außer dem Wirtshaus und dem Krämerladen gab es im Dorf einen Konditor, der aus Italien eingewandert war, Giuseppe Savatti. Zu ihm kam Marianne in die Lehre. Alle meinten, dass sie ein großes Glück hätte, aber für sie war es keines. Der süße, fettige Dampf in der Backstube schlug sich ihr auf den Magen.

„Tag für Tag, und die Tage beginnen früh, um vier Uhr morgens, wenn der Germteig geschlagen wird. Kein Lüfterl darf sich da regen, sonst fällt er zusammen, der Teig. So bin halt ich umgefallen, einfach ohnmächtig geworden. Da hab' ich dann endlich eine Ruhe gehabt. Wenigstens ein paar Minuten an der frischen Luft."

Weder die Eltern noch der Lehrherr verstanden, dass Marianne die Eclairs und Baisers, die Schokoladentrüffel und Buttercremen nicht ertrug. Keine guten Worte nützten, keine Drohungen und Schläge, der Ekel blieb unüberwindlich. Bis sie fortging, ohne Gepäck, ohne Abschied, nur mit dem letzten Wochenlohn in der Tasche, für den sie sich eine Buskarte nach Wien kaufte.

„Was willst du jetzt machen?", fragte Pola erschrocken.

Das Mädchen schüttelte den Kopf. Das war ja schon im vorigen Jahr gewesen.

„Aber was hast du in Wien angefangen? Leben hier Verwandte von dir?"

„Wenn man vorher alles wüsste", antwortete Marianne unbestimmt.

Seite an Seite gingen sie die Bürgerspitalgasse zurück und über den Gürtel auf die andere Seite, wo die Grenze zum 15. Bezirk verlief, an dem Kirchhof mit den blühenden Fliederbüschen vorüber in die Levkojengasse. Dort, an der nächsten Straßenkreuzung, machte Marianne halt. Sie standen vor der Apotheke „Zur Allmacht", schräg gegenüber der Schule.

Marianne wies auf ein Fenster im ersten Stock. „Da wohne ich."

Pola hörte die Kirchenglocken. Ungläubig zählte sie mit. Wo war die Zeit geblieben? Es schlug Mitternacht. Mit einem Mal rückte das rätselhafte Unglück des Mädchens in weite Ferne. Eine Mattigkeit befiel sie, dass sie kaum stehen konnte.

„Ich muss jetzt heim. Sonst kann ich morgen nicht unterrichten."

Marianne stimmte zu, als wüsste sie Bescheid. Dabei hatte Pola kein Wort über sich gesprochen. Wie im Schlaf fühlte sie den Händedruck, ein Versprechen, welchen Inhalts, verstand sie nicht. Dann verklangen ihre Schritte auf den Pflastersteinen. Eine Stimme, die zaubern konnte, begleitete sie durch die fliederduftende Nacht nach Hause. Sie verstummte erst gegen Morgen, als die Vögel zu singen begannen.

5. Kapitel

Bevor es zur Zehnuhrpause läutete, kam der Schulwart Findus in die Klasse. Pola schrieb gerade die Hausübung für die Kinder an die Tafel.

„Frau Lehrer, dass Sie sich nicht derschrecken“, sagte er hinter ihr, mit dem schlüpfrigen Unterton, zu dem er sich ihr gegenüber immer wieder verirrte. Er übergab ihr ein zusammengefaltetes Blatt. „Vom Herrn Direktor, für Sie.“

Eifrig malten die Schüler die Aufgabe von der Tafel ab. Ihre Griffel schabten über die kleinen Schiefertafeln. Nur in der letzten Reihe saß eine aufrecht und schaute über die Köpfe der anderen unverwandt nach vorne. Liesi Sedlacek war ohne Schultasche in den Unterricht gekommen und deshalb zur Strafe an den Katzentisch verbannt worden. Zu Polas Verblüffung stand Direktor Panigl dort hinten bei ihr. Pola hatte ihn weder hereinkommen sehen noch gehört.

„Danke.“ Sie warf dem Schulwart einen ungemütlichen Blick zu.

Er verzog keine Miene. Mit einem scheinbar devoten Buckeln verließ er die Klasse. Pola wusste, dass er sie verhöhnte. Als sie sich wieder umsah, war der Platz neben Lieschen leer. Pola faltete das Papier auseinander.

„Kommen Sie in mein Büro“, stand darauf.

„Wie werden wir ab nun vorgehen?“, fragte Panigl. „Können Sie Alexander dreimal in der Woche Nachhilfe erteilen? Montag, Mittwoch, Freitag, lässt sich das mit Ihren übrigen Pflichten vereinbaren?“

Panigl unterschrieb Briefe, während er sprach. Es sah aus, als hätte er den Vormittag an seinem Schreibtisch verbracht.

„Das Finanzielle soll kein Problem darstellen. Ich weiß, wie erbärmlich das Lehrergehalt ist. Ich biete Ihnen noch einmal so viel für drei Nachmittage."

Sie stand noch immer, obwohl er ihr einen Platz angeboten hatte. Sie wollte die Antwort schnell hinter sich bringen.

„Meine Mutter bedarf meiner Unterstützung. Das habe ich, möglicherweise erinnern Sie sich, schon bei meinem Antrittsgespräch mitgeteilt. Sie ist verwitwet und braucht mich. Ich danke Ihnen für das Angebot, aber soviel Zeit kann ich beim besten Willen nicht aufbringen."

Panigl ließ seine Papiere im Stich. Geschmeidig kam er hinter seinem Tisch hervor. Er hatte helle, gescheite Augen, die ihr ohne Worte mitteilten: Du machst mir nichts vor!

„Wir werden uns einigen", sagte er. „Ich bin dessen ganz gewiss. Sie müssen nur verstehen – darf ich offen sprechen, Fräulein Wolf? Man hat als Frau zu wenig Vorstellung von den ungeheuren Veränderungen, die auf dem Weg zum Mannestum durchlaufen werden müssen. Denken Sie einmal an die Zartheit und den lieblichen Schmelz so eines Bubengesichts. Und was wird daraus in nur wenigen Monaten? Diese Verwandlung des Körpers und auch der Seele, wie verheerend trifft das ein empfindsames Kind. Ich bitte Sie recht herzlich, Ihr Nein zu überdenken."

Sie schüttelte den Kopf, während er für seinen Pflegesohn plädierte, wieder und wieder, bis er zu ihr trat, so nahe, dass sie erstarrte.

„Der Alexander braucht Sie. Enttäuschen Sie mich nicht, ich bitte Sie." Sein Blick liebkoste sie. „Sie sind so wunderbar. Sie müssen uns helfen. Meine Frau kann das nicht. Sie – hat nicht Ihre Fähigkeiten."

Es war ihr unmöglich, wiederzugeben, was Alexander geäußert hatte. Ebenso wenig konnte sie die Frage stellen, wie Panigl in ihre Klasse gekommen und wieder aus ihr verschwunden war, ohne dass sie es bemerkt hatte.

„Ich kann Ihren Sohn nicht erziehen. Ich besitze diese Autorität nicht und nicht die nötige Selbstsicherheit, Herr Direktor. Ich fühle mich geehrt über Ihr Lob, aber nein, ich bedaure."

Nun wurde er still und schaute sie nur eindringlich an.

Plötzlich entschlossen, setzte sie fort: „Wenn Sie meine Absage nicht zur Kenntnis nehmen, muss ich die Konsequenzen ziehen. Dann kündige ich eben."

Er schlug die Hände zusammen. „Aber ich lasse Sie nicht! Fräulein Wolf, Sie? Die Zierde meiner Schule! Ich werde Sie niemals zu etwas zwingen, das Sie nicht wollen. Ich habe auf Ihre Hilfe gezählt, entschuldigen Sie, falls ich Ihnen zu nahe getreten sein sollte …"

Ärgerlich über sich selbst stellte sie fest, dass er den Spieß umgedreht und ihr allen Wind aus den Segeln genommen hatte.

„Wenn Alexander sich bei Ihnen entschuldigt und eine Erklärung abgibt, die Sie annehmen können, würden Sie dann noch einmal darüber nachdenken? Eventuell?"

Sie war ihm in die Falle gegangen.

Mein Herz begann zu schlagen, als ich das las, denn ich erinnere mich deutlich an diesen schrecklichen Tag. Ich war verweint aus dem Haus gelaufen, ohne mein Gesicht zu waschen, einer meiner Zöpfe löste sich halb auf, weil ich das Haarband auf dem Weg zur Schule verloren hatte. Erst in der Klasse vermisste ich die Schultasche, aber es war zu spät, umzukehren. Ich konnte nicht sagen, was für eine Nacht hinter mir lag. Mein kleiner Bruder Franzi hatte plötzlich Fieber bekommen und meine Mutter war in der Nachtschicht. Er konnte noch nicht sagen, was ihm fehlte, sondern weinte und schrie nur unentwegt, stundenlang, sodass er auch die anderen Geschwister wach hielt. Ich wollte in der Apotheke nach einem Medikament fragen, aber es war kein Groschen Geld im Haus und ich hatte auch Angst, ihn allein zu lassen, weil er so erbärmlich röchelte. Erst in der Früh wurde es leichter. Als Mutter heimkam, war das Schlimmste überstanden. Ich schlief aus lauter Erschöpfung am Küchentisch ein und erwachte voller Schrecken so spät, dass ich nur mehr wie ich war losrennen konnte. Ich wollte es Pola erklären, aber ich schämte mich so über mein Aussehen, dass ich kein Wort herausbrachte, nicht einmal eine Entschuldigung. Sie fragte mich, was los sei, und ich schwieg und dann musste ich mich nach hinten setzen. Ich litt, denn das war noch niemals vorgekommen, doch ich hatte es mir selbst zuzuschreiben, warum war ich auch eingeschlafen? Das heiße Gefühl der Demütigung, das mich überflutete, als ich an den Bankreihen der anderen Schülern vorbei nach hinten zum Katzentisch ging, ist unvergesslich wie auch der Rest der Stunde. Direktor Panigl erschien nur selten bei uns, umso mehr wäre mir sein Besuch gerade an diesem Tag meiner Schande in Erinnerung geblieben. Ich weiß genau, wie mut-

terseelenallein ich mich dort fühlte. Selbst heute, nach so langer Zeit, kann ich beschwören, dass niemand neben mir stand. Aber sie sah ihn. Es war der erste einer Reihe von Vorfällen, in die er sie hineinzog.

Im Café Brioni spielten wieder dieselben Männer in Hemdsärmeln, mit der Zigarre in der einen, dem Queue in der anderen Hand. Nur wer als nächster drankam, trennte sich kurz von seinem Rauchwerk. Pola las *Das grüne Gesicht* von Gustav Meyrink. Nach seinem letzten Roman fand sie es ein wenig enttäuschend. Endlich erschien Alexander.

„Ich wollte mich ausreden damit, dass ich länger in der Schule bleiben musste. Aber die Wahrheit ist, ich habe mich erst jetzt hergetraut", fing er gleich nach der Begrüßung an. Er war ein schlaues Bürschchen wie sein Vater. Ob sie nun Blutsverwandte waren oder nicht, das Strickmuster hatte sich Alexander von Panigl abgeschaut.

„Und weil ich schon beim Gestehen bin: Ich habe auch gelogen, als ich behauptete, meine Eltern hätten Zigeunern ein Kind abgekauft."

Pola zog nur die Augenbrauen hoch.

„Die Sinti sind die besten Eltern der Welt", sprach Alexander im Vortragston weiter und sie war nicht sicher, ob er sie verspottete mit seiner Erklärung. „Die Sinti, Roma und Lovara, diese Zigeunervölker haben alle ein großes Herz für Kinder. Sie nehmen sich sogar der ledigen Kinder von Bauernmägden an, wenn die Mütter sie nicht versorgen können. Der Fall, dass Zigeuner einem Österreicher ein Kind aus ihrer Sippe geben würden, ist ausgeschlossen."

Er lächelte sie an, mit seinem schönen großen Mund und seinen weißen Zähnen. „Ich habe eine fürchterliche Gabe, Geschichten zu erfinden. Wenn ich einmal angefangen habe, kann ich es nicht mehr lassen.“ Seine Wangen glühten, in dem zarten Oberlippenflaum hingen winzige Schweißtropfen.

Warum erzählte er ihr das? Sie beschloss, nicht zu fragen. „Du solltest dich auf deine Aufgaben konzentrieren.“

„Die Wahrheit dagegen, hinter der Fassade der Wohlanständigkeit, ist ordinär. Sie stinkt wie ein ungewaschenes Maul voll fauler Zahnstummel.“

Plötzlich tauchte eine Vorstellung vor ihrem inneren Auge auf. Wie es sein musste, ihn zu küssen. Abrupt stand sie auf. Sie legte ein paar Münzen auf das Silbertablett mit der leeren Kaffeeschale. Die Zigaretten steckte sie ungeraucht in ihr Etui.

„Wie ging es mit dem Rückert-Gedicht?“ Ihr Herz klopfte, aber sie ließ sich nichts anmerken.

Erleichtert atmete er aus. „Gut.“ Er lächelte sie an. „Die Interpretation hat Hand und Fuß, stand unter meinem Aufsatz.“

„Dann machen wir weiter so.“ Pola lächelte zurück.

Alexander begleitete sie auf dem Heimweg über den Althanplatz. Vor dem Bahnhofseingang drängte sich eine Traube von Schaulustigen um einen kleinen Mann mit Schnurrbart. Wieder und wieder hob er seinen Hut und verbeugte sich mit abgehackten Bewegungen in alle Richtungen. Die Leute klatschten und quietschten vor Vergnügen über seinen komischen Anblick.

„Ist das nicht …?“, begann Pola.

„Charlie! Noch einmal, Charlie!“, rief die Menge.

Pola und Alexander setzten wie aus einem Mund hinzu: „Charlie Chaplin!“

Begeistert sahen sie einander an.

„Ja, genau, ich habe heute in der Zeitung gelesen, dass er zur Premiere seines neuen Films nach Wien kommt“, sagte Pola.

„Gehen Sie gern ins Kino?“, fragte Alexander.

Sie nickte.

„Darf ich Sie zu dem Film einladen?“

„Nicht so forsch, junger Mann! Vergessen Sie nicht, was Sie gerade versprochen haben.“ Aber Pola lächelte zu ihren mahnenden Worten.

„Warten Sie bitte hier!“, rief Alexander aufgeregt. „Nur fünf Minuten, und Sie gehen nicht fort, ja?“

Sie sah ihm nach, wie er sich wendig durch die Menge schob. Dann entschwand er ihrem Blick, nur um wenige Minuten später wieder vor ihr zu stehen. Triumphierend hielt er ihr eine Karte mit Charlie Chaplins Fotografie hin.

„Ich habe ein Autogramm ergattert. Vorsicht, die Tinte ist noch feucht.“

„Für mich?“ Pola nahm die Autogrammkarte. „Danke, das ist sehr nett von Ihnen.“ Sie sah ihn an. „Bei Charlie Chaplin kann ich nicht widerstehen.“

Alexander war atemlos, seine Wangen glühten. „Das werde ich mir merken“, sagte er.

Direktor Panigls nächste Botschaft kam per Bote in die Bürgerspitalgasse. Nadija nahm den Brief entgegen, weil Pola gerade unterwegs war. Der Botenjunge wartete auf

Antwort, deshalb öffnete sie das Kuvert. Eine Einladung war darin, in schöner Zierschrift, auf teurem, marmoriertem Papier mit goldenem Briefkopf:

„Am 13ten dieses Monats findet bei Herrn Doktor Leopold von Panigl ein Privatissimum der Magischen Philosophie statt. Bitte um Ihr pünktliches Erscheinen: 23 Uhr."

Als Pola nach Hause kam, stickte Nadija an ihrem Gobelinmuster. Mit dieser kunstvollen Handarbeit verzierte Taschen waren sehr begehrt. Nadijas Komtessen-Erziehung hatte Klavierspielen, Gesang und Sticken beinhaltet. Mit den Gobelintaschen, die sie fertigte, trug sie zum Lebensunterhalt bei. Es war eine mühselige Arbeit, bei der man außer Ausdauer einen kräftigen Rücken und ein scharfes Augenlicht benötigte. Nadija mangelte es an diesen Eigenschaften. Ihre kleinen Kunstwerke entstanden nur langsam, unter vielen Seufzern und Plagen.

Das Grammophon donnerte die *Tannhäuser*-Ouvertüre, die Pola stets an den Nerven riss. Nadija wählte aus der Schachtel mit den Stickgarnen eines in lachsfarbenem Ton. Mit gespitzten Lippen befeuchtete sie das Garnende und fädelte ein. Ihr weggespreizter kleiner Finger wies auf die offen auf dem Tisch liegende Einladung.

„Ich habe zugesagt." Sie begann in winzigen Kettenstichen ein Rosenblatt zu sticken.

„Das ist eine Gelegenheit, die du dir nicht entgehen lassen darfst."

Wie liebestrunken setzten die Bläser ein. Was hatte man sich unter magischer Philosophie vorzustellen?

„Ich habe schon bei der Weihnachtsmesse das Gefühl gehabt, dass er ein Auge auf dich wirft."

In Nadijas Miene malten sich List und Mutwillen. Pola ließ sich auf den Diwan sinken. Die Zeichen kannte sie. Nadija dachte an den Ehestand. Ihre unablässige Sorge kreiste um die Heiratsaussichten ihrer Tochter. Eine ledige Frau, die für ihren Lebensunterhalt arbeiten musste, war ihre schlimmste Zukunftsvorstellung.

„Aber der Herr Direktor ist bereits verheiratet, ist dir das entgangen? Seine Gattin hat ihn zur Messe begleitet."

Nadija machte eine wegwerfende Handbewegung mit der Sticknadel.

„Sie sieht aus wie eine Hirschkuh. Er hat längst bereut, dass er die genommen hat."

„Mama!", rief Pola, verwundert über den giftigen Ton ihrer Mutter. „Was hast du gegen sie?"

Aber Nadija blies nur die Backen auf. „Womit will sie ihn halten? Sie haben nicht einmal gemeinsame Kinder." Ginge es nach Nadija, wäre Panigls Ehe im Nu geschieden, Thekla abgefunden und Pola an der Seite eines gebildeten, wohlhabenden Gemahls bis ans Ende aller Tage abgesichert.

Pola ließ ihre Mutter reden. Was ihr schmeichelte, war, dass die Panigls sie in ihren Gesellschaftskreis aufnehmen wollten. Endlich ging die Wagner-Platte zu Ende.

„Was soll ich anziehen?"

„Wir schauen in den Koffer der vergangenen Herrlichkeiten."

So nannte Nadija die Kleider und Schmuckstücke aus ihren besten Jahren. Auf Mottenkugeln gebettet warteten in dem alten Lederkoffer mit den Hotelaufklebern der Grand Hotels von Wien, Paris und Rom Abendkleider auf glanzvolle Feste.

„Das Silberne." Nadija schlug das Seidenpapier zurück, mit dem das Kleid umwickelt war. „Gefällt es dir? Vor dreißig Jahren hat es einen Skandal gegeben deshalb."

Pola berührte den dünnen Stoff, ein fließendes, durchscheinendes Material.

„Nur wer eine makellose Figur hat, kann das tragen. Damals war ich entsetzt, dass Frauen in so einem Sack auf die Straße gehen. Aber die Zeiten haben sich geändert. Meine schöne Pola wird in diesem Modell bestimmt Furore machen."

In der Nacht träumte Pola von einer Puppe in einem langen schwarzen Samtkleid. Sie entdeckte, dass die Puppe aus einem Ober- und einem Unterteil bestand, nahm sie auseinander und fand in ihrem Inneren eine weitere Puppe. In diesem Augenblick begannen beide Puppen laut zu weinen. Erschrocken ließ Pola sie fallen. Sie wollte davonlaufen, aber die zwei Puppen folgten ihr. Schon spürte sie eine kleine hölzerne Hand an ihrem Fußknöchel und eine dünne, knarrende Stimme flehte: „Du hast dein Versprechen nicht gehalten!"

Da wachte sie endlich auf. Es war schon hell in ihrem Zimmer. Sie richtete sich ein wenig hoch und sah die Puppe, die Frau Panigl ihr geschenkt hatte, oben auf dem Schrank. Eine Weile sinnierte sie über die Bedeutung des Traumes. War sie selbst die Puppe? Aus dem Nebenzimmer hörte sie Nadijas tiefe, regelmäßige Atemzüge. Sie selbst konnte nicht mehr einschlafen.

Ich sah Pola aus dem Haus gehen, in einem Kleid wie aus dem Licht des Mondes gewoben, einem Märchenkleid. Jede Bewegung ihres Körpers ließ es in einem anderen Farbton aufschimmern, sodass es aussah, als werfe Pola selbst Strahlen in unsere graue Gasse.

Einmal, da war Pola nicht mehr bei uns, durfte ich es mir aus der Nähe ansehen und Nadija erklärte mir, dass Emilie Flöge dieses Modell entworfen hatte, die Freundin des berühmten Malers Gustav Klimt, und dass es den Namen Reformkleid trug. Seltsamerweise gefiel es mir gar nicht so gut, es war tatsächlich, wie Nadija fand, ein formloser Schnitt. Nadija schwor zeitlebens darauf, dass Frauen ein Korsett trugen. Nur dann war man gekleidet, comme il faut, *fand sie. Aber Pola sah darin aus wie die himmlische Braut, die mühelos von einer Welt in die andere tritt, aus einem anderen Stoff gemacht als wir Sterbliche.*

Sie ging zu ihrem Rendezvous. Ich wusste nichts von der Einladung, und folgen konnte ich ihr nicht, ich musste meinen kleinen Bruder hüten, der immer noch fieberte. Diphterie hieß seine Krankheit und viele starben daran, damals, als es noch keine Impfungen gab, jedenfalls nicht für Mittellose wie uns. Sehnsüchtig starrte ich ihr nach, und bangend. Einer würde kommen, die schöne Prinzessin zu freien, ja, vielleicht war sie schon auf dem Weg zu ihm.

❧

Da pünktliches Erscheinen gewünscht war, stand Pola um fünf vor elf vor der Wohnungstür. Ein fremder Mann öffnete ihr. Überrascht schaute er sie an. Zum ersten Mal im Leben erfuhr Pola am eigenen Leib, was an dem

Spruch „Kleider machen Leute“ dran war. In den seidigen Stoff war ein Silberfaden gewirkt, der bei jeder Bewegung aufglänzte. Das Kleid ließ die Arme frei. Nadija hatte aus ihrem Koffer lange Handschuhe geholt und dazu eine Perlenkette, vier Meter lang, die dreifach getragen noch immer bis zu Polas Oberschenkeln baumelte. Nur die Schuhe waren ihre eigenen, denn die ihrer Mutter passten nicht.

„Das ist Doktor Zalto, ein enger Freund unserer Familie, gerade aus Amerika zurückgekommen“, stellte Frau Panigl, die hinter dem Mann erschien, vor.

Doktor Zalto küsste Pola die Hand. Während Pola der Gastgeberin folgte, fragte sie sich, ob sie nun doch zu früh gekommen war. Der hell lackierte Parkettboden knackte unter ihren Schritten. Aus dem Salon kam kein Laut.

„Das war eine Idee meines Mannes“, sagte Frau Panigl zusammenhanglos. „Wenn er sich etwas in den Kopf setzt, lässt er sich nicht aufhalten. Haben Sie keine Angst. Es mutet beim ersten Mal seltsam an, aber Ihnen kann nichts geschehen, was Sie sich nicht selbst wünschen.“

Am Ende des Vorzimmers neben der Garderobe hing ein Bild an der Wand, das Pola bei ihren früheren Besuchen nicht aufgefallen war. Es zeigte eine lebensgroße Gestalt in verschleiertem Licht, die einem Fluss entstieg. Nebel hing über dem Wasser, und die Sonne war nicht golden, sondern ein dunkler Himmelskörper, von Wolken umhüllt. Auf den ersten Blick schien es ihr eine Darstellung von Jesus bei der Taufe im Jordan zu sein. Bis sie die Hörner im blondgelockten Haar des Jünglings entdeckte und, schemenhaft durch die Brechung des Wassers, einen Klauenfuß. Frau

Panigl drückte auf die goldene Rosette in der Mitte des Bilderrahmens. Ein metallisches Knirschen ertönte, dann setzte sich ein geheimer Mechanismus in Gang. Die Wand schwang zur Seite und gab einen Korridor frei. Die Treppe dahinter war gewunden und schmal.

Sie gelangten in einen schwach beleuchteten, weitläufigen Saal. Vor einem großen Wandspiegel am entgegengesetzten Ende waren zwölf Stühle in zwei Reihen aufgestellt, die Rücken gegen den Spiegel gewandt. Pola trug nur eine dünne Stola aus Seide über ihrem schulterfreien Kleid. Sie schlang die Enden um ihre Hände und wickelte sich ein. Ihr war plötzlich kalt.

In der Mitte auf einem Tisch mit acht Ecken sah sie eine Uhr, einen großen lila Edelstein an einer goldene Kette und eine gläserne Schüssel mit unbekannten Symbolen. Auf der Fensterseite des Raumes, der so groß war wie der Salon der Panigls, stand eine Gruppe von Männern und Frauen. Pola erkannte nur Panigl. Er winkte ihr zu. Der Mann, mit dem er sprach, stand mit dem Rücken zu ihr, sodass sie sein Gesicht nicht sehen konnte. Er trug ein weißes, bodenlanges Gewand. Die anderen Gäste waren teils in Abendkleidung, teils wie für einen Maskenball verkleidet. Pola kam nicht mehr dazu, sie genauer zu betrachten, denn Panigl war schon bei ihr. Sein Blick umfing sie voll Wärme.

„Sie machen mich glücklich. Auf diesen Moment habe ich lange warten müssen. Ich danke Ihnen sehr, dass Sie zu uns gekommen sind.“

Es lag nicht nur an ihrem schönen Kleid. Da war etwas, das sie niemals zuvor empfunden hatte. Das Gefühl, ein besonderer Mensch zu sein.

Von einem Tablett nahm er eine Karaffe mit grüner Flüssigkeit. „Auf die Magie!“ Er goss etwas aus der Karaffe in zwei Kristallkelche. „Das ist Waldmeisterlimonade, hausgemacht von unserer fabelhaften Köchin.“

Sie stießen an und tranken. Zur gleichen Zeit ging das Licht aus. Der Saal lag in mattgrauer Dunkelheit. Niemand sprach ein Wort. In Polas Kehle kitzelte und kratzte die Limonade. Sie schmeckte nicht nach Kräutern, sondern pilzartig, scharf und ekelhaft. Bertha war keine Koryphäe in der Küche, das wusste sie schon von den Schokoladekeksen. Sie schluckte um den Hustenreiz loszuwerden. Im Spiegel erschien ein Licht, unerklärlicherweise, denn im Zimmer herrschte Dunkelheit. Plötzlich sah sie einen Mann im Lichtschein und erkannte erschrocken ihren Vater. Milo trug eine Lampe vor sich her. Er trat hervor und stellte das Licht auf den Tisch.

„Dovidjenja, meine Kleine“, sagte er.

Er sprach Serbisch mit ihr, was er nie getan hatte, und sie verstand seine Worte, deshalb wusste Pola, dass sie sich in einem Traum befand. Das Licht umgab nur ihn. Der Spiegel dahinter blieb dunkel.

„Ich habe dir einiges verschwiegen“, begann er. „Zwar nahmen wir uns vor, dieses Land als unsere Heimat anzusehen. Aber es ist beherrscht von niederen, gewinnsüchtigen Kreaturen, die keine sittliche Größe besitzen. Wir gehören einer höheren Spezies an. Wir tragen die Rache in uns, unseren Feinden, den Bluttrinkern, bringen wir den Tod.“

Er lehnte sich über den Tisch und sah ihr in die Augen. In seinen Pupillen spiegelte sich die gläserne Schüssel. Rot und träge schwappte die Flüssigkeit in ihr auf und nieder.

„Das Miasma, das die Menschheit befallen hat, ist ansteckende Materie. Niemand kann dir sagen, was richtig und was falsch ist. Auch wenn dein Herz sanft ist, du wirst nie ein Lamm. Du musst auf deine Stimme hören. Auf dein Gesetz."

Endlich konnte sie sich rühren. Sie schlug nach der Erscheinung. Die Schüssel zersprang. Blut spritzte in ihr Gesicht und blendete ihre Augen. Sie war blind. Sie schrie.

Pola erwachte auf dem Sofa im Salon der Panigls, bis zum Hals in eine Decke gewickelt. Herr Panigl kniete neben ihr auf dem Teppich.

„Geht es Ihnen wieder besser?"

Sie fühlte ein heftiges Schwindelgefühl. „Was ist passiert? Ich erinnere mich nicht."

Sein Blick suchte in ihrer Miene. „Wir waren in Sorge. Der Arzt hat Sie untersucht."

„Welcher Arzt?"

„Tibor Zalto. Erinnern Sie sich, er war einer unserer Gäste."

Panigl streichelte ihre Wangen. „Wie schön Sie sind. Ich kann nicht glauben, dass ich so ein Kleinod in unserem staubigen Naturgeschichtskabinett gefunden habe."

Pola versuchte nachzudenken. Es gab keine Erinnerung. Nur ein süßes, bebendes Gefühl. Als ob sie mit diesem Mann verbunden wäre, ein Strom, der zwischen ihnen hin- und herfloss.

„Tu, was du willst", hörte sie die Stimme ihres Vaters, und dann eine Glocke, die Uhr, die auf dem achteckigen Tisch lag. Sie schlug die Stunde. Dreizehn Mal.

Es fiel mir schwer, das zu lesen. Eine natürliche Erklärung fand ich nicht, und an übernatürliche Vorgänge wollte ich nicht glauben, ich konnte sie mir einfach nicht vorstellen. Hokuspokus und Gespenstergeschichten hatten Pola niemals interessiert, sie befasste sich nicht mit übersinnlichen Phänomenen. Für sie gab es die Naturwissenschaft, die Kunst und die Philosophie, was sich sonst zwischen Himmel und Erde zutrug, war ihr keinen Gedanken wert. Aber wäre es ihr nicht widerfahren, hätte sie es nicht niedergeschrieben, später, als alles schon tief in der Vergangenheit lag. Ob es mir nun gefällt oder nicht, diese Begegnung mit dem Okkulten hat ihr Leben unwiderruflich geprägt.

Was zählt es heute, frage ich mich, haben Polas Aufzeichnungen nicht längst ihren Zweck erfüllt, gab es denn einen anderen Zweck als eine Erklärung zu finden, für Pola selbst und für die Menschen, die sie liebten und denen sie sich anvertrauen wollte? Muss ich diesen Brief schreiben, Dir ihr Schicksal nach so langer Zeit enthüllen? Ich weiß die Antwort nicht. Aber ich mache weiter, wie ich es von Pola gelernt habe. Eine Aufgabe, die man sich stellt, muss man zu Ende bringen. Wer vor dem Ziel aufgibt, kann den Sinn des Ganzen nicht erkennen.

6. Kapitel

Das silberne Abendkleid war zerknittert und voller rätselhafter Flecken.

„Was kann das sein?“, fragte Nadija, doch vergeblich.

Pola gab ihr keine Antwort. Nadija war empört, denn sie brannte vor Neugier. Seit Pola von der Einladung bei Panigls zurückgekommen war, verweigerte sie jede Auskunft. Zwar schwirrte ihr der Kopf vor Bildern, aber sie verbot sich, weiter daran zu denken. Wie sie nach Hause gekommen war, wusste sie nicht. Das nebelhafte Bild eines blonden jungen Mannes, der sie aus einer Droschke zog, tauchte immer wieder vor ihr auf. Alexander? Ihr Kopf drehte sich. Auch Tage später wollte die Übelkeit nicht nachlassen, sodass sie nicht zum Unterricht in die Schule konnte, Nadija musste sie entschuldigen.

Schließlich schleppte sie sich in die Ordination des Hausarztes, nur wenige Meter von ihrer Wohnung entfernt, am Ende der Bürgerspitalgasse. Dr. Stahl hatte Milo bis zu seinem Tod behandelt. Pola war ebenso wie ihre Mutter noch niemals krank gewesen.

„Ich weiß nicht, wie ich da wieder herauskomme.“

Dr. Stahl nickte mit routinierter Teilnahme. Er schrieb mit einem alten, kratzenden Federkiel auf einem Karteiblatt. Weil Pola nicht weitersprach, unterbrach er sich und warf ihr einen prüfenden Blick zu.

„Ich habe …“

Pola verließ der Mut.

„Ich leide an einer Überreizung, ich …“

Wieder nickte der Arzt. Die Feder kratzte weiter.

„... an Schlaflosigkeit“, brachte Pola schließlich hervor.

Sie konnte es ihm nicht sagen. Niemandem. Es musste eine vernünftige Erklärung geben, eine Nervenstörung, die ihr das Bild des Vaters vorgaukelte. Frau Panigls Worte, es könne ihr nichts geschehen, was sie sich nicht wünsche, nagten an ihr. Denn die Umarmung mit Panigl stand mit der Deutlichkeit einer Fotografie vor ihr. „So ein Kleinod habe ich in unserem staubigen Naturgeschichtskammerl gefunden.“ Aber es war nur überhitzte Phantasie, nicht die Wirklichkeit. Sie schämte sich.

Wenn sie es wagte, Dr. Stahl von ihren Zuständen zu erzählen, könnte er ihr eine Medizin dagegen geben.

„Würden Sie mir vielleicht Brom oder so etwas Ähnliches verschreiben?“, fragte Pola.

Brom, wie man es Häftlingen verabreichte. Bei Männern lag das in der Natur. Wie die Tiere besprangen sie jede, die ihnen zu Willen war. Für Frauen galten andere Regeln.

Dr. Stahl kam um den Schreibtisch herum. Er nahm einen Metallspatel aus seiner Instrumentenlade. „Lassen Sie mich einmal in Ihren Mund schauen.“

Er leuchtete Pola mit einer kleinen Lampe in den Rachen. „Zunge belegt. Gerötete Tonsillen. Inflammation. Entzündungsprozesse rufen eine Reihe von Reaktionen hervor, auch Rastlosigkeit oder Verstimmung, das variiert von Patient zu Patient. Die Hitze ist ja auch eine Form der Reizung.“

Er warf den benützten Spatel in eine Porzellanschale und klingelte der Ordinationsschwester, den nächsten Patienten hereinzuführen.

„In früheren Zeiten hätte man gesagt, das ist der Maimond, der die Säfte zum Fließen bringt und dabei die versteckten Krankheitsherde erweckt."

Er verschrieb Pola ein Gurgelwasser und gegen die Nervosität Schüßler-Salze.

„Hätte ich keine anderen Patienten, müsste ich zusperren", verabschiedete er sie mit einem Augenzwinkern. „Schauen Sie nicht so ernst, mein Fräulein." Mit einer angedeuteten kleinen Verbeugung überreichte er ihr die Honorarnote.

Was hätte er zu ihrer Geschichte zu sagen gehabt, fragte sich Pola auf dem Weg zurück. Vielleicht wäre er gar nicht besonders beunruhigt gewesen. Aber die Angst, dass man sie für verrückt halten könnte, war stärker. Sie legte sich ins Bett, wich den bohrenden Blicken ihrer Mutter aus und wartete ab.

Am darauffolgenden Sonntag ging Pola in die Kirche Mariae Not, nahe der Schule. Nadija und Milo hatten ihre orthodoxe Religion aus Serbien mitgebracht, aber sie besuchten nur selten eine Messe. Pola begnügte sich mit der Teilnahme an den Schulmessen zu den hohen Feiertagen, nach Schulbeginn und vor den Sommerferien. Die katholische Liturgie war ihr vertrauter als der Ritus ihrer orthodoxen Glaubensgemeinschaft.

Die Elfuhrmesse war schon vorbei. In der Kirche saßen nur mehr ein paar alte Frauen in den hinteren Bänken und beteten. Außer Pola wollte niemand zur Beichte. Sie trat in den Beichtstuhl und kniete nieder. Hinter dem vergitterten Fenster sah sie schemenhaft den Kopf des Priesters.

„Ich brauche Ihren Rat, Herr Pfarrer."

Pola lehnte die Stirn an das Gitter. Sie hoffte, dass er sie nicht von der Schule kannte.

„Ich habe meinen toten Vater gesehen. Er hat zu mir gesprochen."

Sie hielt inne. Der Beichtvater ließ ihr Zeit, wenn er nicht mit seinen Gedanken gerade anderswo war.

„Ich glaube nicht an Erscheinungen. Aber wie soll ich Gewissheit haben, wenn ich meinen eigenen Augen nicht trauen kann? Was soll ich dagegen tun?"

Das Schweigen hielt an, es dauerte unbehaglich lange.

„Bete zu Gott", erwiderte der Priester endlich. „Mit Gottes Hilfe kann dir niemand etwas anhaben."

„Gibt es böse Geister? Dämonen? Gibt es den Teufel? Ich meine, als leibhaftige Erscheinungen, wie Menschen aus Fleisch und Blut?", fragte sie. „Was sagt die Kirche dazu? Herr Pfarrer, helfen Sie mir! Sonst weiß ich mir keinen Rat. Ich fürchte mich zu Tode!"

Wieder ließ er sie warten, bevor er mit milder Stimme erwiderte: „Das Gebet, das dein Herz für Gott öffnet, hilft dir aus deiner Not. Wir sind alle in Gottes Hand. Wenn du das Gute willst und das Böse verabscheust, kann dir nichts geschehen. Bereust du deine Sünden?"

„Ich bereue."

Ungeduldig sprach ihm Pola die vorgeschriebenen Worte des Sakraments nach und er erteilte ihr die Absolution. Zur Buße musste sie drei Vaterunser und drei Ave-Maria beten. Eilig strebte sie aus dem Beichtstuhl. Es lag also nur bei ihr. So hatte auch Frau Panigl gesprochen. Hinter ihr verließ der Priester seinen Platz. Sie wandte sich nicht nach ihm um.

„Hast du schon einmal von Bluttrinkern gehört?“, fragte Pola, als sie wieder zu Hause war.

Nadija lehnte in ihren Pfühlen und lauschte Zarah Leanders Stimme. Die Frage schreckte sie aus ihrer Kontemplation. „Was soll das bedeuten?“ Sie richtete sich auf und stellte die Musik ab.

Pola bemerkte, dass ihre Mutter in heller Aufregung war.

„Was immer er dir erzählt hat, es ist nicht wahr. Das sind doch nur die abergläubischen Geschichten ungebildeter Völker, von Analphabeten!“

„Er?“

Nadijas Stimme klang schrill. „Dein Vater, den meinst du doch, das war ja sein Wahn. Die Bluttrinker, die ihm überall nachfolgten und seine Lebensenergie aussaugten.“

Erleichtert nickte Pola. Sie begann zu verstehen. Im magischen Zirkel der Panigls, bei Dämmerlicht, der sogenannten übernatürlichen Atmosphäre, die dort erzeugt wurde, war also die Obsession des Vaters aus ihrem Unterbewusstsein aufgestiegen. Sie brauchte nicht weiter darüber zu grübeln, es war ja nur Humbug. Aus dem Totenreich kehrte keiner zurück.

„Hast du gewusst, dass die Panigls Séancen veranstalten?“

Nadija drehte die Kurbel des Plattenspielers. Sie machte eine vage Bewegung, die ja oder nein bedeuten konnte. „Ich will nicht von Milo sprechen. Bitte.“

Pola schob ihren Sessel zurück. Sie kannte ihre Mutter gut genug um zu wissen, dass sie keine andere Antwort bekommen würde.

Der Kaffee war kalt geworden. Pola trug das Tablett in die Küche. Ausnahmsweise hielt sich Frau Götzl in der

Wohnung auf, deshalb bewegte sie sich auf Zehenspitzen. Vor den Fenstern lag ein bleierner Sonntagnachmittag. Die Sonne versteckte sich hinter einer hellgrauen Wolkendecke. Ein Geruch nach Schwefel hing in der Luft. Sie nahm ihr Regencape. Ohne sich von Nadija zu verabschieden, verließ sie das Haus.

An Tagen wie diesem fehlte es an allem. Freunden und Verwandten, dem Geld für Vergnügungen, der Energie, sich aus eigener Initiative zu zerstreuen. Langsam, unentschlossen, wohin sie sich wenden sollte, ging sie durch die Bürgerspitalgasse. Ihre Mutter hatte recht, sie sollte heiraten, statt ein Leben lang Kindern von anderen Wissen einzutrichtern, um am Ende mit leeren Händen dazustehen. Eine eigene Familie war doch das Ideal, nach dem alle Frauen strebten. Warum nicht der Direktor Panigl? Sollte sie moralischer sein als er?

Sie überquerte den Gürtel, passierte die Kirche, ging weiter, bis sie zur Apotheke kam. Durch die Fenster auf der Hinterseite sah sie Licht schimmern und klopfte kurzentschlossen an die Scheibe. Niemand erschien am Fenster, stattdessen ging vorne im Ladenteil das Licht an und der Schlüssel drehte sich im Schloss.

„Warum läuten Sie denn nicht die Notglocke?"

Eine schlanke, hochgewachsene Frau in weißem Arbeitsmantel stand in der Tür, die Apothekerin. Bei Polas Anblick hellte sich ihre Miene auf. „Sie sind das Fräulein Wolf!"

Pola musterte die Frau, die in Nadijas Alter sein musste. Ihr dichtes Haar war eisengrau und zu einem schmucklosen Knoten zusammengesteckt. Breite, braune Augenbrauen beherrschten das Gesicht. Sie hatte regelmäßige, aber nichtssagende Züge.

„Woher kennen wir uns denn?“, fragte Pola ratlos.

„Mein Name ist Elvira Hallermann.“ Ihre Stimme hatte etwas vage Vertrautes. „Was fehlt Ihnen?“

Sie streckte Pola die Hand hin. Die Haut fühlte sich eisig an.

„Ich bin seit Tagen schwindelig, mit Kopfschmerzen.“ Pola stotterte vor Verwirrung. „Ich war auch schon beim Arzt …“

„Ja, ich verstehe.“ Die Apothekerin winkte ihr, einzutreten.

„Ich möchte nicht stören, ich …“

„Sie stören mich nicht, im Gegenteil. Ich möchte Ihnen sagen, ich war sehr, sehr beeindruckt. Die Kopfschmerzen können durchaus eine Folge dieses Erlebnisses sein.“

Sie machte eine abwartende Pause, aber Pola sagte kein Wort. „Ich war bei der Séance anwesend. Die Maske in Violett.“

Unsicher folgte Pola ihr in die Apotheke. Drinnen sah sie sich staunend um. Sie war in einem alten Kreuzbogengewölbe, wie in einer Kirche, nur gab es hier anstelle eines Altars das Verkaufspult, links und rechts flankiert von reichgeschnitzten Holzkästen, die bis zur Decke hinaufreichten. Krüge aus Majolika mit gemalten Pflanzenbildern standen in den offenen Fächern, Ballonflaschen mit grünen, braunen und durchsichtigen Flüssigkeiten, Holzgefäße mit Deckel und Schubladen, die mit lateinischen Namen beschriftet waren. *Cortex chinae*, entzifferte Pola langsam die altmodischen Lettern, *Valeriana officinalis*, *Glycyrrhiza glabra*, *Folium Althaeae*.

Die Apothekerin wies auf ein zierliches Geschäftsschild aus Metall, das über der Eingangstür hing, eine Schüssel, aus der Blütendolden herunterhingen, symmetrisch nach drei Seiten, wie ein Spitzenmuster. Dazwischen hob eine Schlange ihren Kopf, umgeben von züngelnden Flammen. Um den Rand der Schüssel war ein Spruch eingraviert, darunter eine Jahreszahl: 1696.

„Das ist die älteste bekannte Apotheke von Wien. Seit mehr als zweihundert Jahren in Familienbesitz", sagte Frau Hallermann. „Können Sie Latein?"

Pola las die gravierte Inschrift „Similia similibus curentur".

Die Apothekerin nickte. „Man ahme die Natur nach. Das ist die Einleitung zum *Organon*, ein Kompendium der Kräuterkunde aus dem siebzehnten Jahrhundert. Sie sind hier an einem besonderen Ort gelandet, Fräulein Pola. Das Wissen um die Pflanzen verleiht dem Menschen Macht."

Sie führte Pola zu einer Glasvitrine. Hinter dem grünlichen, dicken Glas sah Pola lederne Bänder, Steine in verschiedenen Farben und Größen, eine kleine Flasche, auf der ein Totenkopf mit gekreuzten Knochen abgebildet war.

„Die Kunst des Heilens besteht aus unzähligen Geheimnissen. Die Magie ist daraus nicht wegzudenken. Hier zum Beispiel, in dieser Flasche: Das Universalgift Theriak wurde von meinem Vorfahren Lavinius Hallermann zusammengestellt. Es hat vierundsechzig Bestandteile, und seine Wirkung ist in zweihundert Jahren nicht verloren gegangen. Je nach Dosierung kann es heilen oder töten."

Pola betrachtete das grüne Gefäß zweifelnd. Dann deutete sie auf die langen, in verschiedenen Farben schimmernden Bänder. „Wofür sind sie bestimmt?"

„Sie heißen Vipernschnüre", erklärte die Magistra. „Schlangenhäute aus Indien, unersetzlich und von unermesslichem Wert. Auch sie können sowohl Krankheiten heilen als auch Feinde töten."

Sie zog unter ihrem Arbeitsmantel eine Kette hervor, an der ein Schlüssel hing. Damit sperrte sie das kleine Schloss der Vitrine auf. Sie nahm eine grüngoldene Schlangenhaut von ihrer Aufhängung. Mit einer schnellen geübten Bewegung schlang sie Pola das Band um den Hals.

Pola fühlte eine gleichmäßige Wärme in ihren Kopf hochsteigen. Dann war der Schmerz, der sie seit Tagen gequält hatte, verschwunden. Die Apothekerin sah sie forschend an.

„Spüren Sie die Wirkung?"

Plötzlich zog sie das Band fest. Pola spürte einen Geruch, Fäulnis, pestilenzartig, der sich ausbreitete. „Um Himmels Willen!", rief sie unwillkürlich.

Die Apothekerin nahm die Schlangenhaut an sich. Ihr Lächeln war kühl. „Mit dem Himmel hat es nichts zu schaffen. Oder glauben Sie, dass Gott gegen die Macht der Natur auftreten würde?"

Sie brachte die Vipernschnur an ihren Platz zurück. Als sie sich Pola wieder zuwandte, hielt sie einen seltsamen, zweifarbigen Stein in der Hand, der zwei Seiten hatte. Eine war rot, die andere schwarz, eine zeigte einen lachenden Mann, die andere einen Totenkopf.

Polas Unbehagen stieg.

„Jedes Ding hat zwei Seiten, auch die Heilkunst. Am Samstag waren Sie nicht so ängstlich, junge Dame. Wer Erkenntnis gewinnen will, darf niemals wegsehen."

Pola trat einen Schritt zurück. Vorsichtig bewegte sie den Kopf hin und her. Der Schmerz war wie weggeblasen.

„Danke", sagte Pola. „Sie haben mir wirklich geholfen."

„Das ist nichts Besonderes", erwiderte Frau Hallermann. Sie legte Pola eine Hand auf die Schulter. „Ich hoffe, Sie kommen mich wieder besuchen." Sie brachte Pola zur Tür. Dort fiel ihr etwas ein. „Warten Sie, ich möchte Ihnen noch etwas mitgeben."

Sie schob einen Vorhang beiseite und verschwand im Hinterzimmer der Apotheke. In einer Ecke sah Pola einen Paravent stehen, hinter dem sich die Leute abwiegen oder den Blutdruck messen ließen. Ein kleiner, grauweiß karierter Hut mit einem roten Bändchen hing an dem Garderobehaken. Genauso einen Hut hatte Marianne getragen. Sie arbeitete hier, natürlich, wieso war das Pola nicht gleich eingefallen. Die Fenster im ersten Stock, die das Mädchen ihr gezeigt hatte, gehörten zur Apotheke.

Die Apothekerin kam zurück. Sie trug eine Flasche in der Hand. Ein stechender Geruch wie Ammoniak wehte um sie her. „Das sind Tropfen für Sie. Damit Sie nicht wieder melancholisch werden."

„Woher wissen Sie …"

Die Apothekerin schüttelte aus einer Phiole drei weiße Pillen in ein Säckchen. „Nehmen Sie diese drei Stück, alle zwei Stunden eine. Dann wird der Schwindel nicht wiederkehren."

Sie sperrte die Tür für Pola auf. Draußen war es schon dunkel.

„Ihre Helferin ist heute nicht da?“, fragte sie auf gut Glück, als die Apothekerin ihr zum Abschied noch einmal ihre kalte Hand gab.

Die Magistra kniff die Mundwinkel ein. Sie seufzte, als hätte Pola ein unangenehmes Thema berührt. „Sie meinen Marianne“, antwortete sie. „Nein.“

Pola wartete, aber es kam keine Erklärung. Verwirrter als sie gekommen war, verließ sie die Apotheke „Zur Allmacht“. Bei der Kirche warf sie die Medizinflasche und das Säckchen mit den Pillen in den Abfallkorb. Dann besann sie sich und fischte sie wieder heraus.

Sie wanderte durch den Bezirk und dachte an das traurige junge Mädchen, das sich lieber an so einem düsteren Ort sein Brot verdiente als in der Backstube erfüllt vom klebrigsüßen Dunst der Mehlspeisen. Wie und mit wessen Hilfe hatte sie sich durchgeschlagen, bis sie hier Arbeit fand?

Auf dem Heimweg ging Pola noch einmal an der Apotheke vorüber. Das Zimmer im ersten Stock war erleuchtet. Sie stellte sich auf der gegenüberliegenden Straßenseite in eine Hauseinfahrt. Niemand zeigte sich am Fenster. Nur unten, im Hinterzimmer sah sie durch die zugezogenen Vorhängen einen Schatten hin und hergehen, wie in Sorge oder Aufregung, ohne innezuhalten.

Zum ersten Mal fehlte unsere Lehrerin. Sie sei krank, teilte uns Herr Direktor Panigl mit, an ihrer Stelle würde er den Unterricht übernehmen. Am liebsten wäre ich auch gleich zu Hause geblieben. Ich hatte Angst vor dem Direktor, ich mochte nicht, wie er mich ansah, und wenn er mir eine Frage stellte, begann ich zu stottern oder mir fiel gar keine Antwort ein. Er hatte die Gewohnheit, lautlos von hinten an uns Schüler heranzutreten, als ob er uns bei etwas Verbotenem ertappt hätte.

Auch seine Art zu unterrichten war anders. Zucht und Ordnung, sagte er, seien ebenso wichtig wie Bildung. Selbst der Dümmste könne gutes Benehmen und Sauberkeit erlernen, das zu erreichen, sei das erste Ziel der Erziehung.

Er zwang uns, mit dem Lineal im Rücken und dem Lesebuch auf dem Kopf aufrecht zu sitzen, aufzustehen und durch die Klasse zu gehen. Wem das Buch herunterfiel, der musste in Schönschrift hundertmal schreiben: „Übung macht den Meister. Ich werde üben, bis ich nicht mehr so ungeschickt bin."

Wir mussten alles, was er uns an die Tafel schrieb, auswendig lernen, egal, ob wir es verstanden oder nicht. Das hatte Pola nie von uns verlangt. Sie meinte, was man begreife, das könne man leicht lernen und auch behalten. Direktor Panigl aber setzte voraus, dass wir ohnehin nichts behalten würden. Obwohl er unser Direktor war, hatte ich den Eindruck, dass er diese Schule verachtete. Sie lag in Fünfhaus, einem Arbeiterviertel, wo es aber längst nicht mehr Arbeit für alle gab. Es waren die Jahre zwischen den zwei großen Kriegen, Wirtschaftskrise und Arbeitslosigkeit trafen die Armen am stärksten. Auch meine Mutter, die ihre Kinder ohne Mann aufzog und allein erhalten musste, war arm, doch sie hatte wenigstens Arbeit. Wir wohnten auch nicht in einem Elendsquartier wie viele andere aus meiner Schule, sondern auf der besseren Seite des Gürtels, in Mariahilf, wenn auch nur am äußersten Rand. In Fünfhaus ging ich in die Schule, weil dort nur ein geringes Schulgeld zu bezahlen war.

Der Direktor hatte recht, viele Kinder bekamen von zu Hause nicht die geringste Erziehung mit. Sie wischten sich die Nase mit dem Handrücken ab, statt sich zu schneuzen. Manche besaßen nicht einmal ein Taschentuch. Sie gähnten, ohne sich die Hand vorzuhalten, und wenn ihnen langweilig war, scharrten sie mit den Füßen. Der rothaarige Oskar Silber erschien nur sporadisch zum Unterricht, lieber trieb er sich mit einer Horde Straßenbuben auf der Mariahilfer Straße hinter dem Bahnhof oder in Gaudenzdorf herum. Pola redete ihm immer wieder zu, obwohl es vergebliche Liebesmüh war. Sogar bei Ossi glaubte sie an Besserung. Panigl dagegen, wenn er seiner habhaft wurde, schleppte ihn an einem Ohr durch den Mittelgang zwischen den Bankreihen bis nach hinten zum Katzentisch. Er nannte ihn Proletenkind und prophezeite ihm eine Karriere in Stein. Ich verstand erst später, dass er einen Ort bezeichnete. In Stein an der Donau war das Gefängnis für Schwerverbrecher.

In der Nacht weckte Nadijas Weinen sie auf. Sie machte kein Licht, sondern tappte durch das Zimmer zum Bett ihrer Mutter. Zuerst glaubte Pola, sie schlafe. Dann bewegte sich Nadija. Ihre Hand griff nach dem Saum von Polas Nachthemd.

„Er wird niemals Ruhe finden."

Der Satz flog wie ein Gespenst durch das Zimmer.

„Schlaf, Mama." Pola streichelte Nadijas nasse Wangen. Sie wischte ihr die Tränen ab. „Das ist nur ein böser Traum."

Nadija öffnete die Augen. Sie nahm Polas Hand und hielt sich an ihr fest. „Was hat er zu dir gesagt, Pola? Hat er … denkt er noch an uns … was wird er …" Mitten im Satz sank sie in den Schlaf zurück.

Pola blieb im dunklen Zimmer stehen. Sie dachte an ihren Vater. Wie Milo seinen Verstand verloren hatte. Bis keine Worte mehr an ihn herankamen. Wohin schaute er, wenn er am Fenster stand, Stunde um Stunde, schlaflos bei Tag und Nacht? Eingeschlossen in das beinerne Gefängnis seines Schädels. Keine Erinnerung. Nur der Geschmackssinn war ihm geblieben, seinen Cognac und seine Zigarren genoss er bis zum Ende. Nadija versäumte nie, sie zu besorgen. Diesen Liebesdienst tat sie ihm. Aber es war Pola, die ihm sein Glas einschenkte, Pola, die ihm das Ende der Zigarre abschnitt und Feuer reichte, und Pola, die er zärtlich anblickte und ihre Wange kniff, auch wenn er sie nicht mehr erkannte.

Nadija war zu schwach gewesen, seine Krankheit zu ertragen. Sie wusste, dass er sterben würde und konnte sich nicht überwinden, zu ihm zu gehen. Nur Pola blieb bei Milo. Das quälte Nadija immer noch und hörte nicht auf, sie zu bedrücken. Dass es keinen Abschied gegeben hatte.

Am Morgen ging Pola zum ersten Mal wieder zum Unterricht. Sie hatte keine Entscheidung getroffen. Sie wusste nicht, wohin. In der Schule ging alles weiter wie bisher. Als wäre inzwischen nichts Außerordentliches geschehen, das ihre Welt auf den Kopf stellte. Die Kinder freuten sich, dass ihre Lehrerin wieder da war. Direktor Panigl war streng. Er gab ihnen Gottfried von Straßburg zu lesen und zürnte, weil sie nichts begriffen. Das Buch lag noch auf dem Katheder: *Tristan und Isolde*. Sie schlug die Seite auf, wo das Seidenband eingelegt war und sah die Zeilen, die mit Bleistift unterstrichen waren:

„In Lust und Wonnen Tag und Nacht. Denn keiner schöpfte noch Verdacht."

War das eine Botschaft für sie? Pola erschrak, sie freute und fürchtete sich. Das konnte nicht der Weg sein. In der Pause stand sie am Fenster. Der Himmel spannte seine Flügel auf. „Und niemand, weder Weib noch Mann, fand irgendetwas Arges dran." Keiner kam sie besuchen. Sie war traurig, nicht erleichtert. Die Pillen von Frau Hallermann trug sie in der Handtasche. Aber warum sollte sie hochgestimmt sein, wenn sie sich ihre Wünsche nicht eingestehen, von ihrer Erfüllung nicht einmal träumen konnte? Am Nachmittag ging sie, da nichts anderes verabredet worden war, zu den Panigls.

Alexander wartete schon. „Meine Mutter ist nicht hier", empfing er Pola an der Tür. Aus der Küche drang Klappern und Klopfen, als ob die Köchin dort absichtlich lärmte.

„Ich habe mir Sorgen gemacht", sagte Alexander vorwurfsvoll. Seine Augen aber leuchteten, und seine feuchten, roten Lippen verzogen sich zu einem koketten Schmollen. Es gefiel Pola. Sie wusste, dass sie mit dem Feuer spielte. Gehen sollte sie, auf der Stelle, doch sie tat es nicht. Sie ließ sich in sein Zimmer am Ende des Vorzimmers führen. Das Bild des Teufels im Flusswasser war verschwunden. An seiner Stelle hing das Porträt eines beleibten Herrn in schwarzer Samtrobe mit fedrig um den Kopf stehendem Haar. Die Züge zeigten eine gewisse Ähnlichkeit mit Panigl, und als Pola Alexander danach fragte, bestätigte er ihr, dass es sich um einen Vorfahren handelte.

Er schloss die Tür hinter ihr ab. Sie protestierte nicht, auch nicht, als er den Schlüssel abzog und in seine Hosentasche schob.

„Wenn Sie sich nicht ordentlich betragen, gebe ich Ihnen keine Stunde mehr", sagte sie lahm. Die Unsicherheit in ihrer Stimme war unüberhörbar.

Er bot ihr einen Platz an. „Ich will nicht, dass Bertha wieder hereinplatzt. Ich verspreche Ihnen, ich werde nichts Ungebührliches tun oder sagen, Fräulein Wolf. Im Gegenteil."

Als Deutschaufgabe hatte er einen Aufsatz bekommen. Das Thema hieß: „Was ist die Mehrheit? Mehrheit ist nur Unsinn. Verstand ist stets bei wen'gen nur gewesen." Ein Zitat aus Schillers Theaterstück *Demetrius*.

„Was soll ich darüber schreiben? Das ist die Sprache meines Vaters, der Aristokratie. Die Herren der Welt! Sie wollen bestimmen, was gut und böse ist. Sie können sich alles erlauben."

Verwundert hörte Pola ihm zu. Von dieser Seite kannte sie Alexander noch nicht.

„Es gilt als Tugend, gescheit zu sein. Aber es kommt doch darauf an, was man mit seiner Intelligenz anfängt. Es gibt auch einen Verstand, der gemein und gefährlich ist."

Seine Stimme klang erstickt vor unterdrückter Wut. Das war mehr als Aufsässigkeit. „Ich frage mich, ob ich sie hasse. Und dann fürchte ich mich vor mir selbst."

Er meinte seine Eltern. Pola fragte ihn nicht nach dem Grund für diese heftigen Gefühle. Das ging sie nichts an. Am besten kehrte sie in ihr Alltagsleben zurück und nahm die Panigls als das, was sie waren, reich und exzentrisch.

Bestürzt gestand sie sich ein, dass sie nicht verzichten wollte. Nicht nur Panigl, auch dieser Knabe verlockte sie und – schlimmer noch – sie ertappte sich bei der Frage, warum nicht beide.

„Soll ich die Wahrheit schreiben und ihnen in ihre Herrenmenschengesichter spucken?"

Alexander sprach von seiner Deutschaufgabe und sie wand sich verlegen und verschwitzt wie ein Backfisch. Nervös blätterte sie in dem Theaterstück.

„Wollen wir gemeinsam lesen?"

Er schüttelte den Kopf. „Ich habe den *Demetrius* schon im Theater gesehen. – Fräulein Wolf! Was raten Sie mir?"

„Sie sollen gut schreiben." Pola nahm sich zusammen. „Die Wahrheit allein genügt nicht. Das klingt so imposant, aber wer weiß schon, was das ist. In einem Aufsatz geht es darum, eine These zu vertreten. So, dass man sie versteht und dem Autor glaubt."

Die Antwort galt auch für sie selbst. Sie musste sich ein Bild machen, sich entscheiden und dazu stehen. Alexander war nur ein verwöhntes Kind, was verstand er schon von Politik? Seine Ablehnung kam ihr übertrieben vor. Alexander seufzte und sagte nichts mehr dazu.

„Wollen wir es miteinander versuchen?"

Er verstand die zweite Bedeutung, die in ihrer Frage lag, und nickte.

Am Abend brachte er Pola mit der Droschke nach Hause. „Wie beim letzten Mal", sagte er.

Es regnete, deshalb hatte sie sein Angebot, sie nach Mariahilf zu bringen, angenommen. Sie trug nur eine weiße, dünne Bluse, die von den Regentropfen durchsichtig wurde.

„Sie wissen es nicht mehr", stellte er fest, als sie vor dem Haus in der Bürgerspitalgasse anhielten.

„Was?"

Er schaute sie rasch an, prüfend, und dann wieder weg, auf seine Hände. „Ich habe Sie gewarnt."

„Gewarnt – vor Ihrem Vater. Aber wovor? Was meinten Sie?"

Auf einmal war Pola nicht mehr ängstlich. Sie fühlte sich stark, jung, eine heiße Lebenslust stieg in ihr hoch wie der Saft im blühenden Baum. Wie das schäumende Wasser der Bäche nach der Schneeschmelze. Zum Erschaudern, prickelnd, berauschend.

„Ich liebe Sie", hörte sie ihn sagen. „Ich werde Sie vor der Lüsternheit und Gemeinheit dieses Ungeheuers beschützen. Ich werde, weil ich muss."

Er umarmte sie. Sie öffnete den Mund und verschlang ihn, mit den Lippen, der Zunge, das Weiche, Feuchte, Pralle, Zarte. Er duftete, er schmeckte. Sie trank ihn. Und riss sich los, ihre Hände von ihm, gegen den Willen ihres Fleisches, mit der letzten Einsicht und lief ihm davon.

Auch diesen Tag weiß ich noch nur zu gut. Nach der Schule war ich ihr gefolgt, so weit ich es wagte. Sie ging zur Stadtbahnstation, da ahnte ich, wohin ihr Weg führte und kehrte traurig um.

Seitdem lauerte ich auf ihre Heimkehr. Alle paar Minuten unterbrach ich meine Hausarbeit und lief zum Fenster. Ich hörte die Droschke über das Katzenkopfpflaster der Bürgerspitalgasse rumpeln und nahm meinen Beobachtungsposten am Fenster ein, in die Ecke gedrückt, damit mich niemand entdeckte. Aber wie hätten sie mich sehen sollen! Sie waren auf einem anderen Stern, sie beide ganz allein.

7. Kapitel

Jeden Tag, wenn sie auf dem Weg zur Schule vorbeikam, hielt Pola Ausschau nach dem Mädchen aus der Apotheke. Die Apothekerin wollte sie nicht noch einmal fragen. Elvira Hallermann war eine Eingeweihte der Vorgänge im Hause Panigl, davon war Pola überzeugt. Sie brannte darauf, alles zu erfahren, zugleich fürchtete sie sich vor weiteren Enthüllungen.

Mehr als eine Woche verging, da sah sie im Vorübergehen Marianne durch eine offenstehende Tür im Hof hinter der Apotheke. Sie war damit beschäftigt, einen Topf mit einem rosa blühenden Gewächs zu gießen. Entlang der Hausmauer befand sich eine Reihe von Beeten mit verschiedenen Pflanzen.

„Wo warst du?"

Erschrocken fuhr Marianne herum. Bei ihrer ersten Begegnung war ihr Gesicht vom Weinen entstellt gewesen. Sie hatte zarte, ebenmäßige Züge, langes, hellblondes Haar. Ein schönes Mädchen. Nur die Augen blickten zu ernst. Etwas Geducktes lag über ihrer Gestalt, als wäre sie auf der Hut und zur Flucht bereit. Aber wovor hatte sie Angst?

Marianne setzte die Gießkanne ab und ging ins Haus. Stumm deutete sie Pola, ihr zu folgen. Drinnen im Lager stellten sie sich hinter ein hohes Regal mit bauchigen Glasflaschen.

„Ich war krank", sagte Marianne. „Die Magistra hat angeschafft, dass ich im Zimmer oben bleibe, damit ich keine Kunden anstecke."

Von Krankheit hatte die Apothekerin kein Wort gesagt. Das Mädchen sah blühend aus.

Sie klopfte auf ihre Brust. „Aber ich bin ein zähes Ding. Mich holt der Quiqui nicht so leicht." Sie bemerkte Polas Betroffenheit und fügte schnell hinzu. „Nein, nein, keine Sorge, ich hab' nichts auf der Lunge!"

Von drinnen rief die Apothekerin nach ihr und Marianne beeilte sich nach vorne in den Verkaufsraum. Einige Minuten später kehrte sie wieder.

„Die Glocke hat schon sechs geschlagen. Wenn die Digitalis ordentlich gegossen ist, darf ich fort, frische Luft schnappen, sagt die Magistra."

„Wieso Digitalis?", fragte Pola. „Hier wächst doch kein Fingerhut."

Marianne zeigte ihr die Beete im Hof. „Das ist unser Kräutergarten. Am Montag kommt immer die Lavendelfrau vom Waldviertel, sie sammelt die frischen Kräuter für uns." Sie setzte ihren kleinen graukarierten Hut auf. „Alle Pflanzen können wir nicht selbst anbauen. Digitalis zum Beispiel ist ganz selten und wächst nur auf besonderem Boden. Die Magistra glaubt aber, dass sie's diesmal durchbringt."

Ich kannte die kleine Ria aus der Apotheke schon länger als Pola. Dort zu arbeiten stellte ich mir schrecklich vor, und um die unheimliche Apothekerin machte ich immer einen großen Bogen. Marianne war schön anzusehen, mit ihrem zarten weißen Gesicht und dem Mund wie eine Rosenknospe. Aber sie wusste nur allzu gut, wie bezaubernd sie war. Vor Pola spielte sie die Bescheidene, für mich hatte sie nicht einen Blick übrig. Ich war ein armseliges Ding mit schäbigen Kleidern und sie gegen mich die Anmut in Person. Ich beneidete sie.

Gemeinsam schlenderten sie zum Gaudenzdorfer Gürtel hinunter, wo ein kleiner Vergnügungspark war, ziemlich ordinär, kein angenehmer Aufenthaltsort für junge Damen. Allerlei Gelichter trieb sich dort herum, Arbeitslose, Glücksspieler, so mancher Zuhälter mit seiner Mizzi. Sie passierten die Schaukeln und Bretterbuden, das kleine, verkommene Zelt des Tierbändigers und die Loge, in der eine Wahrsagerin auf Kundschaft wartete. Vor ihnen, jenseits des alten Linienwalls, lagen die Meidlinger Gründe, weite, unbebaute Flächen mit Feldern und Wiesen, dazwischen standen nur vereinzelt Häuser.

„Warte einmal. Ich muss dich etwas fragen."

Marianne blieb mit unbehaglicher Miene stehen.

„Weißt du etwas von diesen Kreisen, denen deine Apothekerin angehört? Spiritisten, oder was sind sie?"

Die Unterlippe des Mädchens zitterte. Schnell holte Pola ihr Taschentuch hervor und fand ein Säckchen mit Schokomandeln.

„Da, für dich." Sie hob Mariannes Kinn hoch, um ihr ins Gesicht zu sehen. „Zum Gesundwerden. Es ist Bitterschokolade, weil du Süßes nicht magst."

Marianne reckte sich auf die Zehenspitzen. Ihre großen, dunklen Augen strahlten auf einmal. Sie küsste Pola auf den Mund.

„Ich bin nicht krank", sagte sie, weil Pola zusammenzuckte.

Sie drehte das Zellophansäckchen mit den Schokomandeln in ihrer Hand, als wäre es eine Kostbarkeit. Zuletzt nahm sie eine Mandel und biss andächtig hinein.

„Ich weiß ein Geheimnis." Ihr Blick war wie vorher, umflort. „Aber du darfst mich nicht verraten, sonst kann ich nicht mehr hierbleiben."

Pola versprach es.

Vor jener magischen Abendsoirée, zu der Pola geladen worden war, hatte bei den Panigls große Aufregung geherrscht. „Hoher Besuch war angesagt", erzählte Marianne. „Es handelte sich um eine Dame mit dem Namen Alina Blanković. Niemand wusste, ob sie wirklich kommen würde. Deshalb suchte der Meister nach einem neuen Medium."

„Welcher Meister?", fragte Pola dazwischen, aber Marianne wollte nicht heraus mit der Sprache.

„Vom Orden." Alles andere musste Pola schon selbst herausbringen. Panigl hoffte, dass er in ihr die Richtige gefunden hatte.

„Für gewöhnlich weiß das Medium über seine Fähigkeiten nicht Bescheid. Es war auch ungewiss, ob du zustimmen wirst."

„Ich?" Hätte sie nicht die Erinnerung an das Erscheinen des Vaters verfolgt, wäre Pola in Lachen ausgebrochen.

„Die am Ritual teilnehmen, dürfen keinen Zweifel haben. Es passiert ja auch vor ihren Augen", sagte Marianne, als würde sie Polas Gedanken lesen.

„Aber es ist doch nicht die Wirklichkeit."

Wie vorher wich Marianne ihr aus, sie schaute zu Boden. Konnte es möglich sein, dass Marianne ihr etwas vorspielte?

Plötzlich kam sie sich vor, als wäre sie Gesprächspartnerin und Publikum in einer Person.

„Wer ist diese Madame Blanković?", kehrte sie an den Anfang zurück.

„Sie ist berühmt", antwortete Marianne. „Und sehr schön. Ich glaube, sie muss ziemlich alt sein. Aber bei solchen besonderen Menschen zählt kein Alter."

„Warte, Marianne! Diese Alina Blanković war dort, bei den Panigls? Du hast sie selbst gesehen?"

Marianne ließ sich nicht unterbrechen. „In England wurde sie die große Schlange aus dem Reich Thelemas genannt. Sie kann sich unsichtbar machen. Ihre Feinde tötet sie mit Blicken. Sie kennt die Zukunft und die Vergangenheit."

Das klang wie Milo, als er über die Bluttrinker gesprochen hatte. Sie sah die Schüssel vor sich, aus der die rote Flüssigkeit überschwappte und ihr in die Augen spritzte, sie blind machte.

„Welche Feinde?"

Marianne begann den Kopf zu schütteln, wie von einem Krampf überfallen. Sie öffnete den Mund, doch sie brachte kein Wort hervor, nur ein gequältes Jammern. Ihr panischer Blick ging an Pola vorbei. Sie wandte sich um.

Elvira Hallermann war ihnen gefolgt. Sie stand in einiger Entfernung am Kornblumenrain eines Feldes und sah mit finsterer Miene zu ihnen herüber. Sie trug noch ihren weißen Arbeitsmantel. Darüber hing ein Amulett um ihren Hals. Schaudernd erkannte Pola, dass es das gefletschte Gebiss eines Marders war. Die Apothekerin griff danach und hob es drohend in die Höhe. Mit einem unheilvollen Klappern schnappten die Zähne des kleinen Raubtiers zu.

Das Säckchen mit den Schokomandeln fiel auf den Boden. Pola bückte sich, um es aufzuheben. Als sie sich wieder aufrichtete, war Marianne fort. Pola sah sie über die Wiesen davonlaufen. Wie vom Teufel verfolgt, dachte sie und erschrak, weil ihr einfiel, wo sie waren. Ganz in der Nähe auf dem Wienerberg lag die „Teufelsmühle". Ein Schild am Wegrand erzählte die Sage des alten Gasthofs, in dem der Teufel gern eingekehrt war, weshalb nur ahnungslose Fremde dort übernachteten. Pola schaute sich nach der Apothekerin um. Auch sie war, wie ein Spuk, verschwunden.

Lange konnte Pola sich nicht wieder beruhigen. Ihre Knie zitterten. Dennoch nahm sie sich vor, sich nicht einfangen zu lassen. Übersinnliche Phänomene existierten nicht. Sie hatten ihre Sinne getäuscht und verwirrt, aber das machte aus ihr noch kein Medium.

Das Gespräch mit Nadija schob sie auf. Pola konnte mit ihr nicht offen sprechen. Entweder sie fand die Lösung selbst heraus oder es blieb ihr nichts anderes übrig, als ihre Stellung in der Schule aufzugeben. Die Frage war allerdings: Wünschte sie sich das?

So oder so blieb die Konfrontation mit Panigl unausweichlich. Pola zitterte davor und wartete darauf. Sie kannte solche Gefühle nicht. Jede Nacht musste sie an ihn denken. Wie er sie ansah, wie er sie berührt hatte. Das Kleinod, das er gefunden hatte. Als wünschte er sich, sie zu besitzen. Und Pola? Vor dem Sündenfall, wiederholte sie innerlich immer wieder, als könnten sie die Worte vor dem Untergang bewahren.

Damals war es noch nicht zu spät, doch sie ließen ihr keine Ruhe. Sie wollte sich zurückziehen, ich weiß es, ich habe gelauscht, damals, als sie miteinander sprachen.

Es war ein Mittwoch, der Wochentag, an dem Pola erst um fünfzehn Uhr die Schule verließ. Der Schulwart Findus hatte sich längst in seine Wohnung im Souterrain zurückgezogen. Die Turnsäle im Hintertrakt lagen verwaist.

Pola hatte mich gebeten, nach der Schule zu bleiben und ihr beim Ordnen der Mineraliensammlung zu helfen. Obwohl meine Geschwister schon zu Hause auf mich warteten, stimmte ich freudig zu. Einmal mussten sie es eben eine halbe Stunde länger ohne mich aushalten. Die Mineralien gehörten in den Besitz der Schule, aber vor Pola hatte sich niemand um sie gekümmert. Erst sie begann damit, die Sammlung Stück für Stück zu katalogisieren.

Plötzlich waren draußen auf der Stiege Schritte zu hören. Pola schob die Kassette mit den Steinen beiseite und erhob sich. Ich sah ihr an, dass sie aufgeregt war. Sie ahnte, welcher Besuch zu ihr kam. Bevor sie die Tür öffnete, wandte sie sich nach mir um. Ihr Blick war fremd. Sie schickte mich nach Hause.

Panigl begrüßte Pola mit einem Handkuss.

„Ich möchte dieses Gespräch lieber nicht führen."

„Aber, aber", mahnte er mit sanfter Stimme, weil sie ihre Hand gewaltsam aus seiner riss. „So ein heftiges Benehmen ist kein gutes Vorbild für Ihre Schüler."

Pola wollte an ihm vorbei. Er gab den Weg nicht frei.

„Ich bin, wenn Sie mir das offene Wort gestatten, von Ihnen hingerissen, Fräulein Wolf."

Sie wich vor ihm zurück bis an die Wand.

„Ich werde Sie nicht weiter bedrängen. Wenn Sie wirklich nicht wollen …“

Unerträglich seine Sicherheit, dass sie sich ihm nicht widersetzen würde. Dass sie ihn auch wollte. Aber Pola gab keinen Laut von sich.

„Lassen Sie mich dennoch erklären“, fuhr er nach einer kleinen Pause fort.

Er holte ein Zigarettenetui aus seiner Rocktasche, ein silbernes. Es war ihr eigenes, stellte sie mit einem Blick fest. Wie konnte es zu ihm gelangt sein? Ihre Handtasche hing in ihrem Kleiderspind, das Etui lag darin. Erst vor einer halben Stunde hatte Pola eine Zigarette geraucht.

„Ich möchte mich gern setzen.“ Er klang fragend, als wäre er ein Bittsteller.

Pola blieb, wo sie war. Mochte er sie für ungehobelt halten. Mit Taschenspielertricks ließ sie sich nicht beeindrucken.

„Ich verstehe Ihre Sorgen“, sagte Panigl. „Kluge Menschen lieben es nicht, die Kontrolle über sich zu verlieren. Die Ereignisse der Samstagnacht waren höchst außerordentlich, aber im allerpositivsten Sinn. Ich kann mich nur beglückwünschen, dass mir Ihre Fähigkeiten aufgefallen sind. Sie sind so selten wie wunderbar.“

Er blickte sie freundlich an, nicht durchdringend wie bei früheren Gesprächen. Sie sollte wissen, was sie tat. Oder wie es seine Frau ausgedrückt hatte: Es geschah ihr nichts, was sie nicht wünschte. Bedeutete das, dass sie für alles selbst verantwortlich war?

„Ein wenig Erfahrung besitzen Sie ja schon“, fing er noch einmal an. „Ich möchte allerdings nicht fortsetzen, bevor

Sie sich selbst äußern. Sie stellen als Medium einen unschätzbaren Gewinn für uns dar. Ich möchte Sie für unseren Bund gewinnen. Doch was uns verbindet, ist geheim. Nichts davon dringt nach außen. Nur die zu uns gehören, treten in den Kreis der Wissenden ein."

„Und mein Vater?"

Panigl, der an ihrem Tisch Platz genommen hatte, stand wieder auf.

„Nur soviel: Milo Wolf war einer von uns."

Er zündete die Kerze an, die auf dem Tisch in einem Halter steckte. Vorher war keine Kerze da gewesen. Er musste sie mitgebracht haben. Der Geruch, der von ihr aufstieg, wurde stärker, als Panigl sich ihr näherte, ihr das Licht ins Gesicht hielt.

„Nein!" Pola stieß ihn zurück. „Lassen Sie mich! Ich will ihn nicht sehen."

Sie blies die Flamme aus.

Panigl stellte den Kerzenhalter zurück. Er schien enttäuscht zu sein, das war ihr nur recht. Sie ging an ihm vorbei zu ihrem Kasten und holte die Handtasche heraus. Das Etui lag an seinem Platz.

„Ich bin nicht Ihr Spielzeug, Herr Direktor." Sie zog ihre Jacke an. „Ich habe kein Interesse an magischen Zirkeln. Ich glaube nur an die Stimme der Vernunft."

Er hatte schon zu seiner gewohnten überlegenen Haltung zurückgefunden. „Heißt das, wenn ich Sie von der Wahrhaftigkeit meines Handelns überzeuge, werden Sie sich uns anschließen?" Er lächelte.

„Dazu müsste ich dieses Handeln begreifen. Bisher habe ich nur Verwirrspiele gesehen", antwortete ihm Pola ernst.

Er nickte gewichtig. „Ich verspreche es Ihnen, geschätztes

Fräulein Wolf. Ich werde die Einweihung persönlich vornehmen."

Panigl lud Pola zu einer Autofahrt ein.

„Jetzt gleich?"

„Aber ja. Semper paratus – stets bereit! Das ist immer meine Devise gewesen. Nichts, woran einem liegt, auf die lange Bank schieben. Und schauen Sie hinaus, heute ist ein wunderbares Wetter für eine Spritztour."

Ein Ausflug. Pola kam kaum je über die Wiener Stadtgrenze. Nadija fand, dass sie die wichtigste Ortsveränderung ihres Lebens schon hinter sich hatte. Wo sollte sie noch hinfahren? Sie war zufrieden, in Wien zu leben. Pola wäre gern mehr herumgekommen, ihr fehlte nur das Geld zum Reisen.

„Ein Ausflug wohin?", fragte sie neugierig.

Panigls Automobil parkte vor der Schule, ein Modell der Firma Skoda mit offenem Verdeck, weißem Lack und cremefarbenen Ledersitzen. Seine Handschuhe hatten genau den gleichen Farbton, ebenso wie die Kappe, die er zum Autofahren trug.

Als Pola in den Wagen stieg, sah sie, dass sich am Fenster der Schulwartsloge der Vorhang bewegte. Das Eingangstor wurde nach Schulschluss geschlossen. Danach hielt sich keiner mehr im Schulhaus auf. Was machte Findus um die Zeit in der Schule? Spionierte er ihr nach? Aber wenn schon, sollte er, was sprach dagegen, dass sie mit Direktor Panigl im Auto fuhr?

„Im Zisterzienserkloster von Heiligenkreuz hat mein Bruder vor vielen Jahren seine Ausbildung zum Priester begonnen. Es gibt dort einen besonderen Platz, den ich mit Ihnen besuchen will."

Nach allem, was sie inzwischen von der Familie Panigl wusste, kam diese Erklärung unerwartet.

„Ich hätte vermutet, dass Ihr magischer Zirkel eine eigene Art von Religion bedeutet, die dem Christentum entgegengesetzt steht und sich sogar für überlegen hält."

Panigl lächelte über ihren Einwand. „Um das zu erklären, müsste ich weiter ausholen."

Sie fuhren nach Süden, über die Triester Straße, an der Spinnerin am Kreuz vorbei, dem alten Denkmal, das an die Rückkehr der Kreuzritter erinnerte. Gleich danach stand der neue Washington-Hof, ein riesiger Gemeindebau, wo es in jeder Wohnung fließendes Wasser und eine eigene Toilette gab, wie Pola in der Zeitung gelesen hatte. Dort überquerten sie die Stadtgrenze. Die alten Ziegeleien auf dem Wienerberg lagen schon im offenen Grasland. Sie passierten Inzersdorf, Vösendorf, Wiener Neudorf, langgezogene, armselige Ortschaften mit niedrigen Häuserzeilen entlang der Triester Straße. Erst in der Nähe von Mödling bekam die Landschaft ein freundlicheres Gesicht. Rechts erhoben sich die Föhrenwälder des Anningers, links führte der Blick tief in die ebene Landschaft, bis zum Leithagebirge.

Panigl bog von der Hauptstraße ab, und Pola las auf dem Wegweiser Maria Enzersdorf. Von weitem sah sie auf die Stadt Mödling, aber sie fuhren an ihr vorbei. Die Wälder begannen, dichte Nadelwälder, ganz anders als Pola sie kannte, hohe, dunkle Bäume, die gleichsam Schulter an Schulter wuchsen, den Blick verstellten.

„Die Gräfin Alina Blanković stammt, wie Ihre Familie, aus Serbien. Als junge Frau hatte sie eine Vision. Sie sah, dass der König mit einem Messer erstochen wurde, während zur gleichen Zeit hundert Kilometer von Belgrad entfernt wirklich ein Attentat auf ihn verübt wurde. Sie wurde verhaftet, vom Geheimdienst streng befragt und danach außer Landes gebracht. Nach Serbien kam sie nie wieder zurück."

Seine Ausführungen klangen ein wenig wie die Geschichten ihrer Eltern. Zweifelnd hörte Pola ihm zu.

„Die Gräfin Blanković ist die Begründerin der magischen Philosophie. In der Abtei Thelema in Sizilien, wo sie den englischen Magier Aleister Crowley besuchte, schrieb sie die Geheimlehre nieder. In ihrem Namen wurde der neue Tempel gegründet."

Er warf Pola einen schnellen Seitenblick zu. Sie blieb stumm.

„Ja, Fräulein Wolf, Sie haben schon recht, wir fühlen uns dem Christentum insofern überlegen, als wir uns an dem göttlichen Ursprung, unserer eigenen göttlichen Natur orientieren, nicht an einem Anarchisten, wie Jesus bei allen seinen Fähigkeiten und einer zweifelsfrei charismatischen Persönlichkeit einer war."

Panigl fuhr flott, was Pola im Zusammenspiel mit seiner Rede, in der so oft und immer wieder Gott vorkam, seltsam erschien, als würde er zwei Rollen gleichzeitig spielen, den Philosophen und den Dandy, und beides waren nur Masken, unter denen sich das, was Panigl ihr mitteilen wollte, verbarg.

„Blutsauger haben die Menschheit unterdrückt, ihre Kraft und ihren Geist getrunken, bis nur mehr die leeren, willfährigen Hüllen übrig blieben, die Kreaturen, die heute den Lauf der Welt bestimmen. Wohin Sie schauen, Sie werden keine Ritterlichkeit, keine Ehrenhaftigkeit, kein Utopia einer idealen Gesellschaft finden. Es zählt nur der Profit."

Die lange, gewundene Straße durch den Nadelwald war zu Ende. Sie mündete in einen Platz, auf dem Panigl das Auto anhielt, vor dem Eingang zu einem Friedhof. Gegenüber erhob sich ein mächtiges Bauwerk, das Kloster der Zisterzienser. Sie traten nicht durch den hochgewölbten, mit barocker Pracht verzierten Torbogen, sondern Panigl schlug einen rechter Hand gelegenen schmalen Pfad ein. Er führte in den Wald zurück.

„Es ist nicht weit von hier."

Panigl ließ Pola vorangehen. Später, als ihr ein Zweig hart ins Gesicht schlug, sagte er: „Sie müssen an den Weg glauben."

Unvermittelt erreichten sie eine kleine Lichtung, die wie ein Kreis aus dem Wald herausgeschnitten war. Ein eigentümliches Licht herrschte, grünes Leuchten, als wäre der Wiesengrund von unten beschienen. Pola fühlte Gänsehaut ihren Rücken hochsteigen. Aber Panigl, so bieder in seinem schwarzen Rock mit den langen Schößen, dem Beinkleid in Nadelstreif und der goldenen Uhr, nahm sie beruhigend beim Arm.

„Auch wenn wir auf die ungewöhnlichsten Dinge stoßen, sollten wir nicht wegsehen, weggehen. Die Gabe der Erkenntnis macht den Menschen erst aus."

Es war beinahe wortwörtlich die Mahnung der Apothekerin.

„Lassen Sie den Ort auf sich wirken. Mein Bruder hat mich zum ersten Mal hierher gebracht. Er war damals Novize, dort drüben im Kloster eingesperrt. Eine innere Stimme hat ihm den Weg gewiesen. Was er an diesem Platz erfuhr, sprengt alle Lehren der Bibel. Das war der Tag der Tempelgründung des *Ordo Novi*. Will ein Kandidat unserem Tempel beitreten, wird er an diesen Platz geführt."

Zwischen den Bäumen traten wie auf ein Stichwort Menschen hervor, in Schleier und Masken, weite, bodenlange Gewänder gehüllt. Panigl schob Pola in ihre Mitte. Dieses Mal hatte Pola nichts gegessen, nichts getrunken. Nach wie vor war sie ablehnend. Wachsam. Voller Skepsis. Konnte das in Wirklichkeit geschehen?

Ein weiß verschleiertes Mädchen zog einen Kreis um sie, rot, blutrot. Es war ihr eigenes Blut, es floss aus den Fingerspitzen, färbte das Gras und den Boden darunter. Das Mädchen richtete sich auf. Ihr Körper, weißer als das Kleid, das sie trug, schimmerte durch den dünnen Stoff. Pola sah die dunklen Spitzen der Brüste, den Nabel, die Scham. Ein Mann in grüner Maske, grün gekleidet, trat vor. Er hob das Mädchen auf und bettete sie zu Polas Füßen, wie ein Opfer, das ihr dargebracht werden sollte. Das Kleid schlug er in die Höhe, sodass ihr Körper entblößt vor ihnen lag, während rundherum ein Gesang angestimmt wurde. Aber es war kein Lied, sondern eine Litanei. Männer, die in einer fremden Sprache deklamierten. Erst nach und nach verstand Pola die Worte.

„Sanguis et semen!“, riefen sie wieder und wieder. „Sanguis et semen! Blut und Samen muss fließen, soll etwas Neues ersprießen.“

Pola wollte aus dem Kreis treten, aber das nackte Mädchen streckte ihre Hände aus. Mit überraschender Kraft packte sie Polas Fußknöchel. Sie hielt sie fest. Panigl war verschwunden.

Einer nach dem anderen kamen die Männer zu dem Mädchen. Sie warf den Kopf hin und her, der schimmernde helle Schleier, der ihr Gesicht verbarg, wellte sich hoch und nieder mit ihren heftigen Atemzügen.

„Die Jungfräulichkeit“, flüsterte eine Stimme Pola zu, „ist das höchste Gut des Weibes. Sie muss leiden für den jahrtausendealten Weg bacchantischer Wollust, den sie entlang getaumelt ist, von ihrem Trieb, nicht vom Bewusstsein ihrer hohen Aufgabe geleitet. Es ist die Leidenschaft des buhlaffenlüsternen Weibes, das die alten Kulturen vernichtet hat.“

Ein Körper presste sich an ihren Rücken, hart und fordernd. Sein Atem befeuchtete ihre Haut. Sie fühlte eine heiße Zungenspitze an der Ohrmuschel, an ihrem Hals lecken und Lippen saugten sich an ihr fest.

Sie riss an dem gewalttätigen Griff um ihre Knöchel und kam frei. Mit einem Ruck fuhr sie herum.

„Ich will nicht!“, schrie sie. „Lassen Sie mich los! In – “ In Gottes Namen? Ihre Stimme hallte ihr noch in den Ohren.

Pola hatte die Zeit von der Klosterkirche abgelesen, als sie aus Panigls Automobil gestiegen waren. Nun sah sie auf ihrer eigenen Uhr, wie spät es war. Panigl stand unter den Bäumen und rauchte. Sonst war niemand hier, nur sie und er. Grün und feucht lag der Wiesengrund vor ihnen, kein Tropfen Blut, kein gebogener Halm, nichts. Nur die Zeit fehlte. Drei Stunden.

Der Heimweg verlief in Schweigen. Pola konnte Panigl nichts vorhalten. Sie glaubte nicht an Magie, aber sie fand auch keine andere Erklärung.

„Erinnern Sie sich an Madame Blanković?“, fragte er.

Wie sollte Pola sich erinnern? Sie schüttelte den Kopf.

„Es wird gelingen. Sie sind unsere Hoffnung, Pola.“

Sie protestierte nicht dagegen, dass er sie beim Vornamen nannte, mit diesem beziehungsvollen Unterton, als ob sie ein intimes Geheimnis verbände. Sie schämte sich. Er hatte sie nicht getäuscht, sondern wie er es vorausgesagt hatte, zur Erkenntnis geführt. Pola Wolf war ein wollüstiges Weib.

Sie fühlte sich entblößt, an den Pranger gestellt. Am schlimmsten war, dass sie sich an die Stelle des Mädchens gesetzt hatte, darauf wartend, dass der Mann in Grün ihre Schenkel spreizte. Es konnte niemand anderer sein als er, Leopold Panigl.

„Wir sind gleich angekommen.“ Panigl drückte ihr wie zum Trost die Hand. „Sie müssen sich ausruhen. Keine zusätzlichen Aufregungen, liebe Pola. So eine Aufregung strapaziert Gemüt und Physis. Schlafen Sie nur bald.“

Er fuhr die Gürtelstraße hinauf. Bei der Kirche Mariae Not stieg sie aus. Panigl nahm wohl an, dass sie lieber nicht bis zu ihrem Haus gebracht werden wollte.

Sie trat in den feuchten, schwülen Abend. Aus der Kirche kamen weißgekleidete Kinder von der Abendandacht. Jedes von ihnen konnte das Mädchen im Wald sein. Pola wandte sich ab. Zum ersten Mal bekam sie Angst. Denn wenn es stimmte, was sie heute erfahren hatte, wenn sie eine Eingeweihte war, was erwartete sie nun?

Pola war eine Schriftstellerin, sie schrieb und sie dichtete. Diese Aufzeichnungen sind ihre eigene Geschichte, ich weiß es, ich war Zeugin von vielen Vorgängen, die hier vorkommen. Dennoch ist zu bedenken, sie hat diese Erlebnisse erst lange danach aus der Erinnerung aufgeschrieben. Sie schreibt nicht „ich", sondern sie beschreibt eine Frau, der das alles widerfährt. Eine Frau, die einen anderen Namen trägt. Ich will nicht sagen, dass es sich nicht so zugetragen hat. Nein, obwohl, ich wünschte, es wäre so.

8. Kapitel

Die nächsten drei Wochen fielen die Nachhilfestunden aus. Direktor Panigl entschuldigte Alexander damit, dass er sich auf das Mathematikexamen vorbereiten musste. In dem Kuvert, das er Pola gleichzeitig übergab, war eine weit höhere Summe als vereinbart. Sie nahm das Geld an. Gedemütigt und gekauft, Worte, die sie dachte, nicht aussprach. Sie glaubte nicht wirklich daran, sonst hätte sie doch den Verkehr abgebrochen, beruhigte sie ihr Gewissen. Die Antwort blieb sie sich schuldig. Der Mai ging zu Ende. Maimond, dachte Pola, und erinnerte sich an Dr. Stahls Theorie. Wo mochte sich der versteckte Krankheitsherd befinden? Unter undurchsichtigen Charakteren, doppelbödigen Sätzen und zweideutigen Beziehungen begann sie sich selbst ein Rätsel zu werden.

Nach der letzten Schulstunde erwartete Alexander sie vor ihrer Klasse.

„Wie kommen Sie hierher?“, fragte Pola befangen. Seit er sie nach Hause gebracht hatte, waren sie sich nicht mehr begegnet. Ich liebe sie, hatte er zu ihr gesagt. „Ist etwas passiert?“

Er lachte sie an. Zum ersten Mal, seit sie ihn kannte, wirkte er gelöst und fröhlich, so jugendlich wie seine Jahre. „Ich habe die Matheprüfung bestanden.“

„Schön. Das ist gut.“ Sie gab ihm die Hand. „Ihre Eltern werden stolz sein.“

Darauf ging er nicht ein. „Ich muss mich ernsthaft mit Deutsch befassen, das ist meine Achillesferse, das wissen Sie ja am besten. Die Note steht noch nicht fest. Mit Ihrer Unterstützung kann ich mich vielleicht noch verbessern."

Er hatte seinen Vater gebeten, weitere Nachhilfestunden zu bewilligen. Panigl erklärte sich einverstanden.

„Jetzt bin ich da, um Sie zu fragen, ob Sie mich wieder unterrichten kommen."

„Wenn Sie Hilfe brauchen, natürlich, Alexander."

Sie verabredeten die nächste Nachhilfe für Montag, zur gewohnten Stunde.

Dieses Mal war auch Thekla Panigl anwesend. Sie saß im Salon, im Erker vor dem geöffneten Fenster. Zu ihren Füßen schlief, zusammengerollt, die schwarze Katze. Warmer, nach Blumen duftender Sommerwind strömte herein, Musik erfüllte den Raum. Theklas Augen schwammen, vor Müdigkeit oder Schwärmerei. Die Panigls besaßen damals schon einen Rundfunkempfänger. Es war ein großer, prächtiger Apparat mit einem Gehäuse aus Palisanderholz. Aus dem Wiener Musikverein wurde eine konzertante Aufführung der *Walküre* übertragen.

Alexander erwartete sie mit einer Überraschung: „Ich habe mich in Deutsch verbessert. Ich werde ein Gut bekommen."

Also standen die Noten doch fest. Er streckte ihr die Hand hin. Als Pola sie schüttelte, spürte sie, dass er ihr ein zusammengefaltetes Papier zuschob.

„Mein Lehrer meint, das habe ich vor allem dem Aufsatz über Friedrich Rückert zu verdanken. Und damit Ihnen."

Erfreut wandte sich Pola nach Frau Panigl um. Diese Wendung musste die Mutter beglücken. Noch vor wenigen Wochen war sie an Alexanders Benehmen verzweifelt. Aber Thekla war mit ihren Gedanken weit weg. Ihr Busen hob und senkte sich, als wäre sie atemlos. „Ich weiß ein wildes Geschlecht", sang Hunding aus dem Radioapparat. Thekla sah aus dem Fenster, weit über die Dächer zum Leopoldsberg in der Ferne. „Nicht heilig ist ihm, was andern hehr: verhasst ist es allen und mir." Auf dem Tischchen neben ihr stand ein Silbertablett mit der bekannten Likörflasche, die eingelegten Kirschen der Köchin Bertha.

Pola öffnete Alexanders Brief. Auf einem feinen elfenbeinfarbenen Papierbogen hatte er geschrieben:

„Dieses Gesicht, an das ich immer denken muss. Fremd und fern, mir nahe, Nacht für Nacht. Ich kann die Züge nicht beschreiben, es ist *das* Gesicht für mich. Als hätt' ich nie ein anderes gesehen. Ängstlich erwach ich in der Früh, wo ist sie, hat sie mich vergessen, wer wird bei ihr sein. Sie gehört mir nicht. Kein Mensch ist des anderen Besitz. Sie gehört mir, weil Liebe keine Freiheit kennt."

Pola las ohne aufzublicken. Sie spürte ihre Wangen rot werden und wusste, er würde den Blick nicht abwenden, auch wenn er ihre Verlegenheit sah.

„Wer ist mit dieser Liebeserklärung gemeint?", fragte sie ruhig.

Frau Panigl bewegte sich auf ihrem Platz, aber es war nur der Wagner, der ihr nahe ging. Sie seufzte und presste eine Hand auf ihre Brust.

„Das ist ein Gedicht. Ich habe es für Sie geschrieben."

Pola faltete den Papierbogen zusammen. „Danke." Sie schob den Brief in das Kuvert zurück. „Ein schönes Gedicht. Dafür bekommen Sie ein ‚Sehr gut' von mir."

Er ignorierte ihren scherzenden Ton. „Ich möchte Sie einladen," sagte er leise. „Zum Souper. Nur Sie und ich."

Die schwarze Katze stieß ein kleines Miauen aus und bewegte die Pfoten im Schlaf. Sie träumte.

Pola stand auf. „Ich möchte mich verabschieden", wandte sie sich an Frau Panigl. „Falls wir uns vor den Ferien nicht mehr sehen, wünsche ich Ihnen einen erholsamen Sommer."

Frau Panigl lächelte abwesend. Sie erwiderte den Gruß mit einem Nicken, bei dem nicht klar war, ob sie Pola wahrnahm. Die Flasche neigte sich dem Ende zu. Alexander folgte Pola ins Vorzimmer.

„Das schickt sich aber nicht", sagte sie, bevor er dazukam, seine Einladung zu wiederholen.

„Und er?"

„Wer?"

Alexanders Ton war gereizt. „Er darf Sie einladen. Er darf, ich weiß nicht, was! mit Ihnen tun, das schickt sich?"

„Pst!", Pola schüttelte den Kopf. „Sprechen Sie nicht respektlos von Ihrem Vater. Dazu sind Sie zu alt. Und, Alexander, auch zu wohlerzogen."

Mit dieser Taktik wollte sie ihn sanft ermahnen, aber umsonst. Er schaute drein, als wollte er auf den Parkettboden spucken.

„Also gut. Ein Kaffee. Aber nur, wenn Sie versprechen …"

Er riss ihr den Brief aus der Hand. Wütend, zu heftig. So wild, dass der Funke auf sie übersprang.

„Ich habe Ihnen mit der Stimme des Herzens geschrieben. Das ist vielleicht komisch für Sie. Eine kokette Antwort verdiene ich nicht!“

Eine Hitze stieg in ihr hoch, als würde sie im Feuer stehen.

„Gehen wir?“ Er öffnete ihr die Tür und ließ sie vorgehen.

Sie stiegen die Treppe hinab, traten aus dem Haus, Seite an Seite gingen sie die Straße entlang, am Cafe Brioni vorbei und weiter zur Friedensbrücke. Dort mietete Alexander eine Droschke.

„Zum Hotel Sacher“, befahl er. Er half Pola, in den Wagen zu steigen. Über ihre Schulter gebeugt sagte er, so nahe, dass sie seinen Atem an ihrem Hals fühlte: „Ich habe für uns ein Séparée bestellt.“

Von Nadija erfuhr ich manches über Pola, das sie mir selbst nie erzählt hatte. Ich war froh darüber. Es erleichterte mir, sie zu verstehen, als ihre Handlungsweise für mich undurchschaubar wurde.

Pola kannte Luxus nur vom Hörensagen. Nicht nur, weil ihre Eltern verarmt waren, schon vorher hatten Nadija und Milo jegliches Gepränge abgelehnt. Sie verabscheuten die serbische Aristokratie, der sie selbst angehört hatten. Eine Gesellschaft, deren Fundament das Unglück und die Ausbeutung unzähliger Menschen war. Als Beispiel führte Nadija ihre eigene Mutter an, die sie mit Pola nur noch einmal besuchte.

In Großmutter Natalias Palais in Belgrad hatte es zwei Bedienstete gegeben, mit grünen, goldbetressten Livreen und weißen Jabots, die Pola niemals mehr vergaß. Jeden Morgen, während die Fürstin am Fenster stand, ihr Gesicht so unbeweglich wie die Statuen in ihrem Garten, zwischen den Fingern eine Kette aus rotem Edelstein, ihren Rosenkranz, den sie drehte und wand, rutschten die zwei Diener, weit älter und gebrechlicher als sie, mit Filzpantoffeln an ihren Füßen über die roten und schwarzen Marmorböden, bis man sich darin spiegeln konnte.

Milo und Nadija glaubten an die Gleichheit und Brüderlichkeit aller Menschen, ob unter dem Kreuz oder der roten Fahne, blieb jedem freigestellt. Ihre Tochter Pola wurde zur Bescheidenheit erzogen.

Und ich, die Schlösser mit Gärten, livrierte Dienerschaft, ja selbst Marmor nur aus Märchenbüchern kannte, bewunderte Pola, weil sie sich von allem Prunk nicht beeindrucken ließ, sondern nur Mitgefühl mit den zwei Alten empfand.

Alexander war in einem Haus großgeworden, in dem Geld keine Rolle spielte. Er hasste seine Familie, aber bestimmt nicht wegen ihres Wohlstands. Alexander liebte den Luxus. Kein anderes Hotel als das Sacher kam für das erste Rendezvous in Frage. Er hatte keine Idee, was das Essen und die Stunden im Séparée kosten würden, aber das spielte keine Rolle, denn er verfügte ohnedies über kein eigenes Einkommen. Er nahm kurzerhand die Börse seiner Mutter mit. Pola hatte ihm dabei zugesehen und überrascht die Augen aufgerissen.

Alexander grinste nur dazu. „Erstens merkt sie es nicht", erklärte er ungeniert. „Zweitens, wenn aber doch, ist es auch wurscht, weil sie mir so etwas nicht übelnimmt. Woher nehmen und nicht stehlen? Eben."

Das Hotel Sacher hinter der Oper kannte Pola nur von außen. Sie betrat es voll Ehrfurcht und Neugier. Die hässliche alte Frau an der Rezeption rauchte eine dicke Zigarre, was Pola noch nie vorher bei einem weiblichen Wesen beobachtet hatte. Sie kam sich sehr verrucht vor, als sie sich von dem uniformierten Diener in das Séparée geleiten ließen, das genauso aussah wie in einem Kinofilm. Ein kleines, mit weinroter Seidentapete ausgeschlagenes Gemach, auf dem Boden ein dicker Teppich, in dem ihre Füße einsanken, ein Tisch mit Marmorplatte, der nicht von vier Füßen, sondern von einer schwarzen Figur mit goldenen Augen getragen wurde. Das Lotterbett, schwarzer Samt und seidige, rote Polster. Die Flasche Champagner im Silberkübel, eine langstielige rote Rose, zwei hohe schmale Gläser, die der Diener für sie füllte, bevor er sie bat zu läuten, sobald sie das Souper wünschten.

Sie konnte noch immer davonlaufen. Der Traum von der ehrbaren Frau, die sich für die Ehe aufbewahrte, endete hier. Aber seit der bizarren Szene auf der Lichtung dort draußen im Wald war alles anders. Liebe bedeutete Rettung davor. Sie dachte an die Zeile in Alexanders Gedicht: „Wo ist sie, hat sie mich vergessen, wer wird bei ihr sein. Sie gehört mir nicht."

War das nun Liebe? Und was sie für Leopold Panigl empfunden hatte, etwas anderes? Wie sollte sie es wissen, wenn sie den Unterschied nicht kennenlernte?

Polas Wäsche war weiß, altmodisch, mit der eigenhändigen Stickerei ihrer Mutter verziert, zartes Leinen ohne eine einzige Naht. Alexander kniete vor ihr. Er schob ihren langen Rock in die Höhe, bis über die Ansätze ihrer Strümpfe, und streichelte das Fleisch ihrer Schenkel. Seine Hände forschten den langen Seidenbändern nach, mit denen Hose und Hemdchen gebunden waren. Pola stand mit hängenden Armen da, während er sie auszog, sie half ihm nicht, sie ließ ihn gewähren, bis er sie entblößt hatte, ihren Bauch, ihren Nabel küsste. Erst da begann sie leise zu wimmern. Sie nahm seinen Kopf zwischen ihre Hände, führte ihn tiefer, zu dem kohlschwarzen Gelöck ihres Schamhaars und schob sich ihm entgegen, ihren Unterleib, damit er das mit ihr tat, was vor ihren Augen tanzte und sie erregte, seit sie es gesehen hatte.

Alexander trug sie auf das Bett und legte sich zu ihr, an ihre großen Brüste geschmiegt, küsste und saugte, während seine Hände über ihren Körper wanderten, zurückkehrten, dann ihre Hand an seinen Körper führten, sie ermunterten, ihn zu berühren. Sie trank aus ihrem Glas und ließ ein wenig Champagner von ihrem Mund in seinen fließen. Er öffnete ihre Schenkel. Seine Lippen berührten sie, tranken und leckten und öffneten sie.

Pola hatte gehört, dass die erste Vereinigung schmerzte und Blut fließen würde. Ihre Vorstellung, genährt von Romanbeschreibungen, Abbildungen im medizinischen Lexikon sowie dem Kapitel Fortpflanzung in ihrem Lehrbuch der Naturgeschichte, war gänzlich verschieden von dem, was sie mit Alexander erlebte. Miteinander betraten sie eine neue Welt. Dort lag die Antwort auf ihre Frage, was Liebe bedeutete. Dort, dachte Pola damals, kam das Böse nicht einmal als Gedanke vor. Es würde die Leidenschaft für jenes andere abtöten, glaubte sie. Aber auch das stimmte nicht.

Pola erwachte in der engen Umarmung ihres Geliebten. Staub, Schweiß und Parfumgeruch hingen in der Luft, eine Mischung, die sie kaum atmen konnte. Alexander schlief nicht. Sie sah das Weiß seiner Augäpfel in der Dämmerung. Draußen auf der Straße wieherte ein Pferd. Durch die Zimmerwände hörte sie leise Stimmen, Lachen, das wieder verebbte. Sie hatte noch nie eine Nacht außer Haus verbracht. Nadija würde Fragen stellen. Egal. Um wie viel Uhr hatte sie Unterricht? Sie dachte über den Wochentag nach. Der Besuch bei den Panigls, die Radiomusik, Alexanders Brief. Sie lag auf einem verschwitzten Stoffknäuel, ihren Kleidern.

„Heute gehen wir nicht in die Schule", sagte Alexander neben ihr.

Pola löste sich aus seiner Umarmung. „Aber ich muss."

Er hielt sie fest. „Du musst nur eines, bei mir bleiben. Du wirst mir sagen, was du dort draußen im Wald getrieben hast, in der Gesellschaft des Satans. Er will dich verführen. Er will dich nehmen, besudeln und ausspeien."

Pola presste ihre Hand auf seinen Mund. Sie küsste ihn, wieder und wieder, seinen Mund, seine Augen, seine Stirn, sein Haar. „Ich liebe nur einen. Willst du wissen, wer das ist?"

„Du brauchst mich nicht wie ein Kind zu behandeln, weil du ein paar Jahre älter bist." Beleidigt drehte er sich weg von ihr.

Sie tastete nach dem Schalter. Der Lampenschirm schwankte, dann flammte das Licht auf. Alexanders Haut war kindlich zart. Kein Pickel, keine Rötung verunzierte seinen Rücken. Sie küsste den hellen Haarflaum in seinem Nacken, der ihr gleich gefallen hatte. Er roch ein wenig bitter, wie Tannennadeln auf dem feuchten Erdboden. Noch immer gekränkt, stand er auf. Ihre Haut rief nach ihm, aber sie hielt ihn nicht zurück. Er zog sich an, während sie auf dem Sofa liegenblieb, ihn sehnsüchtig betrachtete, die Zeit verrinnen fühlte und mit ihr das Pflichtgefühl.

„Na gut. Ich schwänze mit dir“, gab sie nach. „Aber nur, wenn du mich nicht mehr mit deinen Fragen plagst. Komm zu mir, mein Lieb.“

Sie trennten sich nur für eine Stunde, in der Pola rasch zu Hause vorbeischauen musste. Sie fürchtete, dass ihre Mutter aus Sorge, weil sie die ganze Nacht ausgeblieben war, die Schule alarmieren könnte.

„Aber wirklich nur eine Stunde, das musst du versprechen!“

Alexander wollte sie mit dem Wagen heimbringen, doch das lehnte Pola ab, deshalb begleitete er sie zur Straßenbahnhaltestelle am Ring. Vor allen Leuten schlang er die Arme um sie und ließ erst los, als die Tram schon in der Station stand.

„Du Kindskopf!“ Pola sprang auf das Trittbrett.

„Wehe, du nennst mich je wieder so!“, drohte Alexander.

Er haschte nach Polas Rocksaum, aber sie war schneller. An den neugierigen Blicken der Fahrgäste vorbei ging sie über die Plattform und ins Wageninnere. Alexander winkte, bis die Tramway an der Oper vorbeigefahren war.

Eine Stunde später erschien Pola pünktlich am Ort ihrer Verabredung, dem Votivpark an der Grenze zwischen

Innenstadt und Alsergrund. Das sonnige Wetter hatte die Leute ins Freie gelockt, alle Parkbänke waren belegt. Wer sich setzen wollte, musste sich bei der Sessel-Vermieterin ein Billet kaufen. Pola flanierte zwischen den Blumenrabatten herum. Die Stadtgärtnerei hatte neue Fuchsienstöcke gepflanzt, weiße und lila und lachsrote, die ihr besonders gefielen. Im Sonnenschein strahlten die Türme der Votivkirche blendend weiß.

„Haben Sie den neuen Roman von Leo Perutz gelesen?", fragte eine Frau neben ihr.

Pola lächelte sie verwundert an. „Wie kommen Sie denn darauf?"

Die Frau deutete auf einen Handwagen, der mit Büchern beladen war: „Das ist unsere Parkbibliothek. Ein Zwanz'gerl für eine Stunde."

Pola sah Alexander mit langen Schritten die Währinger Straße überqueren.

„Vielleicht ein anderes Mal." Sie steckte der Parkbibliothekarin einen Groschen zu und ging Alexander entgegen.

„Entschuldige, mein Liebling! Ich war so ungeduldig, dass ich in der Zwischenzeit etwas unternehmen musste."

Wieder wollte er ihr vor allen Leuten um den Hals fallen, aber Pola schob ihn energisch zurück. Er musste sich damit begnügen, ihr die Hand zu küssen.

„Was hat deine Mutter gesagt? War sie böse?"

Pola wollte nicht darüber sprechen. Sie war nicht sicher, ob Nadija ihre Abwesenheit überhaupt bemerkt hatte. Sie war noch zu verschlafen gewesen, um irgendwelche Fragen zu stellen, hatte aber versprochen, einen Boten mit einer

Entschuldigung für Polas Fernbleiben in die Schule zu schicken.

„Was hast du denn in der Zwischenzeit gemacht?", fragte sie zurück.

Alexander ging so nahe neben ihr, dass sich ihre Hüften berührten. Seine Hand schob er zart unter ihren Ellbogen, als ob sie ein zerbrechliches Wesen wäre, das man vor den Gefahren der Straße beschützen musste. Bisher hatte sich Pola immer um andere gesorgt. Sie ließ sich gern verwöhnen.

„Ich habe im Flieger-Kino Karten für uns besorgt", sagte Alexander.

„Der neue Film von Charlie Chaplin!", rief sie aus.

„Du hast ihn doch noch nicht gesehen, oder?"

„Nein. Ich freue mich!"

Nur junge Liebespaare setzten sich bei so einem Wetter in den dunklen Kinosaal, der nach Mottenpulver roch und nach dem gebratenen Fisch vom Mittagsmenü im Gasthaus nebenan. In der Nachmittagsvorstellung waren sie beinahe die einzigen Besucher.

Kaum war das Deckenlicht erloschen, legte Alexander seinen Arm um Pola.

„Ich liebe dich. Ich vermisse dich jetzt schon. Dabei bist du ja noch gar nicht weg. Wie soll ich es heute nacht aushalten, wenn du nicht bei mir bleibst?"

Er begann sie zu küssen und hörte nicht auf, bis sie beide keine Luft mehr bekamen. Dann aßen sie die Schokotrüffel, die Alexander im Kinobuffet gekauft hatte. Im Vorfilm spielte Buster Keaton einen blinden Passagier in der Eisenbahn, aber sie waren nicht bei der Sache, lachten nur und lagen sich wieder in den Armen. Den Beginn des Hauptfilms hatte Pola noch nie versäumt, sie liebte Kino über alles und am meisten die Filmanfänge. Aber heute machte es ihr nichts aus. Wenn sie später an den Tag zurückdachte, erinnerte sie sich nicht an eine einzige Szene des Films, nur an seinen Titel: *Moderne Zeiten*.

Alexander schenkte ihr einen Lippenstift, den ersten und einzigen, den sie besaß, denn sie schminkte sich nicht. Er hatte den Namen *Mardi gras*.

„So heißt ein Vergnügungsetablissement auf dem Montmartre. Warst du schon einmal in Paris?“

„Nein.“ Pola schraubte die goldene Hülse des Lippenstiftes auf. Er hatte das gleiche Orangerot wie die Fuchsien im Votivpark. „Ich war noch nirgends, außer einmal in Serbien. Mit vier Jahren.“

„Ich will mit dir reisen. Bald, Pola. Als erstes Paris, das ist klar.“

Alexander nahm ihr den Lippenstift aus der Hand. Vorsichtig malte er Farbe auf ihren Mund. „Schön siehst du aus“, sagte er, dann küsste er sie so heftig, dass vom Lippenstift nichts mehr zu sehen war. „Ich liebe dich. Ich liebe dich. Und du? Sag du es auch. Ist es wahr? Liebst du mich?“

Pola zog ihn an ihre Brust, so fest, dass er sie nicht ansehen konnte. Warum sprach sie es nicht aus? Sie wollte, aber die Worte steckten in ihrer Kehle, sie kamen ihr nicht auf die Zunge.

„Das Gedicht“, flüsterte sie. „Dein schönes Gedicht.“

Er hielt still. Langsam ließ der Druck ihrer Arme nach. Dann ließ sie ihn los. Er wartete, aber sie sagte nichts, und er drängte nicht weiter.

Es war, als ob sie nie etwas anderes getan hätten, als einander zu lieben, zwei Teile, die erst zusammen ein Ganzes wurden. So fühlten sie sich nach ihrer ersten Nacht und so blieb es, so lange sie eins und einig waren, jeden Tag der folgenden Wochen. Nicht mehr in dem roten Séparée, sondern wo sie eine Gelegenheit fanden: im Naturgeschichtskabinett in der Schule, zwischen der Mineraliensammlung und dem von den Kindern Maxi genannten Skelett an der Wand, das im Rhythmus ihrer Bewegungen schaukelte. In Alexanders Bett, wenn niemand zu Hause war und im hohen Gras der Wienerberggründe, eine kurze, warme Sommernacht lang.

Es dämmerte schon, als sie zurückgingen, durch eine nach Heu und Blumen duftende Wiese, in der die Grillen zirpten, über die Meidlinger Gründe in die Stadt zurück, den Gaudenzdorfer Gürtel hinauf nach Mariahilf. Weiter drüben, über dem Laaer Berg, färbte sich der Himmel schon rosa. Pola dachte an Marianne, die sie oben auf dem Wienerberg das letzte Mal gesehen hatte. Sie nahm Alexanders Hand.

„Dein Stiefvater hat mir von der Gräfin Blanković erzählt."

Er wurde missmutig, wie immer, wenn die Rede auf Panigl kam. „Das spukt dir im Kopf herum, ich weiß. Er versteht es, die Menschen zu versuchen. Das spürst du – da!"

Alexander griff ihr zwischen die Beine, wühlte sich in ihre Kleider, durch die Unterwäsche. Sie wehrte sich nicht, sondern schloss nur die Augen vor seinem zornigen Blick.

Er zog sie hinter sich her, bis sie bei der Kirche Mariae Not ankamen. Die Sträucher im Kirchhof wuchsen hoch und üppig in dieser Jahreszeit. Alexander schob die Zweige auseinander.

„Nicht hier, doch nicht hier, Alexander." Pola wollte protestieren, doch Alexander presste seine Lippen gewalttätig auf ihren Mund und drängte seine Zunge zwischen ihre Zähne.

„Ja, hier." Er bog sie nach hinten, bis sie nachgeben musste. Miteinander sanken sie hin, auf den Boden, wo die Luft von Insekten summte. Schliefen sie nicht in der Nacht? Eine einzelne Amsel begann zu singen, dann wie auf ein Kommando setzten die anderen Vogelstimmen ein, laut, in aufgeregtem Durcheinander, als wollten sie einander übertönen. Über den Dächern der Gürtelzeile stieg eine verschwommene rötliche Kugel in den Himmel, riesig, als ob sie den Mond und alle Sterne der Nacht verschluckt hätte.

Plötzlich begann Alexander zu sprechen. „Da drüben wirkt der geistliche Herr Conrad Panigl von den Helevitern. Am Samstag betet er Luzifer an, am Sonntag liest er in der Kirche die katholische Messe."

Sein schöner Mund verzog sich zu einer hässlichen Grimasse. Pola legte ihm die Hände um den Hals. Er presste seine Stirn an ihre Schulter, wie ein Kind, das Schutz suchte.

„Heleviter, das ist doch ein Orden?", murmelte sie an seinem Haar.

Er half ihr auf, putzte den Staub und die Blätter von ihrem Kleid, holte sein Taschentuch hervor und wischte ihr

Gesicht ab. „Geht es dir gut, meine Geliebte? Verzeihst du mir, dass ich grob war?", flüsterte er.

„Ja", sagte sie nur.

Er zeigte ihr das gemalte Bild auf der Kirchenfassade, das im schwachen Morgenlicht nur schemenhaft auszunehmen war. „Carl Maria Obrist, der Heilige Gründer der Heleviter", stand auf dem Schild darunter. „Den Armen zum Heile. Den Witwen zum Trost."

Obwohl die Kirche auf dem Weg zur Schule lag, war ihr das Bild niemals vorher aufgefallen.

„Conrad Panigl hat mit einer serbischen Gräfin ein Kind gezeugt. Alina Blanković, eine Lügnerin und Betrügerin. Als Volksverhetzerin ist sie aus Italien und England verjagt worden und dann nach Wien gekommen, um hier neues Unheil anzurichten."

Pola unterbrach ihn. „Eine serbische Gräfin?" Sie zwang Alexander, den Kopf zu heben, damit sie ihm in die Augen sehen konnte. „Willst du mir auch dieses Märchen auftischen?"

Sie sah, wie sich seine Augenbrauen zusammenschoben, zwei gerade Linien, die von der Zornesfalte auf seiner Stirn gequert wurden, ein Kreuz bildeten.

„Nicht ich!" Er lachte böse. „Das sind die Behauptungen des Großmeisters Leopold Panigl und seines geistlichen Bruders, des Hurenbocks Conrad Panigl."

Pola erschrak über seinen Ausdruck. So hatte sie ihn nur einmal gesehen, bei ihrer ersten Nachhilfestunde.

„Alina Blanković ist vor dreiundzwanzig Jahren gestorben."

„Warum bist du so wütend?"

„Verstehst du denn überhaupt nichts?"

„Nein." Pola zuckte ratlos die Achseln. „Leider nicht."

„Ich bin dieses Kind, ich!"

Trotz ihres Schreckens über die flammende Wut, die aus ihm hervorbrach, zwang sich Pola zu einem Lächeln. „Wie alt müsstest du dann sein?" Sie schüttelte den Kopf. „Dass das nur ein Unsinn sein kann, ist wohl klar. Es gibt keine Geister, die aus dem Jenseits zurückkehren, um im Diesseits Kinder zu gebären. Oder glaubst du so etwas, Alexander?"

Einen Moment lang starrte er ihr aufgebracht in die Augen. „Das ist es ja. Warum soll man so etwas glauben? Aber …"

Wie kannst du so sicher sein, stand in seinem Blick geschrieben. Plötzlich löste sich seine Spannung.

„Du hast recht", sagte er. Er nickte und dann, nach einer nachdenklichen Pause noch einmal, als wäre ihm dieser Gedanke nie vorher gekommen.

Ich ging wie Pola nicht in die Kirche, nur wenn der Besuch der Messe vorgeschrieben war, zu Schulbeginn, vor Weihnachten und Ostern und wenn die Sommerferien anfingen. Falls es einen Gott gab, dann nicht für die Armen, auch wenn der Gründer der Heleviter das Gegenteil behauptete. Ich misstraute der Religion, die den Menschen das Himmelreich versprach, sie aber auf Erden verhungern ließ.

Zu der Zeit, ich war zehn Jahre alt, begann ich für die Rote Hilfe zu arbeiten. Zuerst begleitete ich meine Mutter, aber nach einiger Zeit, als sie sicher war, dass ich mich auch allein zurechtfand, überließ sie die Arbeit mir. Sie kam todmüde aus der Fabrik und hatte kaum die Energie, den noch Bedürftigeren zu helfen. Aber sie ermutigte mich, es an ihrer Stelle zu tun, obwohl es sich damals bereits um eine illegale Tätigkeit handelte. Seit dem Jahr 1934 waren die Sozialisten, die sich um die armen Leute gekümmert hatten, verboten. Wer erwischt wurde, musste mit einer schweren Strafe, sogar mit Gefängnis rechnen. Aber meine Mutter sorgte sich nicht, sie meinte, man würde mich kaum verdächtigen, politisch aktiv zu sein, und wenn doch, für ein Kind gelte so ein Gesetz noch nicht.

Bis zum Schulbeginn fehlten nur mehr wenige Tage. In der Luft lag eine Ahnung von Herbst. Alexander begleitete sie bis zur Haustür in die Bürgerspitalgasse.

„Erfüllst du mir einen Wunsch?“, fragte er beim Abschied.

„Jeden“, erwiderte Pola, ohne zu zögern.

„Danke.“

Er sprach seinen Wunsch nicht aus. Vielleicht wusste er keinen. Vielleicht war es nur ein Spiel.

„Ich werde es nicht vergessen“, sagte er. „Vergiss du es auch nicht.“

Am nächsten Tag brachte sie die Bücher, die sie über den Sommer aus der Schulbibliothek ausgeliehen hatte, zurück. Ein Wörterbuch der griechischen Mythologie war darunter und der *Tristan* von Gottfried von Straßburg, beides Geschenke des Direktors Panigl an die Schule, wie sie von den

Ex-libris-Schildern wusste. Nachdem sie sich den ganzen Sommer über nicht begegnet waren, bangte Pola ein wenig vor dem Wiedersehen. Auch Nachrichten hatte sie nicht bekommen, was vor allem Nadija verwunderte und zu verschiedenen Spekulationen Anlass gab.

„Ich frage mich, ob du am Ende den Panigl heimlich triffst", sagte Nadija, nachdem sie Pola mit forschenden Blicken begutachtet hatte. „Lass dir von deiner Mutter eines raten: Die einzige Chance, einen Verheirateten zu gewinnen ist, ihm keine Freiheiten zu gewähren!"

„Sprichst du vielleicht gar aus Erfahrung?", fragte Pola spöttisch zurück.

Nadija winkte entrüstet ab. Von dem wirklichen Partner der Stelldicheins ahnte sie nichts.

Die Tür zur Schulbibliothek war unversperrt, was Pola sich mit einer Nachlässigkeit des Schulwarts erklärte. Dann erst entdeckte sie ihn zwischen den Regalen, wo er mit einem Mopp die oberen Buchreihen abstaubte. Sie stellte ihre Bücher an die richtigen Plätze zurück und verließ die Bibliothek wieder. Außer einem Gruß wechselten sie kein Wort. Findus, ein unverheirateter, übellauniger Mensch, lauerte nur darauf, bei anderen Fehler aufzudecken. Ob Lehrer oder Schüler, vor seinen Nachstellungen war keiner sicher, und auf Frauen hatte er es besonders abgesehen. Pola konnte ihn nicht ausstehen.

Im Naturgeschichtskabinett lag der Staub millimeterhoch, doch Pola verzichtete darauf, den Schulwart zum Putzen aufzufordern. Lieber machte sie selbst ein wenig Ordnung. Auf der Suche nach einem brauchbaren Putztuch öffnete sie die knarrenden Kastentüren. Da war die

Flasche mit dem Quecksilber, das Bleiweiß, Magnesium und allerlei andere Substanzen für die physikalischen und chemischen Versuche. Schließlich fand sie auch ein Staubtuch. In Gedanken bei ihrem Abschied von Alexander wischte sie ihren Arbeitstisch, den Stuhl, die Schrankfächer sauber. Sie hörte draußen ein Geräusch, Schritte, ein männliches Räuspern. Dann ging die Tür auf. Panigl, war ihr erster Gedanke.

Vor Aufregung musste sie schlucken. Es war aber der Schulwart, der vor ihr stand, mit seinem dreisten Blick und ohne ein Wort der Entschuldigung.

„Was erlauben Sie sich?"

Er lächelte über ihre Empörung. Mit einem großen Schritt war er bei ihr. Er packte sie am Arm, nicht grob, aber so fest, dass sie nicht auskam.

„Ich weiß, was du hier treibst." Er sprach halblaut, nahe an ihrem Gesicht. „Ich habe euch zugesehen. Du kannst nicht genug bekommen, was?"

Er drängte sie mit seiner Schulter an die Wand. Den rechten Arm drehte er ihr auf den Rücken, sodass er sie in dieser Stellung festhalten konnte. Dann begann er ihre Brüste zu kneten. Sie presste die Augen zu.

„Glaubst, ich trau mich nicht", keuchte er erregt. „Ich werde dir den Herrn zeigen. Du Kinderverführerin, pfui Teufel!"

Er hatte sie fest im Griff, und selbst wenn sie sich wehren konnte, musste sie fürchten, dass er seine Drohung wahrmachte. Erst als er sich ihrem Gesicht näherte, erwachte ihr Widerstand. Mit aller Kraft bog sie den Kopf zurück, um ihm auszuweichen. Ihr Ekel war stärker als die Angst.

„Sie werden mich nicht anrühren, Sie Vieh!", schrie sie ihn an. „Sofort lassen Sie los! Oder ich erstatte Direktor Panigl Rapport!"

„Du!" Findus keuchte. „Du Hur! Einen Fußtritt kriegst du von ihm!"

„Mir können Sie nicht drohen! Der Fußtritt gebührt Ihnen!"

Pola nahm alle ihre Kräfte zusammen und riss sich los. Einen Augenblick maßen sie einander, mit angehaltenem Atem und wildem, hasserfüllten Blick. Dann gab Findus plötzlich auf. Er spuckte aus und ging.

Das Ganze hatte nicht mehr als fünf Minuten gedauert. Außer ein paar Haarnadeln, die aus ihrer Frisur gerutscht waren, zeigte Polas Spiegelbild kein Zeichen der Unordnung.

Der Schulwart war ein widerliches Subjekt, darüber waren sich alle einig, die je seinen Weg gekreuzt hatten. Er war riesengroß und fett, seine Haut glänzte wie Bauchspeck, die Augen steckten wie zwei braune Wurmköpfe darin. Im Prozess fand seine Aussage viel Beachtung.

Es stand in der Neuen Freien Presse und auch in allen anderen Blättern. Ich verstand nicht, was mit Monatsblutung und mit anderen Anspielungen gemeint war, so jung war ich noch, so ahnungslos von den Beziehungen zwischen den Geschlechtern. Ich spürte nur, dass er etwas Schmutziges, Gemeines meinte und dass alles, was er behauptete, gelogen war.

Johann August Findus sprach freimütig über sein sexuelles Abenteuer mit Pola, und niemand, der ihm zuhörte, hätte glauben können, dass er es erfunden hatte. Er beschrieb, wie sie sich zum Schein ein wenig gewehrt hatte, aber in Wahrheit nicht abgeneigt gewesen war, er kannte ja ihre Vorlieben von den Stelldicheins mit dem jungen Alexander.

Bei seinem zweiten Besuch, so Findus weiter, redete sich Pola auf ihre Monatsblutung aus, was er aber nicht akzeptierte und der Augenschein erwies dann auch die Unwahrheit ihrer Behauptung. Nachher trank er Wasser aus dem Krug auf ihrem Tisch. Da musste sie etwas hineingemischt haben, denn ihm wurde sterbensübel davon. Danach ging er nicht mehr zu ihr, es war ihm die Lust auf das Weib vergangen.

Pola unterbrach die Vernehmung. „Das Schwein lügt wie gedruckt! Er hat mich überfallen und vergewaltigen wollen. Aber getrunken hat er nicht einen einzigen Tropfen!"

Sie forderte das Gericht auf, den Mann wegen falscher Zeugenaussage zu belangen. Jeder Mensch, der halbwegs bei Verstand war, musste doch diese Vorgehensweise durchschauen. Der Richter verwarnte Pola wegen wiederholter Einmischung in den laufenden Prozess. Allerdings begann Findus, sein Erlebnis mit Pola mehr und mehr auszuschmücken. Er widersprach sich, bis auch der Richter von ihm genug hatte.

„Mäßigen Sie sich!", herrschte er Findus an. „Falsche Zeugenaussage ist ein schweres Delikt!"

„Es gibt keine Gerechtigkeit", räsonierte Findus.

„Das ist eine der wenigen Wahrheiten, die bisher in diesem Prozess geäußert worden sind", kommentierte die

Angeklagte, und am nächsten Tag konnten alle in der Zeitung lesen, dass Pola Wolf die Wahrhaftigkeit der österreichischen Gerichte bezweifelte.

9. Kapitel

Liebe, wenn das die Liebe war, warum sehnten sich die Menschen so sehr danach, fragte ich mich. Heute frage ich anders. Wie Pola die erste Begegnung mit Alexander beschreibt, als eine Musik, die nur einmal im Leben erklingt. Ist das denn Liebe? Das alles überwältigende Gefühl, für das sie sich gab, nicht nur hingab – aufgab.

Etwas war zwischen Pola und Alexander getreten, wie ein kalter Strom, der ihre Herzen erstarren ließ. Als wäre ihnen die Sprache verloren gegangen, dachte Pola. Sie meinte nicht nur die Worte, die sie wechselten, sondern auch ihre Körper. Auf einmal war keine Nähe mehr da.

„Ich will bei dir sein. Du predigst mir Vernunft, aber ich glaube dir nicht mehr. Ich bin einen Sommer lang der Lückenbüßer gewesen, das ist die Wahrheit!"

Sie hielt seine Hände fest. „Bitte, Alexander, du meinst doch nicht, was du da sagst!"

Er wütete gegen Panigl. „Gib zu, dass du auf den Alten wartest. Du willst dich wieder von ihm hofieren lassen. Die Unersetzliche! Sein Medium!"

Pola widersprach nicht, sondern verzog nur angeödet den Mundwinkel, was Alexander noch mehr aufbrachte.

„Schwöre!"

„Was soll ich schwören?", fragte sie gereizt. „Lass mich mit Panigl. Ich habe schon so oft geschworen."

Endlich, weil er darauf bestand, gab sie nach, hob die Hand und tat, was er verlangte: „Ich schwöre."

„Jetzt habe ich dich erwischt!", schrie Alexander auf.

„Was ist?" Pola verlor die Geduld mit ihm. "Habe ich wieder etwas falsch gemacht? Jetzt reicht es mir."

„Maleficat! Ich habe es genau gesehen!" Er malte mit der Schuhspitze einen Teufelskreis auf den Boden. „Weil der Schwur nichts gelten soll, und du brauchst gar nicht die Unschuldige zu spielen, du weißt es genau!"

Er ließ sich nicht beruhigen, nicht mit Worten. Nur wenn sie sich ihm hingab, wo sie auch waren, sich an jeder Straßenecke von ihm umarmen und küssen ließ, egal, wer ihnen zusah, jede Scham verlor, nur so konnte sie sein Misstrauen zerstreuen. Wenn sie es nun machte wie er und ihm nachspionierte? Er blieb oft einen ganzen Tag aus, ohne ihr Rechenschaft zu geben, wen er traf. Sie fragte auch nicht.

„Die Liebe, die edle, reine, leidenschaftliche, wem gilt sie?", las Nadija aus ihrem serbischen Lieblingsbuch vor. Sie wartete noch immer darauf, dass Pola sich ihr anvertraute.

Wie lautete die Antwort auf so eine Frage? Für Alexander gab es solche Zweifel nicht.

„Ich will bei dir sein, nichts anderes", wiederholte er. „Und du? Beweise mir deine Liebe, geh mit mir fort."

„Aber wohin?"

„Warum nicht nach Belgrad, zu deiner Familie. Deine Großmutter lebt in einem Palais, da wird wohl Platz für uns sein."

Sie lachte über den Unsinn. „Die Fürstin ist schon lange tot."

Ein wenig Geduld, mehr verlangte sie nicht von ihm. Wenn galt, dass das, was sie verband, die Liebe war, die große, das, was dem Menschen im Leben nur einmal begegnete, dann konnte sie nichts trennen. Dann würde die Zeit der Missverständnisse auch wieder zu Ende gehen.

Sie glaubte sich nicht. Schon während sie die Worte aussprach, spürte sie, dass sie ihnen nicht entsprechen konnte. Es war nur Romantik, unbeholfene, pathetische Wagner-Duselei.

„Ich verstehe nur eines. Du willst nicht mit mir zusammen sein."

„Das ist nicht wahr."

„Dann gehen wir weg. Sofort, Pola. Oder –"

Er drohte ihr, aber sie wusste, dass er es nicht wahrmachen würde. Er konnte sie nicht verlassen.

„Das gelingt dir doch nicht, selbst wenn einmal zur Abwechslung du schwörst."

Sie wollte ihn zum Lachen bringen, aber sie erreichte das Gegenteil. Verächtlich verzog er seinen schönen Mund. Als sie die Hand hob, um seine Wange zu streicheln, schlug er darauf.

„Rühr mich nicht mehr an, du!" Er ließ sie stehen.

„Geh jetzt nicht, Alexander!"

Aber er blieb nicht stehen, er lief ihr davon, und sie, obwohl sie sich selbst lächerlich fand, lief ihm nach, aus dem Park und über die Straße zur Haltestelle.

Dann saßen sie im Café Brioni, wie immer.

„Es tut mir leid", sagte Alexander. „Pola, bitte, sag etwas. Nimmst du meine Entschuldigung an?"

Pola nickte stumm.

„Ist es wahr?"

Sie log, und er glaubte ihr nicht, sie sah es ihm an. Er bestellte Champagner.

„Sie sind mir die letzte Flasche noch schuldig", mäkelte der Kellner und schlurfte widerwillig zur Theke, um die Bestellung aufzugeben.

Pola schaute Alexander fragend an. Mit wem hatte er die Flasche getrunken? Mit ihr nicht. Er zuckte nur die Achseln. Sie stieß mit ihm an, dann stand sie auf und ging nach Hause.

Am ersten Schultag, als die Schulmesse zu Ende war, entdeckte Pola neben Direktor Panigl ein Mädchen mit langem hellblondem Haar. Marianne! Panigl beugte sich zu ihrem Ohr hinunter. Er musste ihr etwas aufgetragen haben, denn sie nickte und verschwand im Seitenschiff der Kirche. Pola wollte ihr folgen, aber die Schar der Kinder umgab sie wie ein dichter Ring. Als sie sich endlich auf die andere Seite durchgedrängt hatte, war Marianne nicht mehr da.

Auf dem Rückweg zur Schule kam Pola mit ihrer Klasse an der Apotheke vorbei. Die Eingangstür stand offen. Die Magistra bediente am Verkaufspult. Marianne war nicht zu sehen. An Polas Seite ging Liesi Sedlacek und hielt ihre Hand fest. Mit großen, hingebungsvollen Augen sah sie zu ihrer Lehrerin auf, glücklich, dass sie nun wieder in ihrer Nähe sein durfte.

„Sie sind noch schöner als früher", sagte Liesi. „Das kommt, wenn man jemanden liebt, stimmt das?"

Pola wurde rot. „So etwas sagt man nicht, Lieschen.“ Sie entzog dem Kind ihre Hand.

Liesi stiegen sofort Tränen in die Augen. „Entschuldigung“, flüsterte sie. „Ich wusste doch nicht …“

„Was denn!“, rief Pola ärgerlich. „Spionierst du vielleicht hinter mir her?“

Sie begab sich auf die andere Seite der in Zweierreihen gehenden Klasse, wo sie Liesis bestürztes Gesicht nicht ansehen musste. Sie schämte sich und wütete gleichzeitig innerlich.

Es gab keinen Ausweg aus ihrem Dilemma, offen zu Alexander bekennen konnte sie sich nicht. Daher blieb nichts anderes, als einen Schlussstrich zu ziehen. Los, tu es, befahl sie sich. Ihre Liebe war nicht edel, rein, leidenschaftlich genug. Schon bei den ersten Anzeichen, als er anfing, Forderungen zu stellen, hätte sie gehen müssen. Jetzt war sie verstrickt. Sie konnte sich nicht befreien. Trotzdem die Gefahr, entdeckt zu werden, immer größer wurde. Trotz Findus, der sie jederzeit wieder überfallen konnte.

Ich hatte Pola verärgert und in Verlegenheit gebracht, dabei wollte ich sie nur trösten. Ich sah ihre Verzweiflung. Aber was konnte ich dagegen tun. Mehr als alles andere schmerzte mich, dass ich ihr nicht mehr wie früher nahe kommen durfte. Als ich sie fragte, ob wir nun wieder an der Katalogisierung der Mineraliensammlung weiterarbeiten würden, schaute sie mich verblüfft an. Sie musste sich erst besinnen, bis ihr wieder einfiel, wovon die Rede war. Es interessierte sie nicht mehr. Nichts, was vorher zwischen uns gewesen war, zählte noch.

Aber ich konnte ihr nicht böse sein. Ich dachte, dass sie etwas Schlimmes durchmachen musste und das stimmte auch.

Zu Hause erwartete Nadija sie schon. Ausnahmsweise hatte sie das Mittagessen zubereitet. Sarma, gefüllte Krautrouladen in einer scharfen Paradeissauce, eine Speise aus der alten Heimat.

„Gut schmeckt das, Mami", lobte Pola sie. „Schade, dass du nicht öfter für mich kochst."

„Aber du isst ja kaum einen Bissen."

Nadija hatte den Sommer über geschwiegen, auch wenn Pola erst im Morgengrauen heimkam. Sie gab vor zu schlafen, und Pola tat, als merkte sie nicht, dass Nadija wach war. Auch jetzt stellte Nadija keine Frage, obwohl die Spannung greifbar im Raum stand.

„Später vielleicht. Aufgewärmt schmecken sie am besten." Pola stand auf und stellte die Teller zusammen.

„Ein Mädchen war heute hier", sagte Nadija plötzlich. „Ich habe vergessen, die Wohnungstür abzusperren. Sie hat sich heimlich in dein Zimmer geschlichen und in deinen Sachen herumgewühlt. Ihren Namen wollte sie nicht sagen und auch nicht, was sie hier zu suchen hatte."

Pola ging ins Kabinett hinüber. Auf ihrem kleinen Tischchen fand sie die Liste der Erledigungen, ihre Stifte und Mappen, säuberlich nebeneinander. Aber die Ordnung war eine andere als ihre eigene. Die Puppe, die Frau Panigl ihr einmal geschenkt hatte, lag auf dem Boden. Pola hob sie auf. Die großen schwarzen Augen starrten sie an, der rote Mund mit den großen Zähnen lächelte, gar nicht freundlich.

Sie legte die Puppe in das Regal, mit ihren Gedanken wieder bei den Panigls.

Sollte sie Alexander eine Nachricht ins Brioni schicken und ihre Verabredung absagen, weil sie Arbeiten für die Schule vorzubereiten hatte? Sie konnten nicht weitermachen wie bisher. Bei der Vorstellung, nun wieder jeden Tag in der Schule zu unterrichten, Alexander nicht zu sehen, krampfte sich ihr Herz zusammen.

Aber sein Traum vom Durchbrennen war noch unrealistischer. Wo gab es einen Platz für ein so ungleiches Paar? Wenn sie ruhig und besonnen nachdachte, wusste sie, dass sie keine Zukunft miteinander hatten. Was nützte es, sich dieser Einsicht zu verschließen?

Mit dem festen Entschluss, das Verhältnis endgültig zu beenden, begab sich Pola ins Brioni. Alexander saß an dem Tisch gegenüber der Tür. Sein Blick war niedergeschlagen, er nagte an seiner Unterlippe. An seinen Schläfen klebte das Haar klatschnaß. Als er Pola sah, sprang er auf.

„Du bist eine Stunde zu spät!“, rief er ihr entgegen. Er nahm ihre Hände fest in seine.

Seine Wangen trugen hektische rote Flecken. „Du darfst mich nie verlassen, Pola, versprich es mir. Ich ertrage es nicht, hörst du? Du musst es versprechen.“

Er wurde immer lauter, und sie, statt ihn zu mäßigen, ließ sich mitreißen. Was hatte sie sich eingeredet? Sie konnte nicht einfach gehen. Das war keine kleine Affäre, aus der sie in das Leben vorher zurückkehrten. Sie liebten einander.

Sie versprach ihm, was er forderte. Dass sie ihm wieder Nachhilfestunden erteilen würde. Dass sie sich ab nun jeden Tag treffen mussten, egal, was sie sonst zu tun hatten. Dass sie ihn heiraten würde.

„Aber nicht jetzt gleich, Alexander, du bist nicht volljährig. Deine Eltern werden nicht ja sagen dazu."

Er schüttelte eigensinnig den Kopf. „So lange werde ich nicht zuwarten. Ich spreche mit ihnen. Bei der nächsten Gelegenheit. Du musst ja sagen, alle anderen Hindernisse zählen nicht."

„Alexander hör einmal zu, du musst auch …" Pola unterbrach sich.

Der Ober Alfred näherte sich ihrem Tisch, mit der kleinen, halb servilen, halb höhnischen Verbeugung der Wiener Kaffeehauskellner. Er wischte mit seiner Serviette die Marmorplatte blank und tauschte den Aschenbecher aus.

„Kleiner Brauner?"

Pola nickte ihm zu. Alexander scharrte wütend mit den Füßen unter dem Tisch.

„Alexander!" Erst nachdem der Kaffee auf dem Tisch stand, sprach sie weiter. „Du musst jetzt auch einmal auf mich hören. Wenn herauskommt, dass wir ein Paar sind, kann ich in Teufels Küche kommen. Ich als Lehrerin mit einem minderjährigen Geliebten, das bringt mich mit dem Gesetz in Konflikt. Hast du dir die Folgen schon einmal überlegt?"

Er gab keine Antwort. Pola trank ihren Kaffee aus. Sie sah ihm in die Augen. Sah seinen Trotz, seine Wildheit. „Stimmst du mir zu, Alexander?" Sie wandte den Blick nicht ab, bis er nachgab.

Dann war die Stunde um, Pola musste an ihren Schreibtisch zurück.

„Aber morgen komme ich zu dir!"

„Nein, morgen geht es nicht."

„Nach der Schule, bei dir im Naturgeschichtskammerl." Unter dem kleinen Marmortisch presste Alexander ihre Hand an sein Geschlecht.

„Nein, ich kann nicht!" Mit heißen Wangen stand Pola auf. „Lass mich jetzt gehen, Alexander!"

Sie riss sich von ihm los, um im nächsten Moment zu ihm zurückzukehren, ihn zu versöhnen, peinlich berührt von dem Schauspiel, das sie den Kaffeehausgästen boten, und unfähig, ohne Abschied von ihm wegzugehen. Nachdem er sie überredet hatte, zu Fuß vom neunten in den sechsten Bezirk zu gehen, statt die Stadtbahn zu nehmen, begleitete er sie bis zu ihrem Haustor. Aber auch dort wollten sie sich nicht trennen. Am Ende weinte er in ihren Armen und sie, während sie sich schwor, dass sie am nächsten Tag Schluss machen würde, weinte mit ihm.

Es war schon fast Mitternacht. Pola saß immer noch an ihrem kleinen Tisch im Kabinett. Sie hatte ihre Unterlagen für das neue Schuljahr geordnet und sich für den Unterricht vorbereitet, Alexander einen Brief geschrieben und ihn wieder zerrissen. Sie dachte an die erste Nacht im Hotel Sacher, und an den letzten Abend, seine Tränen. Sie schaute dem Mond zu, der langsam über das Dach stieg. Ein Geräusch von draußen schreckte sie auf.

Das Vorzimmer lag im Dunkel, nur durch das Gangfenster fiel ein matter Schein in die Wohnung. Wieder hörte Pola zartes Kratzen. Es kam von draußen. Ein Gesicht drückte sich gegen die dicke Milchglasscheibe. Zum Glück schlief Nadija schon. Pola schlüpfte in ihren Mantel. Vorsichtig, ohne Lärm zu machen, sperrte sie die Wohnungstür auf. Marianne stand vor ihr.

„Was willst du mitten in der Nacht?"

„Ich muss dich sprechen."

Mariannes Ton war so entschieden, dass Pola ihr ohne ein weiteres Wort folgte, aus der Wohnung, die Stiege hinunter. Erst auf der Straße fragte sie:

„Was bedeutet dieses Benehmen? Du hast heute meine Mutter erschreckt."

Nicht nur Pola, auch Marianne hatte sich über den Sommer verändert. Ihr blondes Haar trug sie nun aufgesteckt, die Stirnfransen zu Löckchen gekräuselt. Sie war kein Kind mehr, sondern eine verführerisch aussehende junge Frau.

„Dafür möchte ich mich entschuldigen."

Marianne übergab Pola einen Brief. Pola erkannte den golden geprägten Briefkopf auf dem Büttenpapier und steckte das Kuvert ein.

„Es ist dringend."

„Zuerst erklärst du mir, warum du in unsere Wohnung geschlichen bist und heimlich meine Sachen durchgewühlt hast."

Marianne schwieg.

„Wegen der Puppe? Was ist mit dieser Puppe?"

Marianne zögerte und zuckte dann nur stumm die Achseln.

„Immer diese Geheimniskrämerei. Ich hab's satt mit euch allen."

Unwillig kehrte Pola um, da schlang Marianne ihr den Arm um die Mitte und hielt sie fest.

„Du musst den Brief lesen, bitte", sagte sie, an Pola geschmiegt.

„Bist du die Botin? Gehörst du zu diesem Tempelorden dazu?" Pola suchte im Licht der Straßenlaterne in Mariannes Miene. „Ich kenne mich nicht aus mit dir."

Marianne lächelte ein bisschen. „Ich hab' dich lieb", sagte sie. „Ich passe auf dich auf, damit dir nichts Böses geschieht."

Sie zog Polas Kopf zu sich herunter. Pola spürte Mariannes Zähne, so heftig war der Kuss.

„Gute Nacht, Pola."

„Gute Nacht."

Ich kannte Marianne, seit sie in der Apotheke arbeitete, das habe ich schon erwähnt. Ich mochte sie nicht besonders, obwohl ich nicht recht sagen konnte aus welchem Grund. Sie war fünf oder sechs Jahre älter als ich, dazwischen lag die magische Grenze. Sie war in die Geheimnisse der Erwachsenenwelt eingeweiht und ich nicht. Ich war voller Sehnsucht, dazuzugehören, aber es gab niemanden, der mich aufklärte und unterwies. Meine Mutter hatte keine Ahnung von meinen Gefühlen. Sie lobte mich, weil ich furchtlos meine politische Arbeit tat. Zum Beispiel bekam ich die Aufgabe, nach der Ernte auf den Simmeringer Äckern die liegengebliebenen Kartoffeln aufzuklauben. Die Rote Hilfe hatte eine zentrale Stelle, dort wurden Lebensmittel und Kleider gesammelt. Unsere Familie besaß selbst nicht viel, aber erst dort, in den Arbeitersiedlungen am Stadtrand, wo die Hilfspakete verteilt wurden, verstand ich, was Elend bedeutete.

Doch das alles beschäftigte meine Gedanken nicht so sehr wie Pola. Ich ahnte, dass sich etwas Gefährliches um sie zusammenbraute. Es hatte mit dieser unheimlichen Apotheke zu tun und mit Marianne. Am liebsten hätte ich Pola gewarnt, dort nicht mehr hinzugehen. Aber sie hätte mich gefragt, warum, und was sollte ich darauf antworten?

Anders als beim ersten Mal verlangte Panigls Einladung strenge Geheimhaltung. Das schloss auch Nadija mit ein. Pola war es recht. So musste sie sich wenigstens nicht wieder über ihr Verhältnis zu Panigl ausfragen lassen. Nadijas Wunsch würde nicht in Erfüllung gehen, die Wahrheit gestand Pola ihr nicht. Weil Nadija nicht eingeweiht war, trug Pola diesmal keine Abendkleidung, sondern ein neu angefertigtes, schwarzweißes Glencheck-Kostüm. Die neue Mode hatte einen militärischen Einschlag, die Schultern der Jacke waren breit ausgepolstert, die Taille eng gegürtet. Die Schneiderin schüttelte den Kopf über das Modell. Wollten denn die Frauen wie Männer aussehen?

Die Luft war schwül wie an einem Hochsommerabend. Kein Stern stand am Himmel. Polas Rock war so eng, dass sie kaum darin atmen konnte. Schon der kurze Weg bis zur Stadtbahn erschöpfte sie. Die eisernen Verstrebungen der Gürtelbrücke begannen zu zittern und zu dröhnen, als der Zug sich näherte. Sollte sie umkehren? Was, wenn Alexander ihr dort vor allen anderen gegenüberstand und sich verriet? Plötzlich drehte sich alles um sie, und ihr Herz klopfte, dass es in ihren Ohren dröhnte. Doch die Neugier war stärker. Die Stadtbahn fuhr in die Station Gumpendorfer Straße ein. Pola stieg zu.

Bei Panigls wurde sie schon erwartet. Die Tür öffnete sich, bevor sie dazukam, anzuläuten. Ein Mann empfing sie, den sie nicht gleich erkannte, Tibor Zalto. Er sah jünger aus als in ihrer Erinnerung. Damals hatte er einen Bart getragen, das Haar nackenlang. Jetzt war er kahlgeschoren und glattrasiert. Seine großen schwarzen Augen ruhten wie damals bewundernd auf ihr.

„Ich würde, Fräulein Wolf, wenn Sie gestatten, gern eine Examination vornehmen“, verkündete er. „Für den Fall, dass die Kreislaufschwäche sich wiederholt, könnte ich Ihnen schon vorbeugend ein stärkendes Mittel verabreichen.“

Er brachte Pola in ein kleines Zimmer, das sie bisher nicht betreten hatte. Frau Panigls Boudoir, vermutete Pola, denn ihre Kleider hingen über dem Paravent. Die Laden der Psyche standen offen. Pola sah eine Schminkkassette mit einer große Puderquaste, Schreibsachen und Schmuckstücke, eine Bürstengarnitur mit silbernem Griff. Blaue und weiße Lilien in einer hohen Kristallvase verbreiteten einen betäubenden Duft.

„Wie fühlen Sie sich heute?“

„Danke, gut.“ Das kurze Schwindelgefühl in der Stadtbahnstation erwähnte sie nicht.

„Lassen Sie mich Ihren Puls messen.“

Pola schlüpfte aus ihrer Kostümjacke und streckte ihm den Arm hin.

„Ist sie hier?“, hörte sie eine Stimme von der Tür. Es war Frau Panigl.

Doktor Zalto musste auf vertrautem Fuß mit ihr stehen, denn sie zeigte keine Überraschung über seine Anwesenheit an diesem intimen Ort.

„Wie gut, dass Sie gekommen sind!“, rief Thekla bei Polas Anblick. „Ich hoffe, Sie halten mein Geschenk gut in acht.“

Sie trug ein grünes Kleid mit großem Dekolleté, in dem ihre Brüste bei jedem Atemzug wogten. Nachdem sie einen Blick mit Doktor Zalto getauscht hatte, verschwand sie wieder.

„Was meinte sie?“, fragte Pola.

Der Arzt schaute sie unverwandt an. Pola spürte Hitze in ihrer Brust aufsteigen. Der Duft der Blumen schien stärker zu werden.

„Die Puppe.“

„Die Puppe“, wiederholte sie befremdet.

„Die Puppe, die Alina Blanković gehörte“, erklärte Doktor Zalto, als wäre das die normalste Sache der Welt. „Wir setzen große Hoffnungen in Sie, Fräulein Wolf, das wissen Sie, nicht wahr? Heute feiern wir einen besonderen Tag. Die Sonne steht im Tierkreis der Jungfrau, Venus im ersten Haus, Merkur und Mars kreuzen ihre Bahn. Liebe, Geld und Krieg, eine außergewöhnliche Konstellation. In Gräfin Blanković’ Geheimlehre gibt es Hinweise auf dieses Datum. Deshalb zelebrieren wir heute ein besonderes Ritual.“

Er holte ein seidenes Tuch aus der Lade des Ankleidetisches. „Darf ich?“

Pola glaubte, er wolle es ihr um den Hals legen. Stattdessen verband er ihr damit die Augen.

„Nur einen Augenblick“, sagte er beruhigend, bevor sie dazu kam zu protestieren. „So können Sie sich besser konzentrieren.“ Er nahm ihre Hände in seine.

„Die Puppe, Gräfin Alinas Puppe, die Sie als Geschenk bekommen haben, war als so etwas wie ein Köder gedacht. Vielleicht ein bisschen naiv, denn schließlich sind Geister keine kleinen Kinder. Die Gräfin schätzt Sie jedenfalls, das wissen wir. Sonst hätten wir Sie gar nicht gefunden. Ich weiß, das alles klingt verwirrend, aber Sie sind nun eine Eingeweihte, Sie sollen alles erfahren."

Ein Geruch verbreitete sich im Zimmer, durchdringender als der Duft der Lilien. Pola kannte ihn, aber sie konnte sich nicht besinnen, woher.

„Geht es Ihnen gut?" Sein Atem blies ihr ins Gesicht. „In der Hoffnung Mitte."

Miteinander setzten sie sich in Bewegung. Pola sah nichts durch die Augenbinde. Doktor Zalto hielt sie immer noch an den Händen. Er führte sie aus dem Zimmer. Sofort verlor sie die Orientierung. Sie gingen geradeaus, dann kam eine Schwelle, wo er sie warnte, damit sie nicht darüber stolperte. Pola spürte die Luft kühl an ihren Wangen vorbeistreichen. Tief tauchte sie in den fremden und doch vertrauten Geruch. Eine dunkle Frauenstimme sagte:

„Trinke den weißen Wein.

Iß den süßen Fisch.

Entferne die Uhr."

Und neben ihr setzte Doktor Zalto hinzu: „Tun Sie, was er Ihnen aufträgt."

„Es ist eine Frau", widersprach Pola.

„Das macht keinen Unterschied."

Pola spürte, wie ihr ein Glas an die Lippen gedrückt wurde.

Gehorsam trank sie. Die Flüssigkeit war kühl und schal. Sie bekam einen Bissen in den Mund geschoben, trocken, bröselig, geschmacklos. Nur mit Mühe ließ er sich schlucken. Durch ihre Augenbinde schimmerte plötzlich rotes Licht.

„Gehen Sie jetzt. So weit, bis Sie wissen, dass Sie angekommen sind." Doktor Zalto ließ Pola los. „Zögern Sie nicht."

Ein Wind erhob sich, als stünde sie im Freien. Er wurde stärker, während sie Schritt vor Schritt setzte, er wehte ihr den Geruch ins Gesicht, trug ihr eine Musik zu, einen Chor, den sie wiedererkannte, die Litanei im Wald von Heiligenkreuz.

„Semen et sanguis. Sanguis et semen."

Klagend und flehend schwollen die Stimmen an und ab. Darüber erklang wieder die rauhe, dunkle Stimme in einer fremden Sprache, die Pola nie gehört hatte, aber seltsamerweise verstand.

„Oh Venus, die du aus dem Meer erstanden
komm zum Vater …"

Dazwischen fiel der Chor ein, dröhnte den Refrain: „Blut und Samen. Samen und Blut muss fließen, will etwas Neues daraus ersprießen."

Aber die Stimmen änderten sich, sie wurden heftiger, kreischten und keuchten. Und daneben ertönten noch andere Laute, Zischen, Spucken, Pfeifen. Das rhythmische Klatschen von Fleisch auf Fleisch.

Das rote Licht loderte nun hell. Es war heiß. Ein Feuer musste in ihrer Nähe brennen.

„Halt ein!" Das war unverkennbar Panigl.

Pola blieb stehen. Plötzlich erkannte sie den Geruch, vertraut, beklemmend, wohltuend zugleich. Weihrauch. Sie nahm die Binde von ihren Augen.

Der Raum war dicht mit nackten, maskierten Menschen gefüllt. Nur in der Mitte gab es einen freien Platz, dort war ein Altar errichtet, vor dem ein Mönch in Ordenstracht kniete. Zwischen brennenden Kerzenleuchtern lag ein Mädchen. Die Wand mit dem Spiegel war mit einem schwarzen Vorhang verhängt. Davor ein Kreuz. Die Maskierten defilierten vorbei, verfluchten es und spuckten es an. Die Stimme des Mönches hob sich darüber:

„Du hast uns geplagt und gekränkt
Peiniger unser
Die Freuden verschwendet
Unsere Natur geschändet
Peiniger unser
Nun endlich bist du überwunden
Du Gott der Knechte
Nun wirst du geschunden
Von einem stärkeren Geschlechte."

Er stieß das Mädchen so heftig weg, dass sie von dem Altar stürzte, dem Kreuz zu Füßen. Gellend schrie er:

„Dem Sklavengott
Den Tod!"

Sein Ruf wurde von den anderen aufgenommen und wiederholt. Gleichzeitig fühlte sich Pola an den Armen ergriffen und in die Höhe gehoben. Der Mönch beugte sich zu ihr. Sie sah Panigls Gesicht, zwei Panigls über sich, einen in der Ordenstracht und einen zweiten in grüner Maske, die sie wiedererkannte, aber diesmal blickte sie hindurch. Pola lag anstelle des Mädchens nackt auf dem Altar. Alles wiederholte sich wie zuvor, der Chor, der schreiende Mönch, die Herabwürdigung des Kreuzes. Sie war in der Mitte und gleichzeitig stand sie davor und beobachtete das Ritual.

Nun trat eine weitere Frau in Erscheinung. Frau Panigl hatte ihr grünes Kleid abgelegt. Ihr Fleisch war weiß und schlaff. Die großen Brüste mit riesigen violetten Warzen baumelten hin und her. Unter ihren Händen, die sie vor ihre Scham hielt, lockte sich kohlschwarzes Haar, üppig wie das Fell eines Tieres. Es war ein Tier. Eine Katze, die Pola erkannte. Alexanders Perserkatze. Sie musste betäubt sein oder tot.

Thekla legte die Katze auf Polas Brust. Sie zog sich zurück, in den Kreis der anderen, während Panigl vortrat. Mit einem Messer stach er zu und schnitt in den Leib des regungslosen Tiers. Die Katze stieß einen schwachen Jammerlaut aus und verstummte. Seine Hände wühlten in ihren Eingeweiden. Dann riss er die Hand in die Höhe. Über Polas Kopf baumelte das blutige Herz der Katze, seine Trophäe.

Plötzlich flammte das Licht auf. In die Menschenmenge, die gebannt zugesehen hatte, kam Bewegung. Sie drängten davon, dem Ausgang zu. In Sekundenschnelle verwandelte sich die Szenerie. Die nackten Körper wanden sich, sie schlugen und stießen einander, aber nicht länger aus Lust an der Blasphemie, sondern vor Ekel.

Pola richtete sich auf. Sie sah Tibor Zalto auf sich zukommen, mit wüst verzerrtem Gesicht. Er packte sie an den Armen und zerrte sie weg, durch den schwarzen Vorhang. Sie fiel in den Spiegel. Er gab nach, wie eine Schwingtür bewegte er sich von ihr weg, und Licht fiel auf sie. Sie trug das Kleid, in dem sie gekommen war, schwarzweißes Glencheck-Muster, der Spuk war vorbei.

Die Tür schwang auf, schwang zu. Pola sah sich im Salon der Familie Panigl, auf dem Rücken liegend. Doktor Zalto fühlte ihren Herzschlag, neben ihm standen mit besorgten Gesichtern Frau und Herr Panigl. Wieder schwang die Tür durch den Spiegel, vom Licht in die Finsternis zurück.

„Frag, wer da atmet", flüsterte eine Stimme.

Pola wand sich. Nein! Eine Frau, ein Mann? Die Augen fest geschlossen, nichts sehen, aber sie hörte, sie fühlte. Wer bist du. Weißt du es nicht. Nein!

„Ich verrate dich nicht. Neun ist die Zahl."

Das Buch hat weiße Seiten. Das Buch der Liebe. Das Buch des Lebens. Das Buch der Narren. Nein! Die Wände vibrierten. Endlich gelang es Pola, ins Licht zurückzufinden, in die Wirklichkeit.

„Sie war da."

„Das wäre unter solchen Umständen nicht möglich."

„Wer kennt sie am besten? Darüber gibt es wohl keinen Zweifel. Ich habe ihre Anwesenheit gespürt."

„Ist nicht Sehnsucht die Mutter der Überzeugung? Das kommt vor."

Immer noch war Pola im Salon der Panigls. Die Tür stand offen, von dort fiel ein wenig Licht herein, von dort kamen die Stimmen. Hysterisch sich überschlagend die erste. Ruhiger die zweite. Die dritte, kühl und spöttisch, meldete sich nun zu Wort:

„Wollen sich die Herren noch weiter echauffieren? Ich glaube, sie hört uns zu …" Doktor Zalto kam in den Salon.

„Fräulein Wolf? Sind Sie erwacht?"

Er berührte ihre Stirn, tätschelte ihre Wangen. Sie hielt still. Er ließ sich nicht täuschen. Mit zwei Fingern zog er ihr Augenlid in die Höhe.

„Wie geht es Ihnen?“

Ihr Mund war so ausgetrocknet, dass sie nicht sprechen konnte. Sie sah ihn an.

„Pola!“ Jetzt erschien Panigl an Zaltos Seite. „Ich hoffe, Sie sind wohlbehalten zu uns zurückgekommen. Haben Sie uns etwas zu sagen?“

Pola wollte sich aufrichten. Wie beim letzten Mal fühlte sie sich schwach und schwindelig.

„Sie haben begriffen, oder?“, setzte Panigl fort, nicht länger sanft und besorgt, in herrischem Ton. „Der Neue Tempel ist eine Versammlung der Edlen und Eingeweihten. Keine Lüge, kein Falsch darf unser Ziel trüben. Das ist unser höchstes Gebot.“

Doktor Zalto mischte sich ein. „Sie kann nichts auffassen. Sie ist noch zu benommen.“

„Ich denke, das Fräulein Wolf versteht sehr gut.“

Panigl rüttelte Pola an der Schulter. Er hatte recht, sie verstand. Aber sie konnte nicht antworten. Panigls Blick heftete sich an ihr fest. Entsetzt erkannte sie hinter ihm den zweiten Panigl, in der Ordenstracht der Heleviter, wie auf dem Bild an der Kirchenmauer, das Alexander ihr gezeigt hatte.

„Ich warne Sie, Fräulein Wolf. Täuschen Sie uns nicht. Sie werden dafür bezahlen!“

Er hatte eine winselnde, hohe Stimme. Sie dachte an den Priester im Beichtstuhl, seine ausweichenden Phrasen.

„Jetzt ist es genug. Mit Drohungen erreicht man nichts bei Somnambulen“. Das war wieder Zalto.

Panigls Griff lockerte sich. Sie sank auf das Sofakissen zurück.

„Du hast es sehr gut gemacht“, sagte noch jemand. Eine Stimme, die sie an dem Abend einmal gehört hatte.

Sie schlief ein.

10. Kapitel

Pola wollte erwachen, aber die Rückkehr aus dem Schlaf führte durch eine Tür, hinter der viele andere Türen lagen. Hinter jeder warteten andere Zimmer, aus denen andere Türen weiterführten. Jemand oder etwas hatte die Grenze des Traumes aufgehoben. War das nun Magie oder war die Grenze magisch und wer sie überschritt, fand den Weg in eine andere Wirklichkeit?

Lüge und Täuschung hatte ihr Panigl vorgehalten, aber sie war doch im Gegenteil das Opfer seiner Malversationen. Sie konnte denken. Sie konnte Fragen stellen. Wenn es ihr gelang, in ihre Existenz zurückzukehren, konnte sie sprechen und handeln.

Aber etwas war anders. Wie sollte sie wahr und falsch unterscheiden? Etwas war mit ihr geschehen.

„Es ist etwas geschehen."

„Nichts ist geschehen. Nichts kann dir geschehen. Du bist, die du bist. Die Frau, die ich liebe."

Der Kuss auf ihrer Haut war eiskalt. Sie schauderte. Eine Hand strich über ihr Gesicht. Eisiges Feuer verbrannte sie.

„Pola, siehst du mich? Schau mich an, Pola."

Alexander war durchsichtig wie der Rauch der Zigarette zwischen ihren Fingern.

„Vergiß nicht, was du mir versprochen hast: Jeden Wunsch willst du erfüllen. Hältst du jetzt dein Versprechen ein?"

Die Zigarette verglomm. Die Gestalt verflüchtigte sich. Pola spürte ihr Herz schlagen. Sie stand auf und ging durch das Zimmer. Die Wand, an die sie stieß, fühlte sich rauh und faserig an, wie die alte Stofftapete in ihrem Kabinett. Sie war zu Hause, heimgekommen. Die Puppe im Regal. Pola hatte sie vom Boden aufgehoben und da hingelegt. Wo war sie nun. Drei Uhr. Welche Nacht. Sie las das Datum auf dem Kalender und erschrak. Ein neuer Traum, nein. Sie vernahm ein Geräusch, beruhigend vertraut, alltäglich, das Klappern der Ofentür. In der Küche fand sie Nadija, damit beschäftigt, die Glut im Herd anzufachen.

„Warum ein Feuer, um diese Zeit?"

Bei Polas Erscheinen richtete sich Nadija auf. Sie war im Nachthemd, ihr langes, rotbraunes Haar hing offen herab. Sie stand auf und umarmte ihre Tochter. Pola schob eine Strähne aus Nadijas Gesicht, um sie anzusehen.

„Mama, weinst du?"

Nadija wandte sich wieder der kleinen, zuckenden Herdflamme zu. „Ich wollte es gut machen für dich." Sie schluckte an ihren Tränen. „Ich habe mich geirrt. Von dort kommt nur Böses. Du musst von ihnen weg. Mein Gott, ich hätte es besser wissen können. Ich habe das alles schon einmal durchgemacht."

Plötzlich erkannte Pola, was Nadija so dringend verbrennen wollte. Sie griff nach dem Schürhaken, aber Nadija war schneller. Sie stieß Pola weg.

„Ich mache dieser Teufelei ein Ende!"

Gleichzeitig loderte das Feuer auf. Die Flamme erfasste das schwarze Samtkleid, das bemalte hölzerne Gesicht. Die Puppe brannte.

„Brüderschaft der Schlange, so haben sie sich genannt. Später wurde dann der *Ordo Novi* daraus. Dein Vater war einer von ihnen."

Ein wenig hatte sich Pola schon aus dem Gespräch mit Panigl zusammengereimt. Nadija wusste nicht viel von ihren Umtrieben.

„Ich hab dieses ganze Brimborium nur lächerlich finden können. Aber Milo! Der war besessen davon! Einmal, als er sich über die Volksschädlinge, die Europas alte Kulturen vernichteten und von der Erde getilgt werden müssten, ereiferte, habe ich ihm den Vogel gezeigt."

Danach sprach Milo mit ihr nicht mehr über seinen Geheimzirkel und die angeblich wissenschaftlichen Studien, die dort getrieben wurden. Erst als er erkrankte, phantasierte er immer wieder von den Bluttrinkern, die ihn verfolgten, schon seine Ahnen gequält hatten, sechshundert Jahre lang.

„Heißt das", warf Pola, die bis dahin geschwiegen hatte, ein, „du wusstest von Anfang an, dass die Nachhilfe für den angeblich serbischen Pflegesohn eine Finte war?"

Nadija nickte unglücklich. „Ich habe es vermutet. Allerdings nicht, was dahintersteckt."

„Du weißt, was dahintersteckt?"

Nadija streckte ihre Arme aus, um Pola an sich zu ziehen, doch Pola wehrte sie ab.

„Ich konnte es schon bei Milo nicht ernst nehmen. Das sind doch nur ein paar überkandidelte Damen und Herren, ich war ja selbst einmal dort, in ihrem okkulten Salon. Da verkehren die besten Kreise. Das würde dir nützen, so hab' ich mir das gedacht."

Nadija nahm den Schürhaken. Sie schob die verkohlten Holzstückchen noch tiefer in die Glut.

„Ich hätte es dir gleich sagen müssen. Als du von der ersten Séance zurückgekommen bist und plötzlich auch mit den Bluttrinkern angefangen hast. Aber …“ Sie sah Pola entschuldigend an. „Ich war so sicher, dass meiner gescheiten Pola keiner was vormachen kann. Ich habe es gut gemeint. Dieser Panigl ist nicht irgendwer, und wenn …“

Sie sprach nicht weiter. Pola sah zwei Tränen über Nadijas Wangen rinnen. Sie hatte kein Wort des Trostes. Die Bilder und Stimmen tobten hinter ihrer Stirn.

„Jetzt bist du doch abergläubisch geworden, weil du die Puppe verbrennst?“

„Ich habe Angst.“

„Wovor?“

„Sie glauben, dass du die Inkarnation der Gräfin bist.“

„Der Blanković?“, fragte Pola ungläubig. „Und wenn? Was soll dann passieren?“

Sie versuchte in Nadijas Miene zu lesen. „Hast du sie gekannt, Mama?“

Nadija nickte. „Sie ist mit Milo verwandt. In seiner Familie gab es immer schon diese okkulte Neigung.“

„Panigl hat mir erzählt, dass sie die Ermordung des Königs prophezeit hat und deshalb Serbien verlassen musste“, sagte Pola.

Nadija ging nicht darauf ein. Sie wandte ihr Gesicht wieder dem Feuer zu. „Als ich sie hier in Wien getroffen habe, war sie frisch aus England zurück. Angeblich haben ihr die Geister im Golden Dawn Orden eine Lehre diktiert. Sie behauptete, wer ihre Botschaft befolgt, wird zum Herrscher beider Welten. Ich habe nur gelacht damals.“

Wäre es nur ein Roman, aber das ist Polas Geschichte. Ich kannte sie so eine lange Zeit. Ich war sicher, alles, was in ihrem Leben Bedeutung gehabt hatte, zu wissen. Zuerst wollte ich nicht glauben, was sie hier schrieb. Aber es gibt sie, diese geheimen Zirkel mit ihren abscheulichen Ritualen, bis auf den heutigen Tag. Wer sich dafür interessiert, stößt schnell auf ihre Spur. Mit den Büchern darüber kann man ganze Bibliotheken füllen. Wien ist eine Brutstätte des Okkulten.

Welcher vernünftige Mensch befasst sich mit solchem Unsinn, fragte ich mich, frage ich mich immer noch. Warum ist sie nicht weggegangen, wie konnte sie sich in so etwas hineinziehen lassen? Ich werde es niemals begreifen.

„Sie sind nicht verrückt", sagte Alexander. „Sie sind böse. Sie zerstören, was ihnen im Weg steht, ob Mensch, ob Tier. Selbst Kinder."

„Welche Kinder? Alexander!", fuhr Pola ihn an. „Hör doch auf mit diesen Übertreibungen!"

„Ich erfinde nichts."

Seine Hand glitt unter die Decke, unter der sie lagen, fand ihre Hand und hielt sie fest.

„Ich habe ihnen zugesehen, ich weiß, was sie tun. Sie verdienen den Tod."

Den Tod. Nur einer hatte so mit ihr gesprochen, Milo. Ihr kranker und verwirrter Vater. Einer von ihnen.

„Die Katze, die sie geopfert haben. Du hast meine schwarze Perserkatze erkannt, die Suleika. Als stellvertretendes Opfer für mich. Um den Geist der Blanković zu beschwören. Sie schrecken vor nichts zurück, Pola.

Und was haben sie dir angetan! Aber du wirst Rache nehmen."

Plötzlich war es still. Beide hielten den Atem an.

„Was meinst du, Alexander?"

„Du hast es versprochen."

„Aber ich …"

„Mir jeden Wunsch zu erfüllen, jeden! Bedingungslos!"

„Ich weiß nicht, was du erwartest, Alexander?"

„Du hast es versprochen. Du hast es mir versprochen! Ich vertraue dir."

Ihre lächerlichen Rituale. Bruderschaft der Schlange. Tempelorden. Die lateinische Litanei, um ordinäre Verse zu verbrämen. Perverse Spiele der Hautevolee. Alexander hatte die Bücher des Großmeisters in seiner Bibliothek gelesen, die Stellen, die Panigl mit Feder angestrichen hatte. „Die Briefbücherei der Blonden und Mannesrechtler hat das erklärte Ziel, die heroische Edelrasse auf dem Wege der planmäßigen Reinzucht und des Herrenrechtes vor der Vernichtung durch sozialistische Umstürzler zu bewahren."

Sie waren nicht nur läppisch, sexbesessen, in die Geisterwelt verliebt. Zerstörerisch, bösartig. Pola dachte an Doktor Zaltos Warnung. In der Hoffnung Mitte. Es war ein Wortspiel. Er mochte verdreht sein, aber er hatte einen scharfen Blick. Und Panigl, nicht begehrend, sondern aufgebracht. Drohend.

Alexander redete auf sie ein, so viele Worte, glühend, hassend. Niemals würden sie zulassen, dass Pola und Alexander zusammenkamen. Erst wenn sie tot waren, konnte er frei atmen. Wieso denn niemals? Solche Macht besaß kein

Schuldirektor, kein Priester. In wenigen Monaten würde Alexander die Reifeprüfung ablegen. Er war noch nicht volljährig, doch was spielte es für eine Rolle?

„Sie wollen mich von der Schule nehmen. Ich soll ins Internat. Sie haben erraten, dass wir verliebt sind."

„Du darfst es nicht zugeben!"

„Ich habe dich nicht verleugnen können."

Aus dem Weg mit dem Knaben. Sie hatten die Macht. Elterngewalt.

„Du wirst zu mir halten. Egal, was geschieht. Sie können uns nicht trennen."

Pola konnte ihn nicht lassen. Pola hatte keine Wahl, nur eine Wahl. Grauenhaft.

Das Versprechen halten, den Wunsch erfüllen. Die Zerstörer zerstören. Sie ließ sich umarmen, fassen, küssen.

„Liebst du mich, Pola? Dann darfst du mich ihnen nicht ausliefern."

Pola liebte Bücher. Sie kannte Raskolnikoff, die schöne Madame Bovary, die kranken Geister Shakespeares, Lady Macbeth und Hamlets Mutter. Luise Millers giftige Limonade, den Dolch der Charlotte Corday. Ein Reigen todbringender Gestalten tanzte durch die Literatur. Nichts von dem, was sie gelesen hatte, traf ihren Gemütszustand.

Sie trat ihre Arbeit an wie alle Tage. Sie dachte nicht an das, was vor ihr lag. Sie war ruhig und bestimmt, ungeduldig nur gegen Dummheit oder Aufsässigkeit, doch zweiteres kam bei ihren Schülern nicht vor. Nur ihr Liebling Liesi Sedlacek merkte die Veränderung. Sie lief ihr in der großen Pause nach.

„Frau Lehrer! Soll ich Ihnen die Tasche tragen? Darf ich Ihnen etwas anderes zu Gefallen tun, liebe Frau Lehrer?"

„Warum denn, Lieschen? Hast du etwas gutzumachen? Oder willst mir gar einen Liebesdienst erweisen?"

Das Kind nickte schnell, mit niedergeschlagenem Blick. Ihr Mund wölbte sich vor zärtlichem Gefühl für Pola, sodass sie mit einem Mal einer anderen glich, der rätselhaften Marianne. Pola war es recht, dass Liesi sie begleitete. Das hielt den Schulwart fern. Und sie musste nicht fürchten, ins Sinnieren zu kommen.

Sie rauchte eine Zigarette am Fenster. Der Regen zog helle Schlieren auf dem staubigen Glas. Buntes Laub schwamm in den Lacken auf dem Bürgersteig. Ihr Herz war nicht traurig, nur schrecklich leer. Eine Entscheidung war wie eine Verurteilung. Man konnte nicht zurück.

„Ja, Lieschen, einen Gefallen kannst du mir wohl tun."

Der Liebesdienst für Pola. So ein schlimmes Verlangen. Sie beschreibt meine Gefühle genau, als hätte sie mir in die Seele geschaut. Sie war mein Ein und Alles. Ich liebte ihre Stimme, sie klang ein wenig rauh und viel tiefer als die aller Frauen, die ich kannte. Ihr dickes, gelocktes Haar trug sie zusammengeknotet und hochgesteckt, aber manchmal machte sich eine kleine Strähne los und kringelte sich in ihrem Nacken, das entzückte mich so, dass ich gar nicht wegsehen konnte. Sie roch nach dem Haaröl, mit dem sie ihre Locken bändigte, etwas Strenges, sogar Bitteres lag darin, ein Duft, den ich immer mit ihr verbinde. Ich glaube, es war der Geruch von Rosmarin.

Ich war glücklich, weil sie mich um einen Gefallen bat. Endlich durfte ich ihr wieder bei etwas helfen und in ihrer Nähe sein. Ich ahnte nichts, nein, wie denn, und selbst wenn, ich hätte, das bekenne ich, alles, auch ein Verbrechen für sie getan.

Liesi half Pola den Schrank im Naturgeschichtskabinett aufzuräumen. Die Flasche mit dem Phosphor stellte Pola zur Seite. Dazu das Bleiweiß. Quecksilber. Einen Stein aus der Mineraliensammlung, das war Thallium, ein hochgiftiges Metall.

„Kannst du Kuchen backen?“, fragte sie, bevor sie das Kind nach Hause schickte. Liesi war das älteste von vier Kindern. Ihre Mutter ging am Morgen in die Fabrik, nach zehn Stunden Metallösen stanzen bei Kalman & Ödel war sie zu keiner Haushaltsführung imstande. Liesi erledigte alles, was nötig war. Backen tat sie aus Freude. Wenn es Geld zum Einkaufen für die Zutaten gab. Das kam nicht oft vor.

„Ich soll etwas für Sie backen, Frau Lehrer?“ Liesi begann zu strahlen.

Aber Pola winkte ab. Sie starrte in den grauen Himmel, als könnte sie die Wolkendecke durchdringen. Schon kam ihr eine bessere Idee. Eine, bei der sie keine Menschenseele in ihr Vorhaben einweihen musste. Einweihung. Ihr ekelte vor dem Wort.

11. Kapitel

Ein Sturm kam auf, der einen heißen, fremden Geruch durch die Straßen Wiens trug. Aus der Wüste, sagten manche, Weitgereiste. Er versetzte die Menschen in Unruhe, schwächte die Gesundheit, sogar den Verstand. In den Krankenhäusern häuften sich die Herzinfarkte und Lungenembolien, die Unfälle stiegen an, die psychiatrischen Abteilungen waren überfüllt. Drei Tage und Nächte riss der Sturm an Hausdächern, Fenstern und Türen. Dann legte er sich, unvermittelt, wie er gekommen war und ließ ein Chaos zurück.

Nach der durchwachten Nacht mit Pola war Nadija erkrankt. Sie fieberte und konnte weder schlafen noch sich durch irgendeine Tätigkeit zerstreuen.

„Soll ich dir eine Platte abspielen?"

Pola fragte zuvorkommend, doch abwesend. Es war nicht mehr wie vorher, würde nie mehr so sein. Das Geständnis der Mutter hatte ihr Vertrauen erschüttert. Nadija lehnte jeden ihrer Vorschläge ab. Auch den Besuch des Arztes, mit einem Anflug ihrer üblichen Ironie.

„Mir fehlt nichts, was dieser Doktor Eisenbart heilen kann." Sie drehte den Kopf zur Wand.

Pola ging in die Apotheke. Seit dem nächtlichen Besuch hatte sie Marianne nicht wiedergesehen. Wie beim vorigen Mal, als sie ein Mittel gegen Nadijas Kopfschmerzen gekauft hatte, fand sie Magistra Hallermann allein vor.

„Geht es Ihrer Frau Mutter schon besser?"

„Leider nicht."

Pola spähte über die Schulter der Apothekerin. Auch im Hinterzimmer konnte sie Marianne nicht entdecken.

„Sollen wir etwas Stärkeres wählen? Ich habe eine sehr gute Rezeptur gegen Schmerzzustände." Frau Hallermann tat, als bemerkte sie Polas Blicke nicht. „Laudanum."

Pola ging zu der Vitrine, in der die Vipernschnüre hingen. Der janusköpfige Wendestein zeigte ihr seine lächelnde Seite. Sie dachte an das gefletschte Mardergebiss, das die Apothekerin um den Hals getragen hatte. Eine Gänsehaut kroch ihr über den Rücken. Sie ging eine Runde durch den Raum und kehrte an das Ladenpult zurück, bevor sie ihre Frage stellte:

„War in den Pillen, die Sie mir damals gegeben haben, auch Laudanum?"

Frau Hallermanns Miene zeigte keine Regung. Sie zog eine Braue fragend hoch.

Pola lachte ungläubig. „Wissen Sie es nicht mehr? Damals, als Sie mich zu meinen Fähigkeiten als Medium beglückwünscht haben."

Ruhig hielt die Apothekerin Polas Blick stand. „Vielleicht verwechseln Sie mich?"

„Und Marianne?", fragte Pola. „Verwechsle ich sie auch? Wo ist Ihre Helferin geblieben?"

Auf einmal wurde die Apothekerin ärgerlich. „Da fragen Sie die Falsche. Ich habe nicht die geringste Ahnung. Das feine Fräulein hat die Sachen gepackt und ist verschwunden, ohne ein Wort."

„Und ihre Adresse?"

Die Apothekerin schüttelte nur den Kopf. „Wenn ich sonst noch etwas für Sie tun kann, Fräulein Wolf?"

Pola zeigte auf ein Schild, das Zitronenbrause anpries. „Ja, bitte, geben Sie mir eine Schachtel davon."

Sie wartete, bis Frau Hallermann nach hinten ging, um die Ware zu holen. Rasch trat sie hinter den Paravent, wo Marianne früher ihre Garderobe abgelegt hatte. Sie entdeckte einen weißen Arbeitskittel, ein Paar Pantoffeln, den kleinen graukarierten Hut, der Marianne gehörte.

Eine Hand legte sich auf ihre Schulter.

„Was suchen Sie? Glauben Sie, ich hätte das Mädchen versteckt?"

Lautlos war die Apothekerin zurückgekommen.

„Ich wäre ganz froh, wenn ich etwas über Mariannes Verbleib wüsste. Wie stehe ich denn da, so von einem Tag auf den anderen?" Sie stieß ein ärgerliches Lachen hervor. „Aber das kommt davon, wenn man sich mit solchem Gelichter abgibt. Aus Barmherzigkeit, und so wird's einem gedankt."

Pola fragte nicht mehr, ob Frau Hallermann denn nicht Sorge hätte, dass dem jungen Mädchen etwas zugestoßen war. Offensichtlich würde sie hier keine weitere Auskunft bekommen. Sie nahm die Brause, bezahlte und ging.

In der Bürgerspitalgasse lief ihr Hermine Bacher über den Weg. Früher hatte Pola oft durch das offene Fenster ihren Gesangsübungen zugehört. Es kam ihr vor, als läge das Jahre zurück. Hermine trug einen Mantel mit Pelzkragen, obwohl die Temperaturen noch beinahe schwül waren. Ihr Mund war rot geschminkt.

„Wölfchen!", rief sie schon von weitem. „Warum schaust du so ernst? Ich weiß es! Weil alle Filmsternchen Wiens neidig sind, dass die Frau Lehrerin hinter den sieben Bergen tausend Mal schöner ist!"

Pola musste lachen über die temperamentvolle Begrüßung. Vier Jahre waren sie in der Volksschule nebeneinander gesessen. „Ich verstehe nicht, warum Frauen einander nicht heiraten dürfen", hatte Hermi geklagt. Pola war die einzige, der sie ewige Treue versprechen wollte. Bis sie einmal zu einer Kinderjause bei Pola eingeladen gewesen war. Danach war die Freundschaft abgekühlt.

„Du bist verliebt. Gib's zu!", trällerte Hermine.

„Hermi, hast du am hellichten Tag einen Schwips?"

Sie schüttelten sich die Hand. Hermis Haarfarbe war deutlich heller als Pola es in Erinnerung hatte. Wasserstoffblond.

„Stell dir vor, ich bin engagiert worden!", Hermi strahlte über das ganze Gesicht. „Am Stadttheater Baden, als Soubrette. Ich kann es noch gar nicht glauben."

„Gratuliere, Hermi!"

„Du musst bei meiner ersten Premiere dabei sein, ja? Versprich es mir, Pola!"

Das versetzte ihr einen Stich in der Brust. „Ich werde kommen."

Noch einmal gab Pola ihrer alten Schulkollegin die Hand.

„Was hast du denn?", hörte sie Hermis Stimme hinter ihr.

Sie wandte sich nicht mehr um.

Am Samstag, eine Woche nach der Einladung bei Panigls fiel das Barometer. Es begann zu regnen, ein kalter, unbehaglicher Wind begleitete den Temperatursturz. Der

Sommer nahm seinen Abschied. Pola wartete auf eine Nachricht von Alexander. Sie hatten verabredet, sich nur mehr zu treffen, wenn er sicher sein konnte, dass niemand zu Hause war.

Von Stunde zu Stunde verlor Pola mehr die Geduld. Nadija lag immer noch im Bett.

„Lass mich nicht allein, mein Schatz, mir ist nicht wohl", jammerte sie schon den ganzen Tag.

Pola verstand genau, Nadija meinte, sie solle nicht mehr zu den Panigls gehen. Hätte sie nicht bei diesem Komplott mitgemacht, wäre alles andere auch nicht passiert, dachte Pola missvergnügt. Sie ging nicht so weit, ihrer Mutter einen Vorwurf zu machen.

Sie musste ihre Chance ergreifen. Hatte sich Nadija nicht genau das von ihrer Tochter gewünscht? Aber auch das blieb unausgesprochen.

Um vier Uhr, als Pola sich auf den Weg machte, rissen die Wolken auf. Ein Zauber lag über dem verfließenden Nachmittag. Die Sonne tauchte die Fassaden der Häuser in gleißendes Licht. Das Trottoir der Alserbachstraße, über die Pola eiligen Schritts ging, glänzte vom Regen frischgewaschen. Über den Dächern stand ein Regenbogen.

Ein Zeitungsverkäufer trat ihr in den Weg. „Sonderausgabe! Hermann Göring zu Wirtschaftsgespräch in Wien eingetroffen! Sonderausgabe!"

Aus dem Café Brioni kam ihr Alexander entgegen.

„Gottseidank." Er umarmte sie. „Ich hab' Angst gehabt."

Die Sonne malte einen goldenen Schein auf sein Haar. Seine Augen leuchteten.

„Warum hast du mir denn keine Nachricht geschickt?" Pola ließ sich küssen, obwohl man ihnen durch die Fenster des Brioni zusehen konnte. Mochten die Leute es wissen. Sie liebte ihn. Das war das Glück. Es kam und ging. Nicht oft. An diesem Nachmittag blieb es bei ihnen.

In der Wohnung der Panigls hing schwacher Weihrauchgeruch. Konnte das noch von letzter Woche geblieben sein, fragte sie sich, oder wie oft wurden ihre Rituale gefeiert? Sie wusste nicht einmal, ob Alexander je daran teilgenommen hatte. Mit seiner Einwilligung wäre Suleika nicht als Opfertier gewählt worden. Sie wollte das Thema nicht berühren.

„Wird uns gewiss niemand stören?"

Er entkleidete sie, geschickt mit den Knöpfen, den Schließen und Bändchen hantierend, als hätte er sein Leben lang nichts anderes getan. Ein Naturtalent in der Liebe nannte er sich. Sie dagegen umarmte und umschlang ihn hastig, ungeschickt aus Verlegenheit. Das ging und verging schnell. Nachdem ihr Hunger gestillt war, begannen sie von neuem und ließen sich Zeit, genossen einander, zum ersten Mal.

„Wir feiern ein Fest", sagte Alexander. „Es gibt nur das Heute. Nur uns. Ich werde dich immer lieben, so lange ich atme, meine Geliebte, meine Frau."

Sie bekam Angst, wenn er immer sagte, aber daran wollte sie jetzt nicht denken. Er schenkte ihr einen Ring.

„Für unsere Vermählung. Die wahre, nicht die auf dem Papier."

„Der Smaragd bedeutet Hoffnung. Der Rubin Leidenschaft. Der Diamant steht für die Ewigkeit."

Der Reif war ihr ein wenig zu eng. Alexander nahm ihren Finger in den Mund, er befeuchtete ihn mit seinem Speichel und steckte ihr den Ring an.

Sie lagen Hüfte an Hüfte, Arm in Arm, Wange an Wange aneinandergeschmiegt. Erschrocken bemerkte sie, dass Alexander weinte.

„Aber warum?" Er schluchzte auf. „Ich bin doch nicht traurig. Sie können uns nicht trennen. Du bist meine Frau."

Die Sonne stand schon tief. Der Himmel war violett, mit weißen und rosa Wölkchen getupft. Leise erhob sich Pola. Sie ging durch das Vorzimmer mit den knarrenden Parketthölzern. Sie betrat die Küche, Berthas Reich.

Die Tür zur Speisekammer war unversperrt. Pola öffnete sie. In Augenhöhe sah sie Porzellanbehälter in einer Reihe stehen, mit Blumen bemalt, die großen für Gries, Zucker und Mehl, die kleineren für die Gewürze, und im Fach darunter die Einweckgläser, Marmelade und Kompott, saure Gurken und Rüben. Auf dem Boden lagerten Jutesäcke mit Kartoffeln und Zwiebeln.

Daheim in der Bürgerspitalgasse waren die Lebensmittel in einer Pappschachtel unter dem Fenster aufbewahrt, weil es nicht genug Platz gab. Wie gern hätte Pola so eine Küche und Speisekammer ihr eigen genannt. Bald konnte der Wunsch in Erfüllung gehen. Sie musste den Augenblick ergreifen. Ihre Chance.

„Nur ein kleines Stück vom Glück, nur ein kleines", summte sie vor sich hin. Es war doch ganz leicht.

Pola füllte Wasser in die Karaffe aus geschliffenem Glas, die neben dem Abwaschbecken stand, und nahm einen Trinkbecher aus der Kredenz. Alexander war eingeschlafen. Als sie ins Zimmer zurückkam, schlug er die Augen auf.

„Warum nicht Champagner?"

An seinen Wimpern hingen noch Tränen, wie bei einem Kind. Er sah kindlich aus in diesem Augenblick, sein mutwilliges Schmollen.

Sie schüttete ein Säckchen Zitronenbrause in das Wasserglas. Bevor sie es ihm gab, kostete sie. „Das schmeckt gut."

Sie ließ ihn trinken und küsste seine feuchten Lippen.

„Ich verlasse dich, mein Liebling. Am Montag sehen wir uns wieder."

Erstaunt setzte er sich auf. „Montag? Aber doch nicht hier?"

Pola nickte. „Ja, doch. Ich denke, ich sollte dir weiter Nachhilfestunden erteilen."

„Und meine Eltern? Du weißt …" Er sah unglücklich drein. „Wenn sie dir nun sagen, dass du nicht mehr herkommen darfst?"

„Die Lieb ist Liebe nicht, die schwankt, schwankt unter ihr der Grund", sagte Pola.

Er schluckte und war still. Erst als sie ihn fragte, ob er das Zitat kannte, antwortete er:

„Das ist Shakespeare." Aber er sah sie nicht an.

Sie hatte vorausgesehen, dass er nicht mit ihr durchbrennen würde. Er hatte den Körper eines Mannes, er konnte ihr Lust bereiten und sie glücklich machen. Doch er war noch ein Kind. Die Verantwortung für alles, was nun geschah, trug nur sie.

„Sorge dich nicht. Ich weiß, was ich tue", antwortete Pola.

Das waren die Worte. Sie gaukelten eine Sicherheit vor, die Pola nicht besaß. Was wusste sie von dem, was sie erwartete? Zu Hause sah ihr Nadija mit großen, angstvollen Augen entgegen. Wäre sie eine Mutter wie andere, würde sie Pola raten und helfen. Nadija wusste nicht einmal, wo man Schuhe doppeln oder Strümpfe repassieren ließ. Es kam ihr vor wie damals, als Milo den Verstand verloren hatte. Pola war mit ihrer Sorge allein.

❧

Was konnte harmloser sein, als einen Kuchen zu backen? Und doch wollte es mir nicht aus dem Kopf, ihre Frage und wie sie dann, als ich zustimmte, gleich wieder anderen Sinns wurde. Ich bekam Angst um sie. Mit gesenktem Kopf, in ihre Gedanken versunken, ging sie über den Schulgang und schreckte auf, wenn man sie ansprach, als wüsste sie nicht, wo sie sich gerade befand. Oft hörte ich sie leise vor sich hinsprechen, in einem leiernden Singsang, ein Gedicht oder ein Gebet, aber ich verstand die Worte nicht, nur einmal. Und dann begann ich mich erst richtig zu fürchten, denn was sie flüsterte, war aus einer Ballade, die sie mich gelehrt hatte: „Sie begruben den Ritter im Schlosse fein, das Mägdlein inbei ein Brünnelein, sie schläft da im Kühlen allein." Als ob sie verrückt geworden wäre.

❧

Am Montag fehlte der Schuldirektor. Sein Stellvertreter Dr. Strohammer suchte Pola in der großen Pause auf.

„Ich habe einen Boten in die Althanstraße geschickt. Er hat niemand zu Hause angetroffen. Sie sind doch privat im Kontakt mit der Familie Panigl, wissen Sie, was da los sein könnte?"

In der nächsten Stunde unterrichtete Pola in der dritten Klasse Botanik. Die Kinder mussten als Aufgabe Blätter verschiedener Bäume bestimmen, die sie in die Schule mitgebracht hatten. Pola ertappte sich dabei, wie sie Linde mit Ahorn verwechselte. Sie konnte ihre Gedanken nicht beisammenhalten. Ihre Hände zitterten, sie schwitzte in den Kniekehlen. Übelkeit stieg in ihr auf. Mit Mühe beherrschte sie sich, bis die Stunde zu Ende war und verließ die Klasse sofort.

„Frau Lehrer, sind Sie krank?"

Liesi war ihr gefolgt. Zu ihrem eigenen Entsetzen brach Pola in Tränen aus. Liesi holte ihr kleines, fadenscheiniges Taschentuch hervor und bot es Pola an.

„Darf ich Sie nach Hause bringen?"

Pola streichelte die Wange des Mädchens, eine seltene Zärtlichkeit, die ein Lächeln auf Liesis Gesicht zauberte.

„Danke, Lieschen. Ich habe noch einen Weg."

In der Althanstraße begegnete ihr der Hausbesorger. Er polierte die Messingschilder, die links und rechts an der Wand angebracht waren.

„Da werden Sie kein Glück haben." Widerstrebend gab er den Eingang frei. „Die Herrschaften sind alle erkrankt. Der Arzt ist schon das zweite Mal auf Visite oben."

Polas Magen begann zu revoltieren. Sie umklammerte den frischgeputzten Messinghandlauf, was der Hausbesorger scheelen Blickes beobachtete. Mit wackeligen Knien stieg sie in den ersten Stock hinauf. Doch bevor sie anläuten konnte, öffnete sich die Türe. Doktor Zalto trat heraus.

Hinter ihm, im Halbdunkel des Vorzimmers stand aufgebracht die Köchin Bertha.

„Aber von meiner Mehlspeise nicht, Herr Doktor. Das lasse ich mir nicht nachsagen. Bei mir ist alles frisch gekocht."

Der Doktor setzte seinen Hut auf. Er grüßte Pola im Vorbeigehen mit einem Kopfnicken und entfernte sich schnell.

Bertha wischte sich mit einem Taschentuch ihr großes Gesicht ab. Sie achtete nicht auf Pola, die ohne weitere Aufforderung in die Wohnung kam. Aus den hinteren Räumen drang ein winselnder Laut. Eine Tür ging. Herr Panigl erschien, in einen seidenen roten Morgenrock gekleidet, bleich wie ein Leintuch. Er presste ein Taschentuch vor den Mund, hinter dem er gurgelnde Laute von sich gab. Eilig entschwand er ins Bad.

Inzwischen steigerte sich die jammernde Stimme aus dem Hintergrund zu verzweifeltem Geheul. Pola ging dem Ursprung des Lärms nach. Durch die offenstehende Tür zum Boudoir sah sie Thekla Panigl in einer Lache Erbrochenem liegen. Sie wand sich in Krämpfen.

„Wo ist Alexander", rief Pola der Köchin zu.

Sie schaute in die Küche, wo sie das saubere Geschirr nach dem Spülen auf die Abtropffläche gestapelt hatte. Auf dem Herd stand ein Topf mit den Resten einer Mahlzeit.

„Alles frisch gekocht!", wiederholte Bertha klagend. „Geschmeckt hat es allen. Und dann, in der Nacht …"

In ihrem stumpfen, hässlichen Gesicht zeichneten sich Angst und Wut ab. „Das lasse ich nicht auf mir sitzen!" Wieder wischte sie sich den Schweiß ab.

Pola näherte sich ihr. „Gehen Sie eine Stunde an die Luft. Ich passe inzwischen auf", bot sie freundlich an. „Ich bin sicher, dass niemand Sie beschuldigen will."

Bertha drehte sich zu Pola um. „Was geht Sie das an?", plärrte sie Pola an. „Sie haben hier gar nichts anzuschaffen. Alexander ist überhaupt nicht hier. Der hat Wichtigeres zu tun!"

Pola nickte, so erleichtert, dass sie nicht gegen die Unverschämtheit der Köchin protestierte.

Herr Panigl kam aus dem Bad zurück. Vorgebeugt, beide Hände gegen den Magen gepresst, wankte er in sein Zimmer zurück. Für Pola hatte er keinen Blick. Sie flüchtete aus der Wohnung. Der Hausbesorger schnitt wortlos eine Grimasse, als sie vorbeiging. Sie ließ die Tür hinter sich zufallen.

Im Café Brioni hielt sie Ausschau nach Alexander. Der Kellner Alfred gab ungefragt Auskunft:

„Der junge Herr war heute schon da. Heute kommt er sicher nicht noch einmal."

Mit einem anzüglichen Lächeln fügte er hinzu. „Er war in Begleitung."

„Sie meinen Damenbegleitung?", konnte sie sich nicht enthalten zu fragen und verfluchte sich dabei.

Der Kellner machte eine kleine, unverschämte Handbewegung. „Na, Dame würde ich nicht sagen." Er zwinkerte Pola zu. „Sein Onkel, der Pfaff wars", raunte er ihr zu, plötzlich gut gelaunt, weil er sie zum Narren gehalten hatte.

Pola stürzte an ihm vorbei ins Freie. Von Neuem wurde ihr übel.

Später am Tag kam sie zurück und spähte durch die großen Fensterscheiben in das Kaffeehaus hinein. Vergeblich, Alexander war nicht da. In der Althanstraße 9 hatte der Hausbesorger schon das Tor versperrt. Wollte sie zu den Panigls, musste sie ihn herausläuten.

Seit ihrem Besuch zu Mittag war Pola unterwegs. Nur in der Leihbücherei hatte sie haltgemacht und im Lesesaal eine Stunde lang ihr vorbestelltes Buch gelesen. Sie erinnerte sich an keinen einzigen Satz. Nicht einmal der Titel wollte ihr einfallen. Eine Neuerscheinung, etwas über Psychologie oder war das bei ihrem vorigen Bibliotheksbesuch gewesen? Sie spürte ihren Körper nicht mehr vor Erschöpfung. Ungeachtet ihrer Müdigkeit ging sie nicht heim, sondern ließ sich weiter durch das Viertel treiben. Der Markt am Anfang der Nußdorfer Straße war schon geschlossen. Zwischen den Abfalleimern wühlten Menschen in den Überresten, Frauen und Männer in zerrissenen Schuhen, zerlumpten Kleidern, schmutzigen Gesichtern. Manche zogen beschämt den Kopf ein, wenn Passanten vorüberkamen, andere zeigten ihre Armut ungeniert. Auf der Suche nach etwas Essbarem krochen sie sogar in die Blechtonnen hinein.

Als es Nacht wurde, tauchten an der Friedensbrücke junge Frauen auf, die an den Hausmauern oder bei den Laternenpfählen lehnten. Straßendirnen mit tiefen Dekolletés und hochgeschlitzten Röcken, die den Oberschenkel entblößten. Ein Mädchen, das wie Pola die Straße entlangging, kam ihr nicht vor wie eine Prostituierte. Sie trug Schnürstiefel und einen langen, dunklen Mantel. Nichts Aufreizendes war an ihr. Ein Mann, der ihr unauffällig gefolgt war, packte sie plötzlich am Arm und verlangte ein Ausweispapier. Das Mädchen riss sich aus seinem derben Griff los. Sie wollte davonlaufen, da stellte er sie und nahm sie mit. Erst als er das Mädchen zwang, mit ihm in ein schwarzes Auto zu steigen, begriff Pola, dass sie einen Polizeidetektiv bei der Arbeit beobachtete. Ihr kam zu Bewusstsein, dass sie bei einer Perlustrierung ebenso verdächtig erscheinen mochte.

Die Sorge um Alexander lenkte ihre Schritte in die Althanstraße zurück. Die Ungewissheit wog schwerer als eine Begegnung mit dem Hausbesorger. Sie zog die Türglocke und hörte zu, wie sie tief innen im Haus anschlug. Dreimal musste sie läuten, bis er aus seiner Loge herausgeschlurft kam.

„Na, einmal am Tag reicht anscheinend nicht!“, schimpfte er bei ihrem Anblick, laut genug, dass sie es auch hören konnte.

Sie verzichtete auf die Antwort. Das Sperrgeld hielt sie ihm mit zwei spitzen Fingern entgegen. Durch das Gangfenster der Panigl-Wohnung fiel Licht. Auf Polas zaghaftes Klopfen öffnete Bertha. Wie der Hausmeister zeigte sie wenig Freude über das Wiedersehen.

„Heute empfangen die Herrschaften nicht mehr“, lehnte sie ab, bevor Pola dazu kam, etwas zu sagen. „Falls es Ihnen wegen dem Alexander so pressiert, der kommt nicht.“ Sie wollte ihr die Tür vor der Nase zumachen.

„Einen Moment.“ Pola drückte sich an der Köchin vorbei ins Vorzimmer. „Ich möchte Ihnen einen guten Rat geben.“

„So?“, fragte Bertha verächtlich.

Pola holte tief Luft. „Sie sollten die Küchenvorräte in den Abfall werfen, alle miteinander. Ob Sie es glauben oder nicht, da ist etwas nicht in Ordnung. Sonst wären die Leute ja nicht krank geworden."

„Nicht in Ordnung?", echote Bertha. „Und was soll das, bittschön, sein? Das hat ja der Arzt heute schon gesagt. Aber ich kann's beweisen, bei mir ist alles frisch und sauber."

Pola legte resolut ihre Hand auf die Schulter der Köchin.

„Frau Bertha, ich bin Naturgeschichtslehrerin. Ich kenne mich aus mit Pflanzen. Da gibt es alles mögliche. Das Mutterkorn, von dem die Leute die Fraisen kriegen. Auch andere Getreidesorten können betroffen sein, das ist dann im Mehl, im Grieß. Grießschmarren hat es doch gestern zu Mittag gegeben. Und in der Milch, wenn da zu viele Bakterien drin sind, verursacht sie schwere Durchfälle. Ein älterer Mensch kann sogar sterben daran."

Bertha wehrte Polas Aufzählung mit dem ganzen Körper ab. Sie schüttelte den Kopf, fuchtelte mit den Armen, stampfte mit dem Fuß aus Protest.

„Nehmen Sie Vernunft an, Bertha, weg mit allem. Sie dürfen auf keinen Fall noch etwas damit zubereiten!"

Berthas Lippen bewegten sich in stummem Fluchen, aber die Botschaft war angekommen. Pola warf ihr einen letzten beschwörenden Blick zu. Aus dem Schlafzimmer der Panigls drang kein Laut.

12. Kapitel

Am nächsten Morgen blieb Pola im Bett. Gegen zehn Uhr hörte sie, wie Nadija im Nebenzimmer erwachte. Sie pfiff „Winterstürme wichen dem Wonnemond", eine Arie, mit der sie schon seit Polas Kinderzeit gern den Tag begrüßte. Plötzlich brach die Melodie ab. Nadija musste Polas Schulmappe auf dem Tisch entdeckt haben, denn gleich darauf stand sie von ihrem Bett auf und durchquerte das Zimmer.

„Pola? Du bist zu Hause?"

Sie gab keine Antwort. Bis die Tür aufging und Nadija erschien. Mit großen verwunderten Augen schaute sie auf ihre Tochter herunter.

„Was fehlt dir, mein Schatz? Bist du krank?"

Pola drehte sich zur Wand. Nadija wiederholte ihre Frage, doch vergeblich. Pola sagte nichts. Ihre Fingernägel zupften eine rauhe Stelle der alten Stofftapete.

Nadija setzte sich an ihre Seite. Von Zeit zu Zeit tätschelte sie die Bettdecke und strich sie ein wenig glatt. Geduldig wartete sie darauf, dass Pola sich ihr zuwenden würde. Es geschah nicht.

Zu Mittag waren polternde Schritte auf dem Gang zu vernehmen. Es klopfte. Hart und fordernd, gefolgt von einem scharfen Befehl:

„Tür aufmachen! Hier ist die Polizei."

„Pola!" Nervös sprang Nadija auf. „Polizei? Bitte, steh doch auf. Wie soll ich denn sonst …?"

Pola schwieg immer noch, sie drehte sich nur auf den Rücken und verschränkte die Hände im Nacken. Es blieb Nadija überlassen, die Sache in die Hand nehmen. Sie stand auf und ging zur Tür.

„Meine Tochter ist erkrankt“, empfing Nadija die Polizeibeamten. „Und ich ebenfalls.“

„Erkrankt! Das interessiert uns sehr!“, kam die schroffe Antwort.

Erst wenige Stunden vorher war Pola Zeugin einer Szene gewesen, die sie nun am eigenen Leib erlebte. Da hieß es: „Aufstehen! – Mitkommen! – Keine Fisimatenten!“

Die Beamten waren zwei ältere Männer. Der eine, wohlbeleibte, roch stark nach Bier. Er war der Freundlichere. Der andere leitete die Amtshandlung.

„Was wirft man uns vor?“, erkundigte sich Nadija empört. „Meine Tochter ist Bürgerschullehrerin und eine persönliche Bekannte der Familie von Panigl.“

„Gegen das Fräulein Wolf ist Anzeige erstattet worden.“

„Warum? Wann?“, Nadija hob die Stimme. „Ich lasse nicht zu, dass Sie mein Kind wie einen Verbrecher abführen. Geben sie Ihre Hände weg! Sie ist ja noch nicht einmal angekleidet!“

Erst da brach Pola, die bis zum Hals zugedeckt im Bett lag, ihr Schweigen.

„Ich ersuche um fünf Minuten, um Toilette zu machen.“

Die Bitte wurde ihr gewährt. Die Polizeibeamten zogen sich inzwischen ins Nebenzimmer zurück. Durch die angelehnte Tür hörte Pola ihre Mutter weiterverhandeln.

„Sie wollen meine Tochter doch nicht ernstlich mitnehmen? Das ist eine Ungeheuerlichkeit. Ich werde mich über Sie beschweren!“

Nadija drohte vergeblich. Pola musste mit.

Hätte sie sich früher überlegt, mit wem sie ihr Kind verkuppelt, müsste sie jetzt nicht weinen! Pola haderte, aber sie hielt ihre Zunge in Zaum.

Es war ein merkwürdiges Gefühl, am Arm eines Polizeidetektivs die Stiege hinunterzugehen. „Sie können ruhig loslassen", versicherte ihm Pola. „Ich gebe kein Fersengeld."

Der andere, der hinter ihnen ging, blies ihr seinen warmen Bieratem in den Nacken.

„Es ist die Vorschrift", meinte er begütigend.

Der Detektiv sagte gar nichts.

Vor dem Haus stand ein schwarzes Auto, genau so ein Modell wie das andere, das Pola am Abend davor gesehen hatte. Wie in einem Roman, dachte sie, und dass Alexander, wenn er das erfuhr, nun die Gewissheit haben konnte, dass sie zu ihm hielt. Sie stieg ein. Der Detektiv ließ sie nicht los, bis die Autotür hinter ihr geschlossen war. Durch das Fenster sah sie ihre Mutter auf der Straße stehen, ihr entsetztes Gesicht.

Der Detektiv beugte sich vor und klopfte auf die gläserne Trennwand zum Fahrersitz. „Losfahren!", befahl er dem Chauffeur.

Auf dem Kommissariat begann die Einvernahme damit, dass ein Protokoll angelegt wurde. Mühsam suchte der Schreiber auf der Tastatur der Remington-Schreibmaschine nach jedem Buchstaben.

Bis Pola es nicht mehr aushielt. „Das dauert ja bis übermorgen, wenn Sie so langsam schreiben."

„Wir haben Zeit“, antwortete der Polizeidetektiv und nickte dem Mann an der Schreibmaschine aufmunternd zu.

Pola spürte, dass er sie nicht leiden konnte.

„Und bis übermorgen sowieso.“

Auf seine Frage gab Pola Auskunft, wie sie, von ihrer ersten Unterrichtsstunde bis zu dem Besuch bei der erkrankten Familie Panigl, den Morgen des Vortages verbracht hatte. Das Rendezvous mit Alexander erwähnte sie nicht, weil sie nach dem Sonntag nicht gefragt wurde.

„Also, es ist so, Frau Bertha Pelikan, welche langjährige Köchin der Familie Panigl ist, hat Sie angezeigt.“

Erst jetzt, nachdem sie das Protokoll unterzeichnet hatte, erfuhr Pola den Grund ihrer Verhaftung.

„Sie sollen ihr gegenüber geäußert haben, die Lebensmittel seien vergiftet und müssten weggworfen werden, da sonst ein Verdacht auf die Frau Pelikan fiele.“

Pola widersprach entschieden. „Ich habe es gut mir der Köchin gemeint. Das hat sie gründlich missverstanden.“

„Der Arzt hat nämlich die gleiche Meinung vertreten. Es könnte sich um eine Vergiftung handeln.“

Es klopfte, ein Bote von der Ermittlungsabteilung kam herein.

„Aha!“ Der Detektiv nahm sein Gutachten entgegen. „Gleich werden wir mehr wissen.“ Er öffnete die Mappe. „Wir haben die Lebensmittel in der Küche untersuchen lassen.“ Er begann halblaut zu lesen.

„… hat sich in den vorgelegten Proben nichts Auffälliges feststellen lassen …“

In dem Regal, wo das Brot und die Backwaren aufbewahrt wurden, war Schimmel gefunden worden. Aber kein Gift. Allerdings gab die Köchin an, sie habe auf den Rat der Lehrerin alle Getreideprodukte aus den Vorräten weggeworfen, das Mehl, den Gries, zur Sicherheit auch das Salz. Erst dann sei ihr der ganze Vorfall spanisch vorgekommen, weshalb sie die Polizei zu Hilfe rief.

Der Detektiv zündete sich eine Zigarre an. Polas Zigaretten steckten in ihrer Kostümjacke zu Hause. Er musterte sie. Sie senkte den Blick in ihren Schoß.

„Jetzt sind Sie erleichtert, ha?"

Sie atmete den Rauch ein, den er ihr ins Gesicht blies. Es vertrieb ihr ein wenig die Sehnsucht nach einer Zigarette.

„Womöglich wundern Sie sich gar."

Nach dieser kryptischen Bemerkung schwieg der Detektiv. Schließlich entschied sich Pola zu einer Antwort.

„Ich bin im Gegenteil äußerst besorgt. Vor allem wegen Alexander, weil er gestern nicht nach Hause kam. Ist schon bekannt, ob er die Krankheit auch erwischt hat?"

„Erwischt", wiederholte der Detektiv maliziös. „Das wäre also ein Bazillus auf zwei Beinen."

Er blies ihr wieder Rauch ins Gesicht, aber auch damit erreichte er keine Rekation.

„Sie denken, Sie sind schlauer als die Behörde", stellte er nach einigen bleiernen Minuten des Wartens fest. „Ich kann Sie einsperren, bis Ihnen Ihr Hochmut abhanden kommt, Fräulein Oberklug. Aber ich verlasse mich lieber auf meine Menschenkenntnis."

Er stand auf. Dem Amtsdiener, der an der Tür wartete, gab er einen Wink, worauf der Polas Stuhl grob zurückriss. Sie durfte gehen.

„Ich könnte eine Wette darauf abschließen."

Pola hatte die Hand schon auf der Türklinke, da setzte der Detektiv fort:

„Dass wir uns demnächst wieder hier unterhalten werden.“

Im Wachzimmer wartete ihre Mutter auf sie.

„So was muss passieren, damit du einmal aus dem Haus gehst.“ Pola ließ sich nicht anmerken, wie froh sie war, dem Verhör entkommen zu sein. Nadija hängte sich bei ihr ein. Erst auf der Straße redeten sie weiter.

„Eine Gemeinheit, so eine himmelschreiende Ungerechtigkeit!“ Nadija streichelte und küsste Polas Hand. „Da kann man das Schlimmste auf dem Kerbholz haben, in so einem Justizapparat ist man dennoch das leidende Opfer. Und nun gar eine Unschuldige. Das vergesse ich nie.“

Zu Fuß gingen sie den Weg zurück, den Neubaugürtel hinauf bis nach Mariahilf. Vor der Pfarre Mariae Not war eine Suppenküche für die Armen aufgebaut. Eine lange Schlange Bedürftiger und Obdachloser, Kinder wie Alte, Frauen und Männer, stellte sich davor an.

„Da drüben, Pola, schau!“

Nadija wies auf einen Mann in Ordenstracht, der aus einem gewaltigen, dampfenden Kessel Gemüsesuppe in die Blechteller schöpfte.

„Das sind die Heleviter“, antwortete Pola und wollte weiter.

Dann erst erkannte sie den jungen Mann, der zwischen den grauen Elendsgestalten herumging und die leergegessenen Blechteller einsammelte. Alexander! Gesund und wohlbehalten! Statt Erleichterung stieg Enttäuschung in ihr auf. Besser sie machte, dass sie schnell weiterkam und sprach ihn gar nicht an. Was hatte es für einen Sinn, wenn sie nicht offen miteinander reden konnten?

Da drängte sich Nadija schon an der Gruppe der Wartenden vorbei. Pola folgte ihr zögernd. Ein Mann trat vor ihnen beiseite, und Alexanders Blick begegnete ihrem. Strahlend. Und so fremd. Was hatte er denn? Auf einmal ergriff ihre Mutter das Wort:

„Täusche ich mich? Sie sind doch Herr von Panigl?"

„Pater Heiner von den Helevitern."

Nadija stellte Pola vor. „Kennen Sie schon meine Tochter? Sie ist Lehrerin in der Schule Ihres Bruders."

Ohne ein Zeichen des Erkennens schüttelte er beiden Frauen die Hand.

„Danke, Fräulein Wolf", sagte Alexander leise.

Pola sah ihn an. „Wofür?"

Was war passiert? Sie konnte ihn nicht fragen. Etwas stimmte nicht mit ihm, aber sie kam nicht darauf, woran es lag.

„Wovon ist hier die Rede?", fragte Pater Heiner wachsam. Er wandte sich an Nadija. „Unser Alexander ist eine Waise. Beim Krippenspiel in unserer Pfarre, stellen Sie sich das vor. Wir feierten Weihnachten mit den Ärmsten der Armen, hier."

Seine Geste umfasste die Obdachlosen, die Kirche, das Viertel rundherum, bis zum letzten Wohnungswinkel mit Menschen vollgestopfte hässliche Zinsburgen und alte Kaleschen aus Vormärzzeiten.

„Der Knabe lag als Jesukind nackt in einer Holzkiste voll Stroh. Niemand wusste, wer ihn gebracht hatte. Er war noch zu klein um zu sprechen, vielleicht zwei Jahre alt. Meine Schwägerin hat sich seiner erbarmt. So ist er unser Jesukind geworden, nicht wahr, Alexander.“

In seiner salbungsvollen Rede schwang eine versteckte Drohung mit. Er klopfte Alexander auf die Wange. Es klatschte laut, und auf der Haut zeichnete sich der Abdruck seiner Finger ab.

„Interessant.“ Nadija musterte Alexander. „Er stammt aus Serbien, habe ich gehört.“

Pater Heiner lächelte. „Wir vermuteten es, weil …“ Er unterbrach sich. „Aber das ist bedeutungslos.“ Er warf einen Blick auf Pola. „Jedenfalls bereitet er uns viel Freude. Seine Klugheit nicht weniger als seine Güte.“

Alexander rührte keine Miene dazu. Er räumte die gebrauchten Teller in Körbe und holte saubere als Nachschub herbei, die er an die Wartenden in der Reihe verteilte.

Der Heleviter entschuldigte sich mit seiner Christenpflicht. Stumm, nur mit den Augen, verabschiedete sich Pola von Alexander. Das Herz wurde ihr schwer. Sie nahm den Arm ihrer Mutter. Ohne einen Blick zurück entfernten sie sich.

„Möchtest du mir etwas sagen?“, fragte Nadija. „Ich bin doch deine Mutter. Willst du mir nicht anvertrauen, was –“

„Nichts“, unterbrach sie Pola. „Es gibt nichts zu erzählen. Sekkier mich nicht, Mama.“

Sie bogen in die Bürgerspitalgasse ein. Vor dem Haus stand Herrn Ohlers Wägelchen, das bis oben mit Klaubholz angefüllt war. Anstelle eines Pferdes zog er seine Last selbst von der Schmelz oder dem Hörneswald in Hietzing bis in die Stadt hinein.

„Ich bringe Ihnen dann gleich die neue Lieferung hinauf", kündigte er an.

Herr Ohler verdiente seinen Lebensunterhalt mit dem Verkauf von Brennholz.

„Ich habe nichts zu sagen", meinte Pola fast gleichzeitig.

„Na, na", meinte Herr Ohler, der mithörte und sie missverstand.

Mutter und Tochter gingen an ihm vorbei, freundlich lächelnd, ohne ihn zu sehen.

„Ich muss an Milo denken", sagte Nadija.

Herr Ohler stutzte ein zweites Mal.

„Du wirst es schon recht machen, bist ja mein gescheites Mädel", fügte sie hinzu.

An der Wohnungstür steckte ein Brief mit dem Familiensiegel der Panigls. Das Schreiben war an Nadija gerichtet:

„Liebe Frau Wolf!

Unser tiefstes Bedauern über diese unglückselige Verkettung von Umständen, als die sich die Erkrankung in unserer Familie zweifelsohne erweisen wird. Die Genesung schreitet voran, wir hoffen daher, unsere freundschaftliche Verbindung demnächst fortsetzen zu können. Die Köchin Bertha, durch deren wohlmeinendes, aber törichtes Handeln Ihrer Tochter und Ihnen solcher Unbill entstand, haben wir entlassen.

Mit vorzüglicher Hochachtung verbleibe ich
Ihre Thekla von Panigl."

Am nächsten Tag folgte eine weitere Botschaft. Frau Panigl fühle sich wieder wohl genug, Besuch zu empfangen, schrieb sie. Nadija ging hin. Als Gastgeschenk brachte sie das Zitronenbrausepulver, das bei Verdauungsproblemen hilfreich wirken sollte, hergestellt in der Apotheke „Zur Allmacht".

„Thekla hat sich sehr gefreut, wir haben uns ja lange nicht gesehen. Die Brause haben wir gleich probiert", erzählte Nadija am Abend nach ihrer Heimkehr.

Leider war der Rekonvaleszenten danach wieder übel geworden, während Nadija das Getränk gemundet hatte.

„Jetzt können wir aber froh sein, dass du selbst davon getrunken hast und dir nicht schlecht ist. Sonst würdest als nächstes du der Giftmischerei verdächtigt werden", sagte Pola.

„So gut ist mir aber gar nicht", gab Nadija zu. „Ich konnte auf dem Heimweg nicht die Stadtbahn benützen, weil ich Angst hatte, mich zu übergeben."

In der Nacht kam Nadija an Polas Bett.

„Du hast doch die Zitronenbrause in der Apotheke drüben gekauft. Da kann doch nichts Unrechtes darin sein?"

Nadija riss ein Streichholz an. Ihre Hände zitterten so stark, dass sie die Kerze nicht anzünden konnte.

„Wenn die Polizei kommt und das Pulver untersucht, Pola? – Willst du mir nicht antworten?"

Pola wandte den Kopf ab. „Ich lasse mich gern verdächtigen, wenn euch dann leichter ist. Bedauerlicherweise ist mir auch schlecht. Ich stehe für Auskünfte nicht zur Verfügung."

Pola schlief nicht. Die ganze Nacht hörte sie ihre Mutter Ächzen und Jammern. Eine Stimme in ihrem Kopf sprach unaufhörlich, sanft und monoton:

„Was machst du Mägdelein allhier, du seufzest so, was fehlet dir?“

Und Panigl, der schwarze Ritter, beugte sich über sie, presste seine Lippen auf ihre.

Am Morgen, als Nadija endlich zur Ruhe gekommen war, verließ Pola die Wohnung. Seit der Anzeige war sie nicht mehr in der Schule erschienen. Sie ging durch die Clementinengasse, über den dreieckigen Platz mit dem neuen Gedenkstein, der daran erinnerte, dass hier Fünfhaus entstanden war, aus fünf Häusern vor fünfhundert Jahren. In der kleinen Parkanlage sah sie Kindern beim Spielen zu und wunderte sich, warum sie nicht in der Schule beim Unterricht waren. Bis ihr das Datum einfiel, der zweite November, Allerseelen, ein schulfreier Tag. Der Oktober war im Nu verflogen. Vor ihrem inneren Auge erschien der Kalender auf ihrem Tisch daheim, und etwas, das ihr entfallen war und das sie doch zu bedenken hatte, was? Semen et sanguis, dachte sie, unausweichlich der Fluch der Geschlechter, aber die Erinnerung wollte nicht kommen.

Vor der Kirche, wo sie Alexander zum letzten Mal gesehen hatte, spielte der Leierkastenmann „Selig sind, die Verfolgung leiden um der Gerechtigkeit willen“. Daneben hatte ein Blumenhändler seinen Stand aufgebaut. Pola kaufte ihm einen Strauß Herbstblumen ab, rosa Astern, Chrysanthemen und Immergrün.

Pola war niemals bei uns gewesen. Wir bekamen keinen Besuch. Meine Mutter arbeitete schwer, und wenn sie von ihrer

Schicht nach Hause kam, wollte sie sich ausruhen. Ich durfte niemand Fremdem die Tür öffnen, das hatte sie mir von klein auf eingeschärft. Ich hielt mich daran. Meistens waren es Hausierer, und wir hatten kein Geld extra, im Gegenteil, meist zuwenig, um unsere Rechnungen zu bezahlen. Aber als es an dem Nachmittag klopfte, wusste ich gleich, dass es kein Hausierer und auch kein Versicherungsvertreter war. Die klangen laut und grob, ihre Schritte knallten durch den Flur, sodass man sie schon unten beim Haustor erkannte.

Ich horchte und Pola, als ob sie mich durch die geschlossene Tür sehen könnte, rief von draußen, dass ich ihr öffnen solle, sie sei es, das Fräulein Wolf. Es war ein kalter Tag, aber daran lag es nicht, dass ich zu zittern begann. Ich zitterte vor Schreck und vor Freude. Und selbst heute, wenn ich an sie zurückdenke, wie sie aussah, wie sie mich ansah, was sie von mir forderte an diesem grauen, nassen Allerseelentag, schlägt mein Herz schneller und ein alter Schmerz regt sich.

Sie fand Liesi Sedlacek zu Hause bei ihren Geschwistern. Im Küchenofen brannte kein Feuer, obwohl auf der Straße die Regenlacken noch vom Nachtfrost vereist waren.

„Du bekommst einen Auftrag von mir." Pola übergab Liesi den Blumenstrauß. Er sah schön und traurig aus, wie es sich für einen Friedhofstag geziemte.

Liesi sah zu Pola auf. „Für das Grab Ihres Vaters?"

Aber das war es nicht, was Pola wünschte. Milo, dort draußen in Ober St. Veit. Wen kümmerte ein Grab, wenn sein Bewohner lebendig in den Köpfen der Hinterbliebenen war? Die Nacht, in der Nadija geweint und von den

Bluttrinkern gesprochen hatte. Sie hatte ihrer Mutter immer noch nicht gesagt, dass ihr der Vater einmal erschienen war. Er ist einer von uns, Panigls Worte. „Das Miasma, das die Menschheit befallen hat, ist ansteckende Materie." Was bedeutete Milos Botschaft? Damit hatte es begonnen. Zuerst kannte Pola den Weg nicht. Es gab jedoch keinen Zweifel, dass er existierte. Nun sah sie ihn deutlich vor sich. Er führte in den Abgrund.

„Die Blumen sind für Frau Panigl."

Pola und Liesi fuhren in die Althanstraße. Liesi, die zum ersten Mal in diese Gegend kam, zeigte staunend auf den riesigen, schmiedeeisernen Schlüssel, der über dem Geschäft des Kunstschlossers hing. Aber Pola war nervös und in Eile. Ungeduldig schob sie Liesi weiter. Erst vor dem Bellevue, einem eleganten Bahnhofshotel, blieb sie stehen und gab Liesi den Blumenstrauß zu halten.

„Warte hier auf mich."

Zum Hotel Bellevue gehörte eine Konditorei mit Confiserie, wo man exquisites, im Haus hergestelltes Konfekt zu kaufen bekam. Alexander liebte Schokolade.

Die Schrift verschwimmt vor meinen Augen. Auch nach so langer Zeit ergreift mich die Erinnerung an den verhängnisvollen Tag. Aber ich nehme mir kaum Zeit, meine Tränen abzuwischen, so ungeduldig bin ich, weiterzukommen. Ich weiß ja, dass sie mich benützt hat, ich wusste es eigentlich damals schon, wenn mir auch nicht klar war, wofür. Für Alexander, das genügte, um mir ein beklommenes Gefühl zu machen.

Pola irrte sich, ich war nicht zum ersten Mal in der Althanstraße. Unzählige Male hatte ich mich an ihre Fersen geheftet, um ihre Rendezvous heimlich zu beobachten. Sie schaute nicht nach links noch rechts, nur auf ihn, sonst hätte sie meine neugierigen Blicke längst gespürt. Am Hotel Bellevue war ich dabei immer vorbeigegangen und der süße, verführerische Geruch, der aus der Confiserie wehte, hatte mir den Mund wässrig gemacht. Auch ich liebte Schokolade, aber ich bekam sie nicht oft zu schmecken. Wenn die Mutter in den starken Produktionsmonaten die Extraschicht dazunahm, verdiente sie mehr, war aber noch weniger zu Hause bei den Kindern. Dann bekam ich als Belohnung einen Bensdorp Schokoriegel. Milchschokolade mit Nuß in der grünen Schleife war meine Lieblingssorte.

Als Pola zurückkam, übergab sie Lieschen zu dem Blumenstrauß noch ein Papiersäckchen mit dem Schriftzug des Hotels darauf.

„Dieses Päckchen ist aber nicht für Frau Panigl bestimmt. Hör mir zu, Liesi, das ist wichtig: Du wartest einen unbeobachteten Augenblick ab. Wenn sie die Blumen in die Vase stellt, zum Beispiel. Dann läufst du rasch in sein Zimmer und versteckst das Geschenk."

Pola bezeichnete den genauen Platz von Alexanders Zimmer, neben der Garderobenwand, wo das große Gemälde an der Wand hing.

„Am klügsten wäre es", schärfte sie Liesi ein, als sie Ecke Althanstraße vor dem Café Brioni ankamen, „wenn niemand erfährt, wer dir die Blumen mitgegeben hat. Sag einfach, gute Taten sind am edelsten namenlos."

Sie zeigte Liesi das Haus Nummer 9 und sah ihr nach, bis sie im Eingang verschwunden war. Die Stimme in ihrem Kopf hob wieder an. Sie stieß die Glastür auf und tauchte in den lebhaften Betrieb des Kaffeehauses ein. Sie setzte sich nahe zu den Billardtischen, wo die Queues an die Elfenbeinkugeln knallten, dass ihr die Ohren davon klangen. Die Trinkschokolade, die sie bestellte, rührte sie nicht an. Ihre Zigarette lag im Aschenbecher. Langsam fraß die Glut den Tabak. Die Zeiger der Uhren eilten. Die Zeit kam nicht mit. Ein schöner Zufall, würde Alexander jetzt vorbeischauen. Auch er musste heute schulfrei haben. Oder spielte er wieder den guten Menschen bei den Helevitern?

Zu meiner Arbeit bei der Roten Hilfe gehörte auch das Spendensammeln. Wo die Armen wohnen, klopfen die Hausierer und die Bettler an die Tür. Zu den Reichen kommt man, um an ihre Großzügigkeit zu appellieren, an ihre Barmherzigkeit und ihren wohltätigen Sinn. Aber so selten wie die Arbeiterfrau mit ihrer Küche voller Kinder dem Vertreter seine Schuhbänder oder Kämme abkauft, gibt der Reiche von seinem wohlgedeckten Tisch ein paar Brosamen für die Hungernden. Mag sein, dass es heute nicht mehr zutrifft, zu der Zeit, als ich durch die schönsten Viertel der Innenstadt ging, Tuchlauben, Wildpretmarkt, Brandstätte, von Haus zu Haus und von Tür zu Tür, erhielt ich nur wenige freundliche Worte, und gespendet wurde nur, was ohnedies nicht mehr in Gebrauch war, alte Kleider und Schuhe, abgeschlagenes Geschirr und andere Gegenstände, die sich nicht mehr reparieren ließen. Ich schämte mich für diese Menschen, die so viel mehr besaßen, als sie brauchten, und doch ihrem Nächsten nichts davon abgaben.

Daran musste ich denken, als ich von Frau Panigl empfangen wurde. Nur widerwillig ließ sie mich ein. Ich hielt ihr den Blumenstrauß entgegen und bestellte die Botschaft, wie Pola es mir aufgetragen hatte, Grüße von einer, die lieber ungenannt bleiben wolle, denn die wahrhaft gute Tat sei namenlos. Frau Panigl musterte mich unruhig, ich sah in ihren Augen die Frage stehen, wann ich mit meiner eigentlichen Absicht herausrücken werde und die Entschlossenheit, sich keinesfalls etwas herauskitzeln zu lassen. Ich kannte die Ausreden, ich hatte sie oft genug gehört, dass der Ehemann sich um alle Geldangelegenheiten kümmere, dass sie prinzipiell nicht auf Spendenaufrufe antworteten, jedoch ein Waisenhaus unterstützten, dass sie schon zu oft getäuscht worden wären und ähnliches mehr.

Ich erwiderte Frau Panigls Blick gerade und ernst und bat sie, die armen Blumen, die ich nun so lange herumgetragen hatte, nur schnell in die Vase zu tun, damit sie Wasser bekämen, dass ich es auch selbst tun würde, wenn sie wolle.

Das verwirrte sie so sehr, dass sie meiner Bitte unverzüglich nachkam. Während sie die Blumen wässerte, bestellte ich den zweiten Teil von Polas Auftrag. Ich lief durch das lange Vorzimmer, unter mir knarrten die Parketthölzer, links und rechts Türen, Türen, welche war die richtige – da, das Bild am Ende des Raums, die halbgeöffnete Tür, das dunkle Zimmer. Ich schob das Päckchen unter das Sofa und kehrte um. Wenn Frau Panigl etwas bemerkt hatte, ließ sie es sich nicht anmerken. Als sie ohne die Blumen wiederkam, stand ich, wo sie mich verlassen hatte, in der Haltung der Bittstellerin, neben der Tür. Sie bedankte sich, erleichtert, dass ich den Griff auf ihre Geldtasche nicht versucht hatte, und ich ging wieder, um Pola zu treffen. Nachdem ich mich so oft um das Café Brioni herumgedrückt hatte, trat ich nun zum ersten Mal ein. Es war ein wunderbarer Platz, wie ein eigener Kosmos. Man konnte, besaß man das Geld, einen kleinen Mocca oder ein Kännchen Tee zu bezahlen, dort ganze Tage verbringen, Zeitung lesen, Billard spielen oder Schach, mit Bekannten plaudern oder sich einfach nur aufwärmen, um daheim Heizkosten zu sparen. Kleine Geschäftsleute trieben ihren Handel dort, selbst Advokaten, die keine eigene Kanzlei hatten, trafen im Kaffeehaus ihre Klienten. Sicher gab es auch zwielichtige Gestalten, Falschspieler und andere Hochstapler, aber leider konnte ich sie nicht von den anderen Besuchern unterscheiden.

Ich verliebte mich sofort in das Brioni, diese unverwechselbare Atmosphäre eines Wiener Kaffeehauses. Später, als Studentin, verbrachte ich viel Zeit dort. Ich lernte für meine Prüfungen, ich schrieb meine Seminararbeiten, und wenn ich mir einmal etwas Besonderes gönnen wollte, dann aß ich ein kleines Gulasch oder Würstel mit Saft. Das schmeckte mir nirgends so gut wie dort.

Pola schrak hoch. Das Kind stand neben ihr. Lieschen, mit leeren Händen. Ihr Auftrag erfüllt. Sie trank Polas kaltgewordene Schokolade. Weil es ihr so gut schmeckte, bekam sie eine zweite Tasse. Dann musste sie laufen. Die Geschwister waren ohne Aufsicht.

„Das sind sie doch alle Tage, wenn du in der Schule bist“, wandte Pola ein. Sie wollte jetzt nicht allein bleiben.

Aber Liesi, die Pflichtbewusste, erwiderte: „Gerade deshalb möchte ich ihnen heute etwas Liebes tun."

Sie küsste Pola die Hand, weil sie ihr einen Schilling schenkte. Gemeinsam verließen sie das Kaffeehaus. Draußen blieb Pola stehen.

„Findest du den Weg? Ich kann dich ein Stück begleiten."

So viele Male war sie hier spazieren gegangen, allein und mit Alexander, durch die Liechtensteinstraße, an den Gestaden des ehemaligen Alserbachs entlang, zur alten Markthalle, die Nußdorfer Straße hinauf, wo Schuberts Geburtshaus stand und wieder zurück über die Vereinsstiege, die links und rechts von Häusern flankiert war, so nahe, dass man den Bewohnern in die Wohnzimmer schauen konnte. Nur bei dem Brunnen waren sie niemals stehengeblieben, warum eigentlich nicht? In der Mitte des Beckens kauerte ein Mädchen, eine weiße Marmorfigur, so ebenmäßig glatt, als wären ihre Arme aus Fleisch, nicht kalter Stein. Den Kopf und die Hände hielt sie lauschend erhoben. Der Brunnen war Schubert gewidmet.

„Vielen Dank, Frau Lehrer. Auf Wiedersehen." Liesi schlug den Weg zur Stadtbahn ein.

Die andere Richtung führte zum Donaukanal hinunter, dort stand Pola und schaute ins Wasser. Die Stimme in ihrem Kopf schwieg endlich. Es roch nach Winter.

Bei ihrer Verhaftung war Pola immer noch auf der Straße. Die Kälte hatte angefangen, ihr zuzusetzen. Ihr Schuhwerk war nicht für lange Fußmärsche gedacht, aber das machte weniger als die erstarrten Gliedmaßen. Sie konnte die Hände nicht rühren. Ihr Rücken war so steif, dass sie nur mit Mühe in das Polizeifahrzeug einstieg, ein Gefährt, das wie ein Leichenwagen aussah. Der Detektiv rüttelte an ihrer Schulter, weil er sie für widerspenstig hielt, und sie stürzte der Länge nach auf das Straßenpflaster. Die Kälte an ihrem Gesicht spürte sie nicht, nur die Tränen, die ihr aus den Augen sprangen.

Dieses Mal kam sie nicht aufs Kommissariat zur Vernehmung. Der Detektiv ließ sie ins Polizeigefangenenhaus bringen. Er triumphierte, denn er hatte recht behalten. Pola war ein zweites Mal in Haft. Dieses Mal würde sie nicht so leicht davonkommen, prophezeite er ihr.

13. Kapitel

Ein Gittertor verband den Kanzleitrakt des Polizeigefangenenhauses mit den dahinterliegenden Gefängniszellen. Die Torwache sperrte die Schlösser hinter ihr zu und legte die schwere Kette um das Eisengitter. Der Detektiv blieb zurück, Pola wurde über einen langen, kahlen Gang mit vergitterten Fenstern in die Aufnahme gebracht.

Hinter einem Stehpult wartete eine Frau in Dienstkleidern aus dunkelblauem Leinen und einer Kette um die Mitte, an der ein großer Schlüsselbund hing.

„Name? Geburtsdatum?"

Sie schaute Pola nicht an, sondern schrieb mit großen, ungelenken Buchstaben ihre Personalien ins Gefängnisbuch ein.

„Zelle vier, Parterre", teilte sie mit und schrieb weiter. „Geld, Wertgegenstände?"

Sie verlangte Polas Börse, ihren perlmuttenen Zigarettenspitz, die Uhr und den Schirm. Nur ihre Ringe durfte sie behalten, weil sie sich nicht von ihren Fingern herunterziehen ließen. Hinter dem Pult war eine Wand mit Stellagen, wo die Hüte und Effekten der Verhafteten aufbewahrt wurden.

„Ausziehen", befahl die Beamtin.

Eine Aufseherin kam aus einem Winkel hervor. In dem Raum war es so kalt, dass sie Handschuhe und eine Wollhaube trug. Polas Kleid war am Rücken zugeknöpft. Zu Hause hatte ihr Nadija mit den Knöpfen geholfen. Jetzt waren ihre Hände so fahrig, dass sie das Kleid nicht aufbrachte. Die Aufseherin verlor schnell die Geduld. Sie fasste in den Halsausschnitt und riss an. Die Knöpfe sprangen davon.

„Na", mahnte die Frau am Pult, „wird's bald?"

Nackt musste Pola warten, während die Aufseherin mit einer großen Schere die Bänder von ihrer Kleidung und Unterwäsche abschnitt. Auch die Schuhbänder nahm sie ihr weg, und zum Schluss noch die Haarnadeln und Kämme aus ihrem Haar.

„Aber warum?", protestierte Pola. „Glauben Sie, ich werde mich mit meiner Haarnadel erstechen?"

„Dem Laster das Pflaster. Und Mund halten. Das ist die Hausordnung."

Mit offenem Kleid, herunterhängenden Strümpfen und rutschendem Unterrock ging sie vor der derben Aufseherin her zu ihrer Zelle. Zweimal musste sie stehenbleiben, weil sie einen ihrer Schuhe verlor und bekam jedesmal einen Stoß zwischen die Schulterblätter.

„Gemma, gemma!", rief die Aufseherin. „Extrawürschteln gibt's nicht."

Endlich kamen sie bei der Zellentür mit der Nummer vier an. Die Aufseherin gab Pola ein Handtuch und eine Decke, beide vor Schmutz starrend, und zeigte ihr die Blechkanne, mit der sich die Häftlinge zur vorgeschriebenen Zeit auf dem Korridor selbst Wasser holen konnten. Sie sperrte auf, gab Pola einen letzten Rempler, sodass sie in die Zelle hineinstolperte und warf die Tür hinter ihr zu.

Pola sah sich in dem langgezogenen, schmalen Gelass um. An der Längsseite befanden sich vier Pritschen mit Strohsäcken darauf, immer zwei übereinander, an der Wand gegenüber zwei schmierige, aufklappbare Bretter, die Tisch und Bank darstellten. Dort saßen ihre zwei Zellengenossinnen. Sie aßen aus Menageschalen ihr Mittagmahl, einen gelblichen Eintopf, der Polas Magen rebellieren ließ.

„Mahlzeit!", grüßten beide Frauen wie aus einem Mund.

Pola gab den Gruß mit schwacher Stimme zurück. Vor dem hölzernen Abtritt in der Ecke war ein Stück Stoff als Vorhang angenagelt. Sie kämpfte bei jedem Atemzug gegen ihre Übelkeit an. Die Zelle stank nach Urin und Fäkalien. Wie konnten sie hier essen?

Hinter Pola wurde die Tür wieder aufgesperrt.

„Neuzugang, Essen ausfassen!", rief ein Mann herein. Auf einem Rollwagen, den er von Zelle zu Zelle führte, stand ein Suppentopf.

Pola schüttelte stumm den Kopf. Achselzuckend wollte er kehrtmachen.

„Nix da, wenn sie nicht isst, füll uns nach!", forderte die eine der zwei Frauen. Beide klopften mit ihren Blechlöffeln an die Menageschalen.

Pola warf ihre Decke auf die Pritsche, die ihr die Aufseherin zugewiesen hatte. Sie zog den Unterrock aus, rollte ihn zusammen und legte ihn statt eines Kissens ans Kopfende. Darauf bettete sie sich, mit ihren Kleidern und Schuhen, die Augen fest zusammengepresst, damit sie den Schauplatz des Elends, an dem sie gelandet war, nicht ansehen musste.

Am nächsten Morgen um acht Uhr holte sie ein Mann aus der Zelle. Wieder ging es über den langen Gang mit den vergitterten Fenstern, nicht in den ersten Stock zu den

Räumen des Untersuchungsrichters, sondern ins Souterrain, wo es nach Rattenkot und Schimmel roch. Dort ließ er sie in eine abgeschiedene Kammer eintreten und warten. Nicht auf das Verhör. Polas Mutter wurde hereingeführt.

„Sie haben fünf Minuten."

Pola stand hinter den Gitterstäben wie ein eingesperrtes Tier.

„Ich war die ganze Nacht hier", sagte Nadija.

Pola nickte, mehr nicht.

„Ich bitte dich, Kinderl, sprich, die Zeit ist ja gleich wieder um. Es ist doch nicht wahr, du hast nichts Falsches getan? Das kann gar nicht sein!"

Nadija kündigte ihr den Besuch des Rechtsanwalts an. „Er hat den Antrag gestellt, dass ein Arzt beigezogen wird, doch dazu muss erst der Untersuchungsrichter die Genehmigung erteilen. Pola, es ist wegen deines Gemütszustandes, du musst dir einmal vor Augen führen …"

Sie unterbrach sich, weil der Beamte auf die Uhr an der Wand deutete. Nadija hob ihre gefalteten Hände zu ihm.

„Sehen Sie, meine Tochter fasst nicht auf, was ich ihr mitteile. Es ist doch wichtig!" Sie wandte sich wieder an Pola, mit flehender Stimme. „Höre, Pola! Sie werfen dir vor, dass du die Panigls vorsätzlich vergiften wolltest."

Sofort schritt der Beamte ein: „Sie haben nur die Erlaubnis, persönliche Angelegenheiten anzusprechen. Körperpflege, Essen und finanzielle Unterstützung. Außerdem sind die fünf Minuten schon überzogen."

Aber Nadija ließ nicht locker: „Dreimal, und diesmal gibt es eine chemische Untersuchung. Wach auf, Pola! Du musst dich verteidigen!"

Ihr Appell klang Pola noch bis auf den Gang nach. Er hallte wider, bis sich die Stimme dazugesellte.

In der Schule sagte niemand ein Wort. Direktor Panigl übernahm unsere Klasse, wie schon einmal, als Pola krank gewesen war. Sein Unterricht langweilte mich, aber das war nicht das Schlimmste. Ich bangte um das Wohlergehen meiner Lehrerin. Bei unserem Abschied vor dem Kaffeehaus, als sie sich nicht hatte trennen wollen, warum war ich nicht geblieben? Ich hatte das Geld genommen, mich bedankt und war meiner Wege gegangen. Ich spürte ihre Verwirrung, aber ich fühlte mich nach dem Besuch bei Panigls selbst durcheinander, des geheimnisvollen Auftrags wegen und auch weil sie so verändert war. Bisher hatte ich immer zu ihr aufgeblickt und plötzlich erschien sie mir so hilflos und schutzbedürftig wie meine kleinen Geschwister. Damit musste ich erst fertig werden.

Auch von Nadija hörte ich nichts über Polas Verbleib. Auf meine Frage schüttelte sie nur den Kopf. Leider könne sie mir gar nichts sagen, ich würde es aber schon rechtzeitig erfahren. Das bedeutete nichts Gutes. In meiner Not sprach ich mit meiner Mutter, die mir neugierig zuhörte. Sie kannte „die Serben“ von gegenüber nur vom Sehen, wusste zwar, dass Pola mich unterrichtete, aber wie wichtig sie mir war, hatte ich zu Hause nie erwähnt. Meine Mutter war es auch, durch die ich endlich Aufklärung erhielt. Sie brachte eine Zeitung nach Hause.

Polas Bild war auf der ersten Seite abgedruckt, eine Federzeichnung, die beim Lokalaugenschein in der Wohnung der Familie P. – der Name wurde aus Gründen der Diskretion nicht genannt – angefertigt worden war. Jetzt wusste ich, was sich in dem Päckchen befunden hatte.

Am Tag darauf kam ein Polizist in die Schule und holte mich zum Verhör. Ein Mann, vermutlich war er der Untersuchungsrichter, den Pola beschreibt, stellte mir Fragen, obwohl er die Antworten kennen musste. Es war ja schon in der Zeitung gestanden, dass Pola Wolf eine ihrer Schülerinnen angestiftet hatte, eine Bonbonniere zusammen mit einem Fläschchen tödlichen Gifts bei den Panigls zu deponieren, in der frevelhaften Absicht, den Verdacht auf den Pflegesohn der Familie zu lenken. Ich sagte kein Wort, sondern weinte nur, bis die Fragerei endete und der Polizist mich wieder in die Schule zurückbrachte.

In der Zeitung las ich dann, dass Pola ein besonders beschränktes Kind für diese Aufgabe ausgewählt hatte. Damit war ich gemeint. Es traf mich, aber nur ein ganz klein wenig. Viel mehr beschäftigte mich die Frage, ob Pola mich nur ausgenützt hatte oder ob sie mich in ihr Vertrauen zog, weil sie mich gern mochte. Ich erinnerte mich, wie sie meine Wange gestreichelt hatte und – wieder und wieder – an ihren traurigen Blick, weil ich ihr nicht länger Gesellschaft leisten, sondern zu den Kleinen nach Hause wollte. Wenn es nur um den Auftrag gegangen war, hätte sie doch froh sein müssen, dass ich mich verabschiedete. Aber ein kleiner Zweifel blieb, wie ein Zahnschmerz, der hin und wieder aufflackert.

Später, nach dem Krieg, sprach Pola nur über die Vergangenheit, wo es sich nicht vermeiden ließ. Erst durch diese Niederschrift habe ich die Pola Wolf jener Jahre, die meine Volksschullehrerin war, als junge Frau kennengelernt, eine

Träumende, die von einer Leidenschaft erfasst und aus der Fassung gebracht wurde. Mit Goethes Gretchen vergleicht sie sich, eine, die aus Liebe und Kummer den Verstand verlor. Ich las und litt und war doch gleichzeitig getröstet, weil ich nun endlich erfuhr, was sie bewegt hatte.

Aber auch damals, mit zehn, als so schlimme Dinge über sie gesprochen und in der Zeitung gedruckt wurden, wandte ich mich nicht von ihr ab. Was immer andere ihr vorwarfen, ich vergaß ihr nie, was sie für mich getan hatte.

Polas Zellengenossinnen waren zwei Prostituierte, die beide Anna hießen und sich schon von früheren Aufenthalten im „Weiberstock“, wie dieser Teil des Polizeigefängnisses hieß, kannten. Zuerst widerstand Pola allen Versuchen, mit ihr ins Gespräch zu kommen.

„Bitte mich in Frieden zu lassen, ich habe Kopfweh.“

„Ja, das kommt vom vielen G'scheitsein“, meinte Annerl.

„Oder weil man die Nase so hochträgt“, ergänzte Anni.

Sie schnitt eine Grimasse und die andere lachte, aber Pola nahm die Herausforderung nicht an. Beide waren jünger als sie, noch unter zwanzig, jedoch besaßen sie jahrelange Erfahrung in ihrem Gewerbe. Die Zeit vertrieben sie sich entweder mit Kartenspiel oder sie tauschten die unglaublichsten sexuellen Anekdoten aus. Eine Anna überbot die andere mit den Perversionen der Kundschaft. Am Abend drehten sie sich gegenseitig ihr Haar mit Wicklern aus zusammengerolltem Zeitungspapier ein. Danach holte Anni unter ihrer Pritsche einen Tiegel hervor.

„Geh weg mit dem grauslichen Zeug!“, kreischte Annerl. „Das stinkt ja erbärmlich!“

Anni öffnete den Deckel und zeigte Pola die grüne Salbe. „Kannst dir auch was davon nehmen. Die ist ja deppert“ – sie zeigte auf Annerl – „lieber stink’ ich nach der Salbe als ich kratz’ mich zu Tod.“

„Wofür ist die Salbe?“ Es war die erste Frage, die Pola an sie richtete.

„Gegen Skabies. Weißt eh, was das ist?“

„Skabies? Ich glaube, eine Hautkrankheit“, antwortete Pola.

„So ist es“, bestätigte Anni. „Milben in der Haut, das kommt vom Dreck. Hat der ganze Weiberstock.“

Der Ekel schüttelte Pola. Die beiden Annas kicherten.

„Dem Laster ein Pflaster“, äffte Anni gekonnt die herrische Beamtin in der Effektenabteilung nach. „Hat sie dir das auch gesagt?“

Pola nickte. „Ich weiß aber nicht, was das bedeuten soll.“

„Na, es reimt sich.“

„Ja und?“

„Na und, das ist alles.“

Anni verzog das Gesicht so komisch, dass Pola lachen musste. Annerl stimmte mit ein und fing zu husten an. Sie konnte nicht mehr aufhören.

„Mein Amt ist der Zweifel“, sagte der Untersuchungsrichter beim ersten Verhör zu Pola. „Ich will Sie nicht um jeden Preis einer Tat überführen. Ich will die Wahrheit herausfinden.“

Er war ein zierlicher blonder Mann von etwa vierzig Jahren, mit einem kleinen Schnurrbart unter der Nase und großen blauen Augen, die hinter seinen Brillengläsern wie in einem Aquarium hin- und herschwammen. Sein Name war Baldur.

„Alle Vorgänge werden genau geprüft und erwogen", setzte er nach einer Pause in etwas salbungsvollem Ton fort. „Ich werde zweifeln, wenn ich Entlastungsmaterial finde und ebenso bei schwer belastenden Momenten. Denn mein Amt ist der Zweifel."

„Das klingt heroisch", antwortete Pola scharf. „Wie wär's, wenn Sie einmal für Sauberkeit im Gefängnis sorgen würden. Wenn die Wahrheit sich dort versteckt, findet sie doch keiner, so dreckig, wie es hier ist!"

Zu dem Verdacht, unter dem sie stand, verweigerte sie die Aussage. Dr. Baldur spitzte seinen Tintenblei und notierte sich etwas in Polas Akt. Dann wurde sie in die Zelle zurückgebracht.

Die ersten Tage in der Haft verbrachte Pola wie in einer Theatervorstellung. Was um sie vorging, erschien ihr unwirklich. Denn wie konnte es möglich sein, dass der Staat solche Zustände zuließ, ja eigentlich schuf, indem er so viele Menschen auf einen Fleck zusammensperrte, ohne auf Ordnung zu achten? Wer sollte auf diese Weise gebessert werden?

Was sie dem Untersuchungsrichter vorgehalten hatte, war kein bisschen übertrieben. Sogar die Wasserleitung auf dem Gang, wo die Häftlinge sich in der Früh wuschen, die Blechkannen füllten und in ihre Zellen trugen, starrte vor eingetrocknetem Seifenschaum und anderen unappetitlichen Rückständen. Niemand fühlte sich verantwortlich, etwas zu säubern. Nur in der Zelle war der Reinigungsdienst vorgeschrieben, zweimal in der Woche musste der Boden gerieben werden. Je zwei Zellenbewohnerinnen kamen der Reihe nach zum Putzen dran. Allerdings kontrollierten die Aufseherinnen nicht, wie gründlich die Arbeit gemacht wurde, dementsprechend sah es auch aus.

Wer eine Familie hatte, die bereit war, sich darum zu kümmern, durfte die Wäsche zum Wechseln nach Hause schicken. Alle anderen mussten sich mit einem holzähnlichen Seifenstück, das die Anstalt zur Verfügung stellte, und kaltem Wasser aus der Leitung behelfen.

Am Ende der Woche übersiedelte Annerl mit Verdacht auf offene Tuberkulose ins Gefängnisspital. Auch die zweite Anna blieb nicht lange bei Pola in der Zelle. Nach der amtsärztlichen Untersuchung hieß es, dass sie nach Klosterneuburg überstellt worden war. Dorthin kamen straffällige geschlechtskranke Frauen zur Behandlung.

An die Stelle der beiden Annas trat Anita, eine Hebamme aus Prag. Die ersten Tage weinte sie ununterbrochen und riss damit an den Nerven ihrer Zellengenossin.

„Ich bin in die Falle gegangen“, wiederholte sie wieder und wieder voller Verzweiflung. Wenn sie nicht jammerte, betete sie inbrünstig zum heiligen Judas Thaddäus.

„Eine Schwere“, hieß es im Weiberstock. Sie war in einen Spionagefall verwickelt.

Pola hörte ihr zu, zuerst nur aus Langeweile, dann, weil ihr klarwurde, dass die Frau unschuldig hinter Gittern saß.

„Anita, das Weinen hilft Ihnen nicht weiter“, ermahnte sie die Hebamme. „Wenn Sie keine Gegenmaßnahmen ergreifen, werden Sie verurteilt werden.“

Anita nickte. Es war ihr bewusst, aber sie wusste sich keinen Rat. „Ich bin mittellos. Einen Advokaten kann ich nicht bezahlen. Mir bleibt nichts, als auf die Gerechtigkeit zu hoffen."

„Erlauben Sie, meine Liebe", bemerkte Pola dazu, „das ist naiv." Nach den ersten Tagen in Haft fing sie sich wieder und wurde die, als die man sie kannte, ein besonderes Talent. Sie dachte sich eine Strategie aus, wie Anita gegen die ungerechte Anklage protestieren konnte.

Damals hat Pola zu schreiben begonnen. Ihre Eindrücke vom Justizapparat, von den Zuständen im Gefängnis und der Willkür, der die Häftlinge durch den Staat und durch die Presse ausgesetzt sind, verarbeitete sie zu einer Novelle, die unter dem Titel „Im Weiberstock" veröffentlicht wurde. Außen war ein Frauenkopf hinter Gitterstäben abgebildet, und innen, auf dem ersten Blatt, eine Fotografie der Verfasserin. Das Büchlein ist längst vergriffen, aber in meinem Bücherschrank kannst du es finden und die Geschichte nachlesen. Ein sozialer Aufschrei und dazu brillant geschrieben. Das außergewöhnliche Talent, das sie mehrmals ironisch anspricht, besaß sie tatsächlich. Herausgeber der Novelle war eine Druckerei, in der auch die illegalen Flugblätter und Broschüren der Sozialisten hergestellt wurden, was sich als verhängnisvoll erwies.

Polas Rechtsanwalt hieß Marian Jeschko. Sie vermutete, dass ihre Mutter ihn seines schwermütigen slawischen Blickes wegen ausgesucht hatte, denn sie hielt nicht viel von seinen Fähigkeiten.

„Ich brauche Ihre Geschichte!", beschwor Dr. Jeschko seine Mandantin. „Nicht die dürren Tatsachen allein. Ich muss Sie verstehen, sonst kann ich Sie nicht überzeugend verteidigen."

Pola fand diese Argumentation komisch. Wenn ihm die Tatsachen bekannt waren, warum nannte er sie dürr? Er konnte sie nicht verteidigen, weil er die Tatsachen nicht kannte. Sie schaute zu dem hoch in der Wand eingelassenen, vergitterten Fenster hinauf. Es ging auf die Straßenseite. Hosenbeine, Mantelsäume, Waden, die in geknöpften Stiefelchen steckten, passierten ihren Blick.

„Kümmern Sie sich um diese Hebamme!", verlangte sie von dem überraschten Anwalt. „Diese Anklage ist eine himmelschreiende Gemeinheit. Die Frau ist unschuldig."

Pola begann, ihm den komplizierten Fall auseinanderzusetzen.

Dr. Jeschko protestierte: „Dazu ist jetzt nicht die Zeit! Ich habe die Aufgabe, Sie vor Gericht würdig zu vertreten. Bitte, Fräulein Wolf, besinnen Sie sich!"

„Nein, ich bestehe darauf!"

In den Monaten, während Pola auf ihren Prozess wartete, half sie ihrer Zellengenossin, so gut sie konnte. Was aus der Anstaltsküche geliefert wurde, war unbeschreiblich, aber gegen Bezahlung konnte man aus dem Gasthaus gegenüber vom Gefangenenhaus Kaffee, Wein und ein Menü bestellen. Zwar wusste man nicht, welche Speisen der Wirt herüberschickte, und bis sie in der Zelle ankamen, waren sie vollständig ausgekühlt, aber noch immer besser als die „Menage“.

„Ich bin in der glücklichen Lage, mir einige Annehmlichkeiten leisten zu können. Machen Sie sich keine Gedanken darüber“, sagte Pola. Sie teilte das Menü, das sie sich bringen ließ, mit Anita. Die wehrte anfangs verlegen ab. Sie könne Polas Großzügigkeit nicht annehmen, protestierte sie. Aber das ließ Pola nicht gelten.

Schließlich erreichte sie, was sie sich vorgenommen hatte. Das Verfahren gegen Anita wurde eingestellt, die Hebamme kam frei.

„Behalte mich im Gedächtnis“, sagte Pola beim Abschied.

„Ich werde vor der Statue des heiligen Thaddäus um deine Freilassung beten“, versprach ihr Anita.

„Lieber bei Luzifer.“ Pola lachte auf.

Anita erschauderte.

„Sie glaubt an den Teufel“, sagte sie zu Polas Mutter, die Anita bei der Entlassung vor dem Gefängnis erwartete, um sie über Pola auszufragen. Als Nadija es ihrer Tochter wiedergab, lachte Pola auch dazu.

Sie stellte an die Gefängnisdirektion ein Gesuch, in eine Einzelzelle verlegt zu werden. Das Untersuchungsgefängnis war überfüllt. In den großen Zellen lagen bis zu siebzehn Frauen, oft mussten zwei auf einem Strohsack schlafen. Polas Antrag wurde abgelehnt.

Schon bevor Pola Wolfs Prozess begann, machte der geheimnisumwitterte Fall der Giftmischerin die Runde. Die Journalisten schnappten die Gerüchte auf, die seit ihrer ersten Verhaftung im Umlauf waren. Zu Gesicht bekommen hatte sie noch keiner, aber die Beschreibungen ihrer Schönheit und Klugheit klangen verheißungsvoll. Die Frau Lehrerin mit dem Hexeneinmaleins versprach der Zeitungsknüller des Jahres zu werden. Der *Gerichtskiebitz*, der im *Montagsblatt* eine wöchentliche Kolumne schrieb, gab den Lesern schon einen Vorgeschmack auf die bevorstehenden Gerichtssaalberichte:

„Wenn die lohende Flamme der Sensation nicht wäre, von der die Szene wie in rotem Theaterlicht übergossen wird, es gäbe vielleicht einen merkwürdigen, aber nicht so aufregenden Prozess. Nun belagert die Neugierde die Persönlichkeit der Angeklagten. Pola Wolf ist ein eigenartiger Frauentypus jugoslawischer Rasse. Ein längliches, energievolles Gesicht, das in reizvollem Gegensatze steht zu üppigen, schwarzen Haarflechten, die kronenartig aufgebaut sind. Eine hübsche Frau, gut gewachsen, elegant. Ein Schimmer von Geistigkeit, der über dem Gesicht liegt, sich in jeder Kopfbewegung und in den eigentümlichen, kleinen Rucken der Hände ausspricht, fällt auf, und dieser harte Wille, mit dem sie sich selber in Zucht hält, ihre blitzschnellen, klugen Reden formt. Ja, sie ist erstaunlich klug, eine Dialektikerin, die mit gefährlichen Pointen, mit einem raffinierten Zickzack von Antworten das System eines Verhörs in Verwirrung bringen kann."

Im Untersuchungsgefängnis gab es wegen der Verabredungsgefahr keine Zeitungen zu lesen. Dennoch bekamen die Gefangenen, die Wert darauf legten, alle Nachrichten, die sie benötigten, vor allem über ihre laufenden Verfahren. Gegen ein kleines Bestechungsgeld brachten die Häftlinge, die Putzdienst hatten, die Blätter in die Zellen und warfen sie mit Geschick und Schwung unter die Pritsche, wo sie dann später, wenn die Luft rein war, hervorgeholt und nach der Lektüre an die nächste Zelle weitergereicht wurden. Pola las die Artikel amüsiert und gleichmütig, wie von einem Schicksal, das sie nichts anging.

Anita hatte Pola ihre Bibliothek zurückgelassen, die Schriften von Bakunin, Marx und Engels. Dankbar für die Zerstreuung begann Pola zu lesen, jeden Tag einige Seiten, die sie durchdachte und auswendig lernte. Nichts half besser gegen die Stimme. Sie merkte kaum, wie die Wochen vergingen. Erst der Besuch ihrer Mutter holte sie in die Wirklichkeit zurück.

„Wie siehst du aus, mästet du dich mit der Gefängniskost?“, rief Nadija. „Ich kann dieses Elend nicht mehr aushalten, Pola. Wieso strafst du mich? Ich verzweifle noch.“

Der Beamte sah warnend hoch, als Nadija laut wurde.

„Sprichst du mit mir oder mit Gott?“, fragte Pola.

Nadija bezähmte sich. Nur ihre Füße tappten wütende Morsezeichen in den geölten Bretterboden. Der Haushalt lastete schwer auf ihren Schultern und sie hatte eine Menge Unannehmlichkeiten auszuhalten. Als Angehörige der Giftmischerin wurde sie von allen mit Verachtung gestraft. Pola zeigte sich wie gewöhnlich unnahbar, statt dankbar zu sein. Dazu kam noch ihre unter den Umständen ganz unangebrachte Arroganz, als würde sie alle Menschen um sie herum für dumm ansehen.

„Mag sein, dass ich nicht so belesen bin wie du. Ich kann nicht alle Hauptstädte Europas auswendig, ich habe keine Integralrechnung gelernt. Aber ein bisschen Respekt verdiene ich dennoch."

Pola schrak auf. „Bist du böse?", fragte sie verwirrt. „Ich bin die, die ich immer war. Ich habe nichts zu verbergen."

Nadija sprang mit einem letzten Tritt gegen den Fußboden in die Höhe. „Lassen wir das. Ich komme nicht, um dir Vorwürfe zu machen. Da sind Berufenere am Werk. Es sind ja nur mehr ein paar Tage! Geh in dich, bitte. Überlege, was du ihnen sagen willst. Du musst, Pola, du musst dich aussprechen."

In den Wochen vor dem Prozess ging ich jeden Tag nach der Schule zu Nadija. Sie war ein Mensch, der sich niemals mit Alltagsdingen beschäftigt hatte, das war Pola überlassen geblieben. Nun stand sie täglich vor einer anderen Sorge und auch wenn das nur Kinkerlitzchen waren im Vergleich zu der Angst um ihre Tochter, brachten sie Nadija doch zur Verzweiflung. Ich dagegen hatte schon früh häusliche Pflichten übernommen und konnte ihr deshalb manchen kleinen Dienst erweisen. Anfangs stand sie meinen Besuchen reserviert gegenüber, aber bald gewöhnte sie sich an mich und nahm meine Hilfe dankbar an. Ich stellte nie eine Frage nach Pola, weil ich wusste, dass sie mir ohnedies nicht antworten würde. Ihr einziges Kind, der Stolz ihres Daseins, in einer Gefängniszelle, angeklagt der entsetzlichsten Verbrechen, gegen die sie sich nicht einmal verteidigte! Was konnte einer Mutter Schlimmeres widerfahren. Dennoch versuchte Nadija, den Schein zu wahren.

Am Vortag des Prozesses erhielt Pola einen Brief. Er war von der Zensur geöffnet und sein Inhalt als verdächtig beurteilt worden, deshalb bekam sie nur den Briefumschlag ausgehändigt. Der Name des Absenders ließ sich nicht entziffern.

In den langen Monaten der Untersuchungshaft hatte Pola kaum eine Gefühlsregung merken lassen. Nun brach sie auf einmal in Tränen aus.

Die Wachebeamtin Strina, die Tagdienst hatte, konnte Pola nicht leiden. „Die g'hört zu der Sorte, welche auf ihre Schlechtigkeit auch noch stolz ist", war Strinas Ansicht über den Untersuchungshäftling. Die *Morgenpost* kündigte eine Reportage über „Die rätselhafte Passion einer serbischen Prinzessin" an, das stimmte sie gehässiger als gewöhnlich.

Pola lag, gegen die ausdrückliche Anordnung, auch tagsüber auf ihrer Pritsche. Sie klagte über Rückenschmerzen.

„Wenn'st lang jammerst, kannst dir gleich den Besuch von deinem Aktenschani aufmalen!"

Trotz Strinas Verwarnung erschien Dr. Jeschko am Nachmittag. Er brachte ein Paket von Nadija mit, einen selbstgebackenen Kuchen, für den er eine Extragenehmigung eingeholt hatte. Pola öffnete den Karton. Das hieß wohl, dass Lieschen helfend eingesprungen war, denn Nadija beherrschte die Kunst des Backens nicht. Das Biskuit war mit einem Namenszug aus Marillenmarmelade verziert: M! Aber Pola verstand nicht, was die Botschaft bedeuten sollte. Während sie überlegte, plätscherte Dr. Jeschkos Rede an ihrem Ohr vorüber. Er hatte ihr seine Verteidigungsstrategie bereits erläutert.

„Lassen Sie mich resümieren: Die Hauptsache ist es, ein sympathisches Bild der Angeklagten zu entwerfen, Ihre Güte, die selbstlose Fürsorge, zuerst um Ihren Vater, später um die Mutter, die Hilfsbereitschaft, die alle Ihre Kollegen in der Schule bezeugen, nicht zuletzt Ihr außerordentlicher Verstand. Und zum Glück kam ja niemand zu Schaden, nicht wahr?"

Da Pola sich nicht schuldig bekannte, aber auch nicht ihre Unschuld beteuerte, sondern zu der Anklage schwieg, konnte er hier nicht ansetzen. Er hoffte aber – „Ja, auch jetzt noch, Fräulein Wolf! Es ist doch nur zu Ihrem Besten!" – auf Polas Sinneswandel. Sie ließ ihn reden.

Pola genoss eine Sonderstellung, als Adelige, als Gebildete, als Unbescholtene. So plädierte Dr. Jeschko und hatte sich auch durchgesetzt.

„Bereiten Sie sich gut auf morgen vor", schärfte er ihr ein. „Wir haben nicht viele Trümpfe. Die wenigen wollen wir uns nicht entgehen lassen."

Außer dem Kuchen enthielt das Paket ein schwarzes Kleid, das Nadija gehörte. In ihre eigene Garderobe paßte Pola kaum mehr hinein. Auch ihr Gesicht hatte sich verändert. Die Wangen waren voller geworden. Sie rauchte nicht, denn die Zigaretten, die es um teures Geld unter der Hand zu kaufen gab, verursachten ihr Übelkeit. Sie sah wohl aus, geradezu blühend. Ihr Haar trug sie zu einem langen, dicken Zopf geflochten, nicht mehr aufgesteckt wie früher. Eine einfache Frisur, die sie jünger machte, mädchenhaft.

Am Abend schnitt Pola den Kuchen an. Sie verteilte Portionen an die drei Neuen, mit denen sie die Zelle teilte. Wenn sie verurteilt wurde, womit sie rechnete, wollte sie von neuem eine Einzelzelle beantragen. Die Gespräche der Frauen, die sich fast immer um Männer drehten, störten ihre Gedanken. Während sie aßen, untersuchte Pola den Rest der Biskuitroulade, aber sie fand nichts. Was sollte sie mit einer Botschaft anfangen, deren Sinn sie nicht verstand? Die Marillenmarmelade schmeckte gut.

Spätabends wurde Pola noch einmal aus ihrer Zelle geholt. Im Büro des Untersuchungsrichters warteten ihre Mutter und der Rechtsanwalt. Der Richter Baldur hatte sie viele Male in die Enge getrieben und ihr Fallen gestellt. Dieses Mal zeigte er sich gnädig.

„Morgen um sechs werden Sie ins Landesgericht überstellt. Die Wertsachen in Ihrem Besitz müssen Sie vorher abgeben."

Eine lächerliche Verordnung. Sie besaß nur, was sie am Leib trug. Oder wollte er ihr Gelegenheit geben, sich noch einmal von ihrer Mutter zu verabschieden? Er wies auf ihre Ringe. An ihrer Linken trug sie einen Ring, der einmal ihrem Vater gehört hatte, mit seinem Wappen darauf, ein Wolf, der mit einem Menschen rang. An der Rechten Alexanders Geschenk. Sie hatte geschworen, ihn niemals mehr abzulegen, als das sichtbare Zeichen ihrer Liebe.

„Der Schmuck wird Ihnen im Landesgericht weggenommen. Besser, Sie übergeben ihn jetzt gleich Ihrer Mutter."

„Das hat man schon in der Aufnahmekanzlei versucht", widersetzte sich Pola. „Die Ringe lassen sich nicht abziehen."

Mit Nadijas Hilfe gelang es aber, den Verlobungsring von Polas Finger zu bringen. Unverbrüchlich der Diamant. Rubinrot die Liebe. Die Hoffnung grün. Pola legte den Ring in Nadijas Handfläche. Den Siegelring nahm sie selbst ab.

Dr. Jeschko benützte die Gelegenheit, seine Mandantin noch einmal zu ermahnen: „Antworten Sie nur auf die Fragen, die Ihnen gestellt werden. Auch wenn Sie nicht einverstanden sind, unterbrechen Sie keinesfalls eigenmächtig während der Vernehmungen."

Nadija umarmte und küsste sie. „Puno sreće! Helfe dir Gott, mein Schatz", flüsterte sie auf Serbisch. „In Belgrad haben wir gesagt: Im Glück ist es leicht, ein guter Mensch zu sein. Doch im Unglück erkennt man den Helden."

Bei ihren Worten erfasste Pola ein heftiger Schüttelfrost, sodass sie sich kaum auf den Beinen halten konnte. Dr. Jeschko, der Untersuchungsrichter, selbst Nadija schauten sie entsetzt an.

„Man könnte glauben, was diese Hebamme Anita gesagt hat, wie vom Teufel besessen, so benimmt sich mein armes Kind", flüsterte Nadija dem Advokaten beim Hinausgehen zu.

Die Aufseherin an der Tür hörte es und trug das Gerücht weiter. Wenn selbst die Mutter so sprach, musste wohl etwas daran sein. Hatte man es ihr nicht angesehen, an den kohleschwarzen Glutaugen? Direkt verbrennen konnten sie einen, wandte man nicht schnell genug den Blick wieder ab. Im Dunkeln, behauptete eine Mitgefangene gar, hätte sie die Augen der Wölfin aufleuchten sehen. Obwohl sie nicht einmal in derselben Zelle untergebracht war, durch die dicke Gefängnismauer hindurch.

Der Polizeitransport am Morgen traf nicht ein. Zu Mittag wartete Pola immer noch angezogen auf der Pritsche, ihre Habseligkeiten in ein Tuch gebunden, das Gesicht dem Fenster zugewendet, einem kleinen, vergitterten Viereck von strahlendem Blau hoch über ihrem Kopf. Der eindringliche Ruf des Vogels, eines Finken, klang seit dem Morgengrauen in die Zelle. Dieses kleine Geschöpf verfügte über eine Ausdauer, von der der Mensch nur lernen konnte. Er sang für Pola, ihre Tapferkeit, ihre Stärke. Sie durfte nicht aufgeben.

Das Mittagessen wies sie zurück, Graupen, die in einer trüben Flüssigkeit taumelten. Wer nicht über eigene Mittel verfügte, konnte hier Hungers sterben. Aber in Österreich starben auch Menschen, die nicht eingesperrt waren, der Hunger saß in unzähligen Küchen am Tisch zu Gast. Das alles schrieb Pola auf. Die Ungerechtigkeit und ihr Gegenteil. Das war nicht die Gerechtigkeit, sondern die Unmöglichkeit, Recht zu sprechen. Wie konnte jemand begreifen, was ihr widerfahren war, was sie getan hatte? Zwei Seiten einer Münze, wo war die Wahl gewesen, was stand zur Wahl und wann? Sie befahl sich, das Selbstmitleid sein zu lassen. Der Schlüssel klirrte draußen. Die Tür flog auf. Ihre Zelle lag im Erdgeschoß, nur wenige Schritte zum Hof, wo der „Grüne Heinrich“, das Polizeifahrzeug, schon auf sie wartete. Pola war die einzige auf dem Transport.

Beim Aussteigen sah sie die Menschen auf der Straße. Die Menge drängte sich um einen Platz auf dem Gehsteig. Ein Johlen, Pfeifen und Rufen hob an. Da erst begriff Pola, dass sie ihretwegen gekommen waren. Menschen, die sie nicht kannte, die nur aus einem Zeitungsbericht von ihrer Existenz wussten, unterbrachen ihren Tagesablauf, um Zeugen ihres Untergangs zu werden. Später einmal, wenn es sie nicht mehr gab, wenn das, was sie nun erlebte, lange Vergangenheit war, würde man sich daran erinnern, dass Pola Wolf, eine Bürgerschullehrerin, als man ihr den Prozess machte, die Schaulustigen scharenweise aus ihren Häusern gelockt hatte. Pola drehte den Kopf nach links, nach rechts. Den einen, einzigen, fand sie nicht in der Menge.

Wo war Alexander? Ich schlich die Althanstraße auf und ab, ich spähte ins Café Brioni, sogar bis zu dem ungemütlichen Hausmeister im Haus der Panigls wagte ich mich vor und fragte ihn. Alexander war wie vom Erdboden verschluckt. Wie konnte es sein, dass er seiner Geliebten in ihrer furchtbaren Bedrängnis nicht zu Hilfe eilte? Ich weiß nicht, ob ich mich getraut hätte ihn anzusprechen, und selbst wenn, hätte ich seinen Sinn ändern können, ein kleines Mädchen, das noch nicht einmal verstand, was ein Liebesverhältnis war? Obwohl ich ihm viele Male begegnet war, kannte er mich nicht. Er hätte mich wahrscheinlich nicht einmal angehört.

Aber ich gebe die Gedanken des Kindes von damals wieder. Heute bringe ich mehr Verständnis auf. Alexander musste in Panik gewesen sein, dass seine Affäre mit Pola dem Gericht bekannt wurde und er womöglich neben ihr auf der Anklagebank landete. Er hatte das Verbrechen nicht begangen, nicht mit eigenen Händen. Nur er kannte seinen Anteil daran. Sein Untertauchen bewies mir, wie schuldig er sich fühlte.

14. Kapitel

Die Angeklagte macht den Eindruck einer Persönlichkeit von geradezu glänzender Intelligenz, ihr Gedächtnis ist ausgezeichnet, ihr sprachlicher Ausdruck außerordentlich, sie erfasst schnell die Situation und findet sich in jeder Lage zurecht. Symptome von Geistesschwäche oder geistiger Erkrankung können nicht nachgewiesen werden. Die Tatsachen sind an und für sich sehr dürftig. Was sich an Interessantem bietet, geht erst aus der Verhandlung hervor. Der Vorsitzende, abwechselnd feig und vor der Angeklagten zurückweichend, dann wieder brutal und höhnisch, vermag die Zügel nicht in der Hand zu behalten. Bei jeder Gelegenheit ist die Angeklagte imstande, ihre Superiorität geltend zu machen, wobei sie einmal mit unglaublichem Selbstbewusstsein auftritt, das andere Mal sich hinter der weiblichen Ehre und ihrem zarten Schamgefühl versteckt."

Bei der Eröffnung des Verfahrens kam Pola aus dem Staunen nicht heraus. Sie vermochte kaum zu fassen, wie dilettantisch es im Gerichtssaal zuging.

Der Staatsanwalt las die Anklageschrift vor, die von Fehlern, grammatikalischen und stilistischen, gespickt war, und ihr Ohr beleidigte. Wenn es schon bei seinem Deutsch haperte, wie konnte so ein Mann den wahren Sachverhalt ergründen, den Anspruch auf die Wahrheit, der von allen Beteiligten so lautstark eingefordert wurde?

„Ich werde diesem Verbrechen auf den Grund gehen, ich werde der Blenderin die Larve von ihrem Gesicht reißen!“, verkündete er mit Donnerstimme.

Der Richter forderte von den Geschworenen, nach bestem Wissen und Gewissen die Wahrheit zu erforschen. So wahr ihnen Gott helfe, sprachen die Zeugen. Sie mussten auf die Heilige Schrift schwören.

Aber es ging darum, ein Theaterstück auf die Bühne zu stellen. Nicht Recht wurde gesprochen, sondern Phrasen gedroschen. Deshalb war das Publikum so zahlreich erschienen. Es erwartete sich zu Recht spannende Unterhaltung. Die Tragödie der Pola Wolf war vor Gericht eine Farce.

Sie wandelte sich. Das ging so schnell, wie ihre Lage es erforderte. Sie sah dem Staatsanwalt zu, wie er tobte und flüsterte, mit erhobenen Händen flehte, sich an die Stirn schlug, an die Brust, alle Register zog, um Eindruck zu machen. Sie begriff, dass es auf das Timbre der Stimme ankam, auf die Gefühle, die man in den Zuschauern zu erwecken vermochte, nicht auf Tatsachen allein. Pola Wolf wurde die Hauptdarstellerin ihres eigenen Schicksalsromans.

„Ich bin als Frau gekränkt und beleidigt worden, mehr als mein weiblicher Stolz verkraften konnte. Ich werde meine Leiden nicht vor der neugierigen Menge ausstellen.“

Sie forderte den Ausschluss der Öffentlichkeit, wohl wissend, dass der Richter nicht zustimmen würde. Damit begründete sie ihre Weigerung, ihren Anteil bei den Vergiftungen im Haus Panigl zu erklären.

Die Köchin Bertha Pelikan trat als Hauptzeugin der Anklage auf. Sie war abstoßend hässlich und sprach so verwaschen, dass die Zuschauer auf den hinteren Bänken sie nicht verstanden. Im Gerichtssaal kam Unruhe auf. Berthas Geschichte kannten alle, sie war ausführlich in allen Zeitungen gestanden. Wäre ihren Beteuerungen gleich geglaubt worden, hätte Thekla Panigl nicht so schwer leiden müssen. Aber das Publikum interessierte sich nicht für die rechtschaffene Köchin. Die Geschworenen, beobachtete Pola, waren um nichts besser, egal wie eindringlich ihnen der Richter Ernst predigte. Alles lauerte auf Sensation.

Zum Anschlag mit der vergifteten Zitronenbrause war Nadija Wolf als Zeugin geladen. Nach Meinung des Staatsanwalts, der die Mutter gern auch auf der Anklagebank gesehen hätte, handelte es sich um einen „Mordversuch". Nadija trug ihr rotes Haar streng geflochten und mit einem kleinen Witwenschleier bedeckt. Pola sah ihre Mutter das erste Mal mit dieser Kopfbedeckung. Auch sie spielte Theater. Die schwergeprüfte Mutter, gefasst im Zeugenstand.

Nach der struppigen Bertha erschien Nadija edel und schön. So klang auch ihre Aussage. Ebenso knapp wie präzise beantwortete sie die Fragen, die ihr gestellt wurden, den Besuch bei Frau Panigl, das Gastgeschenk, eine Packung Brausepulversäckchen mit Zitronengeschmack, von der sie beide getrunken hatten. Wahrheitsgemäß sagte sie, was danach geschehen war.

„Wir haben beide ein Glas von der Brause getrunken und sie hat uns beiden sehr gut geschmeckt", berichtete Nadija. „Auf dem Heimweg ist mir dann etwas übel gewesen." Sie blickte in die Runde der Geschworenen umher und fügte hinzu: „Zitronensäure hat so eine Wirkung auf den Magen, bei mir leider fast immer. Einerseits ist das Getränk eine gute Verdauungshilfe, andererseits für Menschen mit einer empfindlichen Konstitution auch belastend."

„In den Resten des Pulvers fand man bei der chemischen Untersuchung Rückstände einer giftigen Substanz", hielt ihr der Staatsanwalt entgegen. „Ihre Tochter hat gewissenlos die Vergiftung der eigenen Mutter in Kauf genommen."

Nadija wurde heftig: „Meine Pola niemals! Sie ist nicht fähig, etwas Böses zu tun!"

„Nun, wer dann? Welche Erklärung haben Sie, Frau Wolf? Wie soll das Gift in die Brause gekommen sein?"

„Aber ist denn erwiesen, dass Pola mit dem Brausepulver etwas angestellt hat?", fragte Nadija zurück. „Schließlich ist es in der Apotheke ‚Zur Allmacht' fabriziert worden."

Hier mischte sich Dr. Jeschko ein: „Auch wenn Sie, was menschlich verständlich ist, für Ihr Kind Partei ergreifen, dürfen Sie nicht eine andere Person beschuldigen, es sei denn, Sie hätten einen begründeten Verdacht."

„Das nicht, aber eine Verwechslung könnte auch ohne böse Absicht vorgekommen sein, bei so vielen verschiedenen Pulvern und Wässern auf einem Fleck!", erwiderte Nadija unerschrocken.

Als sie immer noch nicht aufhören wollte, sprang Pola auf.

„Schweig, Mutter! Du kennst ihre Ränke nicht."

Es war das erste Mal, dass sie in den Prozess eingriff. Der Richter verwarnte sie:

„Setzen Sie sich wieder! Sie dürfen die Zeugen nicht unterbrechen!"

„Hier wird nichts aufgeklärt!" rief Pola trotzig.

„Wenn Sie nicht augenblicklich schweigen, lasse ich Sie aus dem Gerichtssaal entfernen und in die Korrektionszelle sperren!"

Der Richter drohte. Die Leute im Gerichtssaal begannen zu pfeifen. Ohne die schöne Giftmischerin war es das halbe Vergnügen. Pola blieb. Damit ging der erste Tag des Prozesses zu Ende.

Wie Pola sich das Gift beschafft haben konnte, ließ sich leicht nachvollziehen. Bleizucker war in verschiedenen Dingen des täglichen Gebrauchs enthalten, so zum Beispiel in weißer Farbe. Es fand sich in den Malkästen der Schüler ebenso wie in den Farbkübeln der Anstreicher. In hohen Dosen verabreicht, führte Bleizucker zum Tod. Alle weißen Lebensmittel der Familie Panigl waren damit versetzt worden. Schon der Genuss einer Mahlzeit, des von Bertha Pelikan zubereiteten Grießschmarrens, hatte Erbrechen und schwere Durchfälle, bei Frau Panigl dazu eine anhaltende Schwäche verursacht. Der Sohn Alexander war zum Glück verschont geblieben, weil er an dem fraglichen Sonntag bei Verwandten zu Besuch gewesen war.

Dafür, dass Pola die Tat begangen hatte, fand sich allerdings kein einziger Beweis.

Als nächstes trat die Magistra Elvira Hallermann in den Zeugenstand. Von ihr stammte die Rezeptur der Zitronenbrause.

„Das ist ein allgemein bekömmliches Heilmittel und eine wohlschmeckende Erfrischung."

Der vor Gericht geäußerten Ansicht Nadija Wolfs widersprach die Apothekerin entschieden:

„Das Pulver enthält eine unwesentliche Menge Zitronensäure. Hauptbestandteile sind getrocknete und vermahlene Zitronenschale, die Essenz von Holunderblüten und Melisse, harmlose Schmuckdrogen. Im Gegenteil tut die Brause auch bei der Behandlung von Magenerkrankungen mit vermehrter Säurebildung gute Wirkung."

Das gerichtliche Gutachten wies Phosphor in der Brause nach. Das Getränk war damit noch giftiger als der Bleizucker in den Lebensmitteln. Die Magistra schwor, dass das in ihrer Apotheke verkaufte Pulver diese Substanz mit Sicherheit nicht enthalten hatte.

Wie beim ersten Anschlag war auch bei diesem die Tücke offensichtlich, denn das Gift konnte zu keinem anderen Zweck deponiert worden sein, als in der Hoffnung, die Familie werde es zu sich nehmen. Die Angeklagte handelte in der Absicht zu töten.

„Wie können Sie dessen so sicher sein?", rief Pola dazwischen. „Wenn Sie recht hätten, Herr Vorsitzender, aus welchem Grund warnte ich die Köchin, sie solle die Lebensmittel wegwerfen? Handelt so eine Mordlustige?"

Sie wartete nicht ab, dass man ihr mit dem Abführen drohte, sondern verließ eigenmächtig ihren Platz auf der Anklagebank. Bevor sie der Aufseher ergreifen konnte, war sie aus dem Gerichtssaal gelaufen. Der lange Gang dahinter führte zu einem vergitterten Tor. Pola machte nicht halt, sondern stürzte mit vorgeneigtem Kopf gegen die Metallstäbe. Der Anprall ließ sie taumeln, aber sie fiel nicht. Sie nahm einen zweiten Anlauf. Da waren sie schon bei ihr, packten sie an den Oberarmen und rissen sie nach hinten. Wie ein Käfer lag Pola auf dem Rücken. Sie spürte das Blut über ihre Stirn fließen, die Schläfen hinunter, klebrig in ihrem Haar.

Seit Alexanders Name gefallen war, konnte sie nicht ruhig abwarten. Der Verwandtschaftsbesuch, von dem der Staatsanwalt gesprochen hatte, das war der widerwärtige Heleviter, der Satanspriester in seiner braunen Kutte. Wieder rief sie sich ihre letzten Begegnung mit Alexander ins Gedächtnis, sein Appell an sie, das Werk zu vollenden. Ein Hilfeschrei. Was war ihm geschehen? Was hatte der fremde Blick, so leuchtend, als schaute er in eine andere Welt, zu bedeuten? Wo war Alexander jetzt? Warum kam er nicht?

In der Nacht tauchte eine Aufseherin, die Pola noch nie gesehen hatte, bei ihr in der Korrektionszelle auf. Auf ihrer offenen Handfläche lagen zwei Zigaretten, die sie Pola hinhielt.

„Zwei Schilling", sagte sie, als hätte sie einen Auftrag für sie erfüllt.

Sie zündete ein Streichholz an. Pola machte einen Zug von der Zigarette, begann zu husten und gab sie zurück.

„Dankschön." Die Frau ging mit der geschenkten Zigarette, die Schachtel mit den Streichhölzern ließ sie zurück.

Pola strich ein neues Hölzchen an. Im Licht der kleinen Flamme entdeckte sie, dass die zweite Zigarette nur ein schmales, auf der Innenseite dicht beschriebenes Papierröllchen war. Sie musste Dr. Jeschko Abbitte leisten. Nur er konnte das veranlasst haben: eine Abschrift des zensurierten Briefes.

„Liebste“, las sie, und ihr Herz begann heftig zu schlagen. „Verzweifle nicht. Sie scheinen alle Macht auf Erden zu besitzen. Doch sie stehen weder in Satans Dienst noch lässt sich der Teufel von ihnen herbeirufen. Es ist nicht Zauberei, nur Medizin: Mandragora. Du bist unschuldig. Verzage nicht! Deine Marianne Faisthuber.“

Nun wendete sich die Verhandlung dem dritten Giftanschlag zu. Polas Verteidiger protestierte vehement dagegen, dass er überhaupt verhandelt wurde. Niemand war dabei zu Schaden gekommen.

„Ganz im Gegenteil“, befand der Staatsanwalt. „ist es das bösartigste der drei Attentate, weil der Verdacht auf einen völlig Unschuldigen gelenkt werden sollte!“

Das Gift war in Alexanders Zimmer gefunden worden, eine Flasche mit Opiumtinktur, zusammen mit einem Säckchen Schokoladekonfekt als Geschenk getarnt.

„Laudanum, ein starkes Beruhigungsmittel, lässt sich seines angenehmen Geschmacks wegen leicht in Mehlspeisen oder gesüßte Getränke mischen.“

Als besonders schändlich hob der Staatsanwalt hervor, dass Pola ein kleines Mädchen als ihre Handlangerin eingesetzt hatte. Zum ersten Mal kehrte sich die Stimmung gegen Pola.

„Pfui Teufel, so eine lässt man auf unsere Kinder los!“, schimpfte eine Frau, und andere fielen mit schrillen Pfiffen und Rufen ein.

Dr. Jeschko erhob Einspruch gegen die Stimmungsmache des Staatsanwalts. Darauf brach der Unmut im

Gerichtssaal erst recht los. Der Richter drohte, die Öffentlichkeit auszuschließen. In die aufgeladene Atmosphäre rief die Anklage eine neue Zeugin herein.

„Meine Damen und Herren! Letzte Nacht wurde Fräulein Wolf ein sogenanntes G'sieberl, wie es im Häfenjargon heißt, ein Kassiber in die Zelle geschmuggelt, die Abschrift eines Briefes, der in den Gerichtsakten liegt und dem der Untersuchungsrichter vorerst wenig Bedeutung zumaß. Wenn man sich ansieht, wer ihn geschrieben hat, bekommt die Angelegenheit ein neues Gesicht."

Der Gerichtsdiener führte ein blondes Mädchen in den Zeugenstand. Sie sah nett und kindlich aus, mit runden, gebräunten Backen und freimütigem Blick. Das Haar trug sie nach ländlicher Art als Zopf um den Kopf gewunden.

„Mein Name ist Marianne Faisthuber. Ich bin wohnhaft in meiner Heimatgemeinde Oberhausen, in Niederösterreich."

Wann und wieso sie aus Wien fort war, erzählte sie nicht, nur dass sie die Apothekerlehre absolviert, ihre Stellung bei Magistra Hallermann aber inzwischen wieder verloren hatte. Wie alle anderen Zeugen ließ sie der Richter auf die Bibel schwören, dass sie nur die Wahrheit sprechen werde.

„Wir möchten von Ihnen erfahren, wie es kommt, dass Sie das Fräulein Wolf, eine um Jahre ältere Frau in gehobener Position, vertraulich ansprechen und ihr sogar die Liebe erklären."

Der Staatsanwalt näherte sich Marianne. „Sie sind schon zu Beginn der Ermittlungen als Komplizin in Verdacht gestanden", sagte er mit triumphierender Ruhe. „Damals konnten Sie bei dem Gendarmen Ihres Heimatortes glaubhaft machen, dass Sie sich zu der fraglichen Zeit nicht in Wien aufhielten. Doch jetzt dieses Schreiben."

Er holte den Brief hervor und las laut. „Was bedeuten die dunklen Andeutungen? Wir untersuchen ein Verbrechen, bei dem Mordversuche mit verschiedenen Giften stattfanden. Sie nennen hier ein Mittel, das der Angeklagten verabreicht wurde und – verstehe ich recht? – ihre Handlungen beeinflusst haben soll. Wir warten auf Ihre Erklärung, Fräulein Faisthuber."

Auftreten und Rede des Vorsitzenden waren dazu gedacht, das Mädchen einzuschüchtern. Niemand stieß sich daran. Auch Dr. Jeschko schwieg, da solche Vorgehensweisen zum Gerichtsalltag gehörten, obwohl sie doch nur die Frechen, Unverschämten stärkte und die Scheuen, die weniger Redegewandten in schlechtem Licht erscheinen ließ.

In gespannter Erwartung saß Pola da. Sie hatte den Brief wieder und wieder gelesen und nicht verstanden. Marianne war ein einfaches Mädchen, aber keineswegs dumm.

„In der Apotheke ‚Zur Allmacht' habe ich Salben rühren, Pillen drehen, Tinkturen mischen gelernt. Bald vertraute mir die Frau Magistra auch schwierigere Aufgaben an. Abgesehen von der gewöhnlichen Heilkunde beschäftigt sie sich mit Okkultismus und dazu mit speziellen Kräutern."

Weiter kam Marianne nicht mit ihrer Erklärung. Der Staatsanwalt schnitt ihr das Wort ab.

„Das interessiert uns hier wenig", sagte er. „Von der Glaubwürdigkeit einmal abgesehen. Wir haben Frau Magistra Hallermann kennengelernt und erlauben uns zu zweifeln."

Pola fuhr auf. „Lassen Sie doch Ihr überhebliches Wir!“, rief sie dem Vorsitzenden zu. „Vor Gericht spricht jeder für sich, auch der Staatsanwalt hat nur eine einzige Stimme.“

Es war wohltuend, sich Luft zu machen, jedoch unklug. Dr. Jeschkos schwerer Seufzer sagte es deutlich.

„Danke für die Belehrung. Sie werden bald die Gelegenheit bekommen, allein hier Rede und Antwort zu stehen.“

Marianne blieb von dem Einwand des Staatsanwalts unbeeindruckt. Sie ließ sich nicht zum Schweigen bringen.

„Mandragora. Datura. Bilsenkraut.“

Bei ihrer Aufzählung wurde es still. Alle lauschten. Marianne sprach über die Wirkung geheimnisvoller Kräuter, als habe sie nie etwas anderes getan:

„Schon in der Antike sind sie verwendet worden, als Stimulanz, als Betäubungsmittel und als Gift. Sie kommen in den alten Märchen vor und in den Lehrbüchern der kräuterkundigen Mönche. Mandragora ist das Hexenkraut. Wer es einnimmt, glaubt, dass er fliegen kann. Aber auch andere Erscheinungen kommen vor. Die Menschen werden hemmungslos. Sie geben sich der Lust hin und vollführen Praktiken, die ihnen sonst niemals einfallen würden.“

Der Staatsanwalt witterte die gefährliche Sogwirkung dieser Rede.

„Erstaunlich genug, dass uns hier eine Halbwüchsige über den Sexualakt belehren will. Darüber sollen sich die Geschworenen selbst ein Bild machen“, warf er ein. „Aber was versucht sie uns mitzuteilen? Dass es eine Verkommenheit im Volk gibt, die sich der Normalsterbliche kaum vorstellen kann!“

„Ein Schlampen ist sie!", rief ein Mann aus dem Publikum. „Mitsamt ihrer g'scherten Zopferlfrisur. Das kennt man doch schon von der Weiten!"

Der Richter hob die Hand. „Man möge die Zeugin ausreden lassen." In seinen Augen stand Neugierde und, unverkennbar, die Lust auf mehr Schlüpfrigkeiten.

Doch Marianne hatte sich besonnen und kam nicht mehr darauf zurück. „Ich bezeuge, dass Fräulein Wolf mit Mandragora-Wurzel versetzten Gewürzwein und auch solche Limonade zu trinken bekommen hat."

Sie schaute schnell zu der Anklagebank hinüber. Polas verblüffter Blick begegnete ihrem.

„Sie wollen also nicht im Sinn der Anklage sprechen, sondern Fräulein Wolf damit verteidigen, dass sie selbst vergiftet wurde?" Der Richter klang ein wenig enttäuscht, als hätte er sich einen anderen Höhepunkt vorgestellt.

Nun wäre Pola selbst an der Reihe gewesen zu sprechen. Es war die Gelegenheit, auf die sie gehofft hatte, ihre Chance. Sie kam. Sie ging. Lieber wollte Pola ins Gefängnis gehen als wiederholen, was sie im Wald von Heiligenkreuz erlebt hatte. Marianne enthüllte und sie entblößte sich dabei. Pola nicht.

Der Gerichtsdiener strebte mit eiliger Miene durch den Saal. Er legte dem Richter ein Schreiben vor. Der Richter las es durch. Danach räusperte er sich und ergriff das Wort:

„Frau Thekla Panigl, die Opfer von zwei Giftanschlägen wurde, ist heute morgen in ihrer Wohnung plötzlich verstorben. Bis zur Klärung der Todesursache wird die Verhandlung vertagt."

„Mörderin!“

Vergeblich donnerte der Hammer des Richters um Ruhe. Papierknäuel kamen geflogen, Schimpfworte. Ein Ei, das einer in der Tasche hereingeschmuggelt hatte.

„Hure!“

„Kinderschänderin!“

„Hexe!“

„Kopf ab der Meuchelmörderin!“

15. Kapitel

Frau Panigl war am Herzen gestorben. Ein Zusammenhang mit der Vergiftung ließ sich nicht herstellen. Doch bewies auch niemand das Gegenteil. Etwas blieb hängen. Der Ton der Zeitungsberichte änderte sich. Vor einer, die sich mit Hexenkräutern berauschte, um ihre Hemmungen zu besiegen, musste man sich vorsehen. Das war alles, was Mariannes Versuch, die Wahrheit darzulegen, bewirkte. Eine serbische Hexe, mit allen Salben geschmiert.

„Ich brauche einen Arzt, keinen Anwalt." Dr. Jeschko begann sein Plädoyer für Pola mit einem Zitat aus der ersten Unterredung mit seiner Mandantin. „Das waren ihre eigenen Worte, meine Damen und Herren. Fräulein Wolf, dieser brillante Kopf, eine wohlerzogene junge Dame, von edelster Herkunft, eine Wissenschaftlerin, erkennt in ihrer eigenen Persönlichkeit einen Schatten. ‚Parzelliertes Bewusstsein' nennt sie es hier vor Gericht. Der Vorsitzende fragte zurecht, was dieses Wort bedeutet, das die Psychiatrie gewiss in ihr Vokabular aufnehmen wird, findet man erst einmal heraus, um welche Erkrankung es sich handelt. Er hat es spöttisch gemeint, doch liegt hier, meine Damen und Herren, der Kern der Wahrheit!"

Zwei psychiatrische Gutachten über Pola waren bereits erstellt worden, die völlig verschiedene Bilder ihres Charakters entwarfen. Einigkeit herrschte nur in einem Punkt: Beide bestätigten die geistige Gesundheit der Angeklagten.

„Vor diesem Gericht werden nur Tote für krank erklärt", lautete Pola Wolfs Kommentar dazu.

Schon begannen die Zeitungen zu höhnen, dass moralische Feigheit auch vor sechshundert Jahre altem Adel nicht haltmache, weil Pola offensichtlich ihr Heil in der Unzurechnungsfähigkeit suche. Da rief Dr. Jeschko Nadija Wolf noch einmal in den Zeugenstand. Er forderte sie auf, die Geschichte von Polas Familie väterlicherseits, die ihren Namen Vuk, der Wolf, von den ältesten Stämmen Serbiens ableitete, zu berichten. Die Umstände rund um Pola Wolfs Geburt, unmittelbar vor Beginn des Ersten Weltkrieges in der Hauptstadt Serbiens. Ein Kapitel, über das Nadija niemals mit ihrer Tochter gesprochen hatte.

„Während ich in der Hoffnung war, hat sich mein Ehemann bei einer Belgrader Kokotte eine Geschlechtskrankheit geholt. Uns, mein Ungeborenes und mich, hat er mit der Syphilis angesteckt. Ich hatte Glück und wurde geheilt. Aber mein Leibarzt, der schon seit meiner Kindheit alle Krankheiten in der Familie behandelt hatte, warnte, dass das Kind einen Schaden im Gehirn davontragen könnte.

Meine Tochter Pola war das klügste, begabteste und schönste Mädchen, das man sich vorstellen kann. Von der Volksschule bis zur Lehrerbildungsanstalt hat sie alle anderen mit ihren Vorzügen ausgestochen. Dennoch, das Übel war in ihr, der alte Arzt hat es vorausgesehen, wenn er auch die ganze Tragik nicht ermessen konnte.

Ich verzieh meinem Gatten die Untreue. Wir verließen Belgrad, um in Wien ein neues Leben zu beginnen. Auch bei Milo schlug das Medikament Salvarsan gut an, er schien Glück gehabt zu haben, wie ich. Aber wir bekamen keine Kinder mehr. Und der Schein trog."

Es begann in Polas letztem Schuljahr. Milo war als Schreiber und Übersetzer in der Abteilung für Einbürgerung im Wiener Rathaus beschäftigt. So lange er seiner Arbeit nachging, fiel nichts Besonderes an ihm auf. Erst rückblickend erkannte Nadija, dass die Veränderung schon viel früher begonnen haben musste. Aus lauter Angst hatte sie die Augen davor verschlossen. Damals wohnten sie noch bequem, in einer Dreizimmerwohnung nahe dem Rathaus mit Blick auf das Burgtheater und den Volksgarten. Bald wurde Milos Benehmen so sonderbar, dass er seine Stellung nicht mehr ausfüllen konnte. Für den Ruhestand war er zu jung und verfügte über keine nennenswerten Ersparnisse. Was blieb, war die Hilflosenrente wegen Invalidität, doch Nadija stellte den Antrag nicht, sie schämte sich.

Innerhalb eines Jahres geriet die Familie in Armut. Pola verdiente ein wenig Geld mit Nachhilfe und Nadija mit ihren Handarbeiten, doch reichte das kaum für das Nötigste. Nadija zog sich zurück, zuerst von ihrem Mann, der von Tag zu Tag mehr den Verstand verlor, dann von der Öffentlichkeit und schließlich von ihren häuslichen Pflichten. Sie verließ ihr Zimmer nicht mehr. Pola blieb es überlassen, ihren Vater zu pflegen.

„Mein Mann ist an der Gehirnparalyse gestorben“, sagte Nadija im Zeugenstand.

„Schon in seiner Familie grassierten die Geisteskrankheiten. Die Schwester und deren Tochter, sowie ein Cousin, letzterer litt an Größenwahn. Meine Tochter dagegen war die Beste in der Schule, fasste alles leicht auf, schloss allen

Sorgen zum Trotz ihre Studien mit Auszeichnung ab und wurde die jüngste Bürgerschullehrerin von Wien."

„Wie kommt es dann, dass dieses Prachtstück sich vor Gericht wegen solcher Untaten verantworten muss?"

„Sie ist krank!" Nadijas Stimme zitterte, den Tränen nahe. „Ist denn ein Trieb nicht Krankheit? Sie gleicht ihrem Vater. Seit sie zur Welt kam, lebe ich in der Angst, dass sie in geistige Umnachtung fällt wie er. Und Pola weiß das. Sie hat mich öfters gefragt: Fürchtest du, dass mir das Schicksal meines Vaters bestimmt ist?"

Bei ihren letzten Worten begann Nadija zu schluchzen und musste sich beim Hinausgehen vom Gerichtsdiener stützen lassen.

Pola litt, weil ihre Mutter dieses widerliche Geheimnis der Öffentlichkeit enthüllte. Sie glaubte kein Wort von der Prophezeiung des alten Quacksalbers. Ebenso wenig tat es der Gerichtsarzt, der eilig berufen wurde, um den medizinischen Fall zu prüfen. Der Serbin durfte kein mildernder Umstand zugebilligt werden, nicht einmal ein Hirnschaden, spottete Pola danach über sein Gutachten, und die Zeitungen druckten es, wie sie gierig jedes ihrer Bonmots zum Besten gaben. Als sie auf die Frage nach ihrem Motiv antwortete: „Der Mensch ist ein Abgrund", gerieten selbst die Gemäßigten in Erregung.

Hatte sie nun zu guter Letzt ihre Missetaten gestanden? Es handelte sich, wie die Gebildeteren wussten, um ein Zitat aus Georg Büchners Bühnenstück *Woyzeck*, aber ein Schuldbekenntnis blieb es nichtsdestotrotz, oder etwa nicht? Die Anklage stand auf schwachen Füßen. Eine Reihe von Indizien sprach gegen Pola, genau wie die Zeugen, nicht zuletzt auch die Zeugen der Verteidigung, Nadija und Marianne, deren Aussagen ein Motiv boten, das vorher Rätsel aufgegeben hatte.

Von dem ersten Vergiftungsversuch gab es, da die Köchin alle Lebensmittel weggeworfen hatte, nur eine Schätzung des Gerichtsgutachters, die besagte, dass etwa ein Kilogramm Bleiweiß verwendet worden war. Dagegen war die Zitronenbrause nach dem zweiten Attentat sichergestellt und untersucht worden. Zwei Säckchen enthielten Phosphor und wiederum Bleiweiß, allerdings nur in einer geringen Dosis.

Das Fläschchen mit der Opiumtinktur, das heimlich in Alexanders Zimmer deponiert worden war, sah der Staatsanwalt als Beweis für die Verleumdung des jungen Mannes an. Als Minderjähriger musste Alexander nicht vor Gericht auftreten. Direktor Panigl entschuldigte sich mit Krankheit und der Staatsanwalt begnügte sich mit dem Protokoll der Polizeibeamten, die am Tatort ermittelt hatten.

Am schwersten belastete sich Pola selbst durch ihre Weigerung, den Hergang der Ereignisse zu wiederholen. Seit Beginn der Untersuchung schwieg sie beharrlich. Oder sie gab die Frage zurück: „Cui bono? Wem nützt's?" Wo war das Motiv? Wo eine nachweisliche Tat? Nur ab und zu warf sie während des Prozesses eine Bemerkung ein, einen Brocken, um den sich die Hunde, die sie jagten, balgen konnten. Ihr Wortwitz, ihre Schönheit, ihre Überlegenheit, auch in Rasse und Adel war in allen Zeitungen angeführt worden. Doch zuletzt siegte doch das Verlangen, eine, die so auf dem hohen Ross saß, straucheln zu sehen.

Schließlich meldete sich noch die Angestellte der Leihbücherei, wo Pola als Leserin eingeschrieben war. Sie legte das Buch vor, das Pola bei ihrem letzten Besuch im Lesesaal studiert hatte: *Die Psychologie des Giftmordes*. Energisch stellte Pola in Abrede, das Buch zu kennen. Sie blieb dabei, auch als die Bibliothekarin dem Gericht als Beweis die Entlehnkarte mit Polas Namen vorlegte.

Am letzten Verhandlungstag erhob sich Pola zu ihrer eigenen Verteidigung.

„Machen Sie sich ein Bild", sagte sie zu den Geschworenen. „Ich hatte während dieser sechs Tage genügend Gelegenheit festzustellen, dass gegen mich eine vorgefasste Meinung herrscht. Nichts, was ich hinzufüge, kann daran etwas ändern. Was hilft es einer Verzweifelten, um Verständnis zu betteln, weil die weibliche Scham sie daran hindert, alles auszusprechen? Ich habe bei der psychologischen Untersuchung gesagt, dass ich mich zeitweilig außer meiner Selbst befand. Die Psychiater bestehen aber darauf, dass ich heuchle. Auch ich habe mir darauf eine Meinung gebildet. Das Gericht sucht nicht nach der Wahrheit, sondern einen Sündenbock, um die Akten zu schließen. Wie es aussieht, hat man ihn gefunden."

Am letzten Tag des Prozesses schwänzte ich die Schule und ging früh am Morgen zum Landesgericht, wo schon eine Menge Schaulustiger auf den Eintritt in den Gerichtssaal wartete. Kinder waren beim Prozess nicht zugelassen, aber es gelang mir dennoch, mich hineinzuschmuggeln. Ein älteres Ehepaar, Fleisch-

hauer von Beruf, beide feist und voller Sensationsgier, wie es mit dem serbischen „Dämonscherl" ausgehen würde, nahm mich in die Mitte. Ich hatte ihnen erzählt, dass Pola meine Volksschullehrerin sei und sie mir, dass sie sich noch gut an Polas Eltern erinnern konnten, die früher in ihrer Fleischerei eingekauft hatten.

Als Pola ihre Rede beendete, sprang ich auf und drängte mich nach vorne. Ich wollte den Richter bitten, mich anzuhören. Schließlich war ich auch eine Zeugin, ich wollte die Aussage nachholen, die ich auf dem Polizeikommisariat verweigert hatte. Ich kannte alle Gifte im Naturgeschichtskabinett, seit ich mithalf, die Mineraliensammlung zu ordnen. Ich hatte sogar die Flaschen selbst beschriften dürfen, weil ich so eine schöne Handschrift besaß. Ich wollte dem Richter gestehen, dass ich die Schuldige war. Aus Eifersucht, um die erste in ihrem Herzen zu sein, hatte ich die Schokolade mit dem Gift versetzt.

Was konnten sie mir schon anhaben, ich war ein Kind, Kinder kamen nicht ins Gefängnis. Und selbst wenn sie mich straften, dafür wäre sie gerettet. Für mein Opfer würde sie mich für alle Zeit lieben.

Warum war es mir jetzt erst eingefallen? Vergeblich versuchte ich mir Wort zu verschaffen. Der Gerichtsdiener packte mich an meinen Schürzenbändern und zerrte mich zur Tür hinaus. Als ich protestierte, schlug er mir auf den Mund und drohte, mich in die Kinderübernahmestelle verfrachten zu lassen. Da erst begannen die Tränen zu fließen. Ich weinte und weinte und konnte mich nicht mehr fassen. Ich hatte Pola verloren.

16. Kapitel

Am 13. Jänner 1938 trat das Gericht zur Urteilsverkündung zusammen. Acht Fragen stellte der Richter den Geschworenen zu Pola Wolfs Verbrechen des versuchten Giftmordes. Nur zwei davon wurden einstimmig beantwortet:

Sie bejahten, dass Pola Wolf gegen die Familie Panigl in feindseliger Absicht gehandelt hatte, woraus eine schwere Verletzung erfolgte. Die Sinnesverwirrung der Angeklagten verneinten sie.

Erschwerend wurde gewertet, dass sie den möglichen Tod der Opfer in Kauf genommen hatte, sowie die grausamen Schmerzen, die alle Betroffenen durch die Vergiftung erleiden mussten.

In den sechs Tagen des Prozesses hatte die Angeklagte wiederholt selbstherrlich, ohne richterliche Erlaubnis, das Wort ergriffen und sich energischer verteidigt, als es ihr Rechtsbeistand vermochte. Nun, als ihr der Richter eine letzte Möglichkeit einräumte zu sprechen und ihre Untaten zu bereuen, bevor sie das Urteil entgegennahm, schüttelte sie nur schweigend den Kopf. Nach neuerlicher Belehrung durch den Richter sprachen die Geschworenen das Urteil über Pola Wolf.

Während der Urteilsverkündung lehnte sie die Stirn gegen ihre aufgestützten Hände, als wäre sie in ein Gebet vertieft. Die Menschen im Saal lauschten gespannt, alle Augen ruhten auf ihr. Plötzlich bog sie den Kopf zurück, so weit, dass sie gegen die hölzerne Lehne der Anklagebank stieß. Bevor Dr. Jeschko sie festhalten konnte, sank sie ohnmächtig zu Boden.

Erst am Abend, als sie wieder zu sich kam, erfuhr sie den Urteilsspruch: Er lautete auf drei Jahre schweren Kerkers für das Verbrechen der schweren körperlichen Beschädigung, zusätzlich verschärft durch hartes Lager vierteljährlich. Die Strafe war im Wiener Landesgericht II auf dem Hernalser Gürtel zu verbüßen. Bei guter Führung wurde ihr an Vergünstigungen Schreiberlaubnis, eigenes Schreibzeug in der Zelle sowie die Möglichkeit, zweimal wöchentlich Briefe zu versenden und zu empfangen, in Aussicht gestellt.

Vier Monate später schrieb Pola:

„Geehrte Frau Mutter! Vor zwei Tagen habe ich einen Sohn geboren. Er ist auf den Namen Thaddäus getauft worden.

Judas Thaddäus ist ein Apostel und Verwandter von Jesus. Ich habe diesen Nothelfer erst im Gefängnis kennengelernt. Er wird der Heilige der kleinen Leute genannt, der Helfer in aussichtslosen Fällen. Du weißt, ich habe mich um Religion in meinem Leben nicht sehr gekümmert. Während der Untersuchungshaft ist mir aber eine Frau begegnet, die in ihrer Verzweiflung jeden Tag zu diesem Heiligen betete. Wirklich hat sie ihre Freiheit wiedererlangt. In der Kirche „Zu den neun Chören der Engel“ Am Hof befindet sich sein Bild, sagte sie mir und dass sie dort für mich beten werde.

Viel mehr als sein Leben und diesen Namen konnte ich meinem armen Kind nicht schenken. Ich weiß, dass Du nicht in der Lage bist, für einen Säugling Sorge zu tragen, stehst Du doch selbst hilfsbedürftig und ratlos vor den Schwierigkeiten des Alltags. Deshalb stelle ich so ein Ansinnen nicht an Dich. Ich setze meine Hoffnung auf jene, die vor Gericht als meine Fürsprecherin auftrat, die junge Marianne Faisthuber. Leider ist mir ihr derzeitiger Aufenthaltsort nicht bekannt, aber ich bin zuversichtlich, dass Du sie finden wirst. Marianne ist ein guter Mensch. Sie wird den mutterlosen Knaben unter ihren Schutz nehmen."

Pola wusste nicht, ob es an der Zensur lag oder ob Nadija zu ihrer früher geübten Praxis, Unannehmlichkeiten aus dem Weg zu gehen, indem sie sie nicht zur Kenntnis nahm, zurückgekehrt war. Erst lange Wochen später erhielt sie eine Antwort. Der Brief war in Nadijas Namen verfasst, aber nicht von ihrer eigenen Hand.

„Liebes Kind", schrieb Nadija, „mein größter Wunsch als junge Ehefrau war ein Haus voller Kinder. Das Schicksal wollte es anders, aber ich habe niemals damit gehadert, denn dafür bist du meine Tochter, das Geschenk meines Lebens. Und auch jetzt, in dieser schweren Stunde, kann ich die Geburt deines Kindes nicht als Unglück empfinden. Ein guter Mensch in seinem dunklen Triebe ist sich des rechten Weges wohl bewusst, heißt es bei Goethe. Ich werde dein Kind in meine Arme schließen und es lieben wie Dich. Wir erwarten Dich bald. Deine Mutter Nadija."

„Liebste", ging das Schreiben auf einem zweiten Blatt weiter. „Deine Mutter hat mir diesen Brief diktiert, weil sie selbst zu schwach ist zu schreiben. Sie hat vor einiger Zeit einen Herzanfall erlitten und sich seitdem leider noch nicht erholt. Ich habe ihr versprochen, bei ihr zu bleiben, bis sie wieder auf den Beinen ist, was hoffentlich bald der Fall sein wird."

Die Schrift verschwamm Pola vor den Augen. Weinend las sie das Ende des Briefes:

„Über Thaddäus musst du dich nicht sorgen. Ich werde für ihn da sein wie für mein eigenes Kind. Deine Marianne Faisthuber. "

Die Eifersucht ist ein Tier mit scharfen Zähnen, es nagt an dir bei Tag und Nacht und wird nicht satt. Hast du es lange genug genährt, wächst es zu einem Ungeheuer heran. Es frisst deine Lebensfreude auf, es schleicht sich in deinen Kopf und stiehlt dir deine Gedanken, herrscht über deinen Schlaf.

Marianne hatte Mut bewiesen. Sie war gegen die angesehene Apothekerin aufgestanden, sie hatte gewagt, das Gericht und die Geschworenen zu belehren, sie sprach aus, worüber die meisten an ihrer Stelle geschwiegen hätten. Auch sie konnte Pola nicht retten, aber der Versuch war heroisch gewesen. Damit gewann sie Nadija. Früher, das wusste ich, hatte sie Marianne nicht geschätzt. Das tat ihr jetzt leid. Sie vertraute ihr und nahm dankbar ihre Hilfe an.

Ich durfte wie früher kleine Besorgungen für sie machen und sie im Haushalt unterstützen. Nach dem Prozess erkrankte sie und ihre Gesundheit blieb von da an angegriffen. Die Sehnsucht nach Pola zermarterte ihr das Herz. Wie mir.

Ich wand mich in Qualen, die ich nicht zeigen durfte, wenn sie Mariannes Loblied sang. Warum hatte Marianne Pola nicht von Anfang an reinen Wein eingeschenkt? Dann wäre sie zumindest vorsichtig gewesen im Umgang mit der Familie Panigl, oder vielleicht gar nicht mehr hingegangen.

Der erste Blick, als die Schwester ihn über ihrem Kopf hochhielt, das zuckende, blutige Stück Leben, fremd in die Welt gestoßen. Sein dünner Schrei, ein klagendes Warum. Das Wunder seiner Gliedmaßen, seine Hände, seine Füße, sein Duft. Die Gesichtszüge, wohlgeformt. Gerade Brauen – von wem? – volle Lippen, die Augen fest geschlossen. Erst an seinem dritten Tag sah er sie an, durch sie hindurch. Ein unbekanntes Wesen, in ihre Arme geworfen. Sie gab ihm zu trinken. Zuerst lehnte er ihre Brust ab. Erst die Schwester brachte ihn dazu.

Schwester Agnes leitete die Krankenstation des Inquisitenspitals, wo die Häftlinge aus dem Wiener Landesgericht behandelt wurden. Bei ihrem Orden war die Nonne in Ungnade gefallen und deshalb ins Gefängniskrankenhaus versetzt worden. Aber die Bestrafung machte ihr nichts, im Gegenteil, Schwester Agnes fühlte sich hier am Ort ihrer Bestimmung. Über ihre Zeit als Ordensfrau schwieg sie.

„Gehorsam ist schwer“, bemerkte sie einmal zu Pola. „Das wissen Sie als Lehrerin ja auch.“

Der Tratsch, der Pola voranlief, war auch der Nonne nicht unbekannt geblieben. Als „blaublütigen Rotstrumpf“ verhöhnte sie die Aufseherin wegen der kommunistischen Bücher, die man bei ihr konfisziert hatte.

„Vorsicht, die Mandragora!“, riefen die Frauen im Baderaum bei Polas Anblick. Keine von ihnen wusste, was das Wort bedeutete. Sie hatten es nur aus der Zeitung aufgeschnappt. Allmählich ebbte das Interesse an ihrer Person ab. Mit dickem Bauch und geschwollenen Brüsten erschien sie nicht länger als die *femme fatale*, die in der besseren Wiener Gesellschaft mitgemischt hatte.

Wie schon in der Untersuchungshaft stellte Pola ein Gesuch auf Unterbringung in einer Einzelzelle. Dieses Mal wurde ihm stattgegeben. Sie kam in den „Turm“, einen eigenen Trakt des Gefängnisses, in einem Rundbau, dem er seinen Namen verdankte. Sechs Schritte lang, drei Schritte breit, mit einem winzigen, doppelt vergitterten Fenster, das in den Gefängnishof ging. War es geschlossen, konnte man durch die milchigen Scheiben nichts sehen. Geöffnet ließ es ein trapezförmiges Stückchen blauen oder umwölkten Himmels in die Zelle. Nadija schickte ein Paket mit Wäsche. Plötzlich war ihr Geruch da, das parfümierte Puder und der Duft ihres Haars, wenn sie es am Abend bürstete.

Die meisten Gefangenen ertrugen die Einzelhaft nicht lange, auch wenn sie selbst danach verlangten. Ohne Beschäftigung und Ansprache brach die Haftpsychose leicht aus. Auch Pola stellte bald fest, dass die Einsamkeit schlimmer sein konnte als die erzwungene Gemeinschaft, die meiste Zeit war sie aber mit ihren körperlichen Zuständen beschäftigt. Sie litt bis zum Ende der Schwangerschaft unter Übelkeit.

Verspürte sie Sehnsucht nach Unterhaltung, konnte sie mit den Nachbarn „telegraphieren“. An der Wand ihrer Zelle stand ein Tisch. Kaum klopfte man darauf, kam aus der Nachbarzelle Antwort. Die das Morsealphabet beherrschten, verständigten sich auf diesem Weg. Die anderen benützten das Klosettrohr zum sogenannten „Telefonieren". Dabei musste zuerst das Wasser aus der Muschel gepumpt werden, dann konnte man mit den Insassen der Zellen unter oder über der eigenen sprechen.

In Schwester Agnes fand Pola eine unerwartete Fürsprecherin. „So lange du dein Kind stillst, werde ich nicht zulassen, dass sie es dir wegnehmen", erklärte die Nonne entschieden.

Doktor Holm, der Oberarzt des Inquisitenspitals, war Morphinist und nur zu froh, dass Schwester Agnes den Betrieb in Gang hielt. Jeden Morgen um neun Uhr war die „Marodenvisite". Da wurde entschieden, wer von den Kranken zu entlassen war und wer noch stationäre Betreuung brauchte. Auf der Krankenstation gab es ein nahrhafteres Essen als im Landesgericht, deshalb kehrten die Häftlinge nur ungern in ihre Zellen zurück. Erschien ein Kontrollor der Gefängnisdirektion, leerten sich die Betten schlagartig, denn im Fall eines Missbrauchs wurden den Häftlingen die Vergünstigungen gestrichen.

Schwester Agnes erreichte, dass Pola auf der Station bleiben durfte. Als Krankheitsgrund nannte sie einen Riss in der Gebärmutter, der bei der schweren Geburt aufgetreten war. Körperliche Anstrengungen konnten zu einer lebensgefährlichen Blutung führen, weshalb sie dem Häftling Wolf Bettruhe verordnete.

Ein einziges Mal tauchte Doktor Holm an Polas Bett auf. „Ist es wahr, was sie von dir sagen?", fragte er sie.

Sie sah seine rotgeränderten blauen Augen, die kalkweiße Haut, die bebenden Hände.

„Du kennst die Geheimlehre?“

Sie erwiderte nichts. Er war nicht bei sich. Er flüsterte ihr ein Wort zu. Sie glaubte, falsch verstanden zu haben, aber da wiederholte er es: „Gräfin Blanković!“

Er entdeckte das Kind in ihrem Arm und starrte es mit seinem glühenden Blick an. Bis zu diesem Moment hatte er nicht gewusst, dass sich auf seiner Station ein Säugling befand. Pola wurde angst und bange. Auch wenn er noch so verrückt war, er konnte ihrem Bleiben hier schnell ein Ende bereiten. Er schüttelte sich, als wäre er im Traum. Die Begegnung wiederholte sich nicht. Vielleicht hatte er sie vergessen. Aber wie war er auf den Namen gekommen? Oder hatte sie sich am Ende doch verhört? Eine ungewisse Sorge blieb.

Sie küsste und herzte ihr Söhnchen und bat Schwester Agnes, für ihn zu beten, auf dass er nicht das Schicksal seiner unglücklichen Mutter erleiden möge.

Jeden Tag wenn sie ihn ansah, suchte sie nach einer Ähnlichkeit mit Alexander. Thaddäus’ Züge blieben fremd. Sie wusste, dass ihre gemeinsamen Tage gezählt waren und sie ihr Herz nicht an das Kind hängen durfte. Doch sie liebte ihn. Wenn er später einmal die Frage stellte, wer sein Vater war, was für eine Antwort sollte sie ihm geben? Seine wahre Geschichte durfte Thaddäus niemals erfahren. Besser als Waise aufwachsen als mit so einer Bürde.

Im Oktober 1938 drangen neue Nachrichten über die Schreckensherrschaft der Braunhemden auch ins Gefängnis. Eine Guillotine, hieß es, sei in München bestellt worden. Die Gefängniszellen füllten sich täglich mit mehr Delinquenten, die auf ihre Prozesse warteten. Einzelzellen gab es längst keine mehr.

Am 6. Dezember, eine Woche nachdem das Fallbeil aufgestellt worden war, fand im Landesgericht die erste Exekution statt. Die Giftmörderin Karoline Streicher wurde geköpft. Das brachte auch Pola Wolf wieder ins Gespräch. Noch einmal wärmten die Zeitungen die rätselhaften Umstände ihres Falls auf. Man verglich sie mit der Streicher und fand, dass die serbische Hexe ebensoviel Tücke doch weniger Format besaß. Wo war die Giftmischerin aus ihrer Zelle eigentlich hinverschwunden? Das Privileg, dass sie immer noch auf der Krankenstation lag und sich von den „Rauchfangschwalben" aufpäppeln ließ, auf dass die Milch für ihren Hurenbankert reichlich fließe, machte wie ein Lauffeuer die Runde. Schon am Tag nachdem der Bericht in der Zeitung erschien, kam eine Frau in Schwesterntracht zu Pola.

„Ich bin von der Fürsorge." Ihren Namen nannte sie nicht.

Ohne weitere Erklärung griff sie nach dem Säugling. Pola presste ihn an ihre Brust „Bitte", jammerte sie. „Bitte, noch nicht!"

„Nehmen Sie Vernunft an, Frau." Die Fürsorgerin ließ nicht aus. „Er kommt in Pflege. Das geschieht auf ihren eigenen Wunsch."

Sie zeigte den Pflegeantrag, den Marianne Faisthuber gestellt hatte, und den amtlichen Bewilligungsstempel. Aber Pola hörte nicht auf zu betteln. Erst als die Frau den Kleinen derb um die Mitte packte und mit Gewalt von ihr losreißen wollte, gab sie ihn frei. Der letzte Blick auf ihn, verzerrt durch die Tränen, die ihr aus den Augen strömten. Seine geballten Fäustchen, sein empörtes Geschrei.

Zu Ostern kam eine Karte. Die Postmarke fehlte, so konnte Pola nicht sehen, wo sie aufgegeben worden war.

„Frohes Fest, liebe Freundin!“, begann sie zu lesen. „Mach Dir keine Sorgen. Deinem Sohn geht es gut. Wir lieben ihn alle, von ganzem Herzen. Vor wenigen Tagen ist er das erste Mal aufgestanden. Er ist ein starker Bursche, bestimmt wird er bald laufen lernen. Er kann schon Mama sagen. Nadija geht es besser, sie schickt Dir wie ich herzliche Grüße. Wir warten alle sehnsüchtig auf Dich! Deine Marianne.“

Pola Wolf verbüßte noch zwei Jahre ihrer Kerkerstrafe im Wiener Landesgericht. Am Neujahrstag 1941 bekam sie den Bescheid, ihre Zelle zu räumen. Sie hoffte, im Zuge der Weihnachtsamnestie begnadigt worden zu sein. Seit die Nazis regierten, herrschte Platznot im Gefängnis. Die Zahl der politischen Häftlinge wuchs. Pola hatte sich nichts zuschulden kommen lassen, sie konnte mit einem guten Führungszeugnis rechnen. Ein fremder Wachebeamte holte sie aus der Zelle ab und führte sie in den Gefängnishof. Dort wartetete ein Lastwagen. Auf der offenen Ladefläche standen Frauen in Häftlingsgewand, Körper an Körper gedrängt, so viele, dass es keinen Platz gab, sich niederzusetzen. Wohin die Fahrt ging, wussten sie nicht.

2. Teil

17. Kapitel

Ich schweige, so wie die anderen, antwortete Pola, wenn die Sprache auf jene Jahre kam. Niemand, der dort war, kann dir die Wahrheit sagen. Es gibt keine Worte dafür.

Pola ging durch die vertrauten Straßen des Alsergrunds, vorbei an aufgetürmten Ziegelbergen, die einmal Häuser gewesen waren. Das Varieté-Theater in der Porzellangasse gab es nicht mehr, die gläsernen Kuppeln der Jugendstilhäuser lagen in Scherben, bunte Glassplitter, die auf dem Trottoir glitzerten, wenn die Sonne darauf fiel.

Sie suchte das „Fliegende Haus" in der Liechtensteinstraße. Zu Beginn ihrer Liebe hatte Alexander sie durch den Bezirk geführt und ihr dabei die absonderlichsten Begebenheiten aus alten Chroniken erzählt. Eine dieser Sagen war anders gewesen, hoffnungsvoll und tröstend, von einem Haus, das am Ufer des wilden Alsbaches stand, der damals hier geflossen war. Der Mann, dem das Haus gehörte, lebte in ständiger Angst vor Überschwemmungen. Eines Nachts erschien ihm eine Fee im Traum. Sie versprach, sein Haus dorthin zu versetzen, wo es ihm am besten gefiel. Er wählte die Liechtensteinstraße und als er erwachte, fand er sein Haus wirklich dort wieder. Pola erinnerte sich genau an die Stufen, die vom Straßenniveau zum Hauseingang hinaufführten, an die zwei steinernen Säulen links und rechts des Eingangs und das Dach mit dem spitzen Giebel.

Junge und alte Frauen, die Gesichter mit Tüchern umwickelt, kletterten über die Schutthalden und räumten in den Ruinen auf. Nur selten fiel ein Wort, die meisten verrichteten ihre Arbeit still. Die Blicke, die sich zu Pola verirrten, streiften sie gleichgültig. Das „Fliegende Haus" stand nicht mehr oder die gütige Fee hatte es an einen anderen Ort gezaubert.

Mit Mühe schleppte sie sich bis zur Strudlhofstiege weiter. Der Wundverband an ihrem Bein klebte und juckte. Früher hatten in den steinernen Rabatten Blumen in allen Farben geblüht. Nun wuchs der Efeu über die Steine. Er streckte seine Pflanzenarme über die Geländer, als wäre die Stiege ein großes Grabmal. Auf der kleinen, in die Mauer eingelassenen Bank hatte sie nach den Besuchen bei Panigls oft eine Pause eingelegt, um ihre Gedanken zu ordnen bevor sie nach Hause gegangen war. Später mit Alexander.

Zwischen den verblassten Goldverzierungen und dem Gestrüpp verdorrter Ziersträucher fand sie einen Platz zum Ausrasten. Am meisten schmerzten die Füße. Ihr Schuhwerk, hellbraunes Leder, ein ungewohnter Luxus. Größer noch die Erleichterung, sie abzustreifen. Die Blutblasen an ihren Zehen waren aufgeplatzt. Kein Selbstmitleid, sie durfte nicht schwach werden. Die Klage über Unbequemlichkeiten, auch das war Luxus. So einen weiten Weg hatten ihre Füße sie bis hierher getragen.

Es war doch besser, dass sie in der Althanstraße wieder umgekehrt war. Sollte sie jemand, der sie von früher kannte, so, in dieser Verfassung, sehen? Alexander. Und Panigl. Wie wollte sie ihnen gegenübertreten? Was sollte und was konnte sie sagen? Erst wenn sie die Antwort darauf wusste, durfte sie wiederkommen.

Die Sonne erreichte ihr kleines, halb verborgenes Bänkchen. Sie saß wie in einem Vogelnest. Über ihrem Kopf sang eine Amsel im Baum.

Vor ein paar Wochen war sie nicht weit von hier am Donauufer gestanden. Ein Augenblick des Innehaltens zwischen den Zeiten. Hinter ihr die Hölle, der sie entronnen war, vor ihr das ungewisse Geschenk Zukunft. Ein endloser Zug von Panzern und Jeeps wartete auf der Reichsbrücke, der einzigen noch bestehenden Verbindung über die Donau, um die Militärkontrolle zu passieren. Dazwischen Pola, am Rande ihrer Kräfte, aber das machte nun nichts mehr aus. Die Sonne schien heller, als dort, wo sie herkam.

Sie ging über die Brücke, auf das Zentrum zu. Weit vor ihr, im Herzen der Stadt, ragte der Stephansdom hervor. Sein Dach war eingestürzt, der Turm verbrannt, aber das wusste sie noch nicht, sie war zu weit entfernt.

Die eingestürzten Häuser links und rechts der Straße ließen den Blick frei auf den Prater, die Pferderennbahn in der Krieau, das Riesenrad. Das, was noch davon übriggeblieben war, sein metallenes Skelett, ohne eine einzige Gondel.

Und doch, wie jedes Jahr wenn der Frühling begann, spazierten die Wiener in den Prater, kauften sich Retzer Salzgurken beim Standler vor dem Calafati oder fuhren mit ihren Kindern Toboggan. Sie wanderten durch die Hauptallee zum Lusthaus, mieteten ein Ruderboot am Heustadelwasser, küssten ihre Liebste auf dem Konstantinhügel.

Die Buden des Wurstelpraters waren geschlossen, die Liliputbahn stand verlassen auf ihrem Geleis. Die Kastanien aber blühten wie alle Jahre und die Oberleitung der Straßenbahnlinie 5 war repariert worden. Sie verkehrte schon wieder. Auf der Plattform wartete die Schaffnerin, ihre lederne Geldtasche um den Bauch geschnallt, Sterne an den Schultern einer Uniform, die Pola zum ersten Mal sah. Sie zog die Klingelschnur über ihrem Kopf und die Bahn fuhr los, umrundete das Denkmal von Admiral Tegetthoff und seiner siegreichen Flotte und bog in die Praterstraße ein.

Über den Nestroyplatz folgte eine Gruppe alter Frauen einem Priester, der unter dem Baldachin seine Monstranz in die Höhe hielt, eine armselige Prozession. Schrill und misstönend sangen sie: „Dich zu loben, dich zu lieben, deinen Heiland, deinen Herrn!"

Schweigen war die wortlose Verabredung einer ganzen Generation, nicht nur der Schuldigen, auch jener, die wie ich und so viele andere nichts zu verbergen hatten. Heute gibt es Erlebnisberichte, Romane und Filme. Nach dem Krieg wollte keiner von den Ungeheuerlichkeiten, die gerade erst geschehen waren, wissen.

Das Wort Vergangenheitsbewältigung hat mich immer seltsam berührt. Wie können die, die nach uns kamen, bewältigen, was sie nicht selbst erlebten, frage ich mich, wie, wenn es uns damals nicht gelang, nun, wo alles längst vorbei ist? An der Vergangenheit kann man nichts ändern. Die Schuld lässt sich nicht gutmachen. Die Leiden verjähren nicht.

Doch während ich das niederschreibe, spüre ich, dass es die Gedanken und Gefühle einer Zurückschauenden sind, gefiltert durch die Zeit. Wie hätten wir mit einer solchen Einsicht das zerstörte Land wieder aufbauen, ein neues Leben anfangen sollen? Nur durch die Verdrängung des Grauens, so sehr es uns zu schaffen machte, mehr noch danach unseren Kindern und Enkeln, wurde es möglich.

18. Kapitel

Geh fort, es ist noch Zeit!", befahl jemand.

Sie drehte sich um. Es war dunkel, sie konnte nicht sehen, woher die Stimme kam.

„Die Morgendämmerung ist eine Gefangene der Nacht. Der Wolf hält sie in seinen Zähnen fest. Beißt er zu, muss die Sonne schwarz werden."

Sie erkannte den schrecklichen Rachen. Die rote Zunge und die gefletschten, scharfen Fangzähne. Eine Faust schlug mit roher Gewalt zu. Der Wolf heulte auf. Blut tropfte. Zersplitterte Zähne fielen auf die Erde. Der Wolf heulte und heulte.

„Was soll dieses Geschrei?", rief eine erboste Männerstimme.

Mit einem Schlag verstummte der Lärm.

„Du musst weg, geh schnell!", flüsterte ihr die Stimme noch einmal eindringlich zu.

Da endlich gelang es Pola, die Augen zu öffnen, aus dem Zwischenreich ihres Dämmerschlafes aufzutauchen. Durch die große gläserne Tür fiel das erste Licht. Nur eine Scheibe war noch ganz, die anderen mit Karton verklebt. Draußen standen die Bäume schwarz und ernst. Pola setzte sich auf und zog ihren Mantel, in dem sie geschlafen hatte, fester um sich. Rund um sie seufzte und weinte es, aus allen Richtungen kamen die Stimmen. Der große Schloßsaal war mit Pritschen vollgepfercht. Durch die zerbrochenen Fenster blies der Nachtwind kühl und vermochte doch nicht, die

Luft im Raum zu bewegen. Kalt und stickig zugleich hing sie über den Körpern der Schlafenden.

Früher waren am Sonntag die Ausflügler heraufgekommen. Heute weckte der Panoramablick auf die Stadt nur Trauer. Das einstmals schöne Schloss auf dem Wilhelminenberg war verwüstet, es gab keine Möbel mehr, nur ein Bettenlager. Während des Krieges war das Schloss als Militärlazarett benützt worden, nun schliefen in den früheren Krankenzimmern obdachlose Heimkehrer. Lange konnte Pola nicht hierbleiben. Selbst das Vogelzwitschern riss an ihren Nerven. Bei jedem Blick, der auf ihr verweilte, erstarrte sie. Wenn das nicht aufhörte, wenn sie ständig Angst haben musste, jemand könnte sie wiedererkennen, wie sollte sie weiterexistieren?

„Weißt du noch, Pola, die Quelle des Vergessens", hatte Nadija gesagt. „Wenn man wüsste, wo sie fließt."

Sie waren einander gegenübergesessen, in dem kleinen Gemach im Souterrain des Landesgerichts, wo man durch das vergitterte Fenster die Füße der Passanten draußen auf dem Trottoir vorbeigehen sah, und die Zeit verrann zu schnell.

„Wem das Leben unerträglich geworden ist, der muss sie suchen. Wer von ihr trinkt, spürt keinen Schmerz mehr, keine Liebe und keine Schuld. Was kann es Schöneres geben für einen Menschen, der an seinem Schicksal verzweifelt?"

„Du meinst sterben", antwortete Pola, und Nadija begann zu weinen, ohne einen Laut.

In den Nächten war es schwer, nicht nachzugeben. Sie hatte Angst vor dem Schlaf. Bei manchen wartete der Tod nur auf den Schlaf. Doch wenn der Morgen kam, lieblich und hellblau, ein jubilierender Maientag nach dem anderen anbrach, stand Pola wieder auf und dachte nicht mehr an die Nacht, die hinter ihr lag, nur an ihren Vorsatz, einen Schritt nach dem anderen zu tun, bis sie wieder festen Boden unter sich spürte.

Der Weg nach Ottakring war nicht weit, über einen Waldweg zur Erdbrustgasse hinüber. Dort führte zwischen Schrebergartenhütten und brachliegenden Feldern ein kleiner geschotterter Weg hinunter zur Endstation der Straßenbahnlinie J. Bergab lief Pola beinahe. Jeden Morgen fasste sie neue Hoffnung. Bis sie unten angekommen war. Am Fuße des Berges lag das Wilhelminenspital.

Ich höre Nadijas dunkle Stimme, den sanften slawischen Zungenschlag, den sie zeitlebens nicht ablegte, auch wenn sie ihre Muttersprache nicht mehr benützte. Die Quelle des Vergessens ist ein Märchen. Nur die völlig Hoffnungslosen kann sie trösten. Aber Nadija glaubte fest an Polas Überleben und wartete auf ihre Heimkehr. Noch am letzten Tag ihres Lebens sprach sie von ihr. Ich war bei ihr, wie fast jeden Mittag. Sie lag auf dem Sofa und hörte ihre Musikplatten. Wenn sie allein war, aß sie nichts, es stimme sie traurig, sagte sie. Ich hatte nicht so viel Zeit, wie sie sich wünschte, aber sie beklagte sich nicht.

Von ihrem Zusammenbruch nach Polas Verurteilung hatte sie sich nie mehr erholt. Was ihr genau fehlte, wusste ich nicht, denn sie wollte keinen Arzt sehen. Wenn ich sie nach ihrem Befinden fragte, griff sie sich ans Herz, mit einer eigentümlich fragenden Geste. Als wäre sie nicht sicher, ob es noch an seinem alten Platz läge. Ich drängte sie oft, aufzustehen und mich zu einem kleinen Spaziergang mit den Kindern zu begleiten. Selten stimmte sie zu. Im März 1945 ging man allerdings nur aus dem Haus, wenn es sich nicht vermeiden ließ. Die Welt um uns zerfiel. Nadija weigerte sich, bei den Luftangriffen in den Keller zu gehen. Sie hatte panische Angst davor, im Dunkeln verschüttet zu werden. Das ist ihr erspart geblieben. Die Bombe, die das Haus Nummer 16 traf, muss sie augenblicklich getötet haben.

Pola ging suchend durch die Gartenanlage, in der die Spitalspavillons verstreut lagen. In den Blumenbeeten wucherte das Unkraut mit lila und rosa Blüten, so hübsch, als ob es von der Stadtgärtnerei eingepflanzt worden wäre. Die Natur hatte die früher gepflegten Rasenflächen zurückerobert. Der wilde Hafer wuchs, Huflattich und hochaufschießende Disteln. Ihre stacheligen Früchte dienten den Kindern als Wurfgeschosse. Sie folgte dem Wegweiser nach rechts und gelangte zu Pavillon 24, wo sie hinmusste.

Eine blonde Frau stand beim Eingang und rauchte. Als Pola an ihr vorbeiging, stieg ihr der Duft ihres Parfums in die Nase, vermischt mit einer Wolke Zigarettenrauch. Sie trat in das Gebäude, aus dem hellen Vormittagslicht in das Halbdunkel des Korridors. Das Parfum begleitete sie noch ein Stück des Wegs, dann wich es den Spitalsgerüchen, der Mischung aus Desinfektionsmittel, Küchendunst und alten WC-Anlagen.

Für die mittellosen Heimkehrer war eine spezielle Ambulanz eingerichtet worden. Viele litten wie Pola nach den übermenschlichen Anstrengungen an den Füßen, hatten Karbunkel, eitrige Abszesse, Krätze, Wasser in den Beinen. Sechshundert Kilometer war sie nach Hause gegangen, zusammen mit Gretl. Zuerst hatten sie gezweifelt, ob sie in den Holzschuhen weit kommen würden, aber sie hielten durch. Von Prag bis zur österreichischen Grenze nahm ein Zug sie ein Stück mit. In Gmünd mussten sie wieder hinaus und zu Fuß weiter. Sie erreichten Eggenburg, so viele Kilometer. Ohne Gretl hätte sie es nicht bis Wien geschafft. Immer wenn Pola nicht weiterkonnte, sprach Gretl ihr Mut zu. Als sie schließlich an der Donau, zu Hause, angekommen waren, hatte sie ihre Energie erschöpft. Pola stand auf. Gretl blieb liegen.

Wenn sie an ihre Kameradin dachte, packte Pola das schlechte Gewissen. Gretl war eine Widerstandskämpferin gewesen. Eine Frau, die für das Wohl der anderen lebte. Ein wertvoller Charakter. Nie fragte Gretl nach ihrer Vergangenheit. Pola war eine von ihnen. Das genügte ihr. Pola kam nicht dazu, die Wahrheit zu gestehen. Und wie hätte sie auch darüber sprechen sollen? Dass alles ein Missverständnis war. Dass sie keine Verbrecherin war. Dass sie weder an Gott glaubte noch an die Menschlichkeit. Dass sie keinen Sinn erkennen konnte. Nicht einen, der sich mit dem menschlichen Verstand erfassen ließ. Am Ende hatte sie Gretls Rucksack getragen, so blieben die wenigen Habseligkeiten bei ihr. Den Ausweis entdeckte sie erst später. Gretl hatte keine Familie und keinen Liebsten mehr, so würde auch niemand vergeblich auf sie warten.

Die blonde Frau stand immer noch vor dem Pavillon. Zu ihren Füßen lagen fünf Zigarettenkippen mit Lippenstiftrand und ein schmutziges weißes Stofftaschentuch. Pola hob das Taschentuch auf.

„Gehört das Ihnen?“

Ein Blick traf sie, wie Eisblumen, hell und durchdringend.

„Danke.“

Es fiel Pola schwer, in diese Augen zu sehen. Ihr Blick war so starr, verzweifelt oder wütend, aus der Fassung geraten in jedem Fall. Sie wollte weggehen, da streckte die Frau die Hand aus. Sie nahm nicht das Taschentuch, sondern griff nach Polas Hand.

„Bitte“, sagte sie. Mehr nicht. Und hielt sie fest.

Minuten vergingen. Pola hörte die Atemzüge der Frau, sie spürte den Geruch wieder, das Parfum. Die Hand, die ihre umschlossen hielt, war schmal und wohlgeformt, nur die Fingernägel abgebrochen, zersplittert, als hätte sie eine ungewohnte Arbeit verrichtet. Vorsichtig wollte sie sich zurückziehen. Da ließ sie die Frau, wie erschrocken über sich selbst, plötzlich los.

„Entschuldigen Sie. Macht es Ihnen etwas aus …“ Sie zögerte und seufzte auf. „Wo wohnen Sie?“, fragte sie dann.

Eigentlich wollte Pola nichts von sich erzählen. Sie zeigte unbestimmt in Richtung Wilhelminenberg. „Dort oben.“

Der Blick der Frau verlor etwas von seinem wütenden Starren. Auf einmal sah sie Pola richtig an. „Dort oben? Sie meinen die Auffangstelle für die Heimkehrer im Schloss?“

Pola gab keine Antwort. Die Frau wartete eine Weile, dann nickte sie. Sie hatte verstanden. Mit einer Kopfbewegung deutete sie zum Eingang des Spitalspavillons.

„Da drinnen ist meine Schwester. Im Typhussaal." Sie suchte nach ihren Zigaretten. „Jeden Tag werden sie weniger. Die Ärzte sagen, nur die über fünfzig haben eine Chance zum Überleben."

„Nein, danke", sagte Pola, als die Frau ihr eine Zigarette anbot.

„Ich hab' mich noch nicht vorgestellt." Noch einmal streckte sie Pola ihre Hand hin. „Luise Seidl."

Pola murmelte ihren Namen. Luise fragte nicht nach. Vielleicht war es ihr gleichgültig. Aber dann sagte sie: „Ich weiß ein Zimmer. Da, wo ich wohne. Es ist nicht so schlecht, zur Überbrückung für Obdachlose."

Pola schaute sie verwundert an.

„Ich bin ausgebombt worden", erklärte Luise kurz. „Wir waren die einzigen, die nicht zu Hause waren, die Nanni und ich." Sie fügte hinzu: „Die Nanni ist meine Schwester."

Sie ging weg von der Tür mit dem dunklen Gang dahinter, in den verwilderten Spitalsgarten. „Kommen Sie mit?", fragte sie über die Schulter.

Pola wollte nein sagen, da hatten ihre Füße sich schon in Bewegung gesetzt. Sie folgte Luise.

Erkennst Du Luises Entschlossenheit und Tüchtigkeit? Was sie anpackt, gelingt. Und wenn nicht, versteht sie es jedenfalls, diesen Eindruck zu machen. Wie hätte Pola diese Zeit ohne sie überstanden? Ich habe Nadija versprochen, mich um Pola zu kümmern, aber dann bin ich an ihr vorübergegangen und erkannte sie nicht. Dafür hat uns das Schicksal Luise geschickt.

Unter der bröckelnden Stukkaturdecke hing ein Lüster aus Bleikristall. Die Glühbirnen waren ausgebrannt, neue gab es nicht zu kaufen, und die Elektrizität funktionierte unregelmäßig. Am Abend, wenn die Sonne ins Zimmer schien, sprühten die Kristalle des Lüsters leuchtende Tupfen an die Wände, in allen Farben des Spektrums, ein Anblick, dessen Pola nicht müde wurde. Sonst gab es nicht viel zu bewundern. Der Teppich war fadenscheinig, dem Klavier fehlte ein Bein, und das Sofa, auf dem sie schlief, hatte kaputte Sprungfedern.

Im Teakholz-Buffet war das Geschirr eingeschlossen. Herr Karner fürchtete bestimmt, von seinen ungebetenen Gästen bestohlen zu werden. Nichts lag Pola ferner. Nadijas Liebe zum Speiseservice war ihr immer übertrieben vorgekommen. Die blauen Mäander, so hübsch, aber auf jedem der vielen Teile wiederholte sich das anmutige Muster, eintönig, bis man es gar nicht mehr ansah. Es hätte ebenso weiß sein können. Porzellan, Kristall und Silber, die Säulen, auf denen ein vornehmer Haushalt ruhte. Nadija war nicht stolz auf ihre Herkunft, sie hatte Heimat und Familie ohne Bedauern hinter sich gelassen. Nur um die schönen Dinge trauerte sie, die alten Gemälde im Hause ihrer Eltern, einen mit einer Jagdszene bestickten, französischen Wandteppich aus dem Revolutionsjahr 1789, der in der Eingangshalle gehangen war, den Blüthner Flügel und das Spinett, auf dem ihre Eltern bei Festen vierhändig

Mozart gespielt hatten. Das einzige, was Nadija im Haushalt freiwillig tat, war das Pflegen ihres Silberbestecks und das Abstauben des niemals benützten Meissner Porzellans. Lieber wäre sie verhungert, als ihre Sammlung anzugreifen. „Damit du einmal eine schöne Aussteuer bekommst, Schatzerl."

Stattdessen waren es Nadijas Grabbeigaben geworden, ein Bett aus blaugemusterten Scherben. Die Brandbombe musste das Silber geschmolzen haben. Eine Krone für ihr Mütterlein. Eine Münze für den, der sie in die Totenwelt begleitete. Für Pola einen Becher, um aus der Quelle des Vergessens zu trinken.

Herr Karner war der Besitzer der Wohnung, alleinstehend, ein Witwer. Eines der vier Zimmer seiner Wohnung bewohnte er selbst, die anderen drei hatte er auf Anordnung des Wohnungsamts der Allgemeinheit zur Verfügung stellen müssen. Herrn Karners Frau war in einer Bombennacht an einem Gehirnschlag gestorben.

„Aus Schrecken", erzählte er Pola und dann, ungefragt: „Ich bin ja keiner von denen gewesen, ich war von Anfang an gegen die braune Brut."

Eine Woche wohnte sie schon in seiner Wohnung. Er fragte nicht, wo sie hergekommen war. Dass sie den Krieg nicht in Wien verbracht hatte, verstand sich ohne Erklärung. Pola schwieg über das, was hinter ihr lag. Niemand wollte es wissen.

„Was wir mitgemacht haben! Das kann sich ja keiner vorstellen, glauben Sie mir,", klagte die Frau, die das Zimmer auf der anderen Seite des Korridors hatte. „Dreimal sind wir ausgebombt worden!"

„Was hast du schon wieder zu flennen?“, herrschte sie ihr Mann an. Er bemerkte sie nur, wenn er seine Wut auslassen wollte.

Im dritten Zimmer wohnte die schöne Luise. Auch sie durch Fliegerbomben obdachlos. Auch sie leidend am Krieg. Sie war freundlich, durch ihre Hilfe war Pola dem Massenquartier entkommen. Dennoch wich Pola ihr aus. Wenn sie sich am Morgen im Vorzimmer begegneten, schaute sie weg. Luise war unschuldig an ihrem blonden Haar und ihren blauen Augen, aber sie sah aus wie ein Werbeplakat für das untergegangene Herrenmenschenreich. Edle Rasse. Blaublond arisch.

Herr Karner hielt sein Badezimmer in der Früh für gewöhnlich lange besetzt. Dann warteten sie mit ihrem Waschzeug vor der Tür. Luise arbeitete bei einer Filmgesellschaft. Pola hörte neugierig zu, wenn sie davon sprach. Welche Filme wurden jetzt gedreht? Wer sah sie an? Gern wäre sie ins Kino gegangen. Noch einmal die alten Filme, nicht *Maskerade*, die verheulte Wessely hatte ihr nie gefallen, aber die Garbo und die Leander, die Komödien mit der Sandrock. Adele Sandrock hatte sie im Deutschen Volkstheater gesehen, als die Christine in der *Liebelei*. Mit dem Schnitzler gab es einen Skandal, das Theaterstück, das nicht gespielt werden durfte, in dem es alle miteinander machten, reihum. Nadija war empört gewesen über den *Reigen*, ja, so hieß das Stück. Das interessierte Pola nicht. Charlie Chaplin dafür umso mehr. *Goldrausch* und *Lichter der Großstadt. Moderne Zeiten*, da war sie in einem anderen Rausch gewesen. Den musste sie noch einmal ansehen.

Die Wände waren dünn. Sie hörte Herrn Karners ärgerliches Brummen im Nebenzimmer. Seine Füße tappten über den Parkettboden, die Gläser im Buffet klirrten. Drüben auf der anderen Seite des Vorzimmers stritt das Ehepaar, ein unablässiger Disput, an- und abschwellend, gehässig und verzweifelt zugleich. Gern wäre Pola im Zimmer herumgewandert, aber der Parkettboden ächzte unter jeder Bewegung. Sie wollte Herrn Karners Laune nicht noch schlimmer machen. Der Alptraum des Lebens hatte viele Gesichter.

Leise verließ Pola das Zimmer. Nach einer Woche hatte sie schon Übung mit dem störrischen Schloss. Ohne Lärm zu machen, zog sie die Tür hinter sich zu und ging aus dem Haus. Draußen lagen die Straßen ganz still. Als gäbe es keine Menschen mehr, als wären sie mit ihren scheußlichen Taten untergegangen. Noch immer hatte sie sich nicht registrieren lassen, obwohl es gefährlich war, ohne Identitätsausweis auf der Straße herumzugehen. Als mittellose Heimkehrerin bekam sie im Rathaus Lebensmittelkarten, bei der Fürsorge Kleider, auf dem Wohnungsamt durch Luises Vermittlung ohne weitere bürokratische Hürden das Untermietszimmer.

Aber nun musste sie sich entweder eine Arbeit suchen oder bei der Opferfürsorge um Unterstützung ansuchen. Zu einer Untersuchung war sie bereits erschienen, einer weiteren würde sie sich nicht unterziehen. Die Fragen des Amtsarztes gehörten zu einer anderen Welt, ein Kammerspiel, in dem Krankheit und Gesundheit zwei Seiten einer Münze waren, die in die Luft geworfen wurde, ein Zahlungsmittel, in der Polas Existenz nichts galt. Sie lebte noch. So viele waren tot. Es gab einen Katalog, nach dem über die Höhe der finanziellen Unterstützung entschieden wurde. Ein Vorgang, der gerechte Verteilung versprach, aber den Elendsgestalten, die dem Amt Rede und Antwort stehen mussten, neue Leiden verursachte. Also eine Arbeit. Aber wie sollte sie sich vor eine Schulklasse stellen und Kinder etwas lehren? Was war es noch wert, weitergegeben zu werden?

Ein leichter Wind strich an ihrem Kopf vorbei. Er trug den Geruch feuchter Sommerwiesen am Morgen, nach Blumen und Heu. Pola seufzte tief auf. Nicht aufgeben, darauf kam es an.

Herrn Karners Wohnung in der Sechshauser Straße befand sich nicht weit von der alten Schule. Vor dem Krieg war hier eine lebhafte Geschäftsgegend gewesen. Nun lagen Cafés und Gasthäuser still hinter verstaubten oder gesprungenen Fensterscheiben und die Rollbalken der Läden waren heruntergelassen. Beim Kirchenwirt lehnte eine vergessene Menütafel neben der Tür. Mit Kreide stand die Spezialität des Tages angeschrieben, „Kalbsbrust mit Vogerlsalat", von der Gegenwart so weit entfernt wie die Keilschrift der Sumerer. In ganz Wien gab es kein Fitzelchen Fleisch zu kaufen. Die Zeitung berichtete von einem deutschen Professor, der angeblich aus Holz Fleischersatz erzeugen konnte. Unter dem Artikel war ein Bilderwitz abgedruckt, eine Hausfrau, die mit erhobenem Kochlöffel klagte, dass sie zwar nun Holz in der Pfanne, doch keines zum Heizen des Küchenofens hatte.

Unversehens stand Pola auf dem Platz hinter Mariae Not. Sie ging um die Kirche herum. Die Fassade war an mehreren Stellen getroffen worden, aber sie schien nicht schwer beschädigt zu sein. Das Wandbild des lächelnden Mönchs mit dem schütterem Haupthaar, des Gründers der Heleviter, hing noch an der alten Stelle. Sie trat in den Vorhof der Kirche, wo der Ordensgründer noch einmal von der Wand blickte. „Gesegnet die Bedürftigen. Heil für ihre Körper und ihre Seelen will ich bringen“, stand auf einer Inschrift hinter Glas.

Pola drückte die Schwingtür auf. Es roch nach Weihrauch und verbranntem Kerzenwachs. Die Luft stand still. Niemand betete. Die Kirche war leer. Nur vom Marienaltar kam ein zartes Rascheln, eine Maus, die unter dem Altartuch Schutz gesucht hatte und sich nun angstvoll davonmachte.

Sie ging durch das Kirchenschiff und hob den Blick nicht zum Kreuz auf. Seit zweitausend Jahren blutete der Heiland. Die Erbsünde hatte er den Menschen genommen, aber sie waren immer noch böse, sogar dann, wenn sie nichts damit gewannen, aus Lust an der Gewalt, am Schmerz, den sie zufügen und damit Macht über andere bekommen konnten. Nicht alle. Es gab auch die Guten und Edlen. Mit Religion hatte es nichts zu tun. Vielleicht war ihr Vater Milo gar nicht wahnsinnig, sondern erleuchtet gewesen. Die wahren Bluttrinker hatte sie nun kennengelernt. Sie waren besiegt, doch konnten sie wiederkehren, zu allen Zeiten.

Der Eingang zur Sakristei ging auf, ein Priester kam heraus. Bei Polas Anblick blieb er überrascht stehen.

„Die Kirche ist geschlossen.“

Er trug eine große Schachtel, bis zum Rand mit Oblaten angefüllt. Sie sahen verstaubt aus.

„Wir können die Messe nicht lesen. Das Dach ist einsturzgefährdet."

Pola sah hinauf. Zwischen den Engeln, die über gemaltes Himmelblau mit goldenen Sternen flogen, war ein Stück echter Himmel zu erkennen, mit grauen Wolken gefleckt, und ein dünner Sonnenstrahl blinzelte herein.

„Ich möchte nach Pater Heiner fragen", ergriff Pola das Wort.

„Pater Heiner?", wiederholte der Priester langsam. „Nein, leider, den gibt es hier nicht."

„Sind Sie sicher?"

„In dieser Kirche nicht." Der Priester stellte die Schachtel ab. „Ich bin seit 1934 hier."

„Die Kirche Mariae Not gehört doch dem Helevitero rden. Pater Heiner oder Heinrich."

„Weder noch, leider", verneinte er noch einmal. Mit gerunzelter Stirn hörte er zu, wie Pola die Ausspeisung für die Armen vor der Kirche beschrieb. Sie bemerkte, dass er immer unruhiger wurde.

„Ich glaube, Sie verwechseln da etwas", meinte er zuletzt. „Wir sind ein kleiner Orden. Alle Mönche und freiwilligen Helfer kennen einander. Nach so vielen Jahren weiß ich es natürlich nicht mehr so genau, aber ich vermute, es handelte sich um eine private Wohltätigkeitsaktion. Bei den wohlhabenden Familien war barmherzige Gesinnung eine Frage des Glaubens ebenso wie des Ansehens. Bis 1938 wohlgemerkt. Wer immer dieser Pater war, kein Heleviter jedenfalls, ich versichere es Ihnen. Aber was spielt es denn für eine Rolle? Ein guter Mensch, der den Armen gibt."

Er log. Sie sah ihm an, dass er log. Ein guter Mensch. Sie drängte nicht weiter. Die Tür schwang hinter ihr auf und zu. Der Heleviter lächelte neben dem ewigen Licht.

Pola machte einen Umweg, damit sie nicht an der alten Schule vorbeigehen musste. Die Kastanienbäume in der Levkojengasse waren gewachsen. Ihre abgefallenen Blüten tupften das Straßenpflaster rosa und weiß. Die breiten Baumkronen nahmen ihr die Sicht auf das Eckhaus mit der Apotheke „Zur Allmacht“. Sie sah nur, dass das Haus noch stand. Ihre rissigen Fingerkuppen sprangen auf, so fest ballte sie die Fäuste in den Taschen. Schnell querte sie den Platz. Die Kirchenglocke läutete hinter ihr her. Warum, warum, warum. Hell und zornig, fordernd, aber Pola wusste die Antwort nicht.

Sie zog ihre Rechte aus der Manteltasche. Zwischen den Fingern sickerte ein Tropfen Blut hervor. Sie wickelte ein Taschentuch darum und erinnerte sich, dass es Luise gehörte. Mit Veilchen bestickt.

Ich bin noch einmal die alten Wege gegangen, durch meine Kinderwelt, die schon lange verschwunden ist. Das Wien der Nachkriegszeit, mit seinen geflickten Dächern und notdürftig reparierten Hausfassaden, war ein Provisorium wie unsere ganze Existenz. Nachdem unsere Befreier – die bei uns Besatzer hießen, warum eigentlich? Die Besatzer waren doch die Nazis gewesen – das Land verlassen hatten, bekam Wien ein neues Gesicht. Ganze Straßenzüge wurden niedergerissen, um dem Neuen Platz zu machen. Herrn Karners Haus gibt es nicht mehr, ebenso wenig die Kastanienallee vor der alten Schule und die Schule selbst.

Den seltsamen dreieckigen Platz, den Pola beschreibt, das Herz von Fünfhaus, kann man immer noch finden. Und wer einen scharfen Blick hat, erkennt oben in der Fassade eine gemauerte Inschrift: „Zur Allmacht". Zur Erinnerung an die Apotheke, das älteste Gebäude des Bezirks, das einmal hier stand.

Pola setzte ihren Weg nach Ottakring fort. Jeden zweiten Tag ging sie ins Wilhelminenspital hinaus um sich ihre Verbände wechseln zu lassen. Immer noch klang ihr Gretls melodiöse Stimme im Ohr. In den Nächten, wenn sie ohne ein Dach über dem Kopf im Straßengraben gekauert waren, in der Kälte aneinandergeschmiegt, hatte ihr Gretl die Märchen von Hans Christian Andersen erzählt. Das Mädchen mit den Schwefelhölzern ließ sie aus, es war zu bitter, und sie froren sich selbst beinahe zu Tode. Das hässliche Entlein fing zwar auch traurig an, aber es hatte auch heitere Momente und brachte sie an einer Stelle sogar zum Lachen:

„Der Kater war der Herr im Haus und die Henne die Dame, und immer sagten sie: Wir und die Welt!, denn sie hielten sich für ungemein wichtig. Das Entlein konnte aber nie zu einer eigenen Meinung kommen, das wollte die Henne nicht dulden.

‚Kannst du Eier legen?', fragte sie.

‚Nein!'

‚Dann halt auch deinen Mund!'

Und der Kater sagte: ‚Kannst du einen Buckel machen, kannst du spinnen und Funken sprühen?'

‚Nein.'

‚Dann sei nur ganz still, wenn vernünftige Leute sprechen.'"

Der Frost biss weniger, wenn Gretl zu erzählen begann. Ganze Dialoge konnte sie auswendig zitieren und wurde nicht müde davon. Pola musste dann an Thaddäus denken. Ob sie ihrem Kind je ein Märchen erzählen würde? Rasch schob sie die Frage beiseite.

Vor dem Typhussaal standen die Angehörigen vor der Anschlagtafel mit der Todesliste. Der Name von Luises Schwester war nicht dabei.

Warum, warum, warum! läutete die Spitalsglocke. Schritt für Schritt machte Pola über den Gang. Die sauber geschrubbten, glänzenden Steinfliesen spiegelten schattenhaft ihre Gestalt wider. Eine Tür stand offen, dahinter gebeugte Frauenfiguren, Schmerz und Trauer, Hosianna in der Höhe. Ein Mann im weißen Kittel des Spitalsarztes kam ihr entgegen. Ohne sie anzusehen, grüßte er im Vorbeigehen. Sie horchte auf. Die Stimme, so angenehm, mit der Ahnung eines ungarischen Akzents darin, kannte sie doch. Sie musterte ihn. Seinen kleinen, schwarzen Schnurrbart, das kurzgeschorene Haar etwas ergraut. Er war schon ein Stück weitergegangen, als es ihr einfiel.

„Doktor Zalto!", rief Pola ihm nach. Es hallte laut durch den stillen Gang.

Sie sah ihn zusammenzucken, aber er wandte sich nicht um, sondern strebte weiter.

„Doktor Zalto!"

Unwillig blieb er stehen, mit einem vorwurfsvollen Blick Richtung Krankenzimmer, wo das Schluchzen und Jammern von einem Todesfall kündete.

„Nicht so laut, nehmen Sie Rücksicht."

Er schüttelte leise mahnend den Kopf. Seine Miene verriet nicht, ob er wusste, wer vor ihm stand.

„Wir haben uns bei Herrn Panigl kennengelernt."

Ohne nachzudenken, war Pola ihm gefolgt. Sie wusste nicht recht, was sie zu ihm sagen sollte, nicht einmal, ob sie sich wünschte, er möge eine Botschaft für Panigl bestellen. Erst sein unverhohlenes Leugnen weckte ihre Neugier.

„Doktor Zalto, erinnern Sie sich wirklich nicht?"

„Ich weiß nicht, was Sie meinen. Sind Sie eine Patientin?"

Sein Ton war überheblich, aber sie hörte dennoch die Unsicherheit heraus. Was hatte er zu verbergen?

„Mein Name ist Schneider", fügte er hinzu.

„Was haben Sie zu verbergen?", fragte sie.

Er wurde plötzlich blass bis in die Lippen. „Na, erlauben Sie!", fuhr er auf. „So eine Frechheit. Ich lasse mich doch nicht – !" Er kam einen Schritt näher. „Wer sind Sie überhaupt?"

„Semen et sanguis", anwortete Pola mit gesenkter Stimme. „Und das Blut wurde vergossen. Das haben Sie doch wohl nicht vergessen, Herr Doktor Zalto?"

Mit aufgerissenen Augen starrte er auf sie herunter.

„Nein, ich …" Seine Lippen zitterten. „Lassen Sie mich doch in Ruhe. Gehen Sie weg!"

Er drehte sich um und eilte davon, lief beinahe über den langen Gang, während hinter der halboffenen Tür das Klagen anschwoll zu einem weinenden Trauerchor und Pola dastand und sich fragte, was das bedeutete. Was hatte Doktor Zalto getan, dass er vor ihr flüchten musste?

Der Rückweg führte sie über die Mariahilfer Straße. Früher war sie mit Nadija manchmal hier spazierengegangen. Zwar gab Nadija ihren Ruheplatz auf dem Sofa nur ungern auf, aber Einkaufsbummel liebte sie. Die schönen Geschäfte existierten nicht mehr. Vor manchen der eingeschlagenen Schaufenster standen Holzbuden, die ein paar Waren feilboten, aber nicht eine einzige Kundschaft, die einkaufte.

Pola sah einen Lastwagen vorbeifahren, die Türen mit kyrillischer Schrift bemalt, im Führerhaus russisches Militär. Die Plane war zerrissen und auch die Ladung dahinter musste beschädigt worden sein, denn im Fahren verlor der Wagen etwas davon und zog eine helle Spur über das Straßenpflaster. Passanten liefen hinterher und streckten die Hände nach den gelben Kügelchen aus, die von der Ladefläche herunterrieselten. Sie krochen auf dem Boden herum und sammelten auf, was dalag, steckten es in ihre Taschen und in den Mund. Erst nachdem Pola das Treiben eine Weile beoachtet hatte, kam sie darauf, dass es Suppeneinlagen waren, wie sie früher die Hausfrauen selbst hergestellt hatten, aus Eiern, Wasser und Mehl. Mit verzweifelter Gier stürzten sich die Leute darauf, eifersüchtig auf jedes Teigsternchen, das sie einem Konkurrenten überlassen mussten.

Unten an der Ringstraße, vor der ausgebrannten Staatsoper, gab ein Streichorchester ein Platzkonzert. Die kleine Gruppe der Zuhörer lauschte mit gesenkten Köpfen, versunken in die Musik oder in ihre Gedanken. Pola stellte sich zu ihnen. Nach dem Konzert ging einer der Musiker mit einem Kuvert herum, in das manche eine Münze fallen ließen. Viele waren schon bei den letzten Takten davongegangen. Andere taten weder das eine noch das andere, sie blieben, wo sie waren und nahmen die Aufforderung gar nicht wahr. In Polas Tasche fand sich keine einzige Münze. Beschämt folgte sie dem Beispiel ihres Nachbarn und entfernte sich auf die andere Straßenseite. Auf der Litfaßsäule sah sie ein Plakat mit vermissten Kindern. Lange betrachtete sie die kleinen, ernsten Gesichter.

„Wenn wir zurückkommen, wird die alte Welt verschwunden sein, so oder so", hatte Gretl zu ihr gesagt. „Das Gute mit dem Schlechten. Dann wird eine bessere Zeit anbrechen. Du glaubst doch nicht, dass alles umsonst war! Pola, das darfst du nicht. Die Menschen haben dieses Bedürfnis nach Gerechtigkeit, damit sie ein gerechtes Leben führen können. Würde nur das Recht des Stärkeren zählen, hätten wir dieses Empfinden gar nicht. Das ist der einzige Sinn des Lebens, eine Welt, in der alle gut leben können." Aber die Gerechten, an die Gretl glaubte, gab es nicht in der Wirklichkeit.

Seit der Übersiedlung zu Herrn Karner kam ihr öfter der Gedanke, dass sie dieses neue Leben, das ihr geschenkt worden war, nur bewältigen konnte, wenn sie das alte hinter sich ließ. Wo immer ihr Thaddäus nun war, er kannte seine Mutter nicht. Und war es so nicht am besten? Lieber keine Mutter als eine solche. Sie spürte den Druck in der Brust, Eis, das die Tränen erstarren ließ. Wenn sie wenigstens wüsste, ob es ihm gutging.

An vielen Plätzen in der Stadt hingen die Plakate mit den Kinderfotos. Die Zeitungen berichteten von schrecklichen

Fällen, sechshundert Kinder, die von den Nazis aus Wiener Kinderheimen verschleppt worden waren und auf zwei Donaudampfern in Bayern ihre Rettung erwarteten. Ganze Kinderscharen waren aus dem Bombenkrieg der Großstädte ins Salzkammergut, nach Tirol, in den Schwarzwald, bis Westfalen verschickt worden und im Chaos des Kriegsendes verloren gegangen. Auch wenn sich Pola den Gedanken daran verbieten wollte, konnte sie nicht anders, als an ihr eigenes Kind denken. Marianne hatte ihm ein Heim versprochen. Was inzwischen geschehen war, davon wusste sie nichts. Auf Mariannes ersten Brief folgte kein anderer, oder er erreichte sie nicht.

Pola hat sich den Wunsch, ihren Sohn wiederzusehen, nur zum Besten des Kindes verboten. Besser als Waise aufzuwachsen als mit der Bürde einer solchen Geschichte, meinte sie. Aber sie war nicht lieblos. Das musst Du mir glauben. Sonst hätte sie ihren Vorsatz eingehalten.

19. Kapitel

Hinter Pola stieg nur ein einziger Fahrgast aus dem Bus, eine Frau mit einem zugedeckten Henkelkorb. Die Nachmittagssonne schien so hell, dass sie die Augen zusammenkneifen musste. Aus dem Korb kamen leise, piepsende Geräusche. Es klang, als ob Küken oder andere junge Vögel darin eingesperrt waren. Die Frau ging mit ihrer Last davon.

Der Dorfplatz lag still, nachdem sie verschwunden war. Pola sah sich um. Links, wo die Hauptstraße abbog, war ein Gasthaus an der Ecke. „Frische Krautfleckerln" stand auf der schwarzen Menütafel. Ein Marktwagen mit mehreren Kisten Kirschen wartete vor dem Haus. Ihr Duft stieg Pola in die Nase. In Wien war Obst und Gemüse nur auf dem Schwarzmarkt zu bekommen, zu schwindelnd hohen Preisen und meist halbverfault.

Auf der anderen Seite des Platzes führte der Weg zu einem mächtigen, burgähnlichen Gebäude hinauf. Pola erinnerte sich undeutlich, dass Marianne ihr von einem Kloster in ihrem Dorf erzählt hatte. Im Kirchturm fehlte die Glocke. Sie lag vor der Klostermauer im Gras.

Pola entdeckte ein Geschäftsschild mit dem Namen Savatti. Da war die junge Marianne in die Konditorlehre gegangen. In der verstaubten Auslage klebte ein Zettel:

„Bitten wir die p.t. Kundschaft zu verzeihen, dass die Lokalität bis auf weiteres geschlossen bleibt."

„Wen suchen Sie denn? Die gibt's schon lang nicht."

Wie aus dem Boden gewachsen war die Frau aus dem Bus wieder da. Sie trug jetzt keinen Korb mehr.

„Das war schon im Vierzigerjahr. Die haben's geholt."

„Sind Sie von hier?", fragte Pola. „Ich suche eine Bekannte."

Die Frau kam näher. Neugierig musterte sie die Besucherin. „Ich hab' mich eh gewundert, wer in Oberhausen aussteigt. Ich bin hier geboren, ich kenne jede Seele weit und breit."

Bei dem Namen Faisthuber verzog sie das Gesicht ein wenig. „Freilich, die. Das ist aber nicht im Dorf."

Fünf Burschen trugen einen mit langen bunten Bändern geschmückten Baumstamm an ihnen vorbei über den Platz.

„Die haben da oben gehaust, am Klockerwald." Die Frau ging ein Stück mit Pola, um ihr den Weg zu zeigen, Richtung Westen, wo hinter Feldern und Weiden die Hügel anstiegen.

„Aber sie wohnt noch hier, sie ist aus Wien wieder zurückgekommen, oder nicht?"

Die Frau presste die Lippen zusammen. Die vage Geste konnte ja oder nein bedeuten. Sie begleitete Pola ein Stück. Man sah ihr an, dass sie das Interesse an Marianne Faisthuber missbilligte. Aber sie sprach sich nicht aus und Pola stellte keine Frage.

Wo die Hauptstraße einen Bogen machte, kehrte die Frau um. Unvermittelt lag ein kleiner See vor Pola. Er musste sehr tief sein, denn obwohl die Sonne auf die dunkelgrüne Wasserfläche schien, konnte man nicht bis zum Grund sehen. An den steilen Ufern wuchs das Gras. Dicht unter der Wasseroberfläche schoss eine Forelle dahin. Sie schnappte nach einem Insekt und verschwand wieder in der Tiefe.

Pola wunderte sich, dass Marianne den See nie erwähnt hatte, das einzig Besondere an Oberhausen. Eine Brücke führte auf die andere Seeseite hinüber, dort ging die Straße aus dem Dorf weiter. Nach der langen Busfahrt war sie froh, endlich wieder auszuschreiten.

Noch immer herrschte Mangel an Fahrzeugen und Treibstoff, die Leute mussten vorlieb nehmen mit allem, was einen Motor besaß, egal wie alt und unzulänglich, Hauptsache, es bewegte sich. Mit viel Getöse und Gestank waren sie durch das liebliche Alpenvorland geknattert. Während der ganzen Fahrt hatte Pola sich gesorgt, wie sie über die Zonengrenze kommen würde, eine Aufregung, die sich als überflüssig erwies, denn sie musste nicht in die amerikanische Zone wechseln. Oberhausen lag unter russischer Kontrolle.

„Wollen Sie sich das nicht anschauen?", rief die Frau, die sich schon ein Stück entfernt hatte und nun noch einmal zurückkam.

Pola fuhr erschrocken zusammen.

„Morgen um neun!", wiederholte die Frau. „Zum ersten Mal seit dem verfluchten Krieg haben wir wieder einen Maibaum."

Einen Maibaum? „Aber es ist schon Ende Juni."

„Früher war keiner zurück, der ihn aufg'stellt hätt'."

Sie winkte Pola, die wortlos nickte, zurückwinkte und weiterging.

Auf der anderen Seite des Wassers gingen die Burschen in den kurzen Hosen. Ihre großen roten Hände schlenkerten an ihnen wie fremde Gegenstände. Sie hatten den Baum getragen. Maibaum. Eine freundliche Frau, die sie, die fremde Besucherin, einlud zu kommen. Die nicht wusste, mit wem sie es zu tun hatte.

Einmal blieb Pola stehen und hielt sich die Schläfen. Vor ihr erstreckte sich die Landstraße im grellen Sonnenlicht. Auf den Wiesen blühten die Lupinien, rosa und lila, der Sauerampfer und die Butterblumen. Braun und weiß gefleckte Kühe grasten oben auf den Hängen. Der Wald war nicht mehr weit. Warum. Warum.

Sie wischte sich den Schweiß aus dem Gesicht. Weiter ging es, bergauf nun, immer höher, dem Licht entgegen. Die Häuser des Dorfes lagen tief unter ihr. Dort oben am Waldrand stand noch ein Hof.

Eine Frau schwang die Axt auf dem Holzplatz. Die Schneide blitzte in der Sonne auf. Dann schlug sie zu. Richtete sich von neuem auf. Ihr helles Haar war von weitem zu sehen, nur ihre Züge konnte Pola nicht ausnehmen. War es Marianne? Pola rief sie, und sie hielt inne, die Axt über ihrem Kopf erhoben. Ganz in der Nähe trat plötzlich ein Reh aus dem Wald. Es war noch jung, ein Kitz. Pola konnte die weißen Tupfen auf seinem roten Fell deutlich erkennen. Ein Ast knirschte. Das Reh hob die Lauscher. Die schwarze Nase bebte, nahm die Witterung auf, dann machte es kehrt und war fort. Durch das Unterholz schimmerte ein Stück geblümter Stoff, eine kleine Gestalt bewegte sich zwischen den Sträuchern und zog sich schnell wieder zurück.

Das letzte Stück des Weges war geschottert. Von da an kam sie nur mehr langsam vorwärts. Als Pola den Hof erreichte, lag der Holzplatz leer vor ihr. Das Haus war alt, die Mauern feucht unter dem herunterblätternden Verputz. Sie rief. Niemand zeigte sich. War sie am richtigen Ort angekommen? Lebte wirklich jemand in diesem verkommenen Gemäuer? Pola spähte bei einem Fenster herein. Die Küche, vermutete sie, weil auf dem kleinen eisernen Ofen ein Topf stand. Er dampfte, also war der Hof bewohnt, und wer da wohnte, konnte nicht weit sein. Noch einmal rief sie und bekam keine Antwort.

Sie ging weiter, zum Schuppen hinüber. Etwas, das wie ein Schluchzen oder Husten klang, drang an ihr Ohr. Sie spähte durch das spinnwebverhangene Fensterchen. Ihre Augen brauchten einen Moment, um sich an das Halbdunkel zu gewöhnen. Dann entdeckte sie drinnen die blonde Frau, die das Holz geschlagen hatte. Die Tür hing schief in ihren Angeln. Der Riegel war vorgeschoben.

Dreimal rüttelte Pola an der Tür, bis der rostige Griff nachgab. Sie zwängte ihre Hand durch den Spalt und schob den Riegel zurück. Gleichzeitig erhob sich drinnen flehend eine Stimme:

„Gott hilf! Gott sei bei uns!"

Pola drückte die Türe auf und trat in den Schuppen. Drinnen war die Luft heiß und stickig. Die Frau zwischen den Holzstößen verbarg das Gesicht in den Armen. Wirr fiel ihr Haar nach vorne. Ihre Haut war von der Sonne verbrannt und mit Sommersprossen gefleckt. Sie schluchzte, dass ihre Schultern bebten. Pola beugte sich nach vor. Sie strich das Haar der Frau zur Seite, um sie anzusehen. Auch sie glich nicht mehr dem Mädchen aus der Vergangenheit. Aber sie war es.

„Marianne", sagte Pola. Sie streichelte die tränennasse Wange. „Wo bist du gewesen? Marianne!"

Die Frau jammerte auf unter ihrer Berührung. Sie wehrte Polas Hand nicht ab, sondern bekreuzigte sich und fing an zu beten, mit überschlagender Stimme, das Ave-Maria.

„Marianne! Weißt du nicht, wer ich bin? Erkennst du nicht deine alte Freundin?"

„Bitte für uns arme Sünder!", flüsterte Marianne.

„Mach die Augen auf! Schau mich doch an!"

Pola richtete sich auf. Marianne verkroch sich noch tiefer in ihrem Winkel.

„Ich flehe dich an, mein Gott. Beschütze mich vor dem Satan!"

Sie ließ sich nicht beruhigen. Pola blieb nichts über, als abzuwarten. Eine Zeitlang sah sie zu, wie Marianne mit gesenktem Kopf ihr Gebet verrichtete. Sie setzte sich auf den Holzstoß daneben.

„Ich bin es wirklich. Ich sehe aus wie von den Toten auferstanden. Ja, es ist auch so eine Art Auferstehung. Ich lebe jedenfalls noch. Und deshalb bin ich gekommen. Weil ich es sonst nicht länger ausgehalten hätte."

Schließlich kamen die Worte an. Das Zittern der Schultern ließ nach. Marianne hob den Kopf aus dem Versteck ihrer Arme.

„Ich muss ihn sehen. Ich bin doch seine Mutter."

Mit unverhohlenem Entsetzen starrte sie zu Pola hinauf.

„Ich werde ihm nicht verraten, wer ich bin. Einfach der Besuch aus Wien, eine alte Freundin von dir. Hin und wieder will ich kommen. Du bekommst natürlich auch Geld."

„Du bist es wirklich?", flüsterte Marianne.

Ihre Lippen waren weiß wie Blütenblätter. Sie war noch immer schön, die kleine Marianne, das Rätsel. Eine Bauernfrau mit dem Gesicht eines Engels.

„Pola, meine Güte, was haben sie dir angetan?"

Wieder stiegen Marianne die Tränen in die Augen. Sie rappelte sich hoch. Die Angst schwand aus ihren Zügen, aber das Entsetzen blieb. Sie lehnte am Holzstoß und konnte den Blick nicht abwenden. Langsam kehrte das Blut in ihre Wangen zurück. Sie schnupfte auf, wischte sich mit dem Handrücken die Nase ab und gab sich einen Ruck.

„Ich muss mich entschuldigen. Ich habe wirklich geglaubt …" Sie reichte Pola ihre Hand. „Willkommen in meinem Heim." Sie klopfte mit dem Fingerknöchel gegen ihre Stirn. „So eine Blödheit. Nach dem, was du durchgemacht hast, dieser Empfang. Es tut mir so leid."

Jetzt, nachdem sie sich von ihrem Schrecken erholt hatte, kam Leben in ihre Bewegungen. Sie lud Pola ins Haus ein. Auf dem Ofen brodelte der Wassertopf. Marianne hob ihn herunter und stellte ihn auf den Boden.

„Maxi!", rief sie. „Wo bist du, Schlingel. Wir haben Besuch, komm her!"

Pola bekam den besten Platz in der Stube. Marianne ging in die Küche. Ein gesticktes Kissen lehnte an der Bank, nicht so feiner Gobelin wie Nadijas frühere Handarbeiten, aber ein freundliches Blumenmuster mit einem Sinnspruch darauf: „Hab' Sonne im Herzen, ob's stürmt oder schneit."

Ein braunlockiges Kind schaute bei der Tür herein. Pola hielt den Atem an. Aber es war ein Mädchen. Das Kind, das sie vorher am Waldrand gesehen hatte, im geblümten Kleid.

„Du bist die Maxi?"

Das Kind zog nur die Augenbrauen hoch, eine Grimasse, die Pola seltsam vertraut war. So ähnlich musste auch ihr Sohn Thaddäus aussehen.

„Die Mama sagt, der Tee hat eine Haut." Das Mädchen lachte schrill und lief wieder davon.

Die Tür fiel zu, eine andere wurde geöffnet. Jedes Mal bekam Pola Herzklopfen, doch niemand erschien. Erst als Marianne auf einem Tablett einen geflochtenen, braunen Milchstriezel brachte, legte sich ihre Aufregung. Das Geschirr war an den Rändern abgeschlagen und der Tee wässrig. Marianne goss einen Schuß Schnaps dazu, damit er nach etwas schmeckte.

„Das heißt bei uns Tee mit Haut", erklärte sie. „Hat die Maxi eh schon verraten, gell?" Sie ermunterte Pola zuzugreifen. „Den Striezel hab' ich grad erst zu Mittag gebacken. Du hast es nötig, bist ja nur lauter Knochen."

Die zarte Marianne war dagegen kräftig geworden, mit muskulösen Armen und roten derben Händen von der schweren Arbeit. Der Ausflug in die Großstadt gehörte der Vergangenheit an. Sie sprach in ihrer heimatlichen Mundart.

„Du hast geheiratet? Wo ist dein Mann?"

Die Sonne stand schon tief. Pola wollte nicht über Nacht bleiben. Marianne aber tat, als hätten sie nichts zu bereden. Nachdem Pola mit Mühe ein paar Bissen von dem Gebäck hinuntergewürgt hatte, konnte sie ihre Ungeduld nicht länger bezähmen. Die Sorge hatte nie geschlafen.

Eine leise Angst, die sie weggeschoben hatte, weil sie musste.

„Es gibt keinen Mann." Marianne klang abweisend.

Gemeinsam räumten sie die Teller auf das Tablett.

„Maxi!"

Das Kind steckte den Kopf bei der Tür herein. Mit ausgestrecktem Zeigefinger wies sie anklagend auf die Kanne. „Ich trink' keinen Tee mit Haut."

„Red keinen Unsinn. Geh her jetzt."

„Nein!" Die Kleine zog den Kopf ein.

Mariannes Wangen verfärbten sich langsam, bis ihr Gesicht rot glühte. „Ich möchte dich bitten, Pola. Du hast Schlimmes hinter dir. Ich will dich nicht wegschicken. Aber wenn du bleibst … Ich hab' es auch schwer im Dorf. Wenn sie hier etwas davon erfahren … verstehst du mich? Ich will meinen Frieden. Für die Maxi und …"

Pola stand auf. Marianne hielt immer noch den Teller mit dem aufgeschnittenen Striezel in der Hand. Pola stellte ihn auf dem Tablett ab.

„Ich habe dir gesagt, warum ich hierher gekommen bin. Auch wenn ich mir geschworen habe, dass ich es nicht tun werde. Ich bringe es nicht zusammen, ich bin auch eine Mutter, verstehst du das?"

„Nein!", rief Marianne. „Nein, ich weiß nichts, ich will nichts wissen. Ich habe dir damals geholfen, obwohl sie mich verfolgt haben. Sie haben die Macht. Ich wollte es nicht glauben, bis es zu spät war. Sie haben mir die Kühe verzaubert, dass sie keine Milch gaben und das Korn auf den Feldern verfaulen lassen. Die Puppe, die sie dir geschenkt haben. Erinnere dich, ich war bei euch, ich hab' sie zurückholen wollen, aber deine Mutter hat mich erwischt und hinausgeworfen bei der Tür. Das war eine Drachenpuppe. Innen drinnen aus der Mandragora-Wurzel, eine, die das Glück bringt, Liebe und Gold und Schutz vor den bösen Geistern.

Deine Mutter hat sie zerstört. Sie wollte, dass der Spuk ein Ende nimmt, doch das Gegenteil ist geschehen, die bösen Geister sind in dich gefahren und haben dir ihre Befehle gegeben."

Pola sah in Mariannes hysterisch verdrehte Angstaugen. Mandragora in der Drachenpuppe, sprach sie im Ernst? In ihrer Zeugenaussage hatte Marianne eine Droge beschrieben, mit der Pola betäubt und willenlos gemacht worden war. Nun war sie Liebestrank und Schutz vor den Dämonen?

„Bei uns heroben heißen wir sie Galgenmännchen, weil sie im Samen und im Urin der Gehängten ihre Wurzeln schlägt", fügte Marianne ihrer Erklärung hinzu.

Schweigend half ihr Pola, das Geschirr abzuräumen. In der alten Kate gab es keine richtige Küche, nur einen hölzernen Anbau mit einer Esse in der Mitte und darüber in der Decke ein Loch, damit der Rauch abziehen konnte. Durch die Öffnung sah man in den Dachboden hinauf, wo früher das Gesinde geschlafen hatte. Seit dem Tod ihrer Eltern führte Marianne den Hof allein.

„Die Arbeit stört mich nicht. Ich habe die Flausen, dass ich ein besseres Leben verdiene, verloren. Ich bleibe hier. Immer noch fürchte ich mich, dass sie mich eines Tages holen kommen."

„Die Panigls? Aber, Marianne, das ist doch nicht möglich."

Doch Marianne ließ keinen Einwand gelten. Sie zeigte Pola das Gärtchen vor dem Fenster, das schon im Dämmerlicht des Abends lag.

„Da habe ich die Mandragora gepflanzt. Sie ist bitter und auch giftig, sie stinkt zum Erbrechen. Im Frühling reiße ich die Blüten ab, damit sie keine Früchte bekommt. Die Kinder können sterben, wenn sie die Beeren essen."

Immer schneller und aufgeregter sprach Marianne. Ihre Stimme stieg an und fiel, wie in einer Litanei, ein verrücktes Gebet zu dem Satansgott, der sie noch immer in Bann hielt.

„In der Dunkelheit siehst du sie in der Erde leuchten wie rote Sterne. Fünfzig Jahre bleiben die Wurzeln lebendig. Das ist Zeit genug. In fünfzig Jahren leben sie nicht mehr."

„Sie? Du meinst … die Panigls?"

Draußen dunkelte es. Pola erhob keinen Einwand mehr. Marianne war ihre letzte Hoffnung.

Alraune hieß die Mandragora im Volksmund. Je nach Legende brachte sie Glück oder Schaden. Es gab sie in allen Ländern, zu allen Zeiten. Im Gefängnis hatte Pola nach einem Buch über Heilkräuter verlangt, aber wegen ihrer Verurteilung als Giftmischerin war das Gesuch abgelehnt worden. Schwester Agnes borgte ihr danach im Spital das medizinische Lexikon zum Nachlesen. Was Pola wusste, stammte daraus. Lange grübelte sie darüber, ob Marianne in ihrer Zeugenaussage die Wahrheit gesagt hatte. Später zählte es nicht mehr.

„Warum bist du damals auf einmal verschwunden? Ich hab' dich gesucht, aber die Apothekerin hat mir keine Antwort gegeben."

Die Hühner schliefen schon in ihrem Verschlag. Die Kühe standen ruhig auf der Weide hinter dem Haus unter den Bäumen. Marianne spülte das Geschirr im Holzschaff ab. Das Abwaschwasser goss sie vor die Tür und stapelte die Teller zum Trocknen auf die Fensterbank. Die Schnapsflasche stand noch auf dem Tablett. Marianne nahm einen tiefen Zug und hielt Pola die Flasche hin. Auch Pola trank. Es war ein selbstgebrannter Obstler, stark und brennend scharf.

„Du bist heimgefahren. Du hast dich freien lassen. War es so, Marianne?"

Aber Marianne schüttelte den Kopf. „Ich bin ihnen fortgelaufen. Wieder und wieder. Nicht weit genug. Erst als du gekommen bist. Dann hab' ich gehen dürfen. Weil sie dich bekamen. Dein besonderes Talent. Nur Alexander. Das war dein Fehler …"

Marianne trank. Sie weinte und trank weiter, bis die Tränen versiegten. Tief holte sie Atem. „So gescheit du bist. Aber nicht schlau. Aus einem anderen Stoff … Er war doch nur ein verzogenes, verspieltes Kind. Und du …"

Abrupt wandte sie sich ab, sodass sie Pola den Rücken kehrte. Ihre Stimme brach, wackelte und fing sich wieder.

Pola war eine Blume, eine Wolke, die am Himmel entlangzog und verging. Pola war die Vergänglichkeit.

„Wir sind alle vergänglich."

Nur die Dämonen nicht, wenn man an sie glaubte. Aber davon sprach sie nicht. Es gab keinen Anlass, Marianne zu verhöhnen.

„Es war ein grausames Spiel. Auch für Alexander, trotzdem. Er hat dich geliebt. Er war nur zu schwach. Du hättest niemals tun dürfen, was er verlangt."

Es schmeckte bitter, aber es kam nicht unverdient. Für ihre Dummheit, für ihre Leichtgläubigkeit, für ihre schändliche Bereitwilligkeit, ihm alle Wünsche zu erfüllen. Wäre Marianne damals zu ihr gekommen, hätte sie ihr geglaubt? Pola nahm die Flasche. Der zweite Schluck brannte nicht mehr. Die Raserei in ihrem Kopf kam zum Stillstand. An ihre Stelle trat eine große Gelassenheit. Deshalb betranken sich die Leute.

„Das Kind, deine Maxi."

In der Küche war es nun ganz finster. Marianne rührte sich nicht. Am Nachthimmel begannen die ersten Sterne zu blinken. In der Erde lagen die Mandragora-Wurzeln, die manchmal im Dunkeln leuchteten. Pola stellte sich eine Winternacht vor, die Decke aus Schnee, in der sie rot funkelten.

„Sie ist Alexanders Kind?"

„Vielleicht." Marianne zögerte. „Ich weiß nicht, wer der Vater ist. Einer von ihnen."

Draußen flammte ein Licht auf. Darauf ein zweites. Bald flackerten in der Ferne viele helle Punkte. Sie schauten schweigend hinaus.

„Sonnwendfeuer", sagte Marianne nach langem, und dann: „So hat es begonnen, zu Sonnwend. Wir haben Reigen getanzt, gegen die Sonnenrichtung. Ein brennendes Rad ist vom Hügel heruntergekommen."

Sie tranken beide noch einmal von der grünen Flasche. Maxis Stimme war in der Nähe zu hören. Ihr spitziges, schrilles Gelächter, das klang wie das Alexanders.

„Und mein Sohn?"

Endlich, weil der Schnaps ihr Herz taub machte, konnte Pola fragen. Marianne setzte zum Sprechen an, einmal und dann noch einmal, aber sie überlegte es sich wieder. Im Dunkeln tappte sie durch die Küche davon, suchte in einer Lade und kam mit einer Kerze zurück, die sie in die Glut der Esse hielt, bis der Docht Feuer fing.

„Ich hätte dir geschrieben. Doch als ich fragte, wohin, hieß es, du würdest keine Briefe bekommen. Ich wollte wissen, weshalb, da sagten sie mir, du würdest nicht wieder zurückkommen."

Im zuckenden Lichtschein trafen sich ihre Blicke.

„Sie?"

„Ich war beim Amtsmann in der Gemeinde."

„Beim Amtsmann." Auch Polas Lippen waren taub.

Marianne hatte sich bei der Behörde als Pflegemutter für Thaddäus gemeldet, so wie sie es Pola in ihrem Brief versprochen hatte und eine Kopie des Antrags an Nadija Wolf geschickt. Lange kam keine Antwort. Erst als sie beim Amtsmann in Oberhausen nachfragte, erfuhr sie es.

„Er ist nach Mauer-Öhling gebracht worden, in die Anstalt zu den Schwererziehbaren."

Pola spürte, wie der Schnaps in ihrem Magen hochstieg. Sie schluckte. War das nun die Sühne? Oder gab es gar keine Schuld, nur ein blindes Geschick, das die Menschen durch ihre Existenz schleuderte? Vielleicht steckte kein Sinn im Leben, darum konnten auch alle Grausamkeiten geschehen.

„Ich hab' gefragt, wieso denn schwererziehbar, weil ein kleines Kind hat ja noch gar keine Erziehung gehabt. Er war doch noch kaum ein Jahr."

Pola wusste, wie die Geschichte endete, unausweichlich. Keine Tränen. Auch die Augen fühlten nichts.

So leicht wollte Marianne nicht aufgeben. Sie fuhr nach Wien, um Nadija zu besuchen, eventuell einen Advokaten zu beauftragen, ob er nicht Einspruch einlegen konnte.

„Du hast meine Mutter gesehen?“

Marianne sah zu Pola herüber, in ihrem Blick lag Mitgefühl und eine Art Scheu, wie man sie dem Unglück der anderen entgegenbrachte.

„Sie war nicht da. Ich traf euer Nachbarskind, und das konnte mir nichts sagen, nur dass Thaddäus nicht mehr bei ihr zu Hause wohnte.“

Das war wahrscheinlich Liesi Sedlacek gewesen. Sie hatte manchmal für Nadija Besorgungen gemacht.

Unverrichteter Dinge kehrte Marianne nach Oberhausen zurück. Noch einmal ging sie zum Amtsmann und bat ihn, wegen Thaddäus noch ein gutes Wort einzulegen.

„Aber im Gegenteil, die Kinder von Asozialen werden alle gleich nach Schloss Hartheim überstellt, hat er gesagt, und dass ich von Glück reden kann, wenn ich ungeschoren bleibe, mit meinem leichtfertigen Lebenswandel und dem unehelichen Kind.“

„Hartheim“, sagte Pola wie vorher Amtsmann.

„Wer nach Hartheim eingewiesen wird, kommt nicht lebend heraus, hat's geheißen.“

Auch Marianne war jetzt ruhig, vom Schnapstrost eingehüllt. Sie hob die Kerze hoch und leuchtete Pola den Weg in die Stube. Diesmal suchte sie nicht lange. Sie zog die schwere Lade des Bauernkastens auf und holte den Brief hervor. Er war an Marianne Faisthuber adressiert. Sie gab ihn Pola.

„Aber der gehört dir.“

Pola warf nur einen Blick auf den Umschlag. „Heute kann ich nicht mehr nach Wien zurück.“ Ohne den Brief zu lesen, steckte sie ihn ein. „Hast du ein Bett für mich heute Nacht?“

Unter dem Dach, wo früher die Magd geschlafen hatte, verbrachte Pola die Nacht. Marianne bot ihr den Platz im Schlafzimmer an, wo sie mit Maxi in dem alten Ehebett der Eltern schlief, aber Pola lehnte ab.

Der Alkohol klopfte an ihre Schädeldecke. Ihre Gedanken liefen durcheinander und hielten nicht still. Sie fand keine Ruhe. Gegen Morgen, als sie allmählich wieder nüchtern wurde, kämpfte sie nicht weiter dagegen an. Der Schlaf würde nicht mehr kommen. Sie begann von vorne, wieder und wieder, die Schuld, ihre Tat und die Strafe, ihre Verurteilung. Sühne. Die Lösung. Eine Abrechnung.

Mit dem ersten Licht erhob sie sich. Sie holte den Brief aus ihrer Tasche und las ihn.

„Sehr geehrte Frau Faisthuber!

In Erfüllung einer traurigen Pflicht müssen wir Ihnen mitteilen, dass Thaddäus Wolf, der sich seit kurzem auf ministerielle Anordnung gemäß Weisung des Reichsverteidigungskommissars in unserer Anstalt befand, unerwarteterweise am 8. Feber 1940 infolge Ohrspeicheldrüsenentzündung verstorben ist, weshalb ihr Antrag auf Obsorge für den Knaben unerledigt an Sie zurückgeht.

Da jedoch bei der Art und Schwere der Krankheit mit einer Besserung und damit auch mit einer Entlassung aus der

Anstalt nicht zu rechnen war, kann man den Tod, der das Ende seiner Leiden bedeutete, nur als Erlösung für ihn betrachten. Möge Ihnen diese Gewissheit zum Trost gereichen.

Landesanstalt Schloss Hartheim, 22. 2. 1940“

Warum hatten sie nicht ihr, sondern Marianne die Todesnachricht geschickt?

Mit bloßen Füßen stieg Pola die hölzerne Steigleiter zur Küche hinunter. Sie ging aus dem Haus. Die Luft war morgenkühl, die Erde noch feucht vom Nachttau. Aus der Regentonne schöpfte sie Wasser in einen Krug. Vor Kälte schaudernd wusch sie sich das Gesicht. Die Sonne blinzelte über den Wiesenrand. Die Hühner wachten auf und unterhielten sich mit gedämpftem Gackern.

Pola zog ihre Kleider an. Die Schuhe drückten immer noch, mühsam zwängte sie ihre Füße hinein. Sie hörte die Haustür und drehte sich um. Maxi schaute heraus.

„Gehst du schon fort?“, fragte sie, ohne einen guten Morgen zu wünschen.

Pola nickte nur.

„Da komm ich aber mit.“

Polas Schläfen pochten, als sie den Kopf bewegte. Sie hatte seit Jahren keinen Schnaps getrunken, gar keinen Alkohol. Sie wollte das Kind nicht ansehen.

Sie schlug den Weg ins Tal ein. Maxi blieb nicht an ihrer Seite, sondern lief voran oder fiel zurück und folgte langsam wieder. Wie am Abend davor sang sie, aber da hatte Pola, gefangen von dem Gespräch mit Marianne, nicht hingehört.

„Sie sind uns nur vorangegangen
und werden nicht wieder nach Hause verlangen.
Wir holen sie ein auf jenen Höh'n!"

„Lass das!", fuhr sie Maxi an. „Woher kennst du dieses Lied überhaupt?"

Maxi kicherte. Pola sah ihre weißen, spitzen Wolfszähne. Eine lange Locke fiel ihr übers Auge. Sie strich sie nicht beiseite.

„Ein schönes Lied", sagte Maxi. „Wir haben es beim Begräbnis gesungen."

„Welches Begräbnis, wer ist gestorben?"

Maxi lief schneller. „Bei jedem Begräbnis", rief sie Pola zu. „Es ist das Lieblingslied von unserem Herrn Pfarrer."

Sie blieb nicht mehr stehen, bis sie den langen, steilen Wiesenweg zur Landstraße hinuntergelaufen war, den Weg ins Tal.

Pola ging allein weiter. Sie dachte an die Mandragora. Marianne, die so viel über die Pflanzen wusste und sich dennoch der Geisterwelt zuwendete, dem Teufel den Vortritt vor der Stimme der Vernunft ließ – vielleicht war es leichter so. Weil so das Böse auch einen Namen bekam und einen Ort, wohin man es verbannen konnte, während es in Wahrheit doch seinen Sitz im Herzen des Menschen hatte.

Unten an der Brücke traf sie das Kind wieder. Der See hatte am Morgen ein freundlicheres Gesicht. Wo die Sonne daraufschien, glitzerte das Wasser aquamarinblau, grün und golden auf.

„Ich zeige dir was."

Maxi nahm Polas Hand, die sie ihr widerwillig überließ. Sie gingen an der Uferpromenade entlang. Niemand begegnete ihnen um diese Zeit.

„Ich führe dich zu einem Platz, den nur ich kenne", behauptete Maxi.

An der Ostseite war das Ufer flacher, sodass man bis zur Wasserlinie hinuntersteigen konnte, ohne ins Rutschen zu kommen.

„Da wachsen ganz besondere Blumen, die man nirgendwo anders findet."

Die kreisrunden großen Blätter schwammen wie hellgrüne Luftmatratzen auf der Wasseroberfläche. Ihre langen Stängel reichten bis in die Tiefe.

„Kennst du sie? Ihre Blüten sind schneeweiß. Sie blühen nicht alle Jahre. Nur in den besonderen. Den Glücksjahren."

Maxi griff ins Wasser und riss eine Handvoll der Stängel aus. Auf jedem saß ein Knopf mit einer Blütenknospe. „Schau, so sehen sie aus!", sagte sie zu Pola. Dann warf sie die Pflanzen ins Wasser zurück.

„Das sind Seerosen!", rief Pola überrascht. Maxi hatte recht, sie hatte die seltsame Pflanze nirgendwo in der freien Natur blühen gesehen, nur im Schönbrunner Palmenhaus. „Aber warum hast du sie abgerissen? Jetzt sind sie tot."

Vorwurfsvoll schaute Pola zu, wie die Blütenköpfe zu Boden sanken.

Das Mädchen zuckte bloß die Achseln. „Na, und? Da sind viele."

Sie lief weiter, zu dem kleinen Badestrand, dem einzigen Zugang zum See. Ein Ruderboot war dort an den Ufersteinen festgebunden. Sie kletterte hinein.

„Kommst du? Ruderst du mich über den See?“, fragte sie, in zweifelndem Ton, als könnte sie nicht recht daran glauben, dass Pola zustimmen würde.

Pola schaute noch immer ins Wasser. Sie dachte nicht nach. Ihr Kopf war nun endlich still. Sie folgte Maxi zum Boot. Maxi zeigte ihr, wo die Leinen unter den Steinen befestigt waren. Pola löste die Knoten.

„Kannst du rudern?“, fragte Maxi.

„Kannst du schwimmen?“, fragte Pola, da waren sie schon draußen, in der Mitte des Sees.

„Ein bisschen.“

„Das musst du mir zeigen.“ Pola hängte die Ruder ein.

„Wirklich?“ Maxi klang nicht mehr so forsch wie vorher. „Jetzt?“

Zögernd stand das Kind im Boot auf, das zu schaukeln begann. „Und du? Kommst du mit?“

„Sicher.“ Pola schlüpfte aus ihrer Kostümjacke. „Ich freue mich schon.“

„Ich auch“, sagte Maxi, nicht mehr so ängstlich. „Nachher gehen wir zum Maibaumaufstellen, ja, Tante?“

Pola nahm Maxi an den Händen. Das Boot schaukelte heftiger. Das Kind verlor das Gleichgewicht.

„Tante!“, schrie Maxi, während sie fiel. „Tante, ich kann gar nicht schwimmen!“

Der See war an dieser Stelle so tief, dass man nicht bis zum Grund sah.

„Hast du schon das Sprichwort gehört: Lügen haben kurze Beine?“

Pola hielt sich am Bootsrand fest, bis das Schaukeln nachließ.

Marianne hatte versprochen, Thaddäus wie ihr eigenes Kind zu hüten. Sie trug keine Schuld, sie hatte getan, was sie konnte. Zuwenig. Jetzt sank Mariannes Kind zum Grund, wie eine abgerissene Blume. Hatte Marianne also recht, gab es die Dämonen, diente Pola dem bösen Geist, auch wenn sie nicht an ihn glaubte?

Luftblasen stiegen zur Wasseroberfläche auf und brachen sich im Licht, schimmernd wie Perlen. Pola stand im Boot auf. Sie zog ihren Rock und die weiße Bluse aus und sprang ins Wasser, dem kleinen Mädchen nach.

Sie war immer eine gute Schwimmerin gewesen. Im Gänsehäufel, im Amalienbad, den stillen Seitenarmen der Donau. Aber jetzt umfassten die eisigen Hände des Sees ihre Gliedmaßen. Sie tauchte hinunter, in die grüne Tiefe, die mit jedem Schwimmstoß düsterer wurde. Sie sah nichts mehr. Aber immer noch, durch das Rauschen des Wassers in ihren Ohren, drang das Lied zu ihr, das Kindertotenlied, mit dem Maxi die bösen Geister angelockt hatte. Wo war nun Marianne mit ihren Gebeten, jetzt, wo sie ihr Kind damit retten sollte? Nein, kein Aberglaube, sie durfte nicht aufgeben, lieber folgte sie Maxi auf den Grund, als ohne sie zurückzukommen, befahl sich Pola. Ihre Lungen schmerzten unerträglich. Da erreichte die Sonne den See. Die grüne Schwärze unter ihr wurde von einem goldenen Leuchten erhellt, durchscheinend. Sie sah Maxi, von der Bewegung des Wassers geschaukelt wie im Tanz, nur wenige Meter entfernt, erreichbar, wenn sie noch einmal alle ihre Kräfte sammelte.

Das Wasser lief aus ihrem langen Haar, die Haut war blass und kalt. Pola hatte sie ausgezogen, das Kleid, die Schuhe und die Unterwäsche und sie mit ihren eigenen Sachen zugedeckt. Lange regte sie sich nicht, obwohl sie atmete, das fühlte Pola an ihrer Halsbeuge, wohin sie Maxis Kopf gebettet hatte. Ihre Hand ruhte auf dem schmalen Brustkorb und bewachte den Herzschlag des Kindes.

Sie lagen auf dem Bett aus Moos, Arm in Arm, im Sonnenschein. Eine Kohlmeise hatte ihr Nest in dem Wipfel der Silbertanne. Sie sang und tirilierte, unermüdlich, ihr Morgenlied. Manchmal, wenn sie ausruhte, hörte man den Kuckuck rufen, weit oben, im Klockerwald, dort, wo Maxis Zuhause war.

Endlich spürte Pola ein Zucken in dem kleinen Körper. Sie richtete sich auf und sah Maxi an, da öffnete das Mädchen schon die Augen. Ihr Blick traf Pola, zuerst wie aus weiter Ferne. Dann kam sie zu sich, in die Gegenwart, und sah ratlos um sich, kehrte zu Pola zurück, fragend, ohne eine Erinnerung an das, was geschehen war. Erleichtert lächelte Pola sie an.

„Kann ich jetzt schwimmen?“, war Maxis erste Frage. Und dann: „Ist es wahr, dass ich bis zum Grund getaucht bin, oder habe ich das geträumt?“

„Wir wollen es nicht noch einmal probieren.“ Pola half Maxi, ihre Kleider, die in der Sonne getrocknet waren, anzuziehen.

„O doch, bitte, Tante“, bettelte Maxi. „Sonst glaubt es mir die Mama doch nicht.“

Voller Staunen entdeckte Maxi, dass der Maibaum schon stand, als sie auf dem Dorfplatz ankamen. „Wohin sind die Stunden verschwunden?“, fragte sie immer wieder.

Pola mochte die kleine Maxi noch immer nicht sehr, aber sie war froh, dass sie wohlbehalten um sie herumhüpfte, während die Bewohner von Oberhausen über den Platz zum Frühschoppen schritten und Pola auf ihren Bus wartete. Bevor sie einstieg, gab sie Maxi die Hand.

„Wirst du auch gut nach Hause finden?"

„Aber sicher, ich gehe doch immer allein, wenn Markt ist. Die Mami kommt nie ins Dorf."

Pola ließ sich von ihr zum Abschied umarmen. Maxis Haut war kühl und roch ein wenig modrig, wie das Wasser in der grünen Tiefe des Sees.

Im Bus, bevor sie einschlief, dachte sie an die Gesichter der Kinder. Wenn ein Brief mit einem Foto von zu Hause kam, malte es Pola für die anderen ab, weil sie am besten zeichnen konnte, mit einem Stückchen Kohle oder Bleistift. Die Fotos wurden ihnen von den Aufseherinnen gleich wieder weggenommen. Die Frauen trugen Polas kleine Zeichnungen am Körper. Sie sahen ihre Kinder an und weinten. Pola bekam keine Post. Sie hatte kein Bild und keine Tränen.

Sie erwachte erst, als der Bus gegen Abend in Wien ankam. Ein Gewitter hing über der Stadt.

20. Kapitel

Die Kälte fraß an ihren Zehen. Sie stieg hoch wie ein eisiger Fluss, der sie aus dem Bett trug, hinunterzog in seine hell schimmernde Tiefe, so frostig schön. Sie streckte die Hände aus um sich festzuhalten, aber anstelle ihres Bettes fühlte sie nur die Glätte von Eisschollen. Selbst die Tränen in ihren Augen waren gefroren – runde, durchsichtige Kugeln, in denen das Licht aus der Tiefe tanzte. Eine Stimme sang hoch oben, fern und klagend, ein Lied, dessen Worte sie nicht verstand. Fremde Sprache. Mutters Stimme. Ihr Herz wurde leichter. Sie musste sich nicht wehren. Nur dem Strom hingeben. Die Kälte umarmen.

„Bitte! Hören Sie nicht! Um Himmels willen!"

Sie wollte die Ohren verschließen. Sie gehörte nicht hierher. Sie konnte keine Bitten erfüllen. Sie war doch schon fort. Doch da spürte sie schon ihre krampfhaft zusammengeballten Fäuste und die Bettdecke, die sie umklammert hielten. Nach dem Gewitter hatte das Wetter umgeschlagen. Der Nachtwind blies durch die undichten Fenster herein. Ein loser Fensterflügel knatterte und klopfte bei jedem Windstoß. Das hatte Pola aufgeweckt, in die Wirklichkeit zurückgeholt. Wenn sie nun weiterschliefe, würde sie unten ankommen, zwischen den hellen Steinen zum Wassergrund sinken, sich vom Strom forttragen lassen, zu der anderen Seite, wo sie warteten? So viele. Mit ihren Verstümmelungen, die nicht mehr schmerzten.

Da war die Stimme wieder, und eine Hand, die an der Türklinke rüttelte. Pola erhob sich. Ihre Zehen waren vor

Kälte erstarrt, doch die Füße trugen sie. Sie sperrte auf. Die Frau kam zu ihr herein und warf die Tür hinter sich zu. Es war nicht mehr ganz dunkel im Zimmer. Verwundert erkannte Pola Luise.

„Ich habe schon Angst gehabt, Sie würden nicht aufmachen." Luise klang besorgt. „Ich höre Sie oft in der Nacht, aber heute – was ist denn los? Schlecht geträumt?" Sie legte eine Hand auf Polas Arm. „Ich hatte plötzlich das Gefühl, Sie sollten nicht allein sein."

Pola kehrte in ihr Bett zurück. Die Decke war ein Stück alter Vorhangstoff, sie wärmte nicht. Luise kam ihr nach. „Ist es Ihnen recht, wenn ich bleibe?"

Pola rückte ein Stück beiseite. Sie überließ Luise ein Stück Decke. Noch immer sprach sie nicht. Sie konnte nicht. Ganz nah saßen sie nebeneinander. Ein Geruch stieg aus Luises Kleidern auf, etwas Frisches, ein wenig süß, ein wenig herb.

„Danke", sagte Luise.

Sie sank plötzlich in Polas Kissen zurück, und Pola folgte ihrem Beispiel, sie tauchte ein in die Wärme und Weichheit, den zarten Duft eines Parfums. Warum ist sie gekommen, dachte sie, und dann nichts mehr.

So schliefen sie, bis nebenan Herr Karner begann, sich zu räuspern und zu husten, sein Morgenritual, mit dem er den Tag begrüßte. Pola erwachte früher als Luise. Sie dachte an den eisigen Fluss, der sie durch die Nacht getragen hatte. Wie es weitergegangen wäre, hätte Luise sie nicht geweckt. Wenn das Sterben so leicht war, warum kämpften sie alle so erbittert um das Überleben? Dort war es kalt gewesen, so kalt wie nirgends vorher. Ihr Körper erinnerte sich. Nun wäre sie Asche auf den Blättern der Bäume, auf den Feldern, wohin sie der Wind trug, dort weit im Osten, zur Ruhe gebettet, wo der Wind Rast machte, dort auch sie? Und das Kind?

Die Stirn der blonden Frau war ohne Makel, wie die eines Kindes, und ihr Hals glatt und weiß, die Lippen so sanft geschlossen, als wüssten sie keine bösen Worte. Ihre Augenbrauen hatte Luise ausgezupft bis auf einen hohen Bogen, was ihr einen überraschten und erfreuten Ausdruck verlieh, selbst im Schlaf. Die Wimpern waren lang und dicht, ganz hell, wie das Haar. Unter Polas Musterung begann Luise sich zu regen. Ein Zucken lief über ihre Stirn. Sie schlug die Augen auf und sah Pola groß an.

Das Blau des Meeres, das Pola nie gesehen hatte, so musste es sein, vor der Küste Montenegros, wo Nadija die Sommer ihrer Kindheit verbracht hatte. Dunkelblau und grün und durchscheinend bis zum Grund, golden und blau am Ufer, im Sonnenlicht, wenn die Felsen ihre Schatten warfen, silbrig grau im Mondenschein. Das Meer in Nadijas Erinnerung war wie ein Gedicht. Luise erwiderte ihren Blick, ruhig und aufmerksam. Was sah Luise? In ihren Augen entdeckte Pola nicht einen Funken des Ekels und Entsetzens, das die junge Frau bei ihrem Anblick empfinden musste.

„Guten Morgen“, sagte Pola.

Luise lächelte, noch verschlafen. Wie ein Liebespaar umschlungen lagen sie auf der schmalen Ottomane in Herrn Karners Wohnzimmer.

„Diese Nacht werde ich nicht vergessen.“ Sie küsste Polas Wange.

Der Duft hing immer noch um sie, nicht nur in den Kleidern, auf ihrer Haut und in ihrem Haar. Pola fühlte eine heiße Welle in sich hochsteigen. Niemand hatte sie geküsst, seit einer langen Zeit. Niemand sollte sie mehr berühren. Rasch setzte sie sich auf.

„Hoffentlich wird es nicht mehr lange dauern", antwortete sie. „Dann haben wir wieder ein eigenes Dach über dem Kopf."

Sie schlüpfte in ihren Mantel, den sie in Ermangelung eines Morgenrocks trug, wenn sie ihre Toilette machte.

Luise nickte, gähnend und mit gerundeten Augen. „Sie haben noch nie mit mir gesprochen", stellte sie fest.

Pola war schon an der Tür. Sie drehte sich um. „Ich …"

„Ich habe geglaubt, Sie können mich nicht leiden."

„Nein, warum …?"

„Also, stimmt es gar nicht?"

Luise sprang aus dem Bett. Das zerrissene Nachthemd gab eine Schulter und den Ansatz ihrer Brüste frei. Sie besaß eine Haut wie eine römische Skulptur, marmorweiß. Luise spürte Polas Blick. Rasch rückte sie den Ausschnitt zurecht.

„Danke, dass Sie gekommen sind", sagte Pola.

Luise nickte, lächelnd, ein wenig abwesend. „Ich wünsche mir, dass wir Freundinnen werden."

Pola sperrte die Tür auf. Durch das Vorzimmer strebte Herr Karner, ohne den Kopf nach ihr zu wenden, auf das Badezimmer zu.

„Darf ich du sagen?", fragte Luise hinter ihr.

Über den Plafond der Wohnung wanderten rotbraune Wolken, die aussahen wie große Blutlachen. Wenn es regnete, fielen große Tropfen aus ihnen heraus, auf den Boden und die Möbel, und ein Geruch nach nassem Ziegelstaub hing in der Luft. Die Wohnung lag im letzten Stock des Hauses. Das Dach darüber fehlte, eine Kriegsfolge, die Tausende Gebäude in Wien betraf. Wasser gab es seit einigen Wochen wieder, im Parterre, bei der einzigen Wasserentnahmestelle. Der Strom kam nur stundenweise. Die meisten Gasleitungen der Stadt waren geborsten und mussten erneuert werden. Wie man den nächsten Winter überstehen, womit geheizt werden und wann es in den Geschäften endlich wieder etwas zu kaufen geben würde, beherrschte die Gespräche der Wiener. Pola schnappte sie im Vorübergehen auf und wunderte sich, als ob diese Ungelegenheiten nicht auf ihr eigenes Leben ebenso zuträfen. Jeder Morgen begann damit, einen Krug Wasser in die Wohnung zu schleppen und sich vor einem fremden Badezimmer anzustellen. Die Armut besserte die Menschen nicht, fand sie. Aber vielleicht lag es nur an ihrem eigenen Unvermögen, sich anderen anzuschließen und das Alltagsleid gemeinsam leichter zu ertragen.

Luise zeigte sich hilfsbereit. Sie übernahm das Wasserholen, wenn Pola in der Früh noch nicht aufgestanden war. Sie brachte Holz aus dem nahen Auer-Welsbach-Park mit und ersuchte Pola, ihr mit dem störrischen Badezimmerofen behilflich zu sein. Nach mehreren Versuchen brachten sie den mit alten Schlacken zugebackenen Ofen in Gang und konnten endlich ein Bad nehmen, mitten in der Nacht, lautlos, nur im Lichtschein des kleinen Feuers, damit niemand sie stören konnte. Für eine halbe Badewanne voll reichte das warme Wasser. Luise lud sie ein, gemeinsam mit ihr zu baden, aber das lehnte Pola ab. Das Wasser war kaum mehr lau, als sie dran kam, dennoch blieb sie so lange darin sitzen, bis sie vor Kälte am ganzen Körper zitterte und Luises besorgtes Flüstern vor der Tür hörte.

Nachher standen sie gemeinsam am Fenster. Der Sommer war endlich gekommen. Der Wind blies so mild, dass Polas Zittern nachließ. Sie fühlte sich wie eine fremde Frau, in der Maske der Dunkelheit.

„Das ist die schönste Stunde seit einer langen Zeit. Seit Jahren."

Der Mond schien durch die hellgraue Wolkendecke und warf sein Schleierlicht über die zwei Frauen, die Schulter an Schulter nebeneinander standen.

„Das klingt, als ob es da allerhand gegeben hätte."

Luise sah sich nach Pola um. Sie kramte in der Tasche ihres Schlafrocks nach ihren Zigaretten und riss ein Streichholz an. In dem zuckenden kleinen Licht tauchte ihr Gesicht auf wie ein Bildnis Botticellis, so klar und hell, eine Schönheit ohne Alter, zeitlos. Sie hielt Pola die angezündete Zigarette hin. Pola zögerte. Sie hatte nicht mehr geraucht, seit ihr im Gefängnis davon übel geworden war. Inzwischen war sie froh, dass sie nicht mehr am Rauchen hing. Die Leute brachten die verrücktesten Opfer, um ihre Sucht zu stillen. Jeden Tag sah sie die „Tschickarretierer" auf der Straße, wie sie jeden Winkel nach weggeworfenen Stummeln absuchten. Zigaretten waren ein Zahlungsmittel, dort wo sie herkam und hier ebenso.

Luise verfügte über großes Geschick im Organisieren des schwierigen Alltags. Sie verwendete parfümierte Seife statt des beinharten, ekligen Ziegels, mit dem sich Pola und die anderen Bewohner des Hauses wuschen, die Hände, das Haar, die Kleider. Sie brachte *Nestlé*-Schokolade und Kaugummi mit. Sogar ein Paar Nylonstrümpfe gehörte zu ihren Besitztümern.

Nach dem ersten Zug aus der Zigarette wurde Pola schwindelig, nach ein paar weiteren entdeckte sie eine Person, die ihr abhanden gekommen war, Pola, die einst im Flöge-Kleid Furore gemacht hatte, eine junge Frau mit lockiger Haarpracht, die rabenschwarz glänzte, wenn sie offen über ihren Rücken fiel. Eine, die geliebt hatte und geliebt worden war. Die Gedichte und Geschichten schrieb, Wagner verabscheute und Gustav Mahlers erste Symphonie auswendig konnte.

Sie war nicht tot. Sie hatte keine Luft zum Leben und keinen Ort, an dem sie sich entfalten konnte, aber es gab sie noch. Die Dunkelheit war ihr Schleier, er verbarg ihre Entstellung. Wie der Rauch, der sie benommen machte, trunken und sehnsüchtig. Sie öffnete die Tür. Eine Hand streckte sich ihr entgegen, Luises schlanke und zugleich feste Hand, die zupacken konnte und auch streicheln.

Wie in der letzten Nacht drückte sie ihre Wange an die Polas und schmiegte sich an sie, mit ihrem Duft nach Parfum und Puder und dem Whiskey, den sie in einer kleinen Flasche zu ihrem Stelldichein mit Pola mitgebracht hatte und den sie nun Schluck für Schluck austranken und den Sternen zusahen, wie sie nacheinander aufstiegen und wieder sanken.

„Das Leben ist einmalig. Tot sind wir dann lange genug." Luises Zunge war ein wenig schwer vom Whiskey, aber darum klang sie nicht weniger überzeugend. „Du musst zum Arzt gehen, Pola.“

Der Alkohol floss um Polas Schläfen wie ein kühles, weiches Seidentuch. Sie konnte Luise nichts erklären.

„Du schreist jede Nacht im Schlaf.“ Luise ließ nicht locker. „Ich bin deine Freundin. Ich wünsche, dass es dir wieder gut geht.“

Pola sagte noch immer nichts.

„Willst du nicht, dass es wird wie früher, ein ganz normales Leben führen?“, fragte Luise.

Darüber musste Pola lächeln. Luise sah sie überrascht an.

„Wenn du wüsstest, Luise.“ Energisch schüttelte sie den Kopf. „Wie früher, nein, das will ich wirklich nicht.“

Pola bezwang ihre Ängste. Der Arzt, den sie auf Luises Drängen schließlich aufsuchte, hieß Walter Berger und ordinierte in einer ehemaligen Zahnarztpraxis in der Josefstädter Straße. Er war nicht nur als praktischer Arzt, sondern auch als Dentist ausgebildet worden.

„Das sind die Nerven“, meinte er, nachdem er sie untersucht und sich ihre Symptome angehört hatte. „Sonst fehlt Ihnen nichts. Sie können zu einem Neurologen gehen. Aber da wird auch nichts herauskommen. Was erwarten Sie sich? Dieser Krieg ist an keinem spurlos vorübergegangen. Ihre Zähne lassen sich reparieren, die Seele muss von selbst heilen.“

Doktor Berger war Kriegsversehrter. Ein Granatsplitter hatte ihn getroffen. Er sah nur auf einem Auge, schwarzweiß und zweidimensional. Über dem anderen, blinden Auge trug er eine Klappe.

„Mich hat's beim Volkssturm erwischt, ein paar Stunden, bevor die Russen in Wien eingezogen sind", sagte er zu Pola. „Nur weil ich zu feig zum Desertieren war."

Der Arzt war der erste, der offen von seiner nationalsozialistischen Gesinnung sprach. Nach den Lügen, die sie täglich zu hören bekam, empfand Pola fast Erleichterung darüber. Er fragte nicht, wo sie den Krieg über gewesen war. Wahrscheinlich erriet er es, was ihn nicht davon abhielt, die Besatzer zu beschimpfen, und dem Führer, der von schlechten Beratern verblendet und irregeführt worden war, nachzutrauern.

Pola lag auf dem Behandlungsstuhl und wunderte sich über seine energischen Verteidigungsreden, die jede Sitzung begleiteten. Warum verfluchte er die nicht, die ihn zum Krüppel gemacht hatten?

Die Hundstage ließen die Temperaturen hochklettern. Doktor Berger machte keinen Urlaub, er war froh, dass er wieder arbeiten konnte. Obwohl er nur auf einem Auge sah, behandelte er seine Patientin rasch und geschickt. Zusammen mit den nachgebeteten Führer-Reden erlebte Pola die Zahnreparatur wie eine seltsame Art von Therapie. Als sie mit ihren neuen Zähnen Doktor Bergers Ordination verließ, merkte sie, dass sich etwas verändert hatte. Sie trat auf die Straße, ins Sonnenlicht. Pola Wolf, beschädigt, gestrauchelt, gezeichnet, trug die Last ihrer Vergangenheit wie einen Mühlstein in ihrer Brust. Aber sie war zu Hause angekommen, sie versteckte sich nicht mehr.

Die Hundstage des ersten Sommers nach dem Krieg waren keine Plage für mich, sondern die langersehnte Atempause. End-

lich hatten wir Ferien, die Kinder und ich auch. Ich ging noch immer in die Schule, ins Gymnasium, das gab ich nicht auf, obwohl wir zur völligen Mittellosigkeit herabgesunken waren.

Die Gestapo hatte meine Mutter 1941 verhaftet und verhört. Wie sie von dort freikam, erfuhr ich nicht. Ein Brief, der mir auf der Straße von einem fremden Menschen zugesteckt wurde, war alles, was mir von ihr blieb. Sie schrieb, dass sie knapp mit dem Leben davongekommen sei und dass sie nun sofort nach Moskau aufbreche. Sobald sie eine Möglichkeit fände, uns nachzuholen, würde sie sich melden. Sie bat mich um Verzeihung, weil sie mir so eine Verantwortung aufhalste. Sie wisse aber, dass ich es schaffen würde. Ich sei nicht nur klug, sondern gütig und stark. Gott segne Dich, schloss sie, und das erschütterte mich mehr als alles andere, denn sie hatte niemals gebetet. In den vier Jahren, die inzwischen vergangen waren, hatten wir keine Nachricht von ihr erhalten und die Kinder fragten nicht mehr. Ich überlegte immer wieder, ob ich mich bei der russischen Kommandatur erkundigen sollte, aber ich traute mich nicht. Allerdings bekamen wir, weil unsere politische Aktivität amtsbekannt war, eine kleine Unterstützung zugewiesen. Danach verbesserte sich unsere Lebenssituation ein wenig, und so konnte mich auch das Wetter im Juli 1945 nicht erschüttern.

„Warum hast du mich eigentlich zu so einem sturen, unverbesserlichen Nazi geschickt?“, fragte Pola.

Luise lachte sie aus. „Bist du verrückt? Der Berger ist ein Genie! Du gehst zur Zahnbehandlung, und er macht einen neuen Menschen aus dir! Freust du dich überhaupt nicht?“

Pola sah in den Spiegel. Ihr Haar begann sich wieder zu locken. Es war schon fast eine Frisur. Sie gab sich Mühe, doch das bemerkte Luise nicht.

„Willst du ein Fürsorgefall werden?", fragte Luise. Sie legte das Unterkleid, das sie gerade flickte, zur Seite.

„Wieso werden?", fragte Pola zurück. Es klang spöttisch, obwohl sie es nicht so meinte. Schnell nahm sie einen Zug von der Zigarette, die Luise ihr hinhielt.

„Keine Spitzfindigkeiten. Du weißt, was ich sagen will. Mit einunddreißig Jahren. Die Zeiten werden sich ändern, ganz rasch. Auf Mitgefühl brauchst du nicht zu bauen."

Luise schnitt eine Grimasse und Pola musste lachen, erleichtert, weil es ihr so gelang, nicht sofort einzuschnappen. Sie wusste, dass Luise ihre Stimmungen fürchtete. Aber Luise wusste nicht, dass auch Pola selbst sich davor fürchtete.

„Du verwechselst das Leben mit einer Filmkomödie", sagte Pola. „Heute noch im Bombenhagel, morgen schon auf dem nächsten Faschingsball. So sollen sich die Wiener sich selbst vorstellen. Aber ich bin nicht so."

Luise warf ihren Zigarettenstummel aus dem Fenster. „Das ist genau das, was ich gemacht habe."

Luise hatte Pola keine Frage gestellt und Pola nicht ihr.

„Eine Komödie war es allerdings nicht." Nun kam Luise zum ersten Mal auf ihre Familie zu sprechen. „Meine Schwester Irmi und ich sind nach der Entwarnung aus dem Luftschutzkeller hinauf in unsere Wohnung gekommen und der Papa war tot, das war im März."

Im März 1945, unmittelbar vor dem Ende des Krieges, gab es in Wien keinen Bestattungsdienst mehr. Luise ging ins Amtshaus, um sich zu erkundigen, was sie tun sollten. Sie traf nur einen Bürodiener an. Alle anderen Beamten waren nicht mehr zur Arbeit erschienen.

„Aus der Tischlerei in unserem Haus habe ich mir einen Schubkarren ausgeborgt, mit dem haben wir den Papa auf den Zentralfriedhof hinausgebracht und in ein offenes Grab gelegt. Eine Handvoll Erde darauf, dann hat der nächste Bombenangriff schon angefangen."

Die Irmi, Vaters Liebling, weinte, Luise versuchte sie auf ihre Weise zu trösten.

„Wie hätten wir den Vater weiter versorgen sollen? Keine Medikamente, keine Krankenpflegerin, er hätte in der Wohnung weiter vegetiert. Ohne seine Frau hat ihn das Leben doch nicht mehr gefreut."

Luises Mutter war 1938 aus Österreich weggegangen. Mühsam hatte der Vater seine drei Töchter durchgebracht. Er war schon lange krank gewesen.

„Ich finde, sein Tod kam gerade zur rechten Zeit."

Irmi schlug Luise für ihre Worte. Sie lief weg, allein nach Hause. Luise brachte den Schubkarren in die Tischlerei zurück und ging auf einen Ball, ein G'schnas in einem Gasthaus, das sie auf dem Weg zum Friedhof entdeckt hatte. Der Fasching war schon lang vorbei, aber das hielt die Gäste nicht vom Feiern ab.

„Am nächsten Tag bin ich wieder heim, da war unser Haus verschwunden und alle tot. Nur der Schubkarren stand noch da. Und ich, mit meiner Faschingsmalerei im Gesicht. Dann hat's nur mehr die Nanni und mich gegeben. Die Nanni hat …" Luises Stimme wackelte ein wenig, dann fing sie sich wieder. „Den Typhus bekommen, aber das weißt du eh."

Pola legte einen Arm um Luises Schultern, doch die wehrte sie ab.

„Kein Mitleid. Deshalb erzähl ich es dir ja, Pola. Den Dino habe ich auf dem G'schnas damals kennengelernt und als wir uns das nächste Mal begegnet sind, war er schon Filmproduzent und hat mich gleich engagiert."

Ihre Augen waren nass, aber sie schnupfte nur auf und räusperte sich. „Der Dino. Ein Glücksfall, eh klar. Aber weißt du, das Glück kommt immer, so oder anders. Man muss nur daran glauben, man darf sich einfach nicht abfinden."

„Im Glück ist es leicht, ein guter Mensch zu sein. Doch im Unglück erkennt man den Helden." Nadijas Worte. Pola wiederholte sie nicht.

Luise fädelte den Wollfaden, mit dem sie ihr Unterkleid stopfte, frisch ein und beugte sich wieder über ihre Handarbeit. Als ob sie Polas Gedanken lesen könnte, sagte sie: „Vor allem sich nicht leidtun. Davon hat keiner was."

Später lasen wir in der Wiener Zeitung, dass Luise nicht die einzige gewesen war, die mit einem Toten ohne Begräbnis fertigwerden musste. Die Opferzahlen der letzten Bombenangriffe gingen in die Tausende. Die Angehörigen schleppten die Leichen in die Parkanlagen und begruben sie in den winterlichen Blumenrabatten, unter den Sträuchern oder warfen sie in die leeren Teichbecken und schütteten Erde darüber.

Die ersten Strafkommandos für Nazis, die auf der Flucht gefasst wurden, bekamen die Aufgabe, diese Toten aus den Stadtgärten fortzuschaffen. Auf der Straßenbahnlinie 71 wurde ein eigener Zugverkehr eingerichtet, mit einem dafür ausgestatteten Waggon, der die gestapelten Särge zum Zentralfriedhof brachte, wo sie in Massengräbern landeten.

Es war derselbe Waggon, hieß es, der schon während des Krieges Nacht für Nacht mit den geköpften Leichen aus der Todeszelle des Landesgerichts zum Gerichtsmedizinischen Institut und von dort auf den Friedhof gefahren war.

„Eigentlich wollte ich nur wissen, was du mit diesem einäugigen Naziarzt zu tun hast."

„Soll ich dir was verraten?" Luises strahlend blauer Blick heftete sich an Pola fest. „Ich interessier' mich nicht dafür, was die Leute gemacht haben. Für mich zählt, was jetzt ist. Wie sollen wir ein neues Leben anfangen, wenn wir immer noch in der Vergangenheit herumwühlen?"

„Und du glaubst, so einfach ist es, Schwamm drüber, und wir vergessen, was war?"

Luise nickte, ohne zu zögern. „Das ist meine Devise, ja."

„Und wenn ich das nicht kann?"

Luise stand auf. Sie legte ihre Arme um Pola und zog sie fest an sich. „Ich will, dass es dir wieder gut geht, dass du glücklich wirst."

„Und wenn ich das nicht kann?", wiederholte Pola.

„Ich werde dir helfen. Ich verspreche es dir."

21. Kapitel

Dino Matejka war eine Abenteurernatur. Im Krieg war er Flieger bei der deutschen Wehrmacht gewesen, über der Dordogne abgestürzt, in die Hände der Résistance gelangt und wieder freigekommen. In einem Feldlazarett nahe Lascaux erlebte er den Rückzug der deutschen Armee aus nächster Nähe und desertierte, als er vom Krankenbett aus zur Unterstützung der Truppe abkommandiert werden sollte. Kurz vor Kriegsende kam er in Wien an, wo er gleich an seinem ersten Abend in der Stadt Luise kennenlernte.

„Er trug einen Kopfverband und eine Clownsmaske zur Tarnung", erzählte Luise. „Er wusste, wenn ihn jemand denunzierte, war er ein toter Mann. Aber vorher wollte er noch einmal tanzen gehen."

Als sie sich das nächste Mal trafen, war der Krieg schon vorbei.

„Suchst du Arbeit?", fragte Dino. „Dann hab' ich eine für dich."

„Du weißt ja gar nicht, was ich kann", erwiderte Luise.

„Das kannst du."

Dino hatte in den Räumlichkeiten eines ehemaligen eleganten Fotoateliers in der Kärntner Straße eine Filmgesellschaft gegründet. Vorläufig drehte er noch keine Filme, sondern suchte nach Modellen für Fotoromane, die er an Magazine verkaufte.

„Du bist Fotomodell?" Pola machte große Augen. „Welchen Beruf hast du denn gelernt, Luise?"

„Eigentlich wollte ich Tänzerin werden. Die Irmi, die Nanni und ich waren schon als Kinder beim Ballett, und die Irmi hat auch wunderschön Klavier gespielt. Aber unser Vater wollte nichts wissen von Kunst. Er hat uns auf die Handelsschule geschickt." Luise zuckte die Achseln. „War eh gescheiter, so kann ich wenigstens Buchhaltung und Stenotypie. Das kann man immer brauchen."

Sie sah Pola neugierig an. „Und du?"

Pola konnte Luise nicht begreiflich machen, dass Vorsätze allein nicht genügten. Unter dem Siegel der Verschwiegenheit vertraute sie ihr die Geschichte ihres Prozesses an, aber nicht, was sie in Oberhausen erfahren hatte. Luise wusste nur, dass ihr das Kind bei der Geburt weggenommen worden war.

„Mein Herz steckt in einem Block aus Eis. Ich fürchte mich davor, was passiert, wenn er auftaut", sagte Pola, worauf Luise nur ihre schöngeschwungenen Augenbrauen runzelte und Pola einen freundschaftlichen Rippenstoß versetzte.

„Lassen wir einmal das Herz aus dem Spiel", schlug sie vor. „Ich glaube, alles, was du brauchst, ist Arbeit."

Pola war sicher, dass sie nicht imstande war, einen Arbeitsplatz ordentlich auszufüllen, aber das ließ Luise nicht gelten.

„Du musst es versuchen. Ich habe auch schon eine Idee. Lass mich nur noch mit Dino darüber reden."

Dino hatte nicht nur eine Filmproduktion gegründet, sondern auch einen arisierten Buchverlag übernommen, dessen Besitzer bei Kriegsende untergetaucht waren. Das Verlagsprogramm umfasste Kalender mit Hakenkreuz-Emblemen und allerlei anderen Runendekors, Ratgeber für die Haushaltsführung in Kriegszeiten mit Rezepten, wie man aus Kartoffelschalen eine bekömmliche Suppe zubereitete, Rassenhygiene im Alltag und ähnliche einschlägige Bücher, die nun unverkäuflich waren.

Im Keller lagerten noch Bestände aus Vorkriegstagen, erotische Heftchen-Literatur und Abenteuer-Romane im Mantel-und-Degen-Stil, das meiste davon hoffnungslos altmodisches Geschreibsel, dazwischen aber auch das eine oder andere Werk, das durchaus Absatz versprach, vor allem die schlüpfrigen Liebesgeschichten im historischen Gewand. Nun galt es nur noch, die Spreu vom Weizen zu trennen.

„Dino ist einverstanden, du kannst gleich anfangen", verkündete Luise bereits am nächsten Abend nach ihrer Heimkehr.

„Will er mich nicht vorher einmal kennenlernen?"

„Doch, aber je schneller du anfängst, desto besser", sagte Luise. „Alles weitere erfährst du von Herrn Walz."

„Wer ist das?"

Moritz Walz war der erste Angestellte des Dino-Verlages. Luise kannte ihn nicht persönlich, deshalb hatte sie vor, Pola am ersten Tag zur Arbeit zu begleiten.

„Wenn's dir recht ist, Pola."

„Ja, Luise, vielen Dank."

Der Verlag, der seinen Sitz großspurig mit Wien – Leipzig – New York angab, befand sich in der Plankengasse im ersten Bezirk, gleich um die Ecke von Dino Matejkas

Filmgesellschaft. Im Nebenhaus hatte eine Schneiderin ihr zerstörtes Geschäftslokal in einen hölzernen Wohnwagen verlegt, der vor dem Haus auf dem Gehsteig stand. Auf einer handgeschriebenen Tafel bot sie ihre Dienste an: „Strümpfe repassieren – Kleider reparieren – neueste Modelle aus Paris eingetroffen – treten Sie ein, die Tür steht offen!“

Frau Berenyi war eine junge, muntere Witwe und nähte, solange keine Kundschaft kam, ihre eigene Garderobe, eine Tätigkeit, die sie jederzeit für ein Schwätzchen unterbrach.

„Dino Verlag, heißt er so, aha.“ Sie unterzog Pola und Luise einer neugierigen Musterung. „Der junge Mann ist da. Er geht nie weg, hockt immer da hinten herum“, fügte sie mit einem skeptischen Unterton hinzu.

Von der Straßenseite betrat man den Verlag durch eine kleine, unscheinbare Holztür. Dahinter lag der Hof eines alten Fuhrwerkerhauses. Der ehemalige Pferdestall war durch ein gemauertes Häuschen mit zwei Zimmern ersetzt worden. In dem größeren hatte der Verlag sein Büro, im kleineren stand die alte Druckmaschine.

„So, so, hm, hm“, summte Luise, während sie die Räume abging. „Schaut gar nicht so schlecht aus, oder?“ Sie wandte sich nach Pola um, die an der Tür zum Souterrain haltgemacht hatte.

„Die Bücher sind unten.“ Pola spähte hinunter. „Und er auch“, flüsterte sie.

„Dann schauen wir uns den Knaben einmal an“, meinte Luise.

Hintereinander stiegen sie die Treppe hinab. Die Luft roch nach Schimmel und Staub. Das kleine Besucherzimmer im Polizeigefängnis fiel Pola ein, die Fenster waren wie dort hoch in die Wand eingelassen und führten auf die Straßenseite. Rundherum im Raum türmten sich Bücher und Manuskripte, das gesamte Sortiment von der Gründung des Verlags an. In der Mitte hockte der einzige Leser dieser seltsamen Bibliothek, ein dicklicher junger Mann mit kleinen schwarzen Augen wie Rosinen in seinem Teiggesicht. Beim Eintreten der beiden Frauen sprang er erschrocken von seinem Platz auf.

„Guten Morgen. Tut mir leid, wenn wir Sie erschreckt haben."

Pola lächelte ihn an, obwohl ihr der Geruch, der seinen ungewaschenen Kleidern entströmte, zuwider war. Sie streckte ihm die Hand hin. Er übersah sie, ob absichtlich, blieb unklar, denn sie war von der Staubwolke, die sich zusammen mit ihm erhob, fast blind. Luise stand still dabei.

„Ich wollte mich nicht einmischen", sagte sie nachher, als sie wieder ans Tageslicht gelangt waren. „Du musst ja mit ihm zurechtkommen. Glaubst du, du hältst ihn aus?"

Pola zupfte an ihren kurzen Stirnlocken. „Kann sein, kann nicht sein", antwortete sie. „Wir werden ja sehen."

„Bravo!", sagte Luise, nicht ganz so enthusiastisch wie sonst. „Dann ziehe ich einmal los." Sie winkte Pola von der Tür. „Lass dir von dieser kleinen Krätzen ja nix gefallen! Das ist wichtig!"

Moritz Walz hatte die letzten sechs Monate des Krieges im Untergrund verbracht, seit dem Tag, als die Polizei an seiner Wohnungstür angeläutet hatte, um ihn zum Militärdienst zu holen. Geistesgegenwärtig hatte er behauptet, ein anderer zu sein als der Gesuchte. Danach wagte er sich nicht mehr nach Hause, sondern suchte im Keller des Verlages Unterschlupf, wo ihn, als der Krieg zu Ende war, Dino Matejka aufstöberte.

Dino befragte den jungen Mann nach seinen Plänen. Weder wollte Moritz auf die Schulbank noch nach Hause zurück. Während des langen Winters hatte er sich durch mehrere Jahrgänge des Verlagsprogramms gelesen. Darauf machte ihm Dino den Vorschlag, Lektor seines neuen Verlages zu werden. Der Auftrag an Moritz lautete, ein Programm zusammenzustellen, ohne dass Geld für Autorenrechte floss. Auch der Druck musste vorläufig mit den eigenen Maschinen besorgt werden. Wenn sich ein Erfolg des Unternehmens abzeichnete, konnte man sich eine Druckerei suchen oder – Dino dachte immer unternehmerisch – eine eigene gründen.

Pola stellte bald fest, dass der junge Lektor die meiste Zeit in diesem Kellergewölbe verbrachte. Er las nicht nur die Bücher, die der Verlag vor dem Krieg gedruckt hatte, sondern auch die mannshohen Stapel unveröffentlichter Manuskripte, die den Autoren nicht zurückgesandt worden waren. Unter ihnen erwartete er ein unentdecktes Juwel zu finden, eine Hoffnung, die Pola nicht teilte. Sie fand schon die gedruckten Büchlein seicht und erbärmlich geschrieben, warum sollten die abgelehnten Manuskripte mehr Qualität besitzen? Doch war die Auswahl der Stoffe nicht ihre Aufgabe. Pola sollte das Büro des Verlags führen, eine Tätigkeit, die sich vorläufig auf Ordnung machen beschränkte. Sie brachte die verrostete Schreibmaschine in

Gang, ersetzte das löchrige Farbband, jagte die Ratten, die hinter den Schränken nisteten, davon und beseitigte Spinnennetze, Lurchmäuse und die Schlackeschicht von Staub, Dreck und jahrelangem Mief aus den Zimmern.

„Moritz? Ich darf doch Moritz sagen?", wandte sich Pola an ihn, als er später am Tag endlich aus der Tiefe hervorkam. „Ich hoffe, wir werden gut zusammenarbeiten." Noch einmal bot sie ihm die Hand an. „Pola Wolf ist mein Name. Ich war früher Lehrerin."

In seine schwarzen Augen trat plötzlich ein Funken von Interesse. „Wolf?", wiederholte er. Und dann: „Lehrerin in der Bürgerschule?"

„Ja."

Seine Stimme klang wie Kreide, die über eine Schiefertafel kratzte, schrill und heiser zugleich. Am liebsten hätte sie sich die Ohren zugehalten. Aber sie unterdrückte ihren Widerwillen und schaute in sein zuckendes, von Pickeln übersätes Gesicht.

„Ich bin Journalist", sagte er plötzlich, zusammenhanglos. Ohne eine weitere Erklärung entfernte er sich wieder.

Luise wollte nicht, dass Pola noch einmal in die Althanstraße ging. Sie sollte Alexander nicht wiedersehen, niemals herausfinden, was damals geschehen war? Das konnte sich Pola nicht vorstellen. Aber vielleicht, dachte sie, als sie am Abend über die Mariahilfer Straße nach Hause ging, hatte Luise doch recht.

„Das Unglück wird mich verlassen", sagte sie. „Warum denn nicht? Einmal muss es genug sein. Ja, Pola?"

Sie erschrak, wie immer, wenn sie sich dabei ertappte, laut vor sich hin zu sprechen. Die Kastanienbäume auf dem Kirchplatz trugen schon kleine stachelige Früchte. Was würde noch alles geschehen, bis sie reiften?

Unversehens kam sie vor dem Haus an, dem sie bisher ausgewichen war, der Apotheke. In der Auslage warb ein vergilbtes Plakat für Doktor Fohls gesundes Zahnpulver. Die Eingangstür war eingeschlagen und notdürftig mit einer Plane abgedeckt. Pola hatte gehört, dass die meisten Apotheken in den letzten Kriegstagen geplündert worden waren. Sie ging um das Haus herum. Auch der Hintereingang war aufgebrochen, den Pappkarton, der die Tür ersetzen sollte, sah Pola auf dem Boden liegen. Vorsichtig stieg sie darüber. Die Gießkanne stand noch immer an ihrem alten Platz. Sie beugte sich über die blühenden Beete. Jemand pflegte Elvira Hallermanns Kräutergarten. Die rosa Blüten des Baldrian dufteten bitterherb. Mit einem Schlag wurde die Erinnerung an Alexander wach. Eine Nacht, in der es nicht dunkel wurde, in der sie nicht eine Stunde schliefen. ‚Er kame zum Jungfräulein zart, er kame oft um Mitternacht und ginge, wann der Tag anbrach.‘

Plötzlich hörte Pola ein Geräusch. Es war nur ein zartes Quietschen, die Angeln einer Tür oder eine Lade, die aufgezogen wurde.

„Ist jemand hier?“, rief sie ins Haus.

Keine Antwort kam. Sie wartete, dann trat sie ein. Der Flur mit dem Treppenhaus zu der Wohnung im ersten Stock lag still. Sie ging weiter. Eine Weile brauchten die Augen Zeit, um sich an das Dämmerlicht in der Apotheke zu gewöhnen. Dann sah sie die Zerstörung. Die jahrhundertealten, deckenhohen Kästen waren umgestürzt, die Porzellangefäße mit den gemalten Pflanzenbildern und lateinischen Zierschriften in Scherben. Pola wandte sich nach der Vitrine mit den historischen Schaustücken um. Hinter den eingeschlagenen Scheiben war sie leer. Nein, nicht ganz. Zu einem Knäuel zusammengerollt lagen die Vipernschnüre auf dem Boden. Pola bückte sich, um sie aufzuheben. Im selben Augenblick wiederholte sich das Geräusch, dicht neben ihrem Ohr. Sie schrak zurück. Aus dem Augenwinkel nahm sie eine Bewegung wahr und drehte sich um. Mit klopfendem Herzen spähte sie durch den Raum. Erst nach einer Weile begriff sie, was sie genarrt hatte: der Paravent. Von Zeit zu Zeit fuhr ein Luftzug durch die Stoffbespannung und bewegte sie ein wenig hin und her.

Sie fühlte eine solche Beklommenheit, dass sie darauf verzichtete, hinter den Paravent zu schauen, wie damals, als sie dort Mariannes Hut entdeckt hatte. Angst überfiel sie, dass sich dort drüben jemand versteckte, ein Jemand, dem sie nicht in die Augen sehen wollte. Sie wollte weg, aber ihre Füße rührten sich nicht von der Stelle. Panik stieg in ihr hoch, dass sie hierbleiben musste, mit den Schlangenhäuten und den vergossenen Resten des Universalgiftes Theriak, das aus vierundsechzig unerforschlichen Substanzen bestand. Und dass die Frau, die sie fürchtete, auf einmal vor ihr stehen und Rechenschaft fordern würde. Da konnte sie sich endlich wieder bewegen, davonstürzen, in den Sommerabend, der sie wie der heiße Atem eines riesigen Tieres umfing.

Erst als sie Herrn Karners Wohnungstür erreichte, wurde ihr leichter zumute. Die Apotheke „Zur Allmacht“ gab es nicht mehr. Sie waren Vergangenheit, Panigl, die Apothekerin, der Orden und seine geheime, böse Lehre. Nie mehr konnten sie ihr etwas zuleide tun.

Ich ging ins Gymnasium in der Hegelgasse und nach der Schule ein paar Gassen weiter in die Führichgasse, wo ich in einem Milchgeschäft täglich zwei Stunden aushalf. Die Milchfrau war Witwe und litt an Krampfadern, die ihr das Stehen hinter dem Verkaufspult zur Qual machten. Viel gab es nicht zu verkaufen und die Kundschaft kaufte auch nur das Allernötigste, was man mit Lebensmittelkarten bekam. Wenigstens die Geschäftsmiete brachte sie auf diese Weise auf. Sie konnte mich für meine Arbeit nicht bezahlen, aber sie gab mir Milch und Brot, das war damals mehr wert als ein Lohn.

Am Nachmittag eilte ich dann nach Hause, den Kopf voller Fragen, auf die ich keine Antwort hatte. In wenigen Monaten würde ich zur Matura antreten. Dann wollte ich auf die Universität, um wie Pola Biologie und Deutsch zu studieren. Aber wie sollte ich die Kinder durchbringen? Mein Heimweg führte über den Ring, zum Getreidemarkt und die Mariahilfer Straße hinauf. Wie oft mögen wir damals aneinander vorübergegangen sein, Pola und ich?

Pola gewöhnte sich daran, dass Luise am Nachmittag auf einen Plausch vorbeischaute. Wortlos, nur mit sprechenden Blicken und ebensolchen Grimassen drückte sie Pola ihr Mitgefühl über den muffigen Arbeitskollegen aus. Moritz vertiefte sich mit Hingabe in seine Schundlektüre und schrieb exzellente Analysen des Gelesenen. Er hatte Dino auch schon einige brauchbare Vorschläge gemacht. Sonst ließ sich nichts Positives über ihn sagen. Pola amüsierte sich über Luises Pantomimen, sie selbst beklagte sich nie. Kollegiale Verhältnisse waren ihr unbekannt, deshalb nahm sie an Moritz Benehmen keinen Anstoß, anfänglich jedenfalls. In dem verlotterten Büro Ordnung zu schaffen, beschäftigte sie voll und ganz. Nur manchmal dachte sie daran, was er wohl tat, wenn sie nach Hause ging. Er blieb immer länger als Pola und am Morgen, bei ihrem Erscheinen, war er schon wieder an seinem Platz. Als sie ihn einmal fragte, ob er in der Nähe wohnte, gab er keine Antwort.

Am Nachmittag hatte Luise nicht immer Zeit zu kommen, jedoch spätestens um fünf Uhr, wenn Pola im Büro Schluss machte, versuchte sie es einzurichten, damit sie auf dem Heimweg zu zweit waren. Pola bewegte sich immer noch ohne Ausweis durch die Stadt, nur mit einer provisorischen Amtsbescheinigung. Eine Frist war festgesetzt worden, bis zu der die Dokumente in Ordnung sein mussten. Es gehörte zu Luises Sorgen, dass Pola die Erledigung weiterhin aufschob.

An einem Tag im September war es umgekehrt: Pola wartete nervös, aber Luise kam nicht, weder zur Nachmittagsjause noch zum Abholen am Abend. Auch daheim in ihrem Untermietszimmer traf Pola sie nicht an. Sie klopfte bei dem Ehepaar an.

„Ist die Frau Seidl in der Zwischenzeit daheim gewesen?“

„Wir wissen nichts. Wir waren selbst nicht da“, rief die Frau durch die geschlossene Tür.

Herr Karner kam ins Vorzimmer. Er wusste nichts über Luises Verbleib, sondern benützte die Gelegenheit, seinem Unmut Luft zu machen.

„Ich mache Sie aufmerksam, dass der Badezimmerofen nicht ohne Erlaubnis eingeheizt werden darf." Er musterte Pola wie eine ungezogene Internatsschülerin. „Zu den Unanständigkeiten, die Sie miteinander treiben, brauchen wir als Draufgabe nicht noch eine Kohlenmonoxidvergiftung!"

Pola fehlten die Worte. Sie ließ Karner stehen und setzte sich in Luises Zimmer. Auf dem Fensterbrett stand aufgereiht Luises kleine Schönheitsparade, eine Dose amerikanischer Hautcreme und ein Haarlack, beides von ihrem Freund David. Die englische Seife und das *Worth*-Parfum von ihrem Verflossenen. Ein *Rouge Baiser*-Lippenstift und ein roter Nagellack, die Puderdose mit einer großen Quaste aus echtem Haar und eine Schachtel Maskara. Pola nahm jedes Stück in die Hand, neidlos, nur zum Zeitvertreib. Sie selbst hatte nur einen einzigen Lippenstift besessen, *Mardi gras*, Alexanders Geschenk. Ein paar Mal probierte Pola ihn aus und fand, dass sie mit den orangefarbenen Lippen wie ein Clown aussah. Sie mochte sich nicht das Gesicht bemalen. Jetzt, wo jeder Blick in den Spiegel ihr Pein verursachte, schon gar nicht. Aber das Parfum roch gut, nach Luise. Die unverschämte Bemerkung Karners fiel ihr wieder ein. Auf welche Unanständigkeiten spielte er an? Lesbische Liebe war im Gefängnis vorgekommen, nicht gern gesehen, aber als unvermeidliche Folge des erzwungenen Zusammenlebens von Frauen hingenommen worden. Doch wenn es Männer gab, würden sich wohl nur wenige Frauen einander zuwenden. Luise hatte zwar schon geäußert, dass sie sich nichts aus Männern machte. Zum

Beispiel, wenn sie sagte: „Ich habe Liebhaber, weil mir das Vorteile verschafft." Das musste nicht bedeuten, dass sie Frauen bevorzugte. Dennoch stimmte Karners Bemerkung Pola nachdenklich. War er nur boshaft oder machten sie tatsächlich einen seltsamen Eindruck, wenn sie nachts badeten oder in einem Bett miteinander schliefen? Luise war immer wieder zu ihr gekommen, weil der Nachbar sie in der Nacht auf dem Weg zur Toilette belästigte. Ein widerlicher Mensch.

Pola horchte auf. Herrn Karners Türschloss brauchte dringend Schmierung. Es knirschte und quengelte, wenn man den Schlüssel umdrehte. Sie vermutete, dass er es absichtlich nicht in Ordnung brachte. Auf diese Weise kontrollierte er, wer in die Wohnung kam und wer sie verließ. Heute war sie zum ersten Mal froh darüber. Sie lief ins Vorzimmer, weil sie es nicht mehr erwarten konnte.

Luise stand mit gesenktem Kopf da. Ihre Hände hingen herunter, das Halstuch, das sie getragen hatte, schleifte über den Boden.

„Luise? Was ist passiert?"

Pola nahm ihre Freundin um die Schultern. Widerstandslos ließ sie sich ins Zimmer führen. Sie wiederholte ihre Frage. Luise setzte sich. Mehrmals versuchte sie zu antworten, ihre Stimme gehorchte ihr nicht. Schließlich flüsterte sie:

„Nanni."

Und Pola wusste, was geschehen war. Nanni, Luises Schwester Anna.

„Ich habe so was noch nie gesehen. Wenn man schon sterben muss, warum …" Luise konnte nicht weitersprechen.

Nanni war am Typhus gestorben, alle Frauen in dem großen Saal, bis auf zwei, eine Fünfundfünfzigjährige und ein fünfzehnjähriges Mädchen. Warum. Warum. Fing man einmal damit an, nahm es kein Ende, führte direkt in die Verzweiflung.

„Kommst du mit?", fragte Luise später, ohne zu erklären, wohin.

„Ja."

Auf dem Zentralfriedhof, zwischen dem schwarzen Mausoleum der Mautners und dem Engelpaar auf der Gruft der Szigetis war das Grab der Familie Seidl. Luises Vater lag in einem unbekannten Grab, wusste Pola von Luises Erzählung, Luises Schwester Irmi unter den Trümmern des Hauses. Niemand hatte im März 1945 die Verschütteten geborgen. Nach dem Krieg wurden die neuen Häuser über ihnen erbaut. Auch Luises Mutter, die 1938 als Missionarin nach Westafrika gegangen und dort der ersten Attacke der *Malaria tropica* erlegen war, ruhte in fremder Erde. Nur die Namen standen auf dem Grabstein.

„Ganz allein liegt die Nannerl da drinnen", sagte Luise.

Es gab keinen Priester und keine Ansprache. Nur die zwei Frauen standen am Grab. Luise suchte in ihrer Tasche nach dem Zettel mit einem Satz, den sie abgeschrieben hatte, und fand ihn nicht.

„Ich aber will in Gerechtigkeit dein Angesicht schauen …" Das war alles, was sie noch wusste. Sie schlug die Hände vors Gesicht.

Da grub Pola aus ihrem Gedächtnis die Ballade ihrer Kindheit aus. Der schwarze Ritter konnte sie nicht mehr erschrecken. Sie fand die richtige Stelle für die Gelegenheit:

„Ach Schwesterlein, ich sag Adieu.
Ich reite in ein fremdes Land.
Reich du mir deine weiße Hand.
Adieu, adieu, adieu!"

Sie horchten dem Klang der Worte nach. Dann gingen sie zurück, über den breiten Mittelweg des Friedhofs, wo die blaue Kuppel der Lueger-Kirche ihnen den Weg zum Ausgang wies.

In einer Wühlkiste mit antiquarischen Büchern fand ich einmal ein illustriertes Album deutscher Lyrik. Zu meiner Überraschung war auch diese Ballade darin enthalten. Es ist nicht einmal ein besonders schönes Gedicht, die Reime holpern. Aber etwas steckt in diesen Worten, das Pola anzog wie ein dunkler Zauber.

Für mich war der schwarze Ritter immer Panigl und zugleich auch Alexander, eine unheimliche Mischung aus beiden. Die Haare sträubten sich mir, als ich in dem Album las, wie das Gedicht hieß: „Die Giftmörderin". Ob Pola das auch gewusst hatte?

22. Kapitel

„Moritz?"

Im Büro des Dino Verlags stand ein alter Holzofen, auf dem Pola zu Mittag kleine Mahlzeiten kochte.

„Moritz!", rief sie ihn noch einmal.

Wie gewöhnlich reagierte er nicht darauf. Bisher waren alle ihre Angebote, das Eis zwischen ihnen zu brechen, gescheitert.

„Ich habe Erbsensuppe gemacht. Essen wir miteinander?"

Nie versäumte sie, ihn einzuladen. Er musste hungrig sein, trotzdem lehnte er jedes Mal ab. Pola überwand sich und stieg zu ihm hinunter. Ein Teller mit Talglichtern stand auf der letzten Stufe. Er saß hinter der Kellertür, die gerade so weit offen stand, dass etwas Tageslicht hereinfiel. So hatte er es sich während der Zeit seiner Illegalität angewöhnt. Schief sah er zu ihr hoch. Sie spürte, dass ihm ihre Nähe unerwünscht war.

Er redete nicht viel. Wenn er sich bemerkbar machen wollte, kratzte er mit den Fingernägeln an den Wänden und Möbeln oder scharrte mit den Füßen. Er kam ihr vor wie ein Tier, ein vom Krieg verwildertes Geschöpf. Zum ersten Mal fiel ihr auf, dass er immer noch sein Bett hier im Keller hatte. Eine braune, zerrissene Militärdecke mit einem k.u.k. Abzeichen, ein Relikt aus dem Ersten Weltkrieg, lag auf der Matratze.

„Wir wollen uns hier etwas aufbauen, also müssen wir uns miteinander vertragen", sagte Pola freundlich zu ihm. „Vielleicht gibt es ja schon bald ein erstes Verlagsprogramm.

Du hast einige gute Vorschläge. Das Büro ist wieder gut in Schuß. Jetzt müssen wir noch die Druckmaschine reinigen und schmieren, dann können wir die erste Redaktionssitzung mit Herrn Matejka anberaumen."

Frau Berenyi, deren Fenster auf die Hofseite gingen, kannte Moritz Walz schon von früher. „Der ist doch nicht ganz …" Vielsagend tippte sie sich auf die Stirn. „Ein Journalist will der sein, na, wer's glaubt, wird selig. Das hat er doch erfunden, eine reine Schutzbehauptung."

Mehr wollte sie nicht sagen oder wusste sie nicht.

„Für welche Zeitung schreibst du eigentlich?", fragte Pola.

Mit dem Klatsch der Schneiderin wollte sie nichts zu tun haben. Offensichtlich hatte Moritz keine Familie und außer diesem Winkel mit der alten Decke keinen Platz, wohin er gehen konnte.

„Verschiedene." Er murmelte etwas kaum Verständliches. Seine Rosinenaugen waren geweitet, vor Angst oder Ärger oder beidem.

„Zeige mir einmal etwas."

Plötzlich, mit diesem Vorschlag, erreichte sie ihn. Nicht seine Eitelkeit als Autor, dachte Pola, so einen Gedankengang traute sie ihm nicht zu. Doch mit einem Mal tauchte ein neuer Ausdruck in seinem Gesicht auf.

„Ich hätte schon etwas zu schreiben."

Das klang stolz und auch gewichtig, als handelte es sich um ein bedeutendes geistiges Werk. Er starrte sie an, unverwandt, in Erwartung ihrer nächsten Frage. So lange hatten sie noch nie miteinander gesprochen. Daran lag es, dachte sie, dass nun endlich ihre Blindheit von ihr abfiel. Er hatte keinen Menschen, der für ihn sorgte. Er war bedauernswert einsam. Aber das Wichtigste hatte sie nicht bemerkt. Er hasste sie. Sie wusste nicht, aus welchem Grund, aber es war nicht zu missdeuten. Sie trat einen Schritt zurück. Er nickte, als könnte er ihre Gedanken lesen.

„Sie wissen es, nicht wahr? Länger können Sie sich nicht dumm stellen."

Das heisere Flüstern erschreckte sie mehr, als wenn er geschrien hätte.

„Sie werden lesen, was ich geschrieben habe, ja, das werden Sie. Und es nicht vergessen. Weil das eine Sensation gibt! Das Zugpferd des Verlagsprogrammes! Hören Sie zu, wie klingt das? *Pola Wolf, Meuchelmörderin aus Liebe.*" Er fuchtelte mit seinem erhobenen Zeigefinger vor ihrem Gesicht, höhnisch und triumphierend zugleich.

Sie spürte ein Schluchzen ihre Kehle hochsteigen und zwang sich zu schlucken, ruhig zu bleiben. Nicht ihm ins Gesicht zu spucken, wie er es verdiente. Er wagte es? Dieses Kellerkind!

„Sie kennen mich nicht. Aber ich. Ich kenne Sie."

Niemand hatte sich erinnert, der Arzt, die Kanzleibeamtin im Magistrat, die Fürsorgerin, Karner. Keiner von all jenen, die Pola seit ihrer Rückkehr begegnet waren. Wieso er? Er war zu jung.

Hatte Luise –? Luise – zu ihm?

„So eingebildet, so von oben herab, zu allen. Den Geschworenen, dem Staatsanwalt, dem Richter und den Zeugen. Eine Prinzessin, auch wenn sie in Armut geraten ist, bleibt etwas Besonderes. Sie kann sich alles herausnehmen, über alle die Nase rümpfen. Sie seift alle ein mit ihrer

Schönheit, mit ihrer Bildung, mit ihrer glanzvollen Herkunft. Sechshundert Jahre Adel. Und doch ist sie widerlich, lüstern, ordinär, denn der Adel des Herzens fehlt.“

Gebannt lauschte Pola seiner Wortflut. Sie hatte ihn nur zu einem Teller Suppe eingeladen. Stattdessen –

„Erinnern Sie sich noch an den Ossi Silber, mit dem Sie es so gut gemeint haben. Ein Tunichtgut! Ich war auch Schüler in der Levkojengasse, ein guter Schüler! Aber ich musste gehen, weil meine Eltern das Schulgeld nicht bezahlen konnten. Ich hatte keine Fürsprecherin!“

Er hob seine Hand, mit dem Knöchel klopfte er an seine Stirn, so hart, dass seine blasse Haut rote Flecken bekam.

„Jeden Tag hab’ ich der Mutter das Gerichtsprotokoll aus der Zeitung vorgelesen. Ich habe keine von Ihren Schandtaten vergessen!“

Wann hatte er diese Rede vorbereitet? Die vielen Mahlzeiten, die sie ihm angeboten hatte, fielen ihr ein. Seine schroffe Ablehnung, als wäre er der Beleidigte. Weil er an Gift dachte, an die Giftmischerin, während sie ahnungslos war. Sie wandte sich um und ging. Aus dem Keller, durch den Hof. Seine Stimme folgte ihr, heiseres Bellen, das alle Wände durchdrang.

„Pfui, sage ich dazu! Außen hui, innen pfui!“

Das Büro war aufgeräumt, die schwarze *Underwood*-Schreibmaschine arbeitete wieder tadellos, der Tisch aus hellem Nußbaum, den sie mit Öl poliert hatte, glänzte wie neu. Pola nahm ihre Handschuhe, den Hut. Von der Wand lächelte der Filmbeau Willi Forst, mit vielen weißen Zähnen und strahlendem Blick.

Pola irrte. Der Sensationsprozess hatte die Zeitungen wochenlang gefüllt, viele kannten noch ihren Namen. Aber nicht alle waren so brutal wie der junge Moritz. Zu seiner Entschuldigung ist zu sagen, dass er vermutlich keine Ahnung von Polas weiterem Schicksal gehabt hatte.

Luise, die gut Englisch konnte, entdeckte seinen Namen Jahre danach zufällig in einem Männermagazin namens „Sexappeal", das in Melbourne erschien. Moritz Walz – Waltz nannte er sich inzwischen – war der Chefredakteur, von diesem wie einer Reihe weiterer Blätter, wie Luise dann ausforschte. Die Lehrzeit im Keller des Erotikverlags hatte Früchte getragen.

„Warum kannst du nicht bleiben?" Luise zeigte nicht das geringste Verständnis für Polas Kündigung. Erst freundlich, dann vorwurfsvoll redete sie auf Pola ein. „Du bist hier genau an der richtigen Stelle. Das Büro hast du im Nu in Schwung gebracht, jetzt kannst du anfangen, Bücher zu schreiben."

„Was für Bücher?"

„Einen Roman zum Beispiel. Deine eigene Geschichte. Hast du nicht genug erlebt?"

Luise nagte an ihrer Unterlippe. Während sie den blauen Wölkchen ihrer Zigarette nachsah und sinnierte, lief Pola im Zimmer auf und ab und wütete, über ihre Feigheit, über ihre Unversöhnlichkeit, die bohrenden Fragen nach ihrer Vergangenheit, von der sie sich abwenden wollte und nicht konnte. Der Schlußstrich, den sie gezogen hatte, war nichts wert. Das Gestern war wie das Heute, der Widerstand dagegen hoffnungslos.

„Du wirst doch nicht vor so einem Dreikäsehoch davonlaufen? Was kann er dir schon anhaben?“

Hinter Pola lag Schlimmeres als die Gehässigkeit eines Jugendlichen, aber mit Vernunft hatte es nichts zu tun. Luise stellte eine Frage, aber so leise, dass Pola sie nicht verstand. „Wie?“

„Kämmst du mein Haar?“, fragte Luise noch einmal.

Pola wusste nicht, was sie darauf erwidern sollte. Luise kam zu ihr, die Bürste in der Hand. Sie lehnte ihren Kopf an Polas Stirn. Sie waren gleich groß und gleich alt. Da endeten die Ähnlichkeiten. Luise war lebhaft und von schnellem Entschluss. Ihre Leichtigkeit, auch ihre Leichtsinnigkeit beeindruckten Pola, doch konnte sie ihre Schwere nicht überwinden. Vielleicht, wenn sie sich Luise öffnen könnte. Aber wenn so eine Situation sich anbahnte, wich Pola zurück.

Luises Haar war glatt und fühlte sich kühl an, selbst an diesem warmen Sommertag. In einer sanften Welle fiel es auf die Schulter. Die Farbe war hell, ohne künstliche Bleichmittel. Pola bürstete es, bis es silbrig zu glänzen begann.

„Mindestens noch fünf Jahre“, erklärte Luise vor dem Spiegel. „So lange wird es hoffentlich nicht nötig sein.“ Seife, Strümpfe, Zigaretten, alles erkaufte sich Luise mit dem, was ihre Zeitgenossinnen Unmoral nannten. Was bedeutete es schon? Aber in Polas Nähe wandelte sie sich. Wieso gerade bei ihr?

Luise sah, was niemand sonst sehen konnte. Polas Geschichte war ein Märchen: „Eine verwunschene Prinzessin, aus einem fernen Land, ihrem Königreich. Sie muss

Blut trinken, um ihre Seele zu erlösen. Aber sie weigert sich. Lieber sterben, sagt sie, als noch einmal etwas Böses zu tun."

Luise schlug vor, die Sache mit Dino zu besprechen. „Du gehst zu ihm, Pola, und hörst dir an, was er von der Sache hält. Versprichst du es mir? Du musst es tun. Sonst ..."

Pola legte die Bürste weg. Sie wartete, aber Luise vollendete den Satz nicht.

Polas Gedankengänge bestimmten ihren Schritt. Oft war sie so abwesend, dass sie am Ziel nicht wusste, wie sie hingekommen war. Dino Matejkas Filmgesellschaft in der Kärntner Straße erreichte sie schon eine Stunde früher als bestellt. Einige Zeit trottete sie durch die einst in Vorkriegstagen exklusive Einkaufsstraße, doch die leeren Geschäfte strahlten so eine Tristesse aus, dass sie wieder umkehrte.

Die Filmgesellschaft war wie der Verlag ein 1938 arisiertes Unternehmen, von den Nationalsozialisten gestohlen und mit dem Zusammenbruch des Reiches konkursreif geworden. Vor dem Krieg hatte Dino Matejka als technischer Zeichner gearbeitet, aber seine eigentliche Liebe gehörte der bildenden Kunst. Er war ein guter Porträtist und Fotograf, was ihm nun in seinem neuen Beruf zugutekam. Seine Stärke war sein Gespür für Unterhaltung. Dino wusste, was die Menschen sehen wollten, im Elend noch mehr als in den fetten Jahren.

„Gib ihnen, wovon sie träumen, auch wenn sie es nicht selbst zu machen trauen. Sie werden dich dafür lieben", lautete einer seiner Leitsätze.

Erotik war seine Spezialität, damit bereitete er seine Produkte zu: „Für die Damenwelt romantische Amouren im historischen Gewand. Für die Herren etwas stärkerer Tobak."

Als Pola, immer noch zu früh, die Treppen zu dem ehemaligen Fotoatelier hinaufstieg, fand sie die Eingangstür unversperrt. Sie trat ein und sah sich um. Im ersten Zimmer traf sie niemanden an. Sie klopfte an der zweiten Tür, ebenso vergeblich. An den Wänden hingen Bilder von spärlich bekleideten jungen Frauen in verführerischen Posen. Polas Blick glitt über die Gesichter. Luise war nicht dabei. Am Ende des großen Vorzimmers brannte ein rotes Licht über der Tür. Pola vermeinte, von dort Stimmen zu hören und ging auf sie zu. Aus der Nähe bemerkte sie, dass die Tür ein Stück offenstand. Sie wollte schon eintreten, da hörte sie einen Mann energisch rufen: „Achtung, Mädels! Gleich geht es los!"

Ein Weilchen horchte sie draußen, dann siegte die Neugier. Vorsichtig drückte Pola die Tür ein wenig weiter auf, damit sie sehen konnte, was drinnen vor sich ging. Jetzt verstand sie, warum Luise bei den Aufnahmen nicht besucht werden wollte. Das unter dem Dach gelegene Atelier war lichtdurchflutet. Die Einrichtung erinnerte sie an Thekla Panigls Boudoir, nur hatte die nicht solche Dessous besessen, rote Strumpfbänder und altmodische Batisthosen, die im Schritt offenstanden.

Luises Augen waren mit schwarzem Kajalstift dick umrandet, die Wangen weiß gepudert, die Lippen zu einem Herzmündchen übermalt. Durch die künstlichen langen Wimpern schaute sie geheimnisvoll und unverhüllt zugleich auf den Fotografen, der unter dem schwarzen Tuch seiner Kamera verborgen blieb.

Luise war nackt. Ihre kleinen spitzen Brüste hielt sie hinter ihren Händen verborgen und schob sie gleichzeitig dem Betrachter entgegen. Von hinten drängte sich eine zweite Frau an sie, ebenso blond und weißhäutig wie Luise, und sah über ihre Schulter Richtung Kamera. Sie trug einen Herrenanzug, mit Hosenträgern, allerdings ohne Hemd und Unterwäsche. Eine ihrer Hände zog spielerisch an Luises Arm, um ihre Brüste zu enthüllen. Die andere schob sich zwischen ihre Beine, was Luise nicht zu bemerken schien.

Pola konnte den Blick nicht abwenden. Die Inszenierung hatte etwas Anmutiges, denn die zwei Frauen waren jung und schön. Zugleich ekelte ihr vor dem, was sie taten. Oder schämte sie sich, weil sie trotzdem hinsah? Luise glich der Frauenfigur auf dem Schubert-Brunnen, so weiß, so schlank und wohlgerundet zugleich. Die Hände, die sie angriffen, konnten ihr nichts anhaben, sie blieb unerreichbar. Die Melodie, der sie lauschte, hörte sie allein.

Noch einmal rief der Fotograf: „Achtung!" Dann knallte es laut, und ein Magnesiumblitz durchzuckte den Raum.

Unentdeckt zog sich Pola zurück und ging wartend im Vorzimmer auf und ab. Hinter ihr schlug eine Tür. Ein dicker Mann überholte sie, mit schwarzen, fettigen Locken links und rechts der Schläfen und in der Mitte kahl. Er rauchte und fuchtelte dabei mit beiden Armen, malte Figuren in die Luft, summte und murmelte, ganz von einer Szene eingefangen, die offenbar in seiner Phantasie stattfand.

Ihr Anblick riss ihn aus seinen Gedanken. „Sie sind die Pola. Stimmt's? Es muss stimmen. Solche Klappergestelle kommen sich bei mir nicht für eine Rolle vorstellen. Entschuldigung, es sollte keine Beleidigung sein."

Er schüttelte ihr kräftig die Hand, blies ihr eine Rauchwolke ins Gesicht und zeigte seine nikotinverfärbten Hasenzähne. Schwungvoll ging er ihr voran in sein Büro. Pola fühlte sich unwillkürlich wieder an die Wohnung der Panigls erinnert. Die russische Ikone auf dem Mahagonischreibtisch, die schweren Samtfauteuils, der venezianische Spiegel an der Wand, jedes Möbel und Accessoire hätte von dort stammen können.

„So, meine Liebe." Dino Matejka schob ihr einen der gepolsterten Armsessel hin und nahm selbst hinter seinem Schreibtisch Platz. „Lassen Sie sich anschauen. Faszinierend. Ich bin kein Mann der großen Worte. Ich meine das, wie ich es sage. Ich habe sofort Feuer gefangen."

Pola hielt den Blick auf die Schreibtischplatte gerichtet. „Sprechen Sie von meiner Arbeit im Verlag?"

Er warf sich in seinem Sessel zurück, dass die Lehne krachte. „Sehr gut pariert! Sehr eloquent. Diesen Ruf hatten Sie schon seinerzeit. Ich war damals leider nicht in Wien. Stamme aus Prag."

Pola wurde rot.

„Pola Wolf. Der Name ist ja schon Programm. Ich bin der Luise sehr verbunden, dass sie uns zusammenbringt. Ich verspreche Ihnen …" Er bemerkte Polas Unruhe und sprach schnell weiter, ohne auf sie einzugehen. „Hoffentlich denken Sie jetzt nicht, dass Sie hier nur in einem kleinen, schmierigen Puff gelandet sind. Ich muss mir ein Startgeld verschaffen. Das eigentliche Business kommt erst. Ich brauche Stoffe. Filmstoffe. Großes Drama. Melodramen. Tragödien."

Er warf ihr einen scharfen Blick zu. „Sex natürlich. Das gehört zu allen Geschichten, die etwas wert sind. Was sonst bewegt die Welt?"

Seine Zigarre war ausgegangen. Er zündete sie wieder an und blies einen großen Rauchring, dem er in kindlichem Entzücken nachsah.

„Zuerst suchen die Menschen was zum Vergnügen, damit sie vergessen können, dass es daheim nur den Fensterkitt zum Fressen gibt. Aber dann, meine Liebe, wenn's uns wieder gut geht, braucht die Seele Futter. Ein paar Jahre vergehen und wir stehen besser da, als bevor sich der Gröfaz an uns gütlich getan hat. Ja, das ist sicher." Er paffte selbstbewusst, bevor er fortsetzte. „Pola, ich darf Sie so nennen, ich bin ein Hartgesottener, aber das heißt nicht, dass ich keine Gefühle habe. Ich will Ihre Geschichte. Ich kaufe sie Ihnen ab. Nicht nur das, Sie sollen sie selbst aufschreiben. Ihren Lebensroman."

Er machte eine Pause, um auf die Wirkung seiner Worte zu warten, aber Pola sah nur die Tischplatte an.

„Sagen Sie ja, und lassen Sie uns über Zahlen sprechen. Taube auf dem Dach – Beteiligung an den Filmaufnahmen. Spatz in der Hand – einmaliges Honorar, die Hälfte bei Vertragsabschluss, die andere Hälfte vor der Premiere."

„Woher …?", begann Pola. Ihre Stimme klang hoch und dünn. Sie nahm sich zusammen. „Wer hat es Ihnen gesagt? Hat dieser Moritz Walz mich verraten?"

„Was heißt verraten? Ich kann mich nur bedanken. Luise hat mir diese sensationelle Story in den leuchtendsten

Farben ausgemalt. Die Giftmischerin! Ich verspreche Ihnen, das wird ein Schlager!“

Pola umklammerte die Armlehnen. Der Samt rieb an ihren Handflächen. Ein Körper als Zahlungsmittel. Eine Lebensgeschichte als Wechsel. Sie gab sich einen Ruck und stand auf. Warum konnte sie nicht sein wie Luise?

Der Teppich war weich. Sie fühlte ihre Knöchel, die Wade, die Knie von dem wolligen Flor umhüllt, nur Dino Matejkas schwarze Augen brannten ein Loch in ihre Stirn.

Auf der Straße blies der Wind. Er riss an ihren kurzen Locken, als wollte er sie vom Kopf reißen. Ein eisiger Tropfen rann ihr in den Nacken, dann ein zweiter, und sie begann zu laufen, durch den schwerfälligen Regen, der nun einsetzte, der nach Kälte roch, nach einer anderen Zeit.

Es war kein Heim, tröstete sie sich. Sie hatte schon mehr verloren. Was hatte sie denn überhaupt noch zu verlieren? Ein gebrochenes Herz konnte doch nicht mehr verletzt werden. Die Worte. Luises liebe Worte. Wie Liebesworte. Der Klang bedeutete ihr mehr als die Gefühle, auf die Enttäuschung folgte. Sie besaß nicht viel. Eine Pappschachtel mit ein paar Wäschestücken, die neuen Lederschuhe, die sie nicht anzog, weil ihre Füße wehtaten. Doktor Bergers Medizinflasche, das Heft und der Bleistift, eine Seifendose mit einer schönen gemalten Dame und einer Samtschleife darum, von Luise. Sie ging durch das Vorzimmer.

Bei Herrn Karner spielte das Radio Tschaikowskis *Pathétique*. Sie klopfte, aber er hörte sie nicht, oder er war nicht zu Hause und hatte vergessen, die Musik abzustellen. Aus dem Zimmer des Ehepaars drangen die gehässigen Klagen, die sie sich jeden Tag zuwarfen. Bis sie ausgebombt wurden, hatten sie in einer großen Wohnung gelebt. In diesem Untermietszimmer zusammengepfercht, entdeckten sie, dass ihnen die Liebe abhanden gekommen war. Die Musik wurde unterbrochen, ein Radiosprecher meldete sich zu Wort:

„Wir setzen heute die Durchgabe der Namen von deutschen und österreichischen Kriegsgefangenen fort, für welche Anfragen von Seiten der Angehörigen vorliegen: Friedrich Artner, Karl Axmann, Oskar Chotek …" Eine endlose Liste von Namen wurde Tag für Tag im Radio verlesen. Wie viele kamen zurück?

Pola legte den Wohnungsschlüssel auf die Vorzimmerkommode. Sie fragte sich gerade, ob sie Herrn Karner eine Nachricht hinterlassen sollte, da kam er bei der Tür herein. Er hängte seinen Hut auf die Garderobewand.

„Wollen's am End' ausziehen?", fragte er mit einem Blick auf Polas Pappschachtel.

„Ich bin gerade im Begriff dazu."

Er schaute sie abwartend an. Nur seine Augenbrauen zuckten.

„Sie werden froh sein, ein lästiger Mitbewohner weniger." Pola sprach gedankenlos, höfliche Floskeln, die früher einmal unabdingbar waren und jetzt nur mehr lächerlich klangen.

„So mir nichts, dir nichts!", schnauzte Herr Karner plötzlich, als ob er sie nicht verstanden hätte. „Was glauben Sie denn? Das ist kein Durchhaus. Sie können sich nicht einfach wegschleichen."

Sein Ton war unverhältnismäßig grob. Sie schuldete ihm nichts. „Warum denn nicht?"

„Weil, na, das fragen Sie noch? Wir haben einen Mietvertrag geschlossen."

Pola spürte, wie die Empörung in ihr hochstieg. Kein Schmerz, keine Tränen, kein Wunsch, endlich Mitgefühl zu bekommen nach so vielen Erniedrigungen. Zorn. „Gehen Sie mir aus dem Weg, Herr Karner. Wenn Sie sich beschweren wollen, nur zu. Das Salzamt hat sicher schon wieder seine Pforten geöffnet."

Sie wollte an ihm vorbei, aber er verstellte ihr die Tür.

„Momenterl! Wir sind noch nicht fertig!"

Er packte sie am Arm, der dünn geworden war wie der eines Kindes. Fast konnte seine Hand ihren Oberarm umspannen. Pola erstarrte bei der Berührung. Sie stand halb vorgebeugt, als ob ihr eine Last auf dem Rücken zu schwer würde.

„Sie schulden mir eine Miete!", rief Karner. „Übermorgen ist Ultimo. Entweder Sie zahlen, oder Sie bleiben, bis ich das Wohnungsamt verständigt habe. Die entscheiden dann, wer für die Miete aufkommt."

Weil Pola nicht antwortete, hielt er sie noch fester und rief: „Ich kann auch einen Schupo holen. Das werden wir gleich haben. Mir wird so eine verlauste Heimkehrerin nicht zu gescheit. Auch wenn sie nach der Schreibe spricht, weiß man, woher der Wind weht. Arbeitsscheues Gesindel, die hat der Hitler –"

Pola richtete sich auf, wie von einer Schnur hochgerissen. Ihre Hand traf seinen Mund, mit ausgestreckten Fingern, als ob sie ihm die Zunge herausreißen wollte.

Vor Schmerz und Überraschung schrie er auf. Er versuchte, sie abzuwehren und ihre Hände zu fassen, aber sie war schneller. Sie wunderte sich, welche Kräfte in ihr erwachten. Das streitende Ehepaar kam herzu. Erschrocken starrten sie auf die Szene, zu verblüfft, um einzugreifen. Mit einem Ruck schüttelte Pola Karners Griff ab und stieß ihn von sich weg, so fest sie konnte.

„Was, was … das …“ Mehr brachte der Mann nicht hervor.

Die Frau erholte sich schneller. Neugierig huschte sie vor.

Herr Karner prallte mit dem Hinterkopf gegen die Wand und taumelte vorwärts in die Arme der Zuseherin. Die machte einen raschen Schritt zurück, sodass Karner das Gleichgewicht verlor. Er stürzte und blieb liegen.

Pola hob ihre Schachtel auf, die zu Boden gefallen war. Sie sah das Entsetzen in den Augen der Frau. Eine bebende Speichelblase in ihrem Mundwinkel. Der Anblick brachte Pola wieder zu sich. Zu ihren Füßen bewegte Herr Karner den Kopf. Blut floss aus seiner Nase. Pola beugte sich hinunter. Sie wollte ihm helfen aufzustehen. Als er ihre Hand kommen sah, zuckte er ängstlich zurück. Sie richtete sich wieder auf. Der Vorzimmerspiegel zeigte eine Fremde, deren Anblick ihr unerträglich war. War sie verrückt geworden, so etwas zu tun? Sie floh. Hinaus in den Regen, der wie eine Mauer vom Himmel fiel.

Pola hat nur wenig von sich preisgegeben. Es fällt nicht leicht, sie zu verstehen. Nie sollst du mich befragen, spottete schon Nadija über die Geheimniskrämerei ihrer Tochter, lange bevor es solche grausamen Dinge in ihrem Leben zu verschweigen gab. Aber lies einmal die Geschichten, die andere Frauen in ihrer Lage aufschrieben. Wie sie heimkehrten, mit ihren körperlichen und seelischen Leiden und erkennen mussten, dass sie zu Hause nicht Trost und Zuwendung erwartete, sondern Ignoranz, die rasch in Feindseligkeit umschlagen konnte.

Die junge Pola, meine Lehrerin, hing ihrer inneren Stimme nach, schönen Worten, Reimen und Bildern. Sie war eine Träumerin. Bis sie sich selbst erkannte. Davor verstummte sie.

23. Kapitel

Dann schien die Sonne wieder, als ob es Frühling wäre, nicht Herbst. Der Wind spielte in den Bäumen am Donaukanal, der Himmel spiegelte sich blau und licht und sonnengelb im Wasser, auf dem die Fähre wieder hin- und herfuhr, wie früher. Der Fährmann, ein dünner Mann in blauen Drillichhosen und einer Pfeife im Mund, war auch noch derselbe oder er glich dem anderen vor dem Krieg.

Pola trug ihr Glencheckkostüm und das ehemals weiße Plüschhütchen aus dem Fundus der Wohlfahrt. Sie wollte nicht daran denken, wie sie aussah, wie schmutzig und abgenützt ihre Kleidung war und ihre Jugend dahin, zerstört. Sie hatte eine Pause gemacht, Rast gehalten, eine Illusion gehätschelt. Nicht lange und nur halbherzig, denn im Grunde wusste sie doch die ganze Zeit, worauf sie hinsteuerte. Da, wo sie jetzt gelandet war. War es wirklich eine unausweichliche Konsequenz? Für Luise heiligte der Zweck die Mittel. Was kratzt es dich, würde sie dazu sagen.

Aber Pola konnte nicht mehr zurück. Sie stieg die Stufen von der Uferpromenade zur Friedensbrücke hinauf. Vor ihr lag das Gelände des Franz-Josefs-Bahnhofs, eine riesige Schutthalde, wenn auch die notwendigsten Aufräumarbeiten schon in Angriff genommen wurden und die Züge wieder verkehrten.

Gleich nach der Heimkehr, dort oben im Auffanglager auf dem Wilhelminenberg, hatte sie sich einen Plan überlegt. Sie musste verstehen, was geschehen war, was sie mit sich hatte geschehen lassen, was sie getan hatte. So einfach durften sie nicht davonkommen. Das Kind hatte ihren Wahn mit dem Leben bezahlt. Zeit war verstrichen. Die Auswege, die Luise ihr zeigte, waren schließlich nur Umwege.

Angst und Sehnsucht. Wieder und wieder stand sie an diesem Rand. Vor dem Sprung in die Tiefe, unsichtbar unter ihr. Und wusste nicht, ob sie die Augen öffnen oder blind vorsteigen sollte, ins Nichts.

Eine Szene tauchte mit einem Mal vor ihrem inneren Auge auf. Kinderzeit, Wunderwelt, heile Glieder, ein Geruch nach sonnenwarmer Haut und frischgewaschenem Haar. Ihre Eltern, noch jung, blühend und mit frohem Blick. Ein Heim mit einem Klavier und roten Samtportieren, die mit einer neuen goldenen Schnur zusammengebunden waren, etwas, das von da an für sie Wohlstand hieß. Von der Kordel hing eine Quaste, und wenn sie darüber strich, glänzte sie im Licht auf. Es gab einen frischgebackenen Kuchen, Marillenkuchen mit Staubzucker darauf, über dem eine aufgeregte Wespe kreiste. Kaffee für die Erwachsenen, für die Kinder Kakao.

Pola ging in die zweite Klasse. Sie war noch zu klein, ihre Freundinnen selbst zu bewirten. Nadija trug das Tablett mit den Schalen und Tellern ins Speisezimmer, wo schon alle um den Tisch versammelt saßen, Edith und Veronika, Hermi und eine vierte mit schwarzem Haar, deren Namen Pola vergessen hatte. Bis auf Hermine Bacher, die im Nachbarhaus wohnte – dieselbe Hermi, die dann genau wie Pola in die Bürgerspitalgasse übersiedelte und später Sängerin wurde – waren die Kinder mit ihren Müttern gekommen.

Mit gespitzen, rotgeschminkten Lippen, die Augen im Schatten ihrer Blumentopfhüte verborgen, erwarteten sie ihre Gastgeberin. Nadija blies ihre rote, mit der Brennschere frisch ondulierte Haartolle in die Höhe und schenkte den Kaffee an die Damen aus. Dann war Pola an der Reihe. Sie hatte ein Puppenservice aus Porzellan, aus dem sie ihren kleinen Gästen den Kakao servierte. Jede bekam noch ein Löffelchen Zucker dazu in die Puppentasse, damit der Kakao nicht zu bitter schmeckte, und ein Stück vom Marillenfleck auf den Puppenteller.

Wie bestürzt waren die Großen, als an der unteren Hälfte der Tafel, wo die Kinder saßen, auf einmal Unruhe ausbrach. Zuerst sprang die immer brave Edith von ihrem Sessel auf. Sie spuckte den Kakao auf das weiße Tischtuch. Als nächstes Hermi, die es ihr nachtat. Veronika blieb mit ihren dicken, weißen Händchen vor den Mund gepresst sitzen, bis die Übelkeit sie überwältigte. Ein Schwall erbrochenen Kakaos spritzte zwischen ihren Fingern hervor. Die kleine Schwarzhaarige allein blieb verschont. Sie vertrug keine Milch und hatte stattdessen ein Glas Himbeerwasser bekommen. Mit verschwörerischem Lächeln schaute sie Pola an. Warum lachte sie so komisch?

Die Frauen schrien aufgeregt durcheinander. Jede bemühte sich um ihr Kind. Nadija sandte Pola einen einzigen Blick über den Tisch. Er war prüfend und kalt, so wie Nadija oft ihren Mann ansah, wenn er Faxen machte, wie sie es nannte.

Es war Polas letzte Kinderjause. Bald darauf, Milos Krankheit schritt vorwärts, übersiedelten sie. Was Polas Schulfreundinnen widerfahren war, besprach Nadija nie mit ihrer Tochter. Sie erriet es, das war nicht schwer. Man musste schon so dumm wie Ediths Mutter sein oder so exaltiert wie die Giselas, um das vor aller Augen stehende, unpassende Objekt auf der Jausentafel zu übersehen: das Salzfässchen. Pola hatte ihren kleinen Gästen Salz in den Kakao gemischt.

Ein Mann in dunklem Anzug ging über den Platz vor dem Bahnhof, Richtung Althanstraße, schwer auf seinen Stock gestützt. An Polas Strümpfen klebte das Blut, dort, wo die Blasen an ihren Füßen wieder aufgeplatzt waren. Sie bog in die Althanstraße ein. Ihr Atem ging ruhig. Die Sonne, ein gleißender Lichtstrahl, reflektiert vom Eingang des Café Brioni, dem Türgriff aus Messing, blendete sie. Dann war der Mann um die Ecke verschwunden. Leopold Panigl? Pola war sich fast sicher. Sie beeilte sich, ihm zu folgen. Aber da lag nur ein leerer Gehsteig im Sonnenschein. Auf einmal verließ sie der Mut wieder. Von einem Fenster im ersten Stock über dem Kaffeehaus schüttelte eine Frau ihr Staubtuch aus. Neugierig schaute sie auf Pola herunter, die sich rasch umwandte und mit hinkenden, eiligen Schritten den Weg zurückging.

Wer wollte so eine Entdeckung machen beim eigenen Kind? Pola dachte, ihre Mutter habe Angst vor ihr gehabt. Doch das Gegenteil war der Fall. Ich bin Nadija in den Jahren, als sie allein zurückblieb, nahegekommen, ich, nicht Marianne, obwohl die den Mund so voll genommen, ihr versprochen hatte, sie nie im Stich zu lassen. Ich weiß, wie Nadija über ihre Tochter dachte, dass sie traurig und verwirrt über Polas Handlungsweise war, aber immer voll Mitgefühl und – so seltsam es klingt – Bewunderung. Pola hatte sich getäuscht, verirrt, aber dennoch, wie beeindruckend war ihre Tat, wie kühn und außerordentlich! Nein, Nadija fürchtete Pola nicht, sie wäre gern gewesen wie sie, eine Frau, die sich durch nichts besiegen ließ. Sie ist mein Vorbild, sagte Nadija, und es kam der Tag, da zeigte sich, dass auch Nadija über sich selbst hinauswachsen konnte.

Wie von selbst trugen Polas Füße sie den Weg zurück. Sie umrundete den Kirchplatz und ging durch die romantische Kastanienallee. Den Gürtel entlang waren ganze Häuserzeilen verschwunden, aber hier sah alles unverändert aus. Die alte Schule hatte keinen Schaden genommen.

Das Fenster des Schulwarts stand offen. Während Pola das Haus betrachtete, nahm sie auch die vertrauten Geräusche wahr. Kinderstimmen, die schleppend und falsch im Chor sangen. Pola vermutete, dass noch immer Frau Wagner den Musikunterricht leitete. Eine Lehrerin, die den Volksgesang hochhielt, auch in den nicht mehr so völkischen Zeiten, die nun angebrochen waren:

„Hoch vom Dachstein an, wo der Aar noch haust …“

In der Umgebung hörte es sich befremdlich an. Die kleinen Sänger aus dem Wiener Arbeiterbezirk kannten wohl kaum den höchsten Berg der Steiermark und sicher hatte noch keiner den Aar fliegen sehen.

Die Hoftür war abgeschlossen, doch Pola kannte das Versteck in der Mauerritze der Toreinfassung. Der Schlüssel lag an seinem alten Platz. Sie überquerte den Hof und betrat den Hintertrakt der Schule. Wenn ihr nun der Schulwart begegnete, was sollte sie zu ihm sagen? Ein anderer mochte seine Stelle übernommen haben, wenn es aber Findus war?

Durch den dunklen Vorraum spähte sie in den Turnsaal. Hier roch es wie früher, nach Fußschweiß und Moder. Zwischen den Spinden hing der Gestank billiger Tabakstumpen. Pola warf einen Blick in die Kammer unter dem Stiegenaufgang, wo Kübel, Schaufel und Besen aufbewahrt wurden. Findus' blaue Arbeitshose hing an einem Mauerhaken. Bis auf eine schweinslederne Aktentasche sah alles unverändert aus. Als Pola sich bückte, um hineinzuschauen, hörte sie Schritte im Hof. Rasch zog sie die Tür hinter sich zu.

„Wer ist da? Ist da jemand?", fragte ein Mann mit heiserer Stimme.

Durch den Spalt in der Holztür sah sie einen mächtigen Bauch, der unverkennbar Findus gehörte. Er horchte in die Stille, hustete und spuckte geräuschvoll aus. Polas Puls dröhnte in ihren Ohren. Endlich gab er auf und ging wieder. Sie stand still, bis sein Husten verklang. Dann erst wagte sie sich aus der Kammer heraus. Auf Zehenspitzen schlich sie die Treppe hinauf bis zur letzten Tür.

Das Naturgeschichtskabinett war unversperrt. Niemand schien es seit Polas Fortgang betreten zu haben. Sie fand das Skelett an seinem Platz hinter der Tür. Die Mineraliensammlung lag unter einer dicken Staubschicht verborgen, unberührt.

Am Materialschrank steckte der Schlüssel. Sie öffnete ihn. Das Bleiweiß und der metallisch glänzende Brocken

Thallium, die Flasche mit dem hellgelben Phosphorpulver, alles war noch da. Sie musste nur die Courage aufbringen, in einem unbeobachteten Moment in die Wohnung des Schulwarts zu gehen, das Bleiweiß ins Mehl, zu Zucker und Gries zu mischen und wieder zu verschwinden. Es wäre perfekt. Und wohlverdient.

Pola zog die Lade ihres Arbeitstisches auf und fand das silberne Zigarettenetui, das sie beim Korrigieren der letzten Naturgeschichtsübung hier vergessen hatte. Einmal hatte Panigl ihr damit sein Zauberkunststück vorgemacht. Eine Zigarette war noch übrig. Sie setzte sich und nahm die Zigarette in die Hand, ohne sie anzuzünden. Draußen prasselte ein Regenguss herunter. Er riss das Laub von den Bäumen. Sie dachte, wie es vor einem Jahr gewesen war. Regen und Wind. Wie hatte sie es geschafft, nie die Hoffnung aufzugeben? In der sumpfigen Erde. Der Gesang der Amsel, schmelzend und so herzwehe, dass man weinen mochte, doch Tränen waren verboten. Die Mauer, rauher Stein, der die Haut blutig riss. Kein Sonnenstrahl.

Eine Schulklasse begegnete Pola auf der Straße. Wieder sangen sie im Chor:

„Tauet Himmel den Gerechten, Wolken regnet ihn herab!, rief das Volk in bangen Nächten, dem Gott die Verheißung gab …"

Die Kindergesichter waren spitzig und gefurcht, nichts Fröhliches lag in ihren Mienen. Die Lehrerin ging an ihrer Seite. Pola hatte richtig geraten, es war Lore Wagner, die große Anhängerin des Germanentums. Sie trug ein uniformartiges dunkelblaues Kostüm und derbe Trachtenschuhe. Der lange Zopf war verschwunden, dünne graue Borsten standen von ihrem Kopf ab. Sie sah Pola an, ohne sie zu erkennen.

Die Nacht war voller Stimmen, die sie nicht schlafen ließen.

„Geh weg, tu mir nichts, ich will nicht, rühr mich nicht an“, keuchte die Frau im Bett neben ihrem unaufhörlich.

Bis sie hinübergriff, die Frau an der Schulter fasste und schüttelte. Ein langgezogenes Seufzen, dann drehte sie sich auf die andere Seite und schlief weiter.

Warum war sie hierhergekommen? Wie ein Echo ihrer eigenen Schmerzen hörte sie das Jammern und Ächzen. Der heisere Ruf, tief aus dem Schlaf heraus: „Liesi, Liesi, bist du da? Warum sagst du nichts?“

Pola fuhr aus ihrem halben Dösen hoch und konnte sich eine Weile nicht besinnen, wo sie war. Eine Dunstglocke hing über dem Schlafsaal, zu viele Menschen, die zu nahe beieinander lagen, störten einander in ihrem Schlaf, in ihrem Wachen. Sie dachte an den Tag ihrer Ankunft, vor ihren Augen das eroberte, zerstörte Wien, wie das gelobte Land. Ihren Schwur, nie mehr zu vergessen, dass sie zu den Glücklichen gehörte, die heimkehrten, dass die Zukunft ein Geschenk war und sie, egal wie viel sie verloren hatte, das Leben besaß. Sie versuchte, das Gefühl in sich zu erwecken, aber es gelang ihr nicht. Immer wieder tauchte das Gesicht ihres weinenden Kindes vor ihr auf und ihre eigenen, flehentlich ausgestreckten Hände.

Dann wanderte sie wieder durch die weiten Gänge des alten Schlosses. Die Glasscherben der zerbrochenen Fenster knirschten unter ihren Füßen. Im Morgenlicht funkelten sie in allen Farben des Regenbogens. Eichhörnchen huschten durch die nassen Baumkronen und spähten zu ihr herein. Weit entfernt, unten in der Ottakringer Straße, begann eine Fabrikssirene zu heulen. Die Brauerei hatte ihren Betrieb wieder aufgenommen.

Pola ging ins Freie, in den kalten, grau verhangenen Morgen. Sie versuchte die Zeit zu erraten. Früher als sonst. Der Wind kam von Norden. Schaudernd machte sie sich auf den Weg.

Der 16. Wiener Bezirk ist mir nicht vertraut, obwohl er an Rudolfsheim-Fünfhaus grenzt. Ich suche die Plätze auf, die Pola beschreibt, um ein letztes Mal die Spur der Vergangenheit aufzunehmen. Das Wilhelminenspital hat sich nur wenig verändert, die Stimmung, die über den Pavillons hängt, atmet den Mief der Armut. Krank werden die Reichen auch und von ihren Privatärzten, wer weiß, auch nicht kundiger behandelt als hier, und doch, selten sind die Grenzen der Gleichheit deutlicher zu erkennen als da.

Die alten Schrebergartensiedlungen am Fuße des Wilhelminenbergs sind ausgebaut worden, ein kleines Cottageviertel entsteht hier, wo früher Obst und Gemüse geerntet wurde, nicht so elegant wie in Döbling oder Sievering, aber immerhin, die Zeit der Holzhütten ist vorbei. Die größte Verwandlung aber hat das Schloss auf dem Wilhelminenberg, erst Lazarett, dann Kaserne und Flüchtlingslager erfahren. Eine Filmkulisse, die auch in Hollywood stehen könnte. Tatsächlich sind hier einige Filme gedreht worden.

Beim dritten Mal hatte Pola Erfolg. Sie kam gerade zur rechten Zeit in der Althanstraße an, um Panigl beim Verlassen seines Hauses zu beobachten. Den Donaukanal entlang folgte sie ihm, weiter über die Ringstraße und bis zu seinem Ziel, einem alten Palais in der Innenstadt, vor dem Soldaten in Uniform Wache standen. Sie grüßten militärisch stramm und Panigl passierte den breiten Torbogen.

Pola las das provisorisch angebrachte Schild neben dem Eingang. Die Namen verschiedener Ministerien waren dort aufgelistet. Offenbar hatte nicht nur die obdachlose Bevölkerung Notquartiere zugewiesen bekommen, auch die Ämter waren übersiedelt.

Pola wollte an der Wache vorbei. Sie zeigte in die Richtung, in die Panigl gegangen war. „Ich will den Herrn Direktor Panigl sprechen."

Die Männer versperrten ihr den Weg. „Eintritt verboten! Sie müssen schriftlich einen Termin ausmachen. Dann bekommen Sie einen Passierschein."

Empört wollte Pola die Stimme erheben. Wozu ein Amt, wenn man nicht hinein durfte? Sie brachte keinen Laut hervor. Die Männer musterten sie. Einer der beiden öffnete den Mund, aber er blieb stumm. Wie Opernsänger auf einem Zeitungsfoto, dachte Pola, es wäre komisch, wenn es nicht so ernst wäre. Niemand konnte sie aufhalten. Nicht mehr.

Dann stand sie zwischen den lachenden Putten, die den Torbogen des Palais zierten, und blickte über die Ringstraße. Majestätisch fielen die Blätter der Kastanien auf die Erde.

„Ich verlange Rechenschaft", sagte jemand. „Ich habe es lange genug aufgeschoben."

Das war ihre eigene Stimme. Wem aber gehörte die andere, die ihr eindringlich Worte zuflüsterte, die sie nicht verstand? Der Wind blies sehr stark. Er schob violette Wolken über den Himmel, bis es finster war.

24. Kapitel

Das Haus war leuchtend gelb, vor den zwei Fenstern hingen Blumenkisten mit weißen und rosa Blüten. Ein sanftes Lüftchen blähte den Vorhang in die Höhe. Drinnen in der Küche stand eine Frau mit Mäusegesicht. Sie pfiff eine komplizierte Melodie, die Pola vertraut erschien, aber sie kam nicht darauf, woher. Auch die Frau hatte sie schon irgendwo gesehen. Sie stand am Waldrand und spähte hinüber. Wie seltsam, dass es so dunkel wurde mitten am Tag. Sie sah zum Himmel hoch. Nicht eine Wolke war zu sehen. „Der Tag ist schön!“, sang die Frau in dem kleinen gelben Haus. Ihre Stimme klang gepresst. Quengelnd. Sie verdarb das schöne Lied.

„Mahler!“, rief Pola aus, „Ich wusste ja, dass ich es kenne.“

Über den Weg schlenderte nun eine seltsame Figur, ein Mann in kurzen Hosen, der einen Roller schob. Er trug eine Kopfbedeckung, wie zwei lange Ohren. Pola staunte, denn er hatte wirklich Hasenohren, auf einem Hasenkopf. Warum diese Maskerade, es war doch nicht Fasching? Auch der Mann kam ihr sehr bekannt vor. Wie konnte das möglich sein? Dann trat die Frau mit dem Mäusegesicht aus dem Haus. Sie hatte ein Kind auf ihrem Arm, ein Hündchen.

„Spitz, du bist es!“, Pola klatschte in die Hände.

Nun endlich fand sie des Rätsels Lösung. Es waren ja ihre Freunde. Sie hatte sie schon lange nicht gesehen und sich doch endlich auf sie besonnen. Die Tiere in Menschengestalt aus dem alten, geliebten Kinderbuch. So hübsch illustriert, dass sie die Bilder ausgeschnitten und gerahmt hatte. In ihrem Zimmer in der Bürgerspitalgasse hingen sie über dem Bett an der Wand.

„Nicht so laut, bitte!", ermahnte sie der Hase. „Wir wollen doch nicht, dass der Wolf erscheint. Weißt du nicht, was das bedeutet?"

Nein, sie wusste es nicht. „Der Wolf, das bin ich doch selbst, oder nicht?", fragte sie vorsichtig.

„Wenn der Wolf kommt, geht die Welt unter", sagte der Hase ernst.

Aber was verstand der Hase denn von der Welt? Sie glaubte ihm nicht. Das wäre ja –

„Wenn du recht hättest", begann sie und unterbrach sich wieder, denn nun wurde es wirklich finster, sodass sie den Hasen gar nicht mehr sehen konnte.

„Sein Atem entzündet die Wälder. Bis zum Firmament steigt das Feuer. Die Sterne fallen vom Himmel. Und die Erde versinkt im Meer."

Und während der Hase seine Prophezeiung wie eine düstere Litanei herunterbetete, sah sie die schwarzen Strahlen der Sonne, die wie glänzender Lack die Dunkelheit durchdrangen, sie drehte sich um und begann zu laufen, durch die Wälder, die schon brannten, ein schwarzes Feuer, das nach ihr griff, und sie hörte durch das Prasseln und Knistern der brennenden Zweige das Kindertotenlied.

„Pola?"

Die Augen waren blau wie das Meer. Wasser floss aus allen Winkeln, hell und schnell, ohne Unterlass.

„Pola? Bist du das?"

War sie es?

„Bin ich wach?“

Ein weißes Tuch verdeckte das Blau. Sie konnte die Augen nicht mehr finden. Dann fiel ihr alles wieder ein. Aber der Rückweg in den Schlaf war versperrt.

„Pola! Pola!“

Ihre Blicke gingen auf Wanderschaft. Da war ein Fenster. Kein Glas, mit Pappkarton zugeklebt. Ein Lichtstreifen lief um die Ränder. Es war Tag. Welcher Ort, welcher Tag? Geschirr klirrte leise. Gummiräder rollten über einen Fliesenboden, Schritte, leise, laute, von vielen Menschen. Und Stimmen.

Ihr Kopf schmerzte. Sie konnte ihn nicht herumdrehen. Schon die Bewegung der Augäpfel brannte. Ihr Magen begann zu schaukeln. Eine Welle von Übelkeit überfiel sie.

„Pola! Schau mich an! Siehst du nicht, wer da ist?“

Die Verräterin. Gib nichts auf schöne Augen, hatte ihr Vater gesagt, im Scherz. Er meinte Nadija, ihre grün funkelnden Blicke. Aber Milos Wahn war ein Gehäuse, in dem alle Wege vom Ziel wegführten. Reziproken Rassenwahn hatte sich Pola selbst attestiert, weil sie der blond-blauen Arierschönheit nicht über den Weg traute. Wie kühl ihr Haar durch Polas Finger floss.

Wie sie weinte.

„Bitte, komm zurück, Pola.“

Pola öffnete die Augen. Sie war in einem Krankensaal. An dem Muster der Wandfliesen, blau und beige und blassgrün, erkannte sie den Ort, das Spital, in dem ihre Fußwunden verarzt worden waren. Das Kalenderblatt zeigte ein Datum, das nicht stimmen konnte: 15. März. Ein

Montag. Luise begann zu sprechen. Sie füllte die verlorene Zeit mit einer Erklärung. Pola war erkrankt. Menschen konnten sterben an Stress. Das Wort kam aus Amerika. Dort war es eine Folge der Arbeit. Erst der Krieg hatte das Phänomen auch hierzulande hervorgebracht. Leute, die lang um ihr Leben bangen mussten, befiel diese Krankheit. Wenn sie nicht behandelt wurden, brachen sie zusammen und erholten sich nicht mehr oder starben.

An dem Abend, als Luise Herrn Karner zu Hause mit geschwollener Nase und aufgeplatzter Lippe vorgefunden hatte, war sie sicher gewesen, dass Pola sich bei ihr melden würde. Erst nach Tagen vergeblichen Wartens begann Luise mit der Suche nach ihr. Sie hatte Glück, denn einer der wenigen Anhaltspunkte war das Wilhelminenspital, wo sie sich kennengelernt hatten.

Pola hatte eine Gehirnhautentzündung. Für Wochen war sie nicht bei sich gewesen. Als ihr Zustand sich besserte, wehrte sie sich dagegen, sie wollte nichts von sich wissen, in dem Zwischenreich der Gedankenlosigkeit verharren. Luise verbrachte seitdem jede freie Minute an ihrem Bett und versuchte, sie zum Gesundwerden zu überreden.

Pola hörte sich Luises Erklärung schweigend an. Sie sagte nicht: „Geh weg, du Verräterin.“ Sie hatte keine Stimme. In ihrem Kopf hämmerte eine Frage. Ihr graute vor sich selbst. Noch immer war Gift in ihrem Sinn. Die Rache, die sie sich ausgedacht hatte, zu der sie keine Justiz brauchte, die sie alleine vollbrachte, zur Bestrafung der Schuldigen.

Luise sprach. Pola betrachtete ihre geschminkten Lippen. Es war leicht, nicht hinzuhören, schwer, etwas zu begreifen.

Die Krankheit hatte den Kopf ausgefegt. Sie fand keine Für und Wider mehr zum Abwägen.

Wie die Wiener über die Hundstage 1945 gejammert und geklagt hatten! Was konnte das bisschen Hitze uns denn anhaben, verglichen mit der unerbittlichen Kälte, die im ersten Nachkriegswinter hereinbrach. Es gab keine Kohlen. Die Menschen drangen in die Ringstraßenpalais ein, sie brachen die Holzpaneele von den Wänden und rissen die kostbaren Parkettböden auf, um ihre Wohnungen zu heizen.

Ich lernte für die Maturaprüfung. Mathematik war immer eine Schwachstelle gewesen, nun, so kurz vor dem Ziel, stand ich vor einer Hürde, die Integralrechnung hieß. Ich zitterte vor Kälte, es gab kein Essen, kein Heizmaterial, kein Licht. Die Kinder quengelten und ich wäre am liebsten auf und davon gelaufen. Sehnsüchtig dachte ich an Pola. Sie war der klügste Mensch, den ich je getroffen hatte, gebildet und geistreich, sie hätte es mir erklären können. Warum kam sie nicht zurück, warum half mir keiner in meiner Not! Da kam mir auf einmal Nadijas Koffer in den Sinn, der Koffer der vergangenen Herrlichkeiten. Weil Nadija nicht in den Luftschutzkeller ging, hatte sie ihn mir zum Aufbewahren übergeben, für den Fall, dass die Wohnung bei einem Bombentreffer Schaden nahm. Monatelang hatte ich den Koffer bei jedem Alarm aus unserer Wohnung in den Keller und wieder zurückgeschleppt. Er enthielt Polas Mitgift, Kleider, Schmuck und Porzellan. Das wusste ich von Nadija, ich selbst hatte nie einen Blick hinein getan. Nun, in meiner Verzweiflung öffnete ich ihn und traf eine schnelle Entscheidung.

Auf dem Bauernmarkt hinter dem Bahnhof würde ich für das Geschirr mit dem hübschen blauen Zwiebelmuster gute Ware bekommen, vielleicht sogar ein Stück Fleisch. Es war nicht recht von mir, aber ich tröstete mich damit, dass das Porzellan im Luftschutzkeller, wo die Bewohner erst nach vielen Stunden aus dem Schutt gegraben werden konnten, ohnehin in Trümmer gegangen wäre. Und immerhin tat ich es auch für Dich.

Das schlechte Gewissen drückte mich nicht lange. Einer der wenigen Vorteile von Krisenzeiten ist – man hält sich mit Problemen nicht lange auf. Es warten ja schon wieder neue, die bewältigt werden müssen. Ich weiß noch, dass mit dem Verkauf des Geschirrs die Talsohle überschritten war. Ich machte sogar ein Riesengeschäft, weil die Käuferin erkannte, dass es ein berühmtes Geschirr war, ein Name, den ich niemals gehört hatte. Bei uns kam's darauf an, was auf dem Teller lag, nicht was auf der Rückseite stand. Am Tag darauf fiel auch bei der Integralrechnung der Groschen.

Pola gestand ich meinen Frevel nie. Er fiel mir erst wieder ein, als ich ihre Aufzeichnungen las. Sie malte sich aus, dass das Porzellan Nadijas Grabbeigabe geworden sei, ein Bett aus blauen Scherben.

Auf der Straße lag der Schnee, festgetreten auf den Gehsteigen, am Straßenrand zu dreiviertel Meter hohen Haufen zusammengeschoben, glitzernd im Grau die Eiskristalle. Der Atem dampfte in der feuchtkalten Luft. Pola wusste die Zeit nicht. Die Uhr der Spitalskirche hatte keine Zeiger mehr. Wer läutete die Glocken zu Zeiten des Krieges? Wenn keiner mehr in die Kirche ging aus Angst vor dem Tod aus der Luft, riefen die Glocken dennoch zur Messe?

Pola hatte den Winter versäumt. Drei Monate fehlten. Im Wilhelminenspital war sie als anonyme Patientin gelegen. Niemand konnte sie befragen, und Luise hatte behauptet, ihren Namen nicht zu kennen. Nun schickte die Stationsschwester Pola in die Aufnahmekanzlei, um die Angaben zu ihrer Person nachzutragen. Stattdessen verließ sie das Spitalsgelände. Sie betrat die neue Zeit, graue Märzzeit, die nicht Tag und nicht Nacht war, unsichtbarer Himmel im Nebel, keine Straßenlaternen, Häuser ohne Fensterscheiben.

Warum hatte sich Luise so viel Mühe gemacht, sie zu finden, sie zurückzuholen in die Welt, in der sie sich nicht mehr zurechtfand? War ihre Geschichte die Anstrengung wert? Eine, bei der man das Gruseln lernte.

Das Schild am Eingang des Palais war verschwunden. Auch die Wache, die das Tor besetzt hielt. Pola sah in die Höhe und entdeckte die lachenden, steinernen Engel. Niemand schritt über die marmorweißen Treppen. Nur Hermes erwartete sie oben am Stiegenaufgang. Die Flügel an seinen Fersen waren vergoldet. Mit leeren, abwesenden Augen blickte er über ihre Schulter in die Tiefe.

Pola ging durch lange Korridore. Nur ihre Schritte durchbrachen die Stille. Hinter einer dieser weißgoldenen Türen saß er. Sie fand niemanden, der ihr Auskunft gab, deshalb setzte sie ihren Weg fort.

Im nächsten Stock war ein roter Teppich ausgelegt. Wieder traf sie keinen einzigen Menschen. Im letzten Stock schließlich kam sie bei einer doppelten Schwingtür an. Hier war nichts mehr vom barocken Glanz des Palais übrig, die Holzfurnier abgeblättert, die Glasscheiben zersprungen. Pola drückte die Türe auf und trat in den schmalen Gang dahinter. Er führte zu einem kleinen Extragelass mit drei hässlichen, braun gestrichenen Türen. „Sektionschef Dr. Panigl" stand auf dem Schild, und darunter: „Zugeteilt für Erziehung und Unterricht".

Pola nickte, nicht einmal überrascht. Sie legte die Hand auf die Klinke, zog sie wieder zurück, wollte klopfen, doch in diesem Augenblick öffnete sich die Tür und Panigl kam heraus.

„Hier ist kein Parteienverkehr", bemerkte er im Vorbeigehen.

Dann erst, als sie sich nach ihm umdrehte, fing er ihren Blick auf. Sie sahen sich in die Augen. Er wiederholte:

„Hier bekommen Sie keine Auskunft. Gehen Sie zurück zum Empfang."

„Wissen Sie nicht mehr, wer ich bin?", fragte Pola.

Er blieb stehen. Zögernd tippte er mit seinem Spazierstock auf den Boden. Dann kehrte er um und sperrte sein Büro wieder auf. Ohne ein weiteres Wort ließ er Pola ein.

Früher musste Panigls Büro ein Ballsaal gewesen sein. Das Parkett war aus verschiedenen Hölzern zu farbigen Blumenornamenten zusammengefügt. In der Mitte liefen die Muster zu einem großen Kreis zusammen, einem Sonnensymbol. Auch die Möbel stammten aus einer früheren Epoche, weiß und golden lackiert wie die Flügeltüren. An den Wänden hingen Stiche von Alt-Wien in prächtigen Goldrahmen, der

Kahlenberg mit Donaublick, der Stock-im-Eisen-Platz, der „Nußdorfer Bamkraxler". Panigl in seinem altmodischen schwarzen Anzug mit Gilet und silberner Taschenuhr passte gut in diese Umgebung. Sein Haar war grau geworden. Unter seinen Augen lagen dunkle Tränensäcke. Seine Augen dagegen blickten unverändert wach und eindringlich.

„Was wollen Sie?", fragte er, nachdem sie sich gesetzt hatten.

„Ich war in der Althanstraße. Nach meiner Rückkehr."

Auf dem kleinen Empfangstisch stand ein Tablett mit einer Wasserkaraffe und Gläsern. Pola fühlte sich schwindelig vor Müdigkeit und Durst, aber er bot ihr nichts an. Mit Mühe setzte sie fort: „Dann bin ich hierhergekommen, aber ich …" Sie hörte sich stammeln, schwach und feige wie das junge Mädchen, das er einmal in seinen Bann gezogen hatte. Eine Person, die nicht mehr existierte. „… ich wurde krank."

Seine Antwort kam nach einer langen Pause, als sie schon dachte, er würde gar nichts erwidern. „Von mir können Sie kaum Mitgefühl erwarten."

„Ich habe Durst." Sie nahm die Wasserkaraffe vom Tablett.

Er entschuldigte sich nicht für seine Unaufmerksamkeit. „Was wollen Sie?", fragte er noch einmal. Er sah ihr zu, wie sie das Wasserglas füllte und trank.

Wieder fiel Schweigen zwischen sie. Bis er nickte, knapp, ohne ein Wort.

Dann erst sprach Pola weiter, mit einem Seufzen, das wie ein Schluchzen klang. „Es tut mir leid, dass Ihre Frau gestorben ist. Ich wollte Ihnen schreiben, damals, doch …"

Sie begann noch einmal. „Doch es hätte wie eine Lüge geklungen."

Er verzog die Lippen zu einem Lächeln, das keines war. „Und jetzt?"

„Mein Beileid, Herr Doktor", sagte Pola steif und unbehaglich. Dennoch fühlte sie sich sofort erleichtert, als hätte sie nun etwas Wichtiges nachgeholt. „Ich hatte mit ihrem Tod nichts zu tun."

Warum konnte sie nicht schweigen? Was wollte sie, doch nicht Gerechtigkeit, von ihm! Nein, die Wahrheit. Abrechnung mit ihm.

„Thekla war sich bewusst, dass sie in großer Gefahr schwebte. Die Häuser des Solars und die Spitzen der Radix waren fast identisch."

Pola senkte den Blick in ihren Schoß.

„Eine astrologische Konstellation, die fast einmalig ist. Sie hatte sich lange zuvor das Horoskop erstellen lassen und wusste, dass etwas in dieser Art auf sie wartete."

Pola fiel ein, dass sie damals, als die Todesnachricht gekommen war, nicht daran glauben wollte. Die Justizbeamten hatten sie so oft genarrt, sie konnte nicht anders als zweifeln. Nach ihrer Verhaftung war der Untersuchungsrichter selbst in ihrer Zelle erschienen, um ihr mitzuteilen, dass eines ihrer Vergiftungsopfer im Sterben läge. Wer, fragte sie, und er antwortete, mit einem Achselzucken, er glaube, die Ehefrau.

Aber es hatte nicht gestimmt, war nur dazu gedacht, sie zu erschrecken und zu verunsichern, bis sie die Fassung verlor und alles gestand, was sie von ihr hören wollten.

Als während des Prozesses der Richter Thekla Panigls Tod bekanntgab, kam es Pola vor wie eine Wiederholung des vorigen, eine Lüge, um sie fertigzumachen.

„Die Sonnenfinsternis", sagte Panigl. „Sie wissen es nicht mehr?"

„Nein."

„Zu Theklas Todesstunde fiel der Mondschatten der Sonne auf die Erde. Die Sonnenfinsternis war total."

Im Gerichtssaal hatten die Kandelaber den ganzen Tag gebrannt. Das Wetter draußen gehörte in die Welt der Freiheit, es blieb ihr verborgen und kümmerte sie nicht. Die Zeitungsnachrichten, die sie sich in die Zelle schmuggeln ließ, befassten sich mit bedeutsameren Dingen.

Sie trank noch einen Schluck Wasser. Panigl hatte sich bei der Erzählung von Theklas Tod verdüstert.

„Ich werde Ihnen nicht helfen", sagte er. „Deshalb sind Sie doch gekommen. Wohl nicht aus Anhänglichkeit."

Sie sah auf seine Hände, die unruhig auf den Knien in dem feinen schwarzen Anzugstoff lagen. Mehr als das Gesicht verrieten sie Panigls Alter. Faltige, leise zitternde Greisenhände.

„Ich habe die Novelle gelesen, die Sie im Gefängnis geschrieben haben. Abstoßender Sozialkitsch!" Er zeigte seine Zähne, zu weiß und zu regelmäßig für seine Jahre. Er trug ein falsches Gebiss. „Unter die Kommunisten gegangen, pfui Teufel. Sie haben mich enttäuscht."

Er war ein alter Mann, keine Bedrohung mehr. Mit einer ihrer zornigen Hände konnte sie sein Leben auslöschen.

„Eine Prinzessin, die mit dem Pöbel gemeinsame Sache macht!"

Jetzt ergriff sie das Wort. „Wer kümmert sich um einen verstaubten Adelstitel? Das hat keine Gültigkeit mehr, das ist nichts. Ich habe überlebt. Ich will leben."

Sie richtete sich auf und sah ihm in die Augen.

„Sie konnten es sich gut einrichten in der neuen Zeit, nicht wahr? Ich weiß nicht, was Sie dazwischen getrieben haben. Vermutlich nichts Gutes. Ich habe nicht vergessen, welcher Philosophie Sie anhingen, Herr Panigl."

Er fasste sich rasch. In seiner Anzugtasche suchte er nach etwas, ob nach einer Waffe, nach Zigaretten oder einem Taschentuch verriet seine Miene nicht. Sie spürte, was in ihm vorging, aber sie hatte keine Angst. Und auch er konnte ihre Gedanken lesen, wie damals, er wusste es. Dann fand er, was er brauchte, eine weiße Glasphiole. Er schüttelte zwei kleine weiße Pillen heraus und schob sie in den Mund.

„Ich dulde keine Unverschämtheit." Er erhob sich. „Gehen Sie."

Sie schaute zu ihm auf. Seine Lippen waren weiß geworden.

„Ich denke nicht daran", erwiderte Pola unbeeindruckt.

„Ihr Mut ist bewundernswert. Wie damals." Er beugte sich zu ihr hinunter. „Ich habe nie mehr ein Medium wie Sie gefunden."

Nun stand auch Pola auf, so groß wie er, und fragte: „Wo ist Ihr Bruder, Herr Panigl?"

„Bruder?" Er zögerte, dann sagte er, mit einem Achselzucken. „Wenn es Sie wirklich interessiert, er ist in den Schoß der Kirche zurückgekrochen. Ein Klosterbruder." In seinen Augen leuchtete ein Widerschein des alten Feuers. „Ich habe keinen Bruder mehr."

„Und Ihr Sohn? Oder Stiefsohn? Den gibt es auch nicht?"

Unwillkürlich hatte sie die Stimme erhoben. „Warum haben Sie mich betrogen? Was für einen Sinn hatte das alles? Ich frage mich die ganzen Jahre. Wofür haben Sie mein Leben geopfert?"

Aber er schnalzte nur mit der Zunge, halb bedauernder, halb ungeduldiger Laut eines alten Herrn, vornehm, leicht vorgebeugt.

„Lassen Sie das."

„Sie schulden mir eine Antwort, Herr Panigl."

Der Augenblick war vorbei. Er konnte sie wegschicken, aber er wusste, sie würde wiederkommen.

„Und Sie werden mir die Antwort geben."

Als sie schon an der Tür war, holte seine Stimme sie noch einmal zurück:

„Wenn Sie Zeit finden, zum Tee zu kommen, meine Frau würde sich freuen."

Eine Feststellung, keine Frage. Er wusste, sie würde nicht nein sagen.

„Am Nachmittag treffen Sie sie gewöhnlich zu Hause an."

Er wählte fast dieselben Worte, wie damals, vor vielen Jahren, bei seiner ersten Einladung. Pola nickte stumm.

Pola ging den Weg zurück. Eisflecken lagen wie Buckel auf dem Straßenpflaster. Vierhundertvierundvierzig Bombentrichter hatten die Naziweiber in Wien zugeschüttet. Wer hatte sie gezählt, woher wusste es Pola? Und ihre Nazimänner spielten Karten in den Trümmern. Das war eine

Zeichnung, eine Karikatur in der Zeitung. Wo, wann hatte Pola sie gesehen? Ich will leben, hatte sie zu Panigl gesagt. Aber konnte sie denn leben? Wie sollte sie in dieser Wirrnis zurechtkommen?

Die Kleider, die sie im Nachttisch neben ihrem Spitalsbett fand und anzog, waren alles, was sie besaß. Kein Mantel, keine Tasche. Kein Geld. Nicht einmal an die Währung erinnerte sie sich, keine Reichsmark mehr, vermutlich, nachdem es das Reich nicht mehr gab. Schilling? Kronen? Hatte sie es denn vor der Gehirnhautentzündung gewusst? Mit plötzlich klopfendem Herzen dachte sie an Luise. Seit dem Tag, als sie sich kennengelernt hatten, war sie es gewesen, die sich um alles kümmerte. Es war Zeit, dass sie ihr Leben selbst in die Hand nahm.

Also zurück. Weil es nicht anders weiterging. Sie hatte kein Geld, keine Lebensmittelmarken. Sie erinnerte sich nicht, ob sie im Rathaus registriert worden war. Dann fiel es ihr ein: Solange sie keine Zeugen für ihre Identität aufbringen konnte, war sie nicht existent. Warum machte die Regierung so ein Gesetz? Was geschah mit denen, die keine Beweise vorlegen konnten?

Pola stieg auf eine Eisscholle und kam ins Rutschen. In ihrem Kopf erwachte der Schmerz. Wie ein Orchester setzte er ein, dröhnend und sägend, donnernd und grell. Sie konnte nicht weiter. Vor der Ruine des alten Heinrichshofs musste sie stehenbleiben und ihre Handfläche gegen die Schläfen pressen. Von der anderen Straßenseite schaute sie die brandgeschwärzte Fassade der Oper an, noch ein Trümmerbild des Krieges. Ein Militärfahrzeug hielt in ihrer Nähe, neben einem einfachen Leiterwagen, der mit

Holz und abgebrochenen Ästen beladen war. Ein kleiner Bub mit rotem Haar saß darauf. Der Soldat ging zu ihm hin. Suchend schaute er nach links und rechts, aber das Kind schien zu niemandem zu gehören. Der Bub streckte dem Soldaten seine gefalteten Hände hin. „Hunger", hörte Pola ihn sagen.

Während der Schmerz gegen ihre Schädeldecke schlug, versuchte sie die Uniform des Soldaten zu erraten. Die Russen kannte sie und die Amerikaner auch. Es war vielleicht ein Engländer. Er warf dem Kind ein kleines Päckchen zu, silbrig schimmernd, eine Schokolade oder Kaugummi.

„Winkele wankele! Kindele dankele!", rief der Bub. Er kletterte von dem Holzstapel herunter und sprang mit seinem Geschenk auf der Straße herum.

Der Schmerz klopfte nun so laut in ihrem Ohr, dass er alle anderen Geräusche übertönte. Sie lehnte sich an den Laternenmast, aber das Metall war eisigglatt, sie rutschte an ihm entlang, langsam, ohne Halt zu gewinnen. Sie spürte, dass der Boden nahe war und eine kleine Hand, die ihre Wange berührte, auch sie so bitter kalt.

Die helle Stimme sprach und Pola fiel ein, winkele, wankele, Worte, die sich reimten, aber keinen Sinn ergaben. Sie war wieder im Zwischenreich gelandet.

25. Kapitel

Was haben Sie sich dabei gedacht?", herrschte die Krankenschwester sie an. „Wir pflegen Sie nicht, damit Sie sich dann aus lauter Mutwillen ruinieren, das ist nämlich Energieverschwendung. Wenn Sie sich umbringen wollen, gibt's bessere Methoden. Da müssen Sie uns nicht vorher monatelang Scherereien machen."

Pola hielt die Augen fest geschlossen. Sie wollte nicht ins Bewusstsein zurück.

„Winkele wankele, vor der Tür steht ein Bankele, auf der Bank sitzt mein Kindele, spielt mit seinem Hündele", sagte der Kater, der in ihrem letzten Traum Briefträger gewesen war, deshalb erkannte sie ihn, obwohl er nun die Uniform des Besatzungssoldaten trug.

So ein lieber Bub. Er hatte sie gehütet, als wäre sie das Kind, bis sein Vater zurückkehrte. So rothaarig wie sein Söhnchen. Es gab auch hilfsbereite Menschen. Ohne diesen Mann hätte sie den Weg zurück nicht geschafft. Auf dem Leiterwagen, vor den er sich in Ermangelung eines Zugpferdes selbst einspannte. Und der herzige Knabe hielt ihre Hand und sagte immer wieder: „Es wird alles gut, du arme Frau. Winkele wankele, alles wieder gut."

„Wie sprechen Sie denn mit der Patientin? Das nennen Sie Krankendienst?"

Diese schrill erhobene Stimme könnte Luise gehören. Nur, dass Luise niemals so aufgebracht herumschrie.

„Ich werde Sie anzeigen, wenn Sie noch einmal einen solchen Ton anschlagen. Die Zeiten sind glücklicherweise vorbei!"

Vor lauter Erstaunen blinzelte Pola. Es war tatsächlich Luise. Ihre Wangen waren hochrot, und die blauen Augen warfen empörte Blitze. Die Krankenschwester zuckte ungerührt die Achseln. Es war dieselbe, die Pola am Morgen in die Aufnahme geschickt hatte, um ihre Daten nachzutragen. Aber welcher Morgen? Sie lag in einem anderen Bett, denn der Kalender hing nicht mehr vor ihr an der Wand. Stattdessen sah sie auf ein Kruzifix aus dunkelrotem Holz, mit einem schwarzen, metallisch glänzenden Heiland.

Luise entdeckte, dass Pola wach war. Augenblicklich stellte sie ihr Toben ein und kehrte der Schwester den Rücken. Unter ihren Augen waren blaue Schatten, wie Theaterschminke in ihr weißes Gesicht gemalt. An ihrer Unterlippe klebte ein Tröpfchen getrocknetes Blut. Pola sah die Bißspuren ihrer Schneidezähne tief in das Lippenfleisch eingekerbt. Luise setzte sich auf den Bettrand und beugte sich über Pola. Lange sahen sie einander in die Augen. Sie sagte kein Wort des Vorwurfs, nur:

„Geh nicht mehr fort."

Pola dachte an das Auffanglager oben auf dem Berg, das auf sie wartete. Die lauten, hellen Nächte in dem Schlafsaal, gefüllt mit dem Unglück so vieler. Sie war nichts Besonderes, andere hatten ebenso oder mehr gelitten. Wenn sie leben wollte, musste sie aufhören, sich zu bedauern. Polas Weg war, die Wahrheit zu finden. Den ersten Schritt hatte sie schon getan.

„Winkele wankele, ich hab' ein Gedankele", setzte der Kater fort. „Ein Äpfle fürs Kindele, ein Knöchle fürs Hündele. Dankele!"

„Ich muss“, antwortete sie Luise. „Es hat nichts mit dir zu tun.“

War das die Stimme der Vernunft oder ein leerer Wahn, ließ sich die Vergangenheit, hinter einem Schleier verborgen, die Vision im Spiegel, das Rätsel lösen, indem sie an diesen Ort zurückkehrte? Von den Panigls war nur Schlechtes in ihr Leben gekommen. Nadija Wolfs Hoffnung, der Zukunft ihrer Tochter eine Wendung zu geben, indem sie ihr das Entrée in die bessere Gesellschaft ermöglichte, hatte sich als trügerisch erwiesen. Die dort waren nicht besser, sie hatten nur mehr Geld. Nur, dachte Pola, was für ein Nur.

Nur. Sie konnte sich damit begnügen. Sie konnte nicht.

Tag um Tag haderte sie mit sich und mit Luise, die um sie bangte, sie unbedingt in ihre Obhut bringen wollte. Luise hatte vor, nicht länger bei Herrn Karner zu bleiben, sondern eine eigene Wohnung zu beziehen.

„Dann kannst du bei mir wohnen, Pola.“

„Warum denkst du, dass ich mir das wünsche?“

Pola lag immer noch im Spital. Sie hatte Angst, dass ihr Geist sich wieder verwirren könnte. Dass sie das Zwischenreich, ihren Zufluchtsort, nicht mehr verlassen konnte, dass „winkele wankele“ sich eines Tages nicht mehr abstellen ließ. Das rothaarige Kind und sein Vater kamen sie besuchen. Pola sah Mitgefühl in ihren Augen. War sie nun, wovor Luise sie gewarnt hatte, ein Fürsorgefall?

„Sie können froh sein, dass Sie so einen lieben Buben haben“, sagte sie zu dem Mann. Er war erst vor wenigen Wochen aus der Kriegsgefangenschaft zurückgekommen.

„Ja, der Ferdl ist unser Sonnenschein.“

Der Mann streichelte seinem Sohn den Kopf. Ferdl ließ es sich ergeben gefallen.

„Hast du auch ein Kind?“, fragte er Pola.

Pola sagte nichts, sondern machte die Augen zu.

„Sowas fragt man doch nicht, Ferdl“, mahnte der Vater, und zu Pola gewandt: „Werden Sie nur schnell gesund. Das ist jetzt das Wichtigste.“

Er schüttelte Pola die Hand, Ferdl legte einen kleinen, zerdrückten Blumenstrauß auf ihre Decke, dann gingen sie wieder. Wäre ihr Sohn jetzt auch so wie der Ferdl, fast schon zu groß, um gedrückt und geküsst zu werden? Keine Fragen mehr, befahl sie sich.

Es war immer noch März, der 20. Wie seltsam, zuerst war ihr die Zeit abhanden gekommen, nun hatte sie abgewartet, dass Pola sie einholte. Sie machte sich auf den Weg in die Althanstraße.

Dann stand sie wieder vor dem zersprungenen Majolika-Relief gegenüber vom Treppenaufgang und betrachtete die junge Schäferin, Pola in Alexanders Armen, sie stieg die Stufen bis zur Wohnungstür und wartete davor, noch immer unschlüssig, noch immer mit der Warnung im Ohr, Alexanders Stimme, die sagte:

„Geh fort, sie sind böse, sie tun dir wieder etwas zuleide.“

Doch da lag ihr Finger schon auf der glänzenden Messingklingel. Drinnen in der Wohnung schlug die Glocke an. Gleich darauf ging eine Tür. Schritte, die sich näherten und innehielten. Auf der anderen Seite der Eingangstür lauschte jemand, angespannt wie sie selbst. Eine Frauenstimme rief halblaut:

„Wer ist draußen?“

Panigls Frau. Das war nicht Theklas tiefe Stimme. Thekla war lange tot. Panigl hatte eine andere geheiratet. Ein herrischer Ton.

„Geben Sie Antwort! Wer ist da?“

Sie sagte ihren Namen. Einen Augenblick blieb es still, dann drehte sich der Schlüssel im Schloss und die Tür wurde geöffnet.

„Ich habe Sie schon erwartet.“

Der Hausflur lag im Dämmerlicht, sodass Pola Mühe hatte, die Züge der Frau auszunehmen. Ungläubig erkannte sie Elvira Hallermann. „Sie?“

Die Apothekerin kämpfte mit den Worten. Sie starrte Pola an wie ein Gespenst.

Pola war ein Gespenst. Empörung stieg in ihr hoch. „Giftmischerin!“

Die Apothekerin machte eine Geste der Abwehr, abwägend, vorsichtig. „Dazu sind Sie doch nicht hier, Pola“, erwiderte sie ruhig. „Treten Sie ein. Bitte, kommen Sie weiter.“

Sie wandte sich um und ging Pola voran. Die Tür zu Thekla Panigls Boudoir stand ein Stück offen. Im Vorbeigehen warf Pola einen Blick hinein. Am Paravent hing ein grünes Samtkleid, die Robe, die Thekla damals bei ihrem letzten Auftritt getragen hatte. Elvira führte sie in den Salon, wo der Teetisch gedeckt war. Als ob die Zeit hier stehengeblieben wäre. Fast erwartete Pola, Thekla auf dem Diwan zu sehen, zu den Klängen der *Tannhäuser*-Ouvertüre. Sie setzte sich. Die Apothekerin schenkte ihr eine Tasse Tee ein, die sie nicht anrührte.

„Möchten Sie lieber etwas anderes?“

Pola würde von ihr weder Essen noch Trinken annehmen, aber das bedurfte keiner weiteren Erklärung.

„Warum haben Sie mich erwartet?“, griff sie die Begrüßungsworte der Apothekerin auf.

„Sie haben meinen Mann aufgesucht.“

„Ihren Mann?“

„Ich habe geheiratet.“

Elvira Hallermann musterte Pola, während sie Schluck für Schluck ihren Tee trank. Sie versuchte, ihre Unruhe zu verbergen, aber es zuckte ihr aus den Mundwinkeln hervor, zwischen den dicken, dunklen Augenbrauen, beinahe wie ein Tick. Etwas, das sie sich bei allen Ränken nicht hatte ausrechnen können, die Veränderung, die mit ihrem Opfer vorgegangen war, dachte Pola.

„Eigentlich ist es Ihnen zu verdanken, dass ich von der Freundin des Hauses zur Ehefrau avancierte. Was gar nicht meinen Absichten entsprach.“

Aber Pola verstand nicht. Erst als Elvira rundheraus sagte: „Ich bin Frau Panigl.“

Danach saß sie sprachlos auf ihrem Platz und schaute auf den hell lackierten Parkettboden.

„Ist das so furchtbar? Hätten Sie lieber selbst an Theklas Stelle treten wollen?“

Die Stimme der Apothekerin, so klar und düster zugleich. Dämonisch hätte sie früher dazu gesagt, als das Wort nur Literatur gewesen war. Aber dämonisch waren sie alle, das Spielzeug der Dämonen, die sie gerufen hatten.

„Wir sind uns erst vor kurzem begegnet.“ Sie warf Pola einen forschenden Blick zu. „Sie wissen es wohl nicht mehr?“

Pola spürte einen Schauder. „Wo sollte das gewesen sein?“

Elvira lächelte flüchtig. „Das ist vielleicht nicht genau genug ausgedrückt. Ich habe Sie gesehen, aber Sie nicht mich.“

Das leise ziehende Quietschen in der dunklen Apotheke, eine Lade oder Kastentür? Der Wind, der durch den Paravent fuhr. Polas Lippen begannen zu zittern. Sie wollte sie hinter ihrer Hand verbergen, doch die Apothekerin griff über das Teetablett und hielt sie fest.

„Lassen Sie nur. Ich kann mir vorstellen, wie es Ihnen geht. Sie denken, Sie sitzen Ihrer Widersacherin gegenüber. Aber so einfach ist es nicht, Pola. Ich habe Ihnen nichts zuleide getan. Das haben Sie selbst besorgt …“ Sie unterbrach sich, als ob sie auf einen Einwand wartete, der nicht kam. „Sie waren zu heftig. Unvorsichtig. Es geht um ein großes Werk, das unser aller Anstrengungen bedarf. Sie …“

Pola befreite ihre Hand aus dem Griff, der sie umklammert hielt.

„… wussten nicht, was Sie anrichteten. Das entschuldigt Sie ein wenig.“

„Entschuldigen?“, brach es aus Pola heraus. „Ich habe nur einen Grund, mit Ihnen zu sprechen. Auf welcher Seite stehen Sie? Wo ist der angebliche Bruder Herrn Panigls, der Priester? Wo ist Alexander?“

Die Apothekerin führte ihre Teeschale zum Mund, mit der anderen Hand hielt sie die Untertasse darunter, eine gezierte Geste, die vornehme Erziehung demonstrieren sollte. Warum fiel ihr das jetzt auf? Was hatte Pola, das die Apothekerin nicht besaß, das dieses Gespräch überhaupt möglich machte, die feine Dame, die einer Zuchthäuslerin die Honneurs machte.

„Mein Geschäft ist vom Pöbel geplündert worden." Die Apothekerin stellte ihren Tee ab. „Sie waren dort, Sie haben es gesehen."

Pola zuckte nur die Achseln. „Sie weichen mir aus."

„Nein. Es gibt einen guten Grund für dieses Gespräch, Fräulein Wolf. Sie haben, wie Ihnen ja selbst klar ist, wenig begriffen und fühlen sich als die Gefoppte oder schlimmer noch, Sie bilden sich ein, Sie seien das Opfer."

Diesmal unterbrach Pola nicht. Die Apothekerin hatte recht. Ihre Heftigkeit schadete nur, mehr als alles andere, sie stand ihr im Weg.

„Ich bin Apothekerin aus Passion. Ich habe immer nach Erkenntnis gestrebt. Das gelingt nur durch Selbstüberwindung."

Aufmerksam zuhören musste sie, ihre gezuckerten Lügen aufdecken, den Spalt, in den sie ihre Nägel krallen konnte, um dem Scheusal die Brust aufzureißen. Pola bezähmte ihren Widerwillen.

„Das wäre mein Rat gewesen, damals, aber Sie waren unbelehrbar. Nur hinter diesem Jungen her, der nichts im Sinn hatte als Ihr Verderben. Sie glauben mir nicht? Dabei müssen Sie sich nur ins Gesicht sehen, schauen Sie in den Spiegel der Erkenntnis, Pola Wolf. Sie haben mich eine Giftmischerin genannt. Das Gegenteil davon ist wahr. Ich bin eine Kräuterkundige, eine Eingeweihte."

Pola musste ruhig bleiben, gelassen. Es war alles schon geschehen.

„Die Drogen, die das Bewusstsein erweitern, können es auch verwirren. Es kommt auf den Charakter an. Ich kannte Ihre Verblendung nicht und Ihre Radikalität. Nichts hätte Sie aufgehalten. Sie haben eine mörderische Seite. Ich kann Ihnen nachfühlen, dass Sie das nicht wissen wollen. Aber Sie sind zurecht verurteilt worden für Ihre bösen Taten."

Sie sprach die Wahrheit, die Kräuterkundige, die Hexe. Nur die Erkenntnis fehlte. Die Erleuchtung, wie das abscheuliche Weib sagte.

„Und er? Seine Tat? Wenn Sie so sicher sind, urteilen zu können. Was ist mit ihm geschehen? Habt ihr ihn auch so bestraft wie mich?"

Elvira Hallermanns Augen waren matt, wie vom Star getrübt. Sie sah an Pola vorbei, durch die Wand mit der alten Blumentapete, hinter der die Wanzen scharrten und raschelten.

Alexander konnte im Krieg verletzt worden sein. Gefangen. Gefallen. Vielleicht würde sie niemals erfahren, was an dem Tag geschehen war, als sie ihn zuletzt gesehen hatte, an der Seite des falschen Priesters, seine Dankesworte, wie für eine wohltätige Spende. Zurückgekrochen in den Schoß der Kirche, hatte Panigl gesagt. Ein Klosterbruder. Es konnte die Wahrheit sein oder nicht. Und Alexander mit ihm hinter den Klostermauern verschwunden.

„Sie werden ihn wiedersehen", kam die Antwort der Apothekerin. „Wenn die Zeit gekommen ist."

Erleichterung, als ob sie in warmes Wasser eintauchte. Es stieg ihr in den Hals, in die Wangen, floss ihr aus den Augen. Er lebte. Die Apothekerin holte ihren Blick zurück.

„Sie lieben ihn immer noch."

Aufmerksam musterte sie Pola, ihre aufgelösten, brennenden Wangen, ihre Tränen.

„Ihre Eltern haben Ihnen nicht alles erzählt", begann sie plötzlich in verändertem Ton. „Zum Beispiel, welche Rolle die *Schwarze Hand* in Ihrem Leben spielte."

Pola war mit ihrem Kopf noch bei Alexander, sodass sie eine Weile brauchte, bis sie den Sinn ihrer Rede auffasste.

„Kennen Sie die *Schwarze Hand*? Für die eine Seite ist es eine Mörderbande, für die andere eine kleine, entschlossene Gruppe von Helden, die alles für ihr Vaterland Serbien geben."

Pola wusste so gut wie nichts darüber, Andeutungen ihrer Mutter, dass Milo sich verrannt hatte, dass es ihn den Kopf hätte kosten können, wären sie nicht rechtzeitig fortgegangen.

„Die *Schwarze Hand* hat König Alexander und seine Gemahlin Draga getötet, weil sie dem Land Schaden zugefügt haben durch ihre Leichtfertigkeit und ihre Gier", sagte die Apothekerin. „Die *Schwarze Hand* hat den österreichischen Thronfolger beseitigt, um Serbien zu retten."

„Aber Gavrilo Princip –?", warf Pola ein.

„– war nur ein Werkzeug, ein fanatisches, ausgehungertes Kind, dem man eine Waffe in die Hand drückte."

Welchen Grund hatte die Apothekerin, ihr Geschichtsunterricht zu erteilen? Pola richtete sich gerade auf. Eine Falle, was sonst? Ihre Hände umklammerten die Sessellehnen.

„Draga Obrenović war unfruchtbar. Es gab keine Nachkommen nach König Alexander. Der Thron war frei für die Karadjordjević. Aber das ist Vergangenheit, es gibt keinen serbischen König mehr. Und Serbiens Zukunft bleibt ungewiss."

Bevor Pola das Wort ergreifen konnte, nahm das Gespräch eine Wendung.

„Als einzige Hoffnung blieb das Kind."

„Welches Kind denn?", fragte Pola, und ihr Herz begann laut zu schlagen.

„Du errätst es nicht?" Zum ersten Mal milderte sich die strenge Miene der Älteren. Unwillkürlich war sie zum Du gewechselt. „Alexander."

„Woher wissen Sie das alles?", fragte Pola beklommen. Schon damals, bei ihrem ersten Besuch in der Apotheke war ihr Elvira Hallermann bekannt vorgekommen.

„Im Hotel Moskva in Belgrad war der Treffpunkt für die Mitglieder der *Schwarzen Hand*. Dort habe ich Milo kennengelernt. Ich bekam den Auftrag, Alexander nach Wien zu bringen."

„Sie sprechen von Alexander Panigl?" Polas Ton war ungläubig.

„Dem letzten Obrenović." Die Apothekerin nickte. „Draga war unfruchtbar, der König nicht. Seine Maitresse Alina gebar ihm ein Kind."

Sie fuhr in ihrer Erklärung fort, doch Polas Gedanken schweiften ab. Es konnte wahr sein oder, im Gegenteil, ein Zerrbild der Geschichte. Ob nun die Apothekerin Alexanders Mutter war oder die mysteriöse Alina Blanković und Panigl oder ein anderer sein Vater, was für einen Unterschied machte es? Und dass ihr Vater, der auf der Seite der Verschwörer gegen den Obrenović-König stand, den letzten Sprössling des Hauses rettete, welchen Sinn ergab es? Selbst wenn Pola die Wahrheit herausbekam, wen kümmerte es noch, nachdem das Königreich Serbien nicht mehr existierte?

„Wir waren schon so nahe am Ziel. Dann hat uns die Geschichte wieder eingeholt. Die Lust zu zerstören ist stärker als der Traum unseren neuen Staat zu verwirklichen. – Oh, Serbien! Wenn es kein Brot gibt, hasse das Essen. Wenn kein Wein da ist, hasse das Trinken. Wenn es nur Hass gibt, da bist du sicher."

Pola räusperte sich, um zu Wort zu kommen, aber die Apothekerin war noch nicht fertig:

„Das hat Gabriele d'Annunzio gedichtet, ein Faschist und ein Denker. Hätten wir ihn früher verstanden, wäre unser Utopia heute Wirklichkeit."

„Und ich? Ich verstehe nicht. Was habe ich damit zu tun? Ich habe es nie verstanden!" Pola hatte genug davon. „Ich will nur eines von Ihnen." Pola musste sich räuspern, bevor sie die Worte hervorbrachte: „Wann kann ich Alexander sehen?"

Die Apothekerin erhob sich. „Sie müssen mich nun entschuldigen."

Sie ging zur Kommode und zog eine Lade auf. Der Platz, an dem die russische Puppe gelegen war, die Puppe der Gräfin Blanković. Aber Pola träumte nicht. Es war alles schon geschehen. Die Apothekerin hielt ein grünes Glasfläschchen in der Hand.

„Ihre Gesundheit ist angegriffen. Das ist *Valeriana officinalis*, Baldrian aus meinem eigenen Kräutergarten. Ein natürliches Heilmittel."

Pola schüttelte stumm den Kopf.

„Wie Sie wollen." Die Apothekerin lächelte frostig. „Das ist ein wenig dumm, banal. Hätte ich Sie empfangen und soviel Zeit mit Ihnen verbracht, nur um Sie zu vergiften? Ich sagte doch, ich bin nicht Ihre Feindin. Ich wünsche mir, dass Sie begreifen, dass Sie selbst diese Feindin sind."

Pola zog ihre Schultern hoch. Sie fror unter dem grauen, glanzlosen Blick der anderen. Was hatte die Besitzerin einer Wiener Apotheke mit serbischen Königsmördern zu tun gehabt? Schritt für Schritt zog sich Pola zurück. Erst an der Tür fühlte sie sich sicher.

„Wir erwarten Sie kommenden Samstag zum Fest!", rief Elvira Hallermann ihr nach.

Pola zuckte erschrocken zusammen.

„Es beginnt wie immer: dreiundzwanzig Uhr."

Nadija wollte ihre Vergangenheit abschütteln, aus ganz anderen Gründen als Pola, aber ebenso konsequent. Pola wusste nur wenig über die Geschichte ihrer Eltern, sie hatte andere Sorgen. Ganz gleichgültig kann ihr die Familie aber nicht gewesen sein.

Zwischen den Seiten des Manuskripts steckt ein Notizblatt, darauf hat sie den Stammbaum der Obrenović und Karadjordjević aufgezeichnet, beginnend mit Fürst Karadjordje im Jahr 1817, eine blutige Spur bis zu den ermordeten Habsburgern ein Jahrhundert später. Am Ende steht ein Fragezeichen.

An der Ecke, beim Café Brioni, blieb Pola stehen, weil eine heftige Sturmböe ihr das Tuch vom Kopf riss. In den Monaten im Krankenhaus war das Haar nachgewachsen. Es reichte bis zu ihrem Kinn, eine Frisur, die beinahe modern war. In einer Zeitung hatte Pola ein französisches Mannequin in einem Kostüm der neuen Kollektion von Támas Lorient gesehen. Sie trug die kurzen Locken hinter die Ohren geschoben, und Pola machte es nach. Sie war noch zur Eitelkeit fähig. Dabei ertappte sie sich, wie sie ihr Spiegelbild in den Fenstern des Kaffeehauses betrachtete. Die Scheiben waren immer noch gesprungen.

Besser so, dachte Pola, ihr Spiegelbild erschreckte sie, wenn sie ihm unvermutet begegnete. Plötzlich hielt sie inne, wie eine Feder gespannt von einem Moment zum nächsten. Sie presste den Kopf gegen das Glas. Der Märzwind fuhr durch ihren dünnen Stoffmantel, aber sie fühlte die Kälte nicht.

Drinnen, am Ecktisch, seinem Lieblingsplatz, sah sie Alexander sitzen. Er hatte die Arme auf die Tischplatte gestützt und das Kinn in beide Hände gelegt. Eine Haltung, die fremd wirkte, aber er war es ohne Zweifel. Er musste ihre Nähe gespürt haben, denn gleich darauf drehte er den Kopf zum Fenster und sah sie an. Sie waren nur durch das Glas getrennt. Pola hätte rufen können. Sie blieb stumm. Er war da drinnen allein. Das Kaffeehaus geschlossen. Kein Kellner. Keine Beleuchtung. Die Tür versperrt. Er saß ruhig und blickte hinaus, als gäbe es draußen nichts zu sehen als einen grauen Tag mit spärlichen Schneeflocken, die der Wind vor sich hertrieb.

Pola riss an der Türklinke. Sie erinnerte sich, wie sie gleich nach ihrer Rückkehr hier gewesen war und die Tür zu ihrer Überraschung offen vorgefunden hatte. Sie dachte daran, dass es nicht schwierig sein konnte, die gesprungene Scheibe einzudrücken. Doch wenn sie jemand beobachtete und die Polizei holte? Beinahe an derselben Stelle, wo sie 1938 verhaftet worden war. Zu Kriegsende hatte eine Bombe das Justizministerium getroffen. Wie viel von den Akten war gerettet worden? Vielleicht gab es ihre Prozessunterlagen gar nicht mehr.

Wenige Sekunden nur hatte sie Alexander aus den Augen gelassen, nun war der Tisch leer. Er konnte nicht herausgekommen sein. Doch auch drinnen im Kaffeehaus sah sie niemand mehr.

Wenn die Zeit gekommen war, würde sie ihn wiedersehen, hatte die Apothekerin gesagt. Gaukelten ihr die Sinne Alexanders Bild vor, weil sie sich nach ihm sehnte? Das Geräusch, das jetzt aus dem Café drang, kannte sie, die Tür, die ins Schloss fiel. Sie erinnerte sich, wie Panigl um die Ecke gebogen und plötzlich, als sie ihm folgen wollte, wie vom Erdboden verschluckt gewesen war. Jetzt verstand sie: Zwischen dem Kaffeehaus und dem Nebenhaus, wo Panigl wohnte, gab es eine Verbindungstür. Sie träumte nicht, sie hatte auch keinen Wahn. Alexander lebte. Er war hier.

„Wo wirst du jetzt wohnen?“, fragte Luise, als sie Pola bei der Entlassung vom Spital abholte.

Pola hatte beschlossen, nicht mehr ins Schloss Wilhelminenberg zurückzukehren. Eine Volksschule in der Augartenstraße war als Anlaufstelle für Heimkehrer umfunktioniert worden. Dort würde sie es versuchen.

„Warum lässt du mich nicht in Frieden ziehen?“

Sie wollte Luise den Karton mit ihren Sachen wegnehmen. Luise ließ nicht los.

„Du musst endlich dein Leben in Ordnung bringen", sagte sie ernst. „Hör auf, wegzulaufen, Pola!"

An der Litfaßsäule hing ein neues Plakat mit verloren gegangenen Kindern. „Die Stadt Wien grüßt ihre lang erwarteten Kinder", stand unter dem Foto eines kleinen Buben, der seine Beine von der offenen Ladefläche eines Lastwagens schlenkern ließ.

„Hörst du mir überhaupt zu?", fragte Luise neben ihr.

Pola fühlte, dass Luise ihrem Blick folgte und wandte sich von dem Plakat ab. „Das, was du mir anzubieten hast, will ich nicht", sagte sie.

Der Turnsaal der Volksschule war mit Feldbetten als Herberge für Heimkehrer umfunktioniert worden. Zwischen den Bettenreihen hatten die Bewohner Wäscheleinen gespannt und hingen ihre Kleider daran auf. Pola hatte Glück, sie bekam sofort einen Ersatzschlafplatz, sogar ein Bett beim Fenster.

Am selben Tag war die Schweizer Spende in Wien eingetroffen. An verschiedenen Abgabestellen wurden Lebensmittel, Kleider und Decken an die Bevölkerung verteilt. Pola ergatterte eine Garnitur Wollunterwäsche, ein schwarzes Sommerkleid mit weißen Punkten, für das es noch zu kalt war, und eine Decke. Kaum hatte sie ihren Schlafplatz bezogen und ihre neuen Sachen über die Leine gehängt, erschien schon Luise. Sie brachte eine Flasche Milch und einen Kuchen, der nach Kalk schmeckte, ein Geschenk von David, Luises amerikanischem Verehrer. Seine Mama in Kansas hatte ihn gebacken.

„Dort gibt es alles im Überfluss und trotzdem backen sie diesen Fensterkitt. Verstehst du das, Darling?“

Pola aß den Kuchen und schwieg.

„Bin ich dir lästig? Warum antwortest du nicht? Es ist ungerecht von dir.“

„Ich würde gern spazierengehen“, sagte Pola unvermittelt. „Das Wetter ist so schön.“

Sie gingen am Donaukanal entlang. Die Zweige der Trauerweiden schaukelten mit den Wellen. Luise griff nach Polas Hand und hielt sie fest.

„Pola, bitte.“

„Nein.“

Statt sich zu ärgern, fing Luise zu lachen an. „Du bist so eigensinnig. Ich weiß gar nicht, warum ich mich so abplage mit dir.“

„Weil du auch eigensinnig bist“, antwortete Pola.

Sie lächelten einander an.

„Willst du gar nicht wissen, worum ich dich bitten will?“

„Nein.“

„Warum eigentlich nicht?“

Sie kamen bei der Fährstation vorbei. Nach dem Krieg war die Fähre die einzige Verbindung auf die andere Uferseite gewesen. Inzwischen konnte man wieder über die Brücken gehen. Der Fährmann saß untätig auf seinem Kahn und sah ins Wasser.

„Weil ich es eh weiß: Du wünscht dir, dass ich dir wieder vertrauen soll.“

Luise ließ Polas Hand wieder los. „Du hast mir doch nie vertraut, Pola.“

Pola dachte darüber nach. „Stimmt“, antwortete sie nach einer Weile. „Ich danke dir, Luise. Du hast mir geholfen. Du meinst es sicher gut. Aber ich kann nichts daran ändern.“

Luise nickte schnell. Ihre Augen schwammen, und sie blinzelte die Tränen weg.

„Nicht so leicht jedenfalls“, fügte Pola hinzu, um Luise ein wenig zu trösten.

„Lass diesen mitleidigen Ton“, fuhr Luise sie plötzlich an. „Ich habe es nämlich satt, weißt du! Ich will …“ Sie räusperte sich, um ihre Fassung wiederzugewinnen, aber vergeblich.

„Ich will dir nicht helfen, weil ich so gut bin, ich bin nämlich kein Engel. Ich habe auch Wünsche, ich hab’ auch Gefühle, verflucht, und du merkst nichts davon. Du bist immer nur tragisch und ablehnend, und ich renne hinter dir her wie ein kleiner Hund, der auf den nächsten Tritt wartet!“

Wortlos gingen sie weiter, bis die Promenade von einer Baustelle unterbrochen wurde. Auf der Uferböschung standen zwei Fischer, die sich unwillig umsahen, als die Frauen näherkamen. Fischen im Donaukanal war strengstens verboten. Es stand nicht nur auf den Schildern entlang der Promenade, sondern wurde auch regelmäßig im Radio und in den Zeitungen angeprangert.

„Ich habe eine Wohnung gefunden“, sagte Luise, nachdem sie umgekehrt waren, ruhig, als hätte es den Ausbruch davor nicht gegeben. „Sie ist in der Plankengasse.“ Sie warf Pola einen Seitenblick zu. „Im ersten Stock über dem Verlag.“

Pola schwieg noch immer.

„Der Moritz ist weg, Dino hat ihn gekündigt. Du könntest jederzeit wieder einsteigen." Sie blieb stehen. „Pola! Pola, aber warum denn nicht?"

Pola wandte sich nach ihr um. Sie schüttelte den Kopf, in hilfloser Verwunderung. „Was hast du, Luise, was ist los mit dir? Warum wünscht du dir das unbedingt?"

Luise schluckte. Sie kramte in ihrem Täschchen, bis sie ein Taschentuch fand. Es war bestickt, wie das andere, das sie einmal Pola geschenkt hatte.

„Ist mein Makeup verwischt?", fragte sie.

Pola zuckte die Achseln. Luise fand ihren Taschenspiegel. Sie sah hinein, schniefte und steckte ihn wieder ein.

„Wenn du magst, kannst du bei mir wohnen, bis du was Besseres gefunden hast." Sie sprach in einem schnippischen Ton, als hätte Pola sie beleidigt. „Und wenn du nicht magst, dann hol dich eben der Teufel."

„Ich verstehe kein Wort", sagte Pola.

„Eben", antwortete Luise.

Bei der Friedensbrücke ließ sie Pola stehen und ging ohne Abschied davon.

Hinter der vollgehängten Wäscheleine probierte Pola das getupfte Kleid aus der Schweiz an und versuchte, in der Fensterscheibe ihr Spiegelbild zu erkennen. Konnte sie sich so sehen lassen? Zweifelnd betrachtete sie das tiefe Dekolleté, das ihr Busen kaum ausfüllte. Nein. Sie zog das Kleid wieder aus. Ihr Glencheck-Kostüm musste genügen. Sie dachte an Alexander, und ihr Herz sank. Sein Blick, der durch sie hindurchging, gleichgültig, wie man Unbekannte ansah, die auf der Straße vorübergingen. Er hatte sie nicht erkannt. Oder doch.

Es war Donnerstag. Zwei Tage noch.

26. Kapitel

Ein fremdes Mädchen öffnete Pola die Wohnungstür. Im Vorzimmer brannten die alten Messingkandelaber. Sie beleuchteten das Bild an der Wand, Luzifer mit den Zügen des abtrünnigen Priesters. Oder sollte es Panigl selbst darstellen?

Er kam ihr entgegen, ganz in Weiß gekleidet, seine Arme zu einem Willkommensgruß ausgebreitet.

„Seien Sie mir gegrüßt, Fräulein Wolf!"

Sein Ton war freundlich, als hätte der Wortwechsel in seinem Büro niemals stattgefunden. Er nahm ihre Rechte in seine beiden Hände. Sie waren kalt wie Eis. Er ließ sie nicht mehr los. Seine Lippen lächelten leer, und so war auch sein Blick, fern, nicht zu deuten, wie der Elvira Hallermanns. Auch sie war da, festlich gewandet in Theklas grünem Samt. Panigl schien sich nicht daran zu stören. Vielleicht wünschte er, dass sie der früheren Gemahlin gleichen sollte. Oder er erinnerte sich nicht an ihr Kleid.

„Ich sehe Ihnen an, was Sie denken. Heute werden Sie nicht enttäuscht werden. Das ist ein Versprechen. Sie sollen alles erfahren. Am Ende werden Sie wissen und begreifen."

Panigl zeigte ihr die Augenbinde, wollte sie ihr umlegen und trat hinter sie. Aber Pola ließ es nicht zu.

„Ich war lange genug verblendet."

Panigl klatschte Beifall. „Eine gute Entscheidung", erwiderte er. „*Clairvoyante.* Klarheit für die Hellsichtige. Die Klarheit des Sehens, Hörens, Fühlens."

Er ging Pola voran durch das Vorzimmer zu dem Luzifer-Bild. Sie drehte den Kopf nach links, wo Alexanders Zimmer lag. Alle Türen im Vorzimmer waren geschlossen. Auch seine. Panigl drückte den Mechanismus. Die Wand schwang zur Seite. Musik erklang. Und wieder, wie in ihrem wiederkehrenden Traum, Mahler, dieses Lied! Das Rückert-Gedicht. Es war also für sie persönlich inszeniert. Woher wussten sie? Nur sie und Alexander teilten diese Erinnerung.

Sie sah sich um, aber da waren keine Musiker, nur ein Klavier, auf dem niemand spielte. Pola hatte keine Erinnerung an das Instrument, aber der hohe Saal war derselbe, der geheime Salon der Panigls, Wand an Wand mit ihrer Wohnung.

Panigl klatschte in die Hände. Die Gäste, die Masken und skurril anmutende Kleidung trugen, wandten sich um. Da waren Männer in Knickerbocker, andere in Wämsen mit Plisseekrägen und Samtbaretten, die Frauen in eng geschnürten Miedern oder tief ausgeschnittenen Empire-Kleidern. Am prunkvollsten sahen die Gastgeber selbst aus, die Apothekerin in der grünen Robe und Panigl mit seinem weißen Seidendomino. Als letztes trat ein Mann mit brillantineglänzendem, schwarzem Haar zu ihnen. Durch die schmalen Sehschlitze seiner goldenen Augenlarve sah Pola das Funkeln seines Blickes.

„Ich habe ihr verziehen", erklärte Panigl der versammelten Runde. „Ich habe Ihnen verziehen, Fräulein Wolf", wiederholte er, an Pola gewandt. „Wissen Sie, aus welchem Grund?"

Pola suchte hinter den Masken nach einem bekannten Gesicht. Sie war sicher, dass sie Alexander auch in dieser

Verkleidung erkennen würde. Aber warum sollte er sich für dieses abgeschmackte Spektakel hergeben?

„Obwohl Sie mich belogen und betrogen und zutiefst enttäuscht haben! Das kosmische Jahr, welches fünfundzwanzigtausend Jahre währen wird, ist angebrochen, der Anfang des Wassermannzeitalters.

Diese Zeit haben die ‚Herren vom Schwarzen Stein' der alten Templergemeinschaft schon vor siebenhundert Jahren errechnet. Am zehnten Julmond 1914 ist die Gräfin verstorben. Ihr verdanken wir unser Wissen um die Wiedergeburt. Sie hat unsere Geheimlehre aufgeschrieben. Im Augenblick des Todes, wenn die Seele den Körper verlässt, wird sie von neu gezeugtem Leben angezogen. Nur in einem Körper, in dem sie ihr Ebenbild erkennt, kann sie als die, die sie war, wiedergeboren werden."

Mit einem Mal brach die Musik ab. Panigl trat zum Tisch vor dem verhängten Spiegel. Der Januskopf aus rotem und schwarzem Stein lag da, mit dem Totenkopf auf der schwarzen, dem lächelnden Gesicht auf der roten Seite. Daneben ein Buch mit aufgeschlagenem Titelblatt: *Die Geheimlehre der Gräfin Alina von Blanković*. In einem Kreis langstieliger Gläser stand eine Karaffe mit durchsichtiger Flüssigkeit. An einer langen goldenen Kette hing ein Pendel, die Weltkugel. Panigl hob den Januskopf in die Höhe. Ein Bild war darunter verborgen, die Sepia-Fotografie einer Frau mit schwarzen Augen und reichgelocktem dunklen Haar. Sie sah aus wie Pola. Sie war Pola. Eine Pola aus dem neunzehnten Jahrhundert, mit Cul de Sac, Pompadour und großem Federhut.

„Sehen Sie? Sehen Sie sie an. Es gibt keinen Zweifel. Und wer es noch schriftlich haben will, kann sich den Pass von

Frau Wolf ansehen. Nicht nur das Geburtsdatum stimmt überein. Ich hatte selbst die Gelegenheit, ihren Vater Milo zu befragen. Das Wolfskind wurde in der Todesstunde der Gräfin geboren, um eine Minute nach Mitternacht."

Die Gäste schauten das Bild an und Pola. Keiner außer Panigl sprach ein Wort.

„Davor verblassen die Querelen der Vergangenheit. Ich reiche Ihnen die Hand zur Versöhnung."

Er streckte ihr die Hand hin. Pola nahm sie. Sie sah ihn nicht an dabei. Es bedeutete nichts. Panigl ließ die Botschaft wirken.

„Bevor wir nun beginnen", setzte er fort. „Wir treffen heute nach einer langen Periode zum ersten Mal wieder zu einem magischen Philosophikum zusammen. Erlauben Sie mir eine Erklärung historischer Natur, nämlich: Was es mit dem Begriff SS auf sich hat."

Er machte eine Pause, weil unter den Gästen kurze Unruhe entstand und wartete, bis alle wieder aufmerksam zuhörten.

„Durch die verheerende Entwicklung in diesem Krieg ist er in Misskredit gekommen. Zu Unrecht."

Er blätterte die Seite des Buches um. Die Geheimlehre begann mit der Abbildung eines dunklen Symbols.

„Wir schauen auf den Grund der Dinge. Die Mimikry der Politik täuscht uns nicht. – SS, das ist die Schwarze Sonne."

Es war nichts Neues für sie, die Zeichen und der Traum von einem Menschen, der erst geschaffen werden musste, weil er in den Niederungen verkommener Rassen verschwunden war. Aber nach allem, was in den Jahren dazwischen geschehen war, konnte sie es nicht mehr als lächerlich abtun.

„Sie haben unser Volk in die Irre geführt, der sogenannte Führer, ein zu keiner edlen Regung fähiger Bauerntölpel, und seine Spießgesellen. Die Gräfin hat es vorausgesehen. Hier sind ihre Schriften. Wir werden gemeinsam ihre Prophezeiung lesen. Er hat uns die Schwarze Sonne gestohlen und unsere Symbole mit seiner Rohheit, mit seiner proletarischen Gewalttätigkeit besudelt."

Durch die Menge lief eine Bewegung, wie ein kollektives Erschaudern. Pola fühlte einen üblen Geschmack im Mund, Magensäure, die ihr bis in die Kehle stieg. Aber sie durfte nicht unterbrechen, sie musste ihn bis zu Ende anhören.

„Wir haben gewarnt. Manche werden sich erinnern, die höchsten Männer des Reiches kamen in diese Runde. Sie waren neugierig und furchtsam. Sie haben Aberglauben mit dem Streben nach der uralten Hochreligion verwechselt. Allesamt Knechte, Sklavennaturen, wie ihr Führer."

Er nannte Namen, die Jahre und Jahre die Geschicke des Landes bestimmt hatten und nun tot oder auf der Flucht vor dem neuen Gesetz waren.

„Aber wir werden darum nicht aufgeben", sagte Panigl. „Unser großes ariosophisches Ideal bleibt uns erhalten. Wir haben ein Ziel. Semper paratus!"

Er schenkte aus der Karaffe in die Gläser ein und reichte sie reihum seinen Gästen. Das letzte Glas nahm Pola entgegen.

„Wenn die Zeit der Schwarzen Sonne gekommen ist, erscheint das Zeichen für eine höhere Zeit. Ein neues Reich."

Welches Zeichen, wollte Pola fragen, da sprach er schon weiter:

„Das Zeichen ist sie!" Er streckte beide Hände nach Pola aus. „Vor Ihnen steht die wiedergeborene Alina Blanković."

Sie hatte ihn angehört. Nun musste er ihr zuhören: „Lösen Sie Ihr Versprechen ein! Beantworten Sie meine Fragen."

Doch er sprach weiter, als hätte sie nichts gesagt.

„Sie ist es und ist es nicht. Leidenschaft täuscht die Sinne. Nur das sexualmagische Ritual unterwirft den Körper und dient der Erleuchtung, die Brunft zerstört unsere geistigen Kräfte. Auch das wissen wir seit Jahrtausenden. Das Medium Wolf kennt heute die Ursache ihres Versagens. Jedoch hat sie gelernt, sich zu überwinden. Sie hat die Prüfung bestanden, die ihr zur Läuterung auferlegt wurde. Sie ist am Leben."

Pola konnte nicht mehr zurück. Um jeden Preis, dachte sie, und unterbrach ihn.

„Versagt, worin? Was haben Sie eigentlich von mir erwartet? Die Schwarze Sonne kam schon bei Homer vor, die Hochwandelnde, eine zweite Sonne, die mittags am Himmel zu sehen war."

Panigl war ein gebildeter Mann. Er hatte Generationen von Schulkindern belehrt und erzogen. Mit einem Satz wischte er ihre Frage beiseite. Die Unterscheidung existierte nicht für ihn.

„Physikalische Phänomene berühren nur die Oberfläche, nicht den Grund des Seins", sagte er. „Die Schwarze Sonne ist in uns."

Das Symbol für die innere, höhere Zeugung des Menschen, das Licht am Horizont, die Weltseele. Das Zeichen der neuen Zeit. Und sie, die Wölfin, die Wiedergeborene war als Gefäß für diesen neuen Menschen auserwählt worden. Das ariosophische Ideal, die arische Rasse der Gottmenschen.

Sie wollte lachen, als er sie aufforderte, sich zu entkleiden. Sie hatte gesühnt. Sie durfte teilhaben am Ritual. Aber sie lachte nicht. Sie konnte auch nicht weggehen. Nicht bevor sie die Wahrheit wusste.

„Ihr Versprechen, Herr Panigl. Was haben Sie mit mir gemacht? In meiner Schulklasse. Und als wir nach Heiligenkreuz fuhren, im Wald der Zisterzienser. Bei der Séance hier in diesem Zimmer."

Acht Jahre lang hatte sie die Lösung des Rätsels gesucht. So lange sie keine Erklärung bekam, würde sie nicht verstehen können, was ihr passiert war und was sie angerichtet hatte. Während sie redete, kam eine Katze hinter dem mit schwarzem Tuch verhängten Spiegel hervorspaziert. Sie sah aus wie Alexanders Perserkatze, der Kopf schwarz und weiß, als ob sie eine Maske trüge wie die anderen Gäste. Die Katze sprang auf den Tisch. Sie strich an der Kristallkaraffe vorbei, an dem Totenkopf und dem Pendel, stellte die Vorderfüße auf das Buch, mitten auf das zwölfspeichige Sonnenrad, das Symbol der Schwarzen Sonne. Vor Polas Augen verwandelte sich das Tier. Mit einem Mal trug es die Züge Thekla Panigls.

Entsetzt prallte Pola zurück, doch sie konnte sich nicht von der Stelle bewegen. Eingezwängt zwischen Panigls mächtigen Oberschenkeln musste sie stillhalten. Seine wasserhellen Augen starrten sie durchdringend an. Ein Strahl blitzte aus ihnen hervor und traf sie, so qualvoll grell, als würde sie ins

Sonnenlicht schauen. Sie riss ihre Hände in die Höhe und streckte sie ihm entgegen, presste ihm die Augen zu.

„Hypnose. Suggestion."

Panigls Worte kamen aus der Ferne, näherten sich schnell.

„Haben Sie das nicht gewusst? Sie hätten es leicht selbst erraten können. Aber niemand ist gegen seinen Willen hypnotisierbar. Die Vorstellungen entstehen nur in der eigenen Seele. Dafür sind Sie verantwortlich, sonst niemand. Ich hätte Ihnen nichts tun können, wonach Sie nicht selbst verlangten."

Er gab sie frei. Sie wankte und hielt sich an dem weißgedeckten Tisch fest. Schweigend standen die Anhänger des Tempels um sie herum.

„Etwas sollen Sie noch erfahren", meldete sich nun am Ende die Apothekerin zu Wort. Sie warf Panigl einen Blick zu. Er antwortete mit einer resignierenden, abschließenden Geste.

„Mag sein, dass sie die wiedergeborene Alina ist, die Maitresse des ermordeten Alexander Obrenović und spätere Gründerin der Geheimlehre. Aber lassen Sie uns nicht vergessen, dass auch Alina Blanković eine Verräterin war. Sie hat den König der *Schwarzen Hand* ausgeliefert und ihr Kind verlassen. Sie war niemandem treu, auch ihren Idealen nicht."

Pola spürte die Unruhe im Raum, wie einen Wind, der sich plötzlich erhob und kalt und feindselig um ihren Kopf strich. Keine Stimme des Widerspruchs wurde laut. Die Anhänger des Tempels warteten gespannt, was der Meister entgegnen würde.

„Der Nationalsozialismus war eine Enttäuschung für uns“, sagte Elvira Hallermann ruhig und bestimmt. „Ein gewendeter Sozialismus mit der Zuckerglasur einer gewissen Erhöhung des kleinen Mannes.“

Panigl starrte sie wie vom Donner gerührt an, stumm wie die anderen.

„Es wird Zeit, die alten Irrtümer aufzugeben, um Platz für die Wahrheit zu machen.“

Sie wandte sich an Pola. „Sprechen Sie für sich selbst, Pola. Habe ich recht mit meinem Urteil über Sie?“

Die Erkenntnis. Die Aufklärung. Hinter dem schwarz verhängten Spiegel gab es keine Wand. Er stand frei im Raum. Polas Erinnerung, dass Panigl sie durch den Spiegel in den Raum nebenan gestoßen hatte, war falsch. Selbsttäuschung, Illusion, sexuelle Phantasien eines jungfräulichen Mädchens. Begehren, das er ausgelöst hatte, der erste Mann, der sie berührt und angerührt hatte. Das war er, Leopold Panigl. Ihr Selbstbetrug.

„Gehen Sie!“, befahl hinter ihr die Apothekerin.

Pola stand vor Alexanders Tür. Sie konnte kaum Luft holen, so wild schlug ihr Herz. Die Musik klang leise herüber. Das Mahler-Lied. Wie es begonnen hatte.

Langsam öffnete sich die Tür. Vor ihr erschien der Mann mit dem brillantineglänzenden Haar. Er bedeutete ihr, ihm zu folgen.

Der Boden des Vorzimmers war mit einem dicken Teppich ausgelegt. Das Muster zeigte Tiere, die nach Osten liefen. Pola ging hinter dem Mann her in die Küche, zur Tür der Speisekammer, an die sie sich nur zu gut erinnerte.

Er öffnete ein zweites Türchen, das sie für einen in die Wand eingelassenen Putzschrank gehalten hatte. Dahinter verbarg sich ein schmaler Durchgang zur Treppe, der frühere Dienstboteneingang. Sie stiegen hinab ins Erdgeschoß. Wie Pola vermutet hatte, führte vom Hausflur ein Zugang ins Café Brioni. Sie betraten das Kaffeehaus durch einen Seitengang. Er war abgeschlossen, aber der Mann besaß einen Schlüssel.

Drinnen hob er seine Hände zu der goldenen Augenlarve. Sie sah ihn gespannt an.

Bis jetzt war kein Wort gefallen. Plötzlich erkannte sie, dass er eine Perücke trug. Er zog sie vom Kopf. Sein eigenes Haar darunter war blond.

„Alexander?"

Er nahm die Maske ab. „Ich habe nicht gedacht, dass ich dich noch einmal sehen werde."

So oft hatte sie sich ihr Wiedersehen ausgemalt, wie sie ihn in die Arme nehmen würde. Lachen oder weinen. Seinen Atem spüren und seine Haut. Seinen Körper. Ihn umarmen. Endlich fragen, was ihn damals abgehalten hatte. Warum er nicht mehr gekommen war. Nicht geschrieben hatte. Sie wusste, es gab einen Grund.

Er setzte sich an den Kaffeehaustisch, seinen alten Lieblingsplatz. „Wie schade", sagte er. „Es hätte anders kommen können."

Das elterliche Verbot. Seine Angst. Seine Feigheit. Er war so jung. Nie hätte sie seine Forderung ernst nehmen dürfen. Verblendung. Die Worte der Apothekerin. Er stützte die Arme auf die Tischplatte und legte seine Stirn in die Hände.

Pola setzte sich ihm gegenüber. „Ich bin froh, dass du am Leben bist."

Wie schön er war. Ein Mann, kein Jüngling mehr. Noch einmal sprach sie seinen Namen aus. Der ihr ein und alles gewesen war. Ihr einziger Trost in diesen Jahren, sein Klang, die Sehnsucht, die sie mit ihm verband.

„Du bist schuld!", stieß er plötzlich hervor. „Ich habe dir vertraut, aber du hast mich verraten."

Sie sandte ihm nur einen fragenden, ungläubigen Blick.

„Du bist selbst schuld!", wiederholte er heftig. „Nein, es tut mir nicht leid! Genau wie der Meister sagt, alle Menschen tragen die Verantwortung für sich. Du hast deine Strafe verdient."

„Und du?", fragte Pola. „Was ist mit dir geschehen, Alexander?"

Er hob den Kopf. Zum ersten Mal, seit er seine Maske abgenommen hatte, trafen sich ihre Blicke. Seiner war vorwurfsvoll, wütend. Und sie ratlos darüber.

Gehörte er denn zu ihnen, er, der schon mit siebzehn Jahren durchschaut hatte, wohin die Pläne des *Ordo Novi* führten? Jetzt, nachdem ihre abstruse Theorie unglaubliche, grauenhafte Wirklichkeit geworden war?

„Willst du das wirklich wissen?"

Er sank wieder in die Haltung, die ihr so fremd an ihm vorgekommen war, der gebeugte Nacken, der den Kopf nicht tragen wollte, die Stütze der Hände brauchte.

„Ich bin zu den Helevitern gegangen, um Buße zu tun. Da sind wir uns begegnet. Ich habe nur eine blasse Erinnerung daran. Ich bekam ein Elexier aus den Blättern des Paradiesbaumes zu trinken. Es hat mir geholfen, meine Irrtümer zu erkennen. Meine Berufung ist eine andere."

„Aber warum dann das alles?“

Dieses Warum hatte sie gemartert. Doch nun befiel sie auf einmal die Angst vor der Antwort. Die Warnung der Apothekerin. Die Zeit war gekommen. Nach dieser letzten Begegnung bei den Helevitern hatte sie ihm das verhängnisvolle Päckchen ins Haus geschickt. Und dann? Voller Scham dachte sie an das vertrauensvolle Kind, Lieschen mit dem Blumenstrauß und dem zweiten, tödlichen Geschenk. Die Opiumtinktur, die ihm die Freiheit von seiner verhassten Familie schenken sollte.

„Ich habe die Flasche mit dem Gift meinen Eltern gegeben, ich habe ihnen alles gestanden.“

Er rieb sich die Schläfen. Seine Finger waren fein geschnitten, lang, die Nägel wohlgeformt, rosig, sauber. Hände, die niemals zupackten. War das nun seine Wahrheit? Dass Pola die Schuld an allem trug?

Plötzlich erkannte sie, was sie die ganze Zeit, seit sie ihm hier gegenübersaß, durcheinanderbrachte. Es war vorbei. Seine Schönheit und seine Klugheit hatten sie verführt, aber er war nicht der, den sie in ihm gesehen hatte. Sie liebte ihn nicht mehr.

„Weißt du, dass wir ein Kind hatten?“, fragte sie, doch er sprach weiter, als hätte sie nichts gesagt.

„Ich hätte die Flasche ausschütten können. Niemand hat sie gesehen außer mir, niemand schöpfte Verdacht.“

Pola hörte hinter sich die Tür aufgehen. Sie wandte sich nicht um.

„Ich hätte dich retten können, Pola.“

Zum ersten Mal nahm er ihren Namen in den Mund. Er stand auf und sah mit undeutbarer Miene auf sie herunter.

„Doch du erinnerst dich: Die Lieb ist Liebe nicht, die schwankt, schwankt unter ihr der Grund. Als ich dich brauchte, warst du nicht da."

Sie widersprach nicht. Später würde sie vielleicht bereuen, dass sie so vieles nicht gefragt hatte, aber jetzt spielte es keine Rolle. Sie fühlte sich erleichtert, von einer Last befreit. Sie sah, wie die Apothekerin an seine Seite trat, ihn maß mit ihrem schauerlichen toten Blick. Sie verständigten sich ohne Worte.

„Leb wohl." Sie wollte ihm die Hand reichen, da ging er schon, ohne sie noch einmal anzusehen.

Elvira Hallermann stand vor ihr. „Der Mensch kann des Grabes Rand und die Stunde der Geburt nicht sehen. Sie haben Aufklärung verlangt. Sie haben sie bekommen. Was Sie noch nicht wissen, wird die Geschichte Sie lehren." Pola sah in ihre schiefergrauen, getrübten Augen.

„Ich weiß genug."

„Sie sind nicht die Wiedergeborene, die Herr von Panigl sich herbeiwünschte", sagte Elvira leise und böse. „*Clairvoyante*. Ein Irrtum der Natur. Was nützt Hellsichtigkeit einer, die nicht sehen will?"

An der Tür wartete die Katze, die Thekla Panigls Gesicht trug.

„Wäre es nach meiner Vorstellung gegangen, hättest du eine härtere Strafe bekommen", bemerkte sie, mit ganz derselben Stimme, die Thekla gehabt hatte und die Pola deutlich im Ohr klang. „Aber unser Meister hat anders entschieden."

Die Katze machte einen Buckel. Ihre Krallen kratzten wütend an den steinernen Bodenfliesen des Hausflurs. Mit einem Satz war sie auf und davon.

Draußen war das Wetter umgeschlagen. Kein Schnee mehr. Nicht einmal eine Wolke war zu sehen. Der Himmel hatte ein sanftes Ultramarinblau, darauf standen die Sterne groß und funkelnd.

„Der Tag ist schön auf jenen Höh'n", flüsterte es hinter Pola.

Sie schlug diese Tür hinter sich zu, für immer. Die Aufklärung, die sie verlangt hatte, war mehr, als sie verkraften konnte. Es sind mehr Ding' im Himmel und auf Erden, als unsere Schulweisheit sich träumen lässt. Wer glaubt das nicht? Aber es ist eine Sache, im Burgtheater den Geist von Hamlets Vater zu sehen oder selbst eine Erscheinung zu haben – was immer das bedeutet.

Wer spielte das Kindertotenlied, das Pola nicht nur an jenem Abend, auch andere Male hörte? War die Stimme nur in ihrem Kopf?

Pola hat nie ein Wort darüber verloren, wie über alles andere, was ihr durch die Familie Panigl widerfuhr.

27. Kapitel

Was, wenn sie eine neue Identität annähme? In Polas Tasche steckte noch immer Gretls Ausweis. Sie betrachtete das bräunliche Foto. Einmal musste Gretl so ausgesehen haben. Wangengrübchen und braune Zöpfe, Haselnussaugen, so munteren Sinns. Die Frau, die Pola gekannt hatte, war eine andere. Das Foto schaute Pola auch nicht weniger ähnlich als ihre eigenen Bilder vor dem Krieg. Noch immer besaß sie keinen eigenen Ausweis. Um ihre Identität zu beweisen, brauchte sie jemand, der Zeugenschaft für sie ablegte.

Luise stand in der Küche ihrer neuen Wohnung und schnitt Zwiebel für ein Gulasch.

„Aus welchem Fleisch?“, fragte Pola ungläubig.

„Aus gar keinem natürlich.“

Fleisch bekam man nur zu unerschwinglichen Schwarzmarktpreisen. Luise machte Erdäpfelgulasch. Mit einem Stück Debreziner-Wurst, das war der äußerste Luxus.

„Hast du einen neuen Verehrer?“

Luise nieste von dem scharfen Zwiebelgeruch.

„Nein.“

Pola fragte nicht weiter. Sie verließ die Küche und ging über die Pawlatschen, den hölzernen Anbau, der zum Hof führte. Dort stand Frau Berenyi und klopfte ihren Teppich aus. Sie unterbrach ihre Arbeit und sah neugierig herüber.

„Ja, da schau her, sind Sie wieder da? Jetzt, wo der Herr Matejka den ungewaschenen Kerl endlich rausgeworfen hat. Das ist aber eine Neuigkeit!“

In Frau Berenyis Augen stand die Sensationslust. Ob Moritz ihr etwas über den Prozess verraten hatte? Mit einem kurzen Gruß zog sich Pola vom Fenster zurück.

Sie schaute sich die Wohnung an. Unentschlossen ging sie zwischen den zwei Zimmern hin und her. Luise hatte ihr freigestellt, welches von beiden sie aussuchen wollte, und Pola wusste nicht, ob sie das Angebot annehmen sollte. Gegen den Turnsaal im zwanzigsten Bezirk war es ein Palast. Dennoch zögerte sie die Antwort hinaus.

„Morgen fang' ich ein neues Leben an." Diesen Satz hatte die Hebamme Anita in Polas Untersuchungshaft wieder und wieder vor sich hingesagt, während sie das letzte Mal den Zellenboden rieb. Jetzt erging es Pola wie ihr. Aber wenn sie nichts mehr hier hielt, warum war sie zu Luise zurückgekommen, warum besichtigte sie die Wohnung und dachte darüber nach, wie so ein Zusammenleben wohl wäre?

Möbel wie in der Wohnung des flüchtigen Ariseurs hatte sie noch überhaupt nie gesehen. Schutzhütten in alpiner Lage mochten so ähnlich eingerichtet sein. Sessel aus derbem, hellem Holz mit großen braunen Astlöchern rund um einen gewaltigen Esstisch dominierten den ersten Raum. An der Wand hing ein Ölschinken mit einem röhrenden Hirsch im Vordergrund, am Waldesrand legte der Jäger gerade die Flinte an. Luise hatte ihr Unterkleid über dem Rahmen drapiert. Auch die Sessel waren mit diversen Teilen ihrer Garderobe besetzt, denn, so erklärte Luise die Unordnung: „Es gibt in der ganzen Wohnung nicht einen Kleiderschrank. Übrigens auch kein Bett."

Im zweiten Zimmer herrschte der rustikale Stil ebenfalls vor.

„Das nennt sich bayerischer Barock."

Was so viel bedeutete wie Butzenscheiben am Buffet, geschnitzte Bacchanten und Weinheber mit grünen Reben auf dem Glas. Einzig das Sofa stammte aus einer anderen Wohnära. Es war mit braunem Samt bespannt und aus den Seitenlehnen ragten eiserne Löwenköpfe heraus. Das Sofa gab den Ausschlag. Pola entschied sich für das zweite Zimmer.

„Wie findest du diese Möbel?", fragte sie Luise in der Küche.

„Ich stehe vor dem Hirschen und muss nur an die Warteschlange vor Herrn Karners Badezimmer denken, dann bin ich gleich wieder zufrieden. – Und du?"

„An Heizmaterial wird es uns jedenfalls nicht mangeln", meinte Pola trocken. „Ob das wohl ein Naturgesetz ist, dass schlechte Menschen einen schlechten Geschmack haben?"

„Ein Witz!", rief Luise begeistert aus. Sie kostete das Gulasch. „Gott sei Dank! Dafür schlafe ich gern unter dem Esstisch!"

Zum Essen öffneten sie eine Flasche Wein. Er hieß *Liebfrauenmilch* und stammte noch aus den Beständen des Vorgängers. Nachdem Moritz sein Quartier im Keller geräumt hatte, war Luise auf das verborgene Weindepot gestoßen.

„Der Moritz hat sich nur für Literatur interessiert, eigentlich lobenswert", meinte Luise, während sie die Flasche entkorkte. Sie deckte den Tisch mit einem alten Leintuch und stellte eine Kerze darauf.

Sie stießen miteinander an. Pola trank nur einen kleinen Schluck, dann rebellierte ihr Magen.

„Schmeckt er dir nicht?“, fragte Luise.

Pola trug den Kochtopf aus der Küche herein. Sie dachte daran, wie sie und Nadija den Haushalt geteilt hatten und dass etwas an diesem Essen mit Luise sie daran erinnerte. Nur dass Luise nun in ihre Rolle geschlüpft war. Sie füllte das Kartoffelgulasch in Kompottschalen, das einzige Geschirr, das sie in der Kredenz gefunden hatte. Dafür war das Besteck aus echtem Silber, allerdings nur Buttermesser, Teelöffel und mehrere Saucenschöpfer.

„Ich habe Pläne“, verkündete Luise.

Sie wartete, dass Pola fragte, aber Pola aß ihr Kartoffelgulasch und sagte nichts, erst als sie fertig war.

„Du kannst gut kochen“, stellte sie fest. „Ich glaube, daran könnte ich mich gewöhnen.“

Sie sah die Freude in Luises Augen aufsteigen und die Angst, die gleich hinterhersprang, weil das, was sich in Polas Gesicht malte, keine Freude war.

Pola blieb. Sie schlief auf dem Löwensofa unter dem Fenster. Es hatte ein Glas, keinen Pappkarton und einen kunstvoll gehäkelten Spitzenstore. Das Muster war nicht regelmäßig, sondern bestand aus verschiedenen Bildern. Je länger Pola den Vorhang betrachtete, desto mehr entdeckte sie – Vögel, Blumen, Pilze, ein Fahrrad, Sonne, Mond und Sterne, ein Schiff, dem ein Delphin folgte. Der Polster, auf dem sie lag, roch wie etwas, das sie mit ihrer Kindheit verband, auch wenn sie nicht wusste, warum. Während sie in der Dunkelheit den parfümierten und gleichzeitig chemischen Geruch einatmete, fiel ihr ein, woher sie ihn kannte. In Großmutters Haus in Belgrad hatte es genauso gerochen. Der Wandteppich aus der französischen Revolution, der in der Halle hing, war stets von Motten bedroht, weshalb er täglich untersucht und von neuem behandelt werden musste. Durch Wolken von Naphtalin sah sie die Reiter, die im Wald von Fontainebleau den Hirsch jagten. Ob Natalias Palais noch stand? Und wenn der Teppich noch immer die Halle zierte, wer hatte in den vielen Jahren gegen die Motten gekämpft? Aber eigentlich, dachte Pola, war es ihr gleichgültig. Das Haus und was darin stand ebenso wie die *Schwarze Hand*. Es hatte nichts mit ihr zu tun.

Lange hörte sie Luise im Nebenzimmer. Sie hatte die Weinflasche mitgenommen und schenkte sich Glas um Glas ein. Pola wusste, dass sie auf ein Wort von ihr wartete. Eine Erklärung, wo sie gewesen war und was ihr fehlte, ein Dankeschön für dieses Zimmer, für Luises Hilfsbereitschaft, ihre herzliche Freundschaft. Sie kränkte Luise und konnte es nicht ändern.

Der Mond stieg über das Hausdach und ganz in seiner Nähe ein Stern. Der silbrige Schein fiel durch das Fenster und malte das Muster des Vorhangs auf ihre Handflächen. Pola entdeckte, dass es eine Seerose war, Stängel und Blüte, die runden Blätter, säuberlich auf ihre Haut gehäkelt.

Am nächsten Morgen stand Luise spät auf. Pola hatte schon gefrühstückt, Feigenkaffee, der mit künstlichem Zucker gesüßt war und eher an ein Klebemittel als an ein Getränk erinnerte. Auch das Gebäck hatte nur die Form einer Semmel, schmeckte aber nach Ziegelstaub. Dafür saß auf dem Dachfirst ein Buntspecht. Im Hof wuchs ein kleiner, mickriger Ahornbaum, aber er stand geschützt. Wenn der Buntspecht hier sesshaft wurde, wollte sie auch bleiben. Als Luise aufwachte, ging Pola zu ihr und legte einen Arm um sie.

„Ich weiß zu schätzen, was du für mich tust, auch wenn es nicht so aussieht", sagte Pola, und dann: „Ich wäre gern eine andere. Aber wie?"

Luise trug die leere Weinflasche in der Hand. Sie hatte Ringe unter den Augen, aber nach Polas Geständnis wurde sie ganz vergnügt. „Ich wäre auch gern eine andere. Eine, die keinen Kater hat."

Den Feigenkaffee ignorierte sie. „Das ist der letzte Rest vom Schützenfest." Sie zauberte eine Dose Löskaffee hervor. „David fährt nach Hause."

Luise goss heißes Wasser in die Tassen und rührte das Pulver ein. In der Küche begann es herrlich nach Kaffee zu duften.

„Ist das der aus Kansas?", fragte Pola.

„Genau der." Luise ging hinaus und kramte eine Weile auf der Pawlatschen herum. Der Specht flog auf den Baum und begann eifrig, seinen Schnabel an dem Ast, auf dem er saß zu wetzen.

„Stell dir vor", sagte Luise, als sie zurückkam. „Was ich gefunden hab'."

Sie holte ein klein zusammengefaltetes Zeitungsblatt aus ihrer bonbonfarbenen Handtasche.

„Der deutsche Zentralsuchdienst in München hat eine Aktion gestartet, jede Woche werden in der Wochenschau verlorene Kinder gesucht. Was sagst du dazu, Pola? Und dazu sollen noch auf allen Ämtern Kurzsteckbriefe ausgehängt werden, von den Eltern und von den Kindern. Das ist doch – es geht ja, das muss man sich vor Augen führen, um unglaublich viele Menschen."

Weil Pola das Blatt, das sie ihr hinhielt, nicht nahm, begann sie selbst laut zu lesen: „Hunderte, Tausende, Zehntausende Kinder sind von ihren Eltern getrennt und wissen nicht, wie sie wieder zu ihnen finden können. Wir bitten darum jeden von euch: Seht her! Kennt ihr dieses Kind? Wisst ihr etwas von ihm? Vielleicht gelingt es uns, einem der verlorenen Kinder Vater und Mutter wieder zu schenken."

Pola unterbrach Luise nicht. Sie schaute aus dem Fenster, in den Ahornbaum. Unten im Hof ging Frau Berenyi mit einem Reisigbesen herum. Sie kehrte, spähte dabei durch die Fenster in die Büroräume der Druckerei und wendete sich enttäuscht wieder ab.

„Es hat mir keine Ruhe gelassen", sagte Luise. „Weil vielleicht finden wir ihn ja. Es ist nicht unmöglich, sagen sie dort. Vor allem mit einem so ungewöhnlichen Namen. Selbst wenn er keine Dokumente besitzt, viele, auch kleine Kinder wissen ihren Namen und sogar die Adresse."

Pola verließ abrupt ihren Platz am Fenster. Sie kam zu Luise.

„Hör auf!", sagte sie leise.

Luise öffnete den Mund zu einer Antwort, aber vor Polas Blick verstummte sie.

„Es gibt ihn nicht mehr. Mein Sohn ist tot."

Das waren ihre Alternativen, die Möglichkeiten, die Luise ihr bot, ein Zimmer in ihrer Wohnung, eine Arbeit im Dino Verlag mit der Herausgabe erotischer Historien aus der Belle Époque, der Blick auf den Ahorn und den

Buntspecht, wenn er hier nistete. Oder Gretls geborgte Identität. Die Geschichte einer anderen, besseren Existenz, einer Idealistin. Lieschen kam ihr immer wieder in den Sinn.

„Wer ist das?", fragte Luise, die Polas Selbstgespräche unverhohlen belauschte.

„Ich muss hingehen. Ich hätte gleich mit ihr sprechen sollen."

„Pola?"

Sie sah an Luise vorbei, ohne zu antworten. Es gab sie, die unaussprechlichen Dinge. Nicht, weil sie keine Worte dafür hatte, aber die Worte konnte nur begreifen, wer ihre Erfahrung besaß. Einmal, vor Gericht, hatte Pola Büchners *Woyzeck* zitiert: „Der Mensch ist ein Abgrund". Was der Abgrund war, erfuhr sie erst später. Das waren die Dinge, die sie Luise nicht sagen konnte.

Was sie Liesi Sedlacek angetan hatte. Wie Alexanders wahres Gesicht aussah. Dass Schloss Hartheim ein Ort war, aus dem keiner lebend wiederkehrte.

Schrei aus dem Abgrund hieß ein Hollywoodmelodram aus dem Jahr 1937, in Technicolor gedreht. Luise war nicht ganz sicher, ob sie die richtige Wahl getroffen hatte.

„Sehr aufmunternd dürfte es nicht sein", meinte sie, nachdem sie das Filmprogramm studiert hatte. „Ich lese da was von lebensmüde."

„Das macht auch keinen Unterschied", sagte Pola gleichgültig. Sie sah Luises Mundwinkel zucken und nahm sich zusammen. „Ich mag Jean Harlow", fügte sie schnell hinzu. „Ja, Luise, gehen wir ins Kino."

Die Vorstellung in den Forum-Lichtspielen war beinahe ausverkauft. Die Handlung spielte im Wien nach dem Ersten Weltkrieg. Ein Mann, der nach Amerika ausgewandert war und zum ersten Mal in seine alte Heimat zurückkehrte, wo nichts mehr war, wie er es in Erinnerung hatte. Obwohl es sich um einen Film aus Vorkriegstagen handelte und die Straßenszenen ein Wien zeigten, das es nun endgültig nicht mehr gab, spiegelte die Geschichte viel von dem Lebensgefühl der Gegenwart.

Der Regisseur Erich von Stroheim, selbst ein Wiener Emigrant, wusste, wovon er erzählte. Nach einer halben Stunde war der Kinosaal von Seufzern und Schneuzen erfüllt, und Luise knurrte wie ein alter, grantiger Hund bei jedem Gefühlsausbruch in ihrer Umgebung. Luise wünschte im Kino unterhalten zu werden.

„Ich hab' nix gegen gerührte Gefühle, aber solche Tränensusen sollen in den Keller gehen, nicht ins Kino", murrte sie halblaut.

Im Paradiesschatten einer Gartenlaube fand der Heimkehrer die Liebe der süßen Marie, die sich mit ihm verlobt hatte, bevor er aus Wien fortgegangen war. Was sie ihm nicht zu gestehen wagte, war das uneheliche Kind, das sie inzwischen geboren hatte. Von einem anderen, wie er glaubte, was aber nicht stimmte.

Während rundherum die Taschentücher gezückt wurden und Luise darauf vergaß, ihre bissigen Kommentare abzugeben, weil sie nun auch in romantische Stimmung kam, wurde Pola in ihrem Kinosessel immer starrer. Das Liebespaar küsste sich unter den fallenden Apfelblüten, ein zauberhafter Höhepunkt des Films, doch überschattet von einem Geheimnis, das Marie nicht preisgab. Walzermusik begleitete die junge Frau durch die nächste Szene, schwermütig und ein wenig misstönend, in schleppendem Rhythmus gespielt, um das Drama noch zu erhöhen. Marie ging durch die Praterstraße, mit ihrem Bübchen auf dem Arm. Eine Fronleichnamsprozession hielt sie auf. Sie stand, mit ihren umflorten Augen, die dunkel geschminkten Lippen wie eine Wunde in ihrem weißen Gesicht, die wunderschöne traurige Jean Harlow auf ihrem letzten Gang. Denn als sie den Donaukanal erreichte und auf der Uraniabrücke stehenblieb, sah man ihr schon an, was sie vorhatte. Das Wasser unter ihr floss rasch, in kleinen Strudeln, wo der Wienfluss in den Donaukanal einmündete. Passanten gingen an ihr vorüber, lächelten das Bübchen an, das fröhlich winkte, merkten nicht, was alle im Kinosaal voller Bangen erahnten. Den Sprung in die Tiefe, mit dem herzigen Kind, dem sicheren Tod entgegen. Der Heimkehrer, der ihr gefolgt war, kam zu spät. Er war Zeuge ihrer Verzweiflungstat, er versuchte sie zu retten. Vergeblich. Sie versank in den Fluten. Nur das Kind konnte er aus dem Wasser ziehen. Einen blonden Buben, der nach seiner Mutter weinte.

Schon als man das Kind in Großaufnahme gesehen hatte, sein Lachen und die kleinen runden Patschhände, die in die Kamera winkten, war Pola aufgestanden.

Luise war so gefesselt, dass sie ihren Blick nicht von der Leinwand reißen konnte. Pola stolperte an ihr vorbei aus dem Saal.

Sie war keine Marie, keine Liebende, keine Enttäuschte mehr. Sie hatte sich abgefunden, sogar Erleichterung empfunden, weil die schreckliche Gewissheit sie weniger quälte als die ungewisse Hoffnung vorher. Was ging mit ihr vor? Der Film war traurig und ergreifend, aber wie konnte er sie derart aus der Fassung bringen? Pola weinte so laut, dass die Leute, die ihr in der Stadiongasse begegneten, erschrocken die Straßenseite wechselten. Sie bog in die Reichsratsstraße ein. Da war die Konditorei Sluka, wo Nadija für die Sonntagsjause „Besoffene Kapuziner" und Punschkrapferln gekauft hatte. Im Haus daneben hatten sie einst gewohnt, damals, als Milo noch gesund gewesen war, mit Blick auf den Park, den Pola durch den Nebel ihrer Tränen kaum sah. Sie stieg in die Ringlinie, ohne zu wissen, wo sie hinfuhr. Die Straßenbahnschaffnerin sah auf sie herunter, das heulende Elend, zusammengekrümmt auf der lackierten Sitzbank. Sie schenkte ihr einen Fahrschein. Pola konnte kein Wort hervorbringen. Wenn sie den Mund öffnete, verwandelte sich ihr Schluchzen in langgezogene Heuler, die sie hinter ihren Händen zu ersticken versuchte.

Bei der Mariahilfer Straße verließ sie den Zug. Sie lief die Straße bergauf, ohne ein einziges Mal innezuhalten. Ihre Beine zitterten vor Anstrengung, aber sie blieb nicht stehen, es war ihr nur recht, wenn sie zusammenbrach, sie wollte nicht weiterkönnen, nicht weitermachen. Wenn sie nur aufgeben könnte, wie ein gerissenes Gummiband, das sich, was immer man auch anstellte, nicht mehr zusammenflicken ließ.

Die Schutthalden vor dem Bahnhof waren verschwunden. Viele Bombenruinen an der Gürtelstraße hatte die Baupolizei gesprengt. Die Lücken sahen aus wie Löcher in einem schadhaften Gebiss, das traurige Lächeln der alten Stadt.

Sie ging durch die Bürgerspitalgasse, zum Haus, das es nicht mehr gab. Wenn Nadija noch am Leben wäre, auch sie hätte Pola nicht trösten können. Nichts half gegen diese Traurigkeit. Und doch hatte sie solche Sehnsucht. Sie war wie der Geschmack einer Frucht in ihrem Mund, und sie erkannte ihn sogar, den Granatapfel, das Lieblingsobst ihrer Mutter. Einer serbischen Prinzessin würdig, hätte sie dazu gesagt und sich in ihr Kissen zurückgeworfen, um das Saure und das Süße, wie das Leben eben ist, des Granatapfels genießerisch zu verspeisen, während der Walkürenritt brausend die Zimmer erfüllte.

Jemand kam auf der anderen Straßenseite daher, eine Frau, die einen hohen Buckelkorb trug. Sie näherte sich langsam mit ihrer schweren Last auf dem Rücken. Pola wischte sich die Tränen ab. Sie spürte, dass ihre Wangen heiß und vom Salz aufgerauht waren.

„Lieschen“, sagte sie.

Nein, es war kein Traum, wie die Nachtmahre, in denen sie wieder und wieder durchlebte, was schon einmal geschehen war, und die anderen, die wie Märchen begannen und sich zu etwas Unbegreifbarem wandelten.

Die junge Frau auf der anderen Seite horchte auf. Sie sah herüber zu Pola. Sie kam nicht näher, schaute sie nur groß an, als ob auch sie nicht sicher wäre, dass Pola sie wirklich gerufen hatte.

Jetzt erst bemerkte Pola, dass Liesi nicht allein war. Ein Kind ging an ihrer Hand, ein kleiner Bub. Liesi Sedlacek musste inzwischen achtzehn Jahre sein. Sie konnte Mutter geworden sein, aber nicht Mutter eines so großen Kindes.

Pola erinnerte sich, dass Liesi einen ganzen Stall voller Geschwister gehabt hatte.

Sie trat auf die Straße. Liesi stand drüben und schaute sie unverwandt an. Jetzt wo es so weit war, glaubte Pola, sie bringe es nicht übers Herz, mit dem Mädchen zu sprechen. Aber noch einmal durfte sie nicht weglaufen. Auch wenn sie den Weg der Marie ging, ins Wasser, selbst dann musste sie Liesi um Entschuldigung bitten.

„Wie ich zu dir war, Lieschen. Meine Schändlichkeit ist unverzeihlich“, sagte Pola und konnte dem Mädchen nicht in die Augen schauen, nur auf die Schuhe.

Der Kleine an Liesis Seite inspizierte sie inzwischen mit zweifelnder Miene. Bevor Liesi Antwort gab, ließ er ihre Hand los und verschwand im Haus.

„Bitte! Entschuldigen Sie sich doch nicht bei mir!“

Liesi heftete ihren treuherzigen Blick auf Pola. Mit einem Mal fielen die Jahre von ihr ab. Sie war wieder das kleine Mädchen, das ihre Lehrerin so liebte, dass sie ihr jeden Wunsch von den Augen ablesen wollte.

Wie sich alles im Leben spiegelte, dachte Pola, so wie sie sich über alles gewünscht hatte, Alexander zu gefallen und ihn glücklich zu machen. Auf das liebevolle, kleine Mädchen hatte sie kaum geachtet, dass der Dienst, den sie ihr auftrug, eine Gemeinheit war, sie den arglosen Eifer für ihre Zwecke ausnützte. Für Alexander, alles nur für ihn. Und jetzt mit Luise war es ebenso, sie empfing und gab nicht viel dafür, weil es nicht nötig war, weil Luise sich ohnehin alle Mühe gab.

„Bitte, nimm meine Entschuldigung an!“

„Nein! Nein, nein!“ Verstört machte Liesi einen Schritt zurück. „Ihre Frau Mutter hat mir alles, alles genau erklärt. Ich bin doch nicht bös’. Es tut mir so leid, was Sie haben durchmachen müssen!“

Sie schaute Pola so herzzerreißend wehmütig an, dass Pola schon wieder die Tränen kommen wollten. Der Film hatte alle Dämme in ihr gebrochen.

„Sie waren es also“, sagte Liesi plötzlich. „Vor einem Jahr, gerade um die Zeit. Dort drüben sind Sie gestanden.“

Sie zeigte auf die andere Seite der Gasse, wo das fehlende Haus die Architektur der Gasse durchbrach und den Blick auf die Kirche Mariae Not freigab.

„Ja, ich war hier.“

Liesi nickte beschämt. „Ich hätte etwas sagen müssen. Aber … ich hab’ Sie nicht erkannt.“

„Ein Gespenst ist zurückgekommen.“

„Arme Frau Lehrer.“

In Liesis Ausruf lag soviel Zartheit und Anteilnahme, dass Pola ihre Verlegenheit überwand und dem Mädchen einen Kuss auf die Wange drückte. „Du bist eine Liebe“, sagte sie nahe an Liesis Ohr.

Das Mädchen schlang die Arme um ihren Hals. „Ich bin so froh, dass Sie zurückgekommen sind. Was hätte ich mit dem Thaddäus gemacht. Früher oder später …“

Sie verstummte, als Pola plötzlich ihre Hände packte und sie festhielt.

„Lieschen? Was sagst du? Welchen Namen hast du jetzt gesagt?“

Ängstlich erwiderte Liesi und starrte Pola dabei groß an: „Das ist doch Ihr Kind. Die Frau Mutter hat mir aufgetragen …“

„Thaddäus!“, schrie Pola. „Mein Sohn Thaddäus. Niemand kommt aus Hartheim zurück!“

Ihr Atem war so laut wie die Kettensäge, die im Frühjahr in der Reichsratsstraße die Äste der Platanen vor ihrem Fenster abgeschnitten hatte. Sie sah Liesis Rosenmund und die weißen Schneidezähne mit dem kleinen braunen Fleck in der Mitte. Das kam, weil sie so gern naschte. Pola hatte sie immer gewarnt, dass der Zucker ihre Zähne kaputtmachte. Aber Pola, die täglich ihre Zähne und ihr langes Haar bürstete, ihr Gesicht mit eiskaltem Wasser wusch, sich nie gehen ließ, Pola hatte ihre Gesundheit auf andere Weise eingebüßt, ihre weißen Zähne, ihre glatte Haut, ihre Knochen und ihr Fleisch.

28. Kapitel

Du bleibst liegen. Du bist still. Wenn der Arzt kommt, folgst du. Oder ich bringe dich jetzt sofort ins Krankenhaus."

Luises blondes Haar war zu einem straffen Knoten hochgebunden. Mit der Miene einer Kommissarin stand sie über Pola gebeugt.

Hinter ihr an dem großen Esstisch saß der Knabe und aß Zwetschkenkompott.

Polas erster Gedanke war, dass der Zeitfresser schon wieder über sie gekommen war. Die Zwetschken reiften im September.

„Datum?", rief sie gebieterisch, als prüfe sie ihre Schulklasse. Dann sah sie, dass es Kirschen waren.

„Bleib ruhig liegen, Pola", sagte Luise. „Ich muss mir nur von dieser jungen Dame etwas erklären lassen."

Die junge Dame war Liesi Sedlacek. Mit geröteten Augen, die Hand um ihr Taschentuch geballt, saß sie Pola gegenüber auf einem der derben Alpenschemel.

„Also du hast auf den Thaddäus aufgepasst, weil die Frau Wolf immer noch unpässlich war", fragte Luise, und Pola verstand, dass sie den Anfang des Gespräches nicht mitbekommen hatte.

Sie waren nicht mehr in der Bürgerspitalgasse. Pola lag auf dem Sofa mit den eisernen Löwenköpfen.

„Wir waren im Gesundheitsamt Pockenimpfen und dann hat es geheißen, ich darf ihn nicht mehr mit nach Hause nehmen. Er kommt in ein Kinderlager zur Erholung, hat der Arzt zu mir gesagt, und dass die Frau Wolf selbst erscheinen soll, um weitere Auskunft zu erhalten“, setzte Liesi fort. „Aber es war alles nicht wahr, er ist nicht zur Erholung gekommen, sondern zu den Schwererziehbaren nach Mauer-Öhling. Und dort ist die Frau Wolf hingefahren.“

„Meine Mama“, sagte Pola auf ihrem Lager. Ihre Hand suchte Halt und fand das Löwenhaupt. „Ich habe doch gar nichts verstanden. Immer ging es nur um meinen Vater, mit seinem Wahn im Kopf, der das ganze Unglück über die Familie brachte. Verständnislosigkeit, das war mein besonderes Talent.“

Nadija, die Weltfremde, die in den Tag Träumende, die Liebhaberin von Wagnermusik und Gobelinstickerei fuhr nach Mauer-Öhling, wo die Geisteskranken, die Alkoholiker und die Verkrüppelten in der Heilanstalt interniert waren. Für die Kinder und Jugendlichen gab es einen eigenen Trakt, berichtete sie nachher, sogar eine Säuglingsstation. Als schwererziehbar galten auch die Kinder von Asozialen, und was mit ihnen geschah, lag im Ermessen des Neurologen.

„Sie ist mit ihm nach Hause gekommen. Thaddäus war damals gerade zwei Jahre. Ein Arzt hat ihnen geholfen, ohne ihn wäre es nicht gelungen. Er war ein Mörder, aber mit Herz, hat sie einmal zu mir gesagt.“

„Doktor Zalto?“, fragte Pola von ihrem Sofa herüber.

Liesi schüttelte den Kopf. „Sein Name war Schneider.“

„Ich liebe dich so“, erzählte Liesi, hatte Nadija zu ihrem Enkel gesagt, „dass mein Herz in der Brust Walzer tanzt. Wenn das nicht aufhört, werde ich daran sterben.“

So weit war es nicht mehr gekommen. An dem Tag, als die fünfhundert Kilogramm schwere, amerikanische Fliegerbome das Haus Nummer 16 in der Bürgerspitalgasse zerstörte und die Bewohner im Keller verschüttete, war Thaddäus wie fast jeden Tag bei Liesi zum Spielen gewesen. Seitdem lebte er ganz bei ihr.

Hinter ihr, am Tisch, räusperte sich Luise, um ihre Rührung zu verbergen: „Jetzt behaupte noch einer, dass diese Nazis immer penibel und ordentlich waren. Der Thaddäus ist jedenfalls eindeutig verwechselt worden. Oder was für eine andere Erklärung gibt es noch? Als Schlamperei!"

An dieser Stelle mischte sich Thaddäus selbst ein. Er hatte das Kompott aufgegessen und schob die leere Schale zurück. „Wer ist diese Frau?", fragte er Liesi. Er zeigte nicht mit dem Finger auf Pola, sondern sah sie an, mit diesem zweifelnden und doch neugierigen Blick wie vorher auf der Straße. Ohne wegzuschauen kam er um den Tisch herum zu Polas Bett. Niemand sagte ein Wort.

„Thaddäus, das heißt der Mutige" , erklärte er in altklugem Ton. „Der Helfer der kleinen Leute und der Heilige in aussichtslosen Fällen. Nur ich heiße so."

Er hielt den Atem an, bevor er fragte, als wäre es eine Unerhörtheit: „Hast du mir diesen Namen gegeben? Bist du meine Mutter?"

Sie lächelte nur, aber damit gab er sich nicht zufrieden, sondern wartete, mit ernst gerunzelter Stirn. Er sah nicht Alexander ähnlich, sondern Nadija und vielleicht ein wenig ihr selbst.

„Ja", sagte Pola.

Lieber Teddy, ich komme zum Ende meines langen Briefes. Damals, zwischen Luises bayerisch-barockem Mobiliar schlossen wir einen Bund fürs Leben, Luise und Pola und ich. Sie hat ihren Namen geändert und Dich nannte niemand mehr je Thaddäus. Ich war achtzehn, ich ging das erste Jahr auf die Universität und daneben arbeitete ich gegen Naturalien bei der alten Milchfrau in der Führichgasse. Meine Geschwister waren schon herangewachsen, Franzi zehn, Juli elf und Paul vierzehn Jahre alt. So wie ich in der Vergangenheit meiner Mutter die Kinder abgenommen hatte, während sie arbeitete, paßten sie auf Dich auf, wenn ich wegmusste.

Luises Wohnung war zu klein für uns alle, aber es dauerte nicht lang und sie hatte, im selben Haus sogar, eine Bleibe für uns gefunden. Damit begann die schönste Zeit meines Lebens. Endlich trug ich nicht mehr die Verantwortung für alles und für alle. Ich lebte unter einem Dach mit Pola, ich sah sie jeden Tag und sprach mit ihr über vieles, das mich bewegte.

Luise arbeitete weiter für Dino Matejka, aber nicht mehr lange als Fotomodell. Sie begleitete ihn bei seinen ersten Schritten ins Filmgeschäft, zuerst als seine Regieassistentin, dann führte sie selbst Regie bei einigen Filmen. Beide hatten eine gute Hand fürs Geschäft und verkauften die Produktionsfirma rechtzeitig, bevor es mit dem österreichischen Film bergab ging. Den Verlag behielt Dino und übergab ihn Luise, als er in Pension ging.

Auf Luises Drängen begann Pola eine neurologische Behandlung. Das Wort Psyche wurde nicht einmal ausgesprochen, es stand für geisteskrank. Es war erst ein paar Jahre her, dass die Patienten in der Psychiatrie von den Ärzten getötet worden waren. Aber Luise bestand darauf und Pola stimmte schließlich zu. In dieser Zeit muss sie ihre Aufzeichnungen begonnen haben. Und wirklich, eine Weile ging es ihr besser. Sie dachte sogar daran, wieder als Lehrerin zu arbeiten.

1951, in dem Jahr, als ich mein Studium mit dem Doktorat abschloss, kam ein Brief von meiner Mutter. Sie war verheiratet, mit einem Erdölingenieur aus Tiflis, und lebte mit ihm in Moskau. Nun endlich wünschte sie sich, ihre Kinder wiederzusehen. Was sie in den Jahren dazwischen abgehalten hatte, zu schreiben, stand nicht in ihrem Brief.

Eine Woche später saßen wir im Zug. Den Rückweg nach Wien trat ich allein an. Franz und Paul hatten sich nicht mehr von ihrer Mutter trennen wollen. Juli war noch unschlüssig, blieb aber vorläufig. Wassilij, der Erdölingenieur, war willens unser aller Vater zu werden. Ich verstand, dass Mutter sich in ihn verliebt hatte. Nach all den Filous, die ihr Herz gestohlen hatten, war da nun endlich einer, der sie auf Händen trug und ihre Sprösslinge gleich dazu.

Ich traf Luise allein in der Wohnung in der Plankengasse an. Du warst in der Schule, zum Glück, denn zum ersten Mal, seit ich Luise kannte, weinte sie und konnte nicht mehr aufhören damit. Bis zu dem Augenblick, als ich bei der Tür hereinkam, hatte sie sich eisern beherrscht. Jetzt brach sie zusammen.

Pola war verschwunden. Zuerst hatte sie sich damit getröstet, dass das schon andere Male vorgekommen war. Sie suchte sie an allen Orten, die ihr nur einfielen, vergeblich. Auch in die Althanstraße ging sie, um bei den Panigls nachzufragen. Die Wohnung war verlassen. Der Hausmeister wusste nichts über den Verbleib der Familie Panigl oder hatte Auftrag, keine Auskunft zu geben.

Wir gingen zur Polizei und machten eine Vermisstenanzeige. Danach blieb uns nichts übrig, als abzuwarten. Schließlich, ein halbes Jahr nach Polas Verschwinden, sprachen wir mit Dir. Du warst damals vierzehn Jahre, Du wirst Dich noch erinnern daran. Es schien Dir nicht viel auszumachen, aber man kann nicht in das Herz eines Menschen hineinsehen. Die meiste Zeit Deines jungen Lebens warst Du von Pola getrennt gewesen, Nadija und ich und später Luise standen Dir näher als sie. Dennoch musst Du Dich verlassen gefühlt haben, ein zweites Mal von Deiner Mutter im Stich gelassen.

Fünfzehn Jahre vergingen, bis wir etwas Neues erfuhren. Und auch da blieben wir vor allem auf Vermutungen angewiesen.

Du bist damals ausgezogen, in eine Kommune oder Wohngemeinschaft, später zu Rosi. Dann, als Du nach Kanada gegangen bist, war klar, bei uns würdest Du nicht mehr wohnen, und für Luise und mich waren die zwei Wohnungen viel zu groß. Als unser Haus renoviert werden sollte, wollten wir auch nicht länger bleiben. Da war noch immer der alte Lagerbestand des Dino Verlags, längst vergessene und verstaubte Berge von Papier, die man nur wegwerfen oder verbrennen konnte.

Polas Manuskript entdeckte ich aus purem Zufall. Ebenso hätte es im Ofen landen können.

Ich nahm es mit und blätterte darin, aber eine Zeit verging, bis ich es mir genauer ansah. Luise lehnte ab. Sie kenne Polas Geschichte, sagte sie, und mehr wolle sie nicht wissen. Luise war immer noch gekränkt.

Als ich das Manuskript das zweite Mal aufschlug, fand ich den Brief:

„Einladung zur Magischen Soirée. Die p.t. Gäste werden gebeten, am 8. November um 23 Uhr pünktlich zu erscheinen. Gezeichnet, mit vorzüglicher Hochachtung

Elvira und Leopold Panigl."

Die Adresse war die mir bekannte Althanstraße 9. Das Datum der Tag, als Pola das Haus verließ, um nie mehr zurückzukommen.

Ich habe mich nie entschließen können, Dir das Manuskript zu zeigen. Ich wollte Dich nicht traurig machen. Heute bin ich anderer Meinung. Es war falsch von mir. Jeder Mensch hat das Recht auf seine Geschichte, alles ist besser als nicht zu wissen, welche Wurzeln Du hast.

Wohin Pola verschwunden ist, haben wir nie erfahren. Für eines aber lege ich die Hand ins Feuer: Zu den Panigls ist sie nicht gegangen. Freiwillig auf keinen Fall.

Epilog

„Hallo? Teddy, bist du das?"

„Ja, wer spricht?"

„Hallo, die Verbindung ist so schlecht, ich rufe ..."

„Hallo, wer spricht denn?"

„Franz Sedlacek."

„Franz! Von wo rufst du an, aus Russland?"

„Nein, ich bin in Wien, ich komme gerade aus dem Krankenhaus. Die Juli wird morgen ankommen."

„Ist etwas mit Luise?"

„Nein. Es tut mir leid, Teddy, ich habe gedacht, du weißt, dass Lieschen einen Schlaganfall hatte."

„Nein."

„Sie ist heute Nacht gestorben. Hallo?"

„Ja, ich bin da. Ich ... und Luise? Hat sie es schon erfahren? Wie geht es ihr?"

„Luise war bei ihr bis zum Schluss. Du, Teddy ..."

„Hallo, ja, jetzt höre ich dich wieder ..."

„Teddy, ich habe etwas für dich. Ich weiß nicht, soll ich es mit der Post schicken? Es ist ein Paket, ziemlich schwer. Oder kommst du zum Begräbnis nach Wien?"

„Franzi! Hallo, hörst du mich?"

„Ja."

„Ich fliege morgen. Wir treffen uns in Wien."

ENDE

Mandrāgora, auch Alraune oder Henkerswurzel genannt, die „Königin aller Zauberkräuter". Wegen der menschenähnlichen Form ihrer Wurzel hat diese Pflanze schon frühzeitig die Aufmerksamkeit der Menschen auf sich gezogen. Die aus dem Persischen stammende Bedeutung „Liebeskraut" weist auf die im Altertum übliche Verwendung als Aphrodisiakum hin. Sie dient als Glücksbringer und ist eine der wichtigsten Bestandteile für Hexenkünste und magische Rituale. Die Wurzel wirkt berauschend und halluzinogen, bei hoher Dosis tritt der Tod durch Atemlähmung ein.

Mandragora fœmina